엑스
피앙세

엑스 피앙세

2012년 8월 23일 초판 1쇄 인쇄
2012년 8월 25일 초판 1쇄 발행

지은이 김현정
발행인 이종주

기획 편집 박지해

발행처 (주)로크미디어
출판등록 2003년 3월 24일
주소 서울시 용산구 원효로97길 46 5층
Tel (02)3273-5135 **Fax** (02)3273-5134
홈페이지 rokmedia.com · E-mail rokmedia@naver.com

ⓒ 김현정, 2012

값 10,000원

ISBN 978-89-257-2813-1 03810

이 책은 (주)로크미디어가 저작권자와의 계약에 따라
발행한 것이므로 본서의 내용을 무단 복제하는 것은
저작권법에 의해 금지되어 있습니다.

작가와의 협의에 의해 인지는 생략합니다.
잘못된 책은 바꾸어 드립니다.

엑스
피앙세

| 김현정 장편소설 |

contents

프롤로그	7
지나간 버스가 다시 올 때도 있다	19
갈대만 바람에 흔들리는 것은 아니다	73
벙어리도 알고 나도 아는 냉가슴	121
Once again	179
안아 줄게요	211
숨길 수 없는 것들	257
우리가 모르는 세상의 많은 연애들	283
슬픈 영화의 주인공은 싫어	323
망각	369
뒤돌아보지 않는다	403
에필로그	419
작가 후기	423

프롤로그

"너 어디야?"

"어디 좀 가고 있는데요."

"이 새끼 당장 안 들어와! 너 당장 기어들어 와. 쳐 죽이기 전에."

노인네 기운만 좋지. 성질내는 건 너무 평범해서 식상하다.

막장이 생활인 집구석에서 저런 멘트밖에 못 하나.

아버지는 그 껄끄러운 입만큼 인생도 개곤죽인 분이신지라 나는 항상 기대를 했다. 뭔가 더 새롭고 강력하고 센 일갈로 날 기죽여 주지 않으려나 하는. 하지만 뭐, 여기까지가 한계인지 더 이상의 발전은 없었다.

또 무엇이려나?

코밑에 수염이 거무스름해지면서 내가 한 짓이라고는 돈지랄, 여자 지랄이라 하지만, 또 그때마다 수습해 주면서 난리를 치는 거에 대충 적응도 됐고 그 돈 쌓아 두고 뭐하나 싶어서 일부러 더 깽판을 친 일도 있지만, 이건 좀 심했다.

아버지가 골프채를 들고 벌건 얼굴을 하고 씩씩거리는 앞에 고개 숙이고 엎어져 있는 게 전혀 분하지 않을 만큼 이번 건 좀 컸다.

배가 산만 해서 나타난 여자는 얼굴만 기억나는데, 언니라는 사람과 같이 반토막 남은 눈썹을 하고는 내 옆에 무릎 꿇고 있었다. 지난달인가 몇 번 같이 놀고 자던 애였는데 끈적여서 쳐 냈더니 저러고 내가 첫 남자라고 개뻥을 치고 짐 싸 들고 아버지 집에 퍼 앉았다.

케이스 바이 케이스라고 한 건씩 터져 주는 건 여러 번이었지만 이렇게 동시다발로 두 여자가 한 번에 몰려와 이 난리를 치니 머리가 깨질 것 같았다. 더구나 어제 마신 술이 아직도 핏속을 휘돌고 있는 마당이라 온전하게 해결할 방안이 전혀 떠오르지 않았다.

노인네가 기운은 얼마나 좋은지, 골프채로 두 대 맞은 정강이가 끊어질 것처럼 아프다.

사람 죽일 것 같은 정적을 깨고 삼촌이 들어섰다.

이 양반도 아버지하고 사이는 별로지만 그래도 해결사 노릇은 정말 탁월한지라 나는 갑자기 내 모든 죄가 다 없어지는 기분이 들었다.

"미친놈. 너 일단 일어나서 네 방에 올라가 있어."

지옥 불에 싸질러지다가 구원받는 심정이 이런 게 아닐까.

엑스
피아세

절뚝거리며 내 방으로 가면서도 나는 저 여자들이 내 뒤통수에 꽂는 온갖 계산속에 울화가 치밀고 겁이 났다.

시뻘겋게 부풀어 오른 상처에 익숙하게 후시딘을 바르다 생각이 났다.

저 배불뚝이가 내 애라고 우기는 건 정말 사기라는 사실이다. 내가 자기랑 놀다 만 게 넉 달 전에, 기간이 이주일 정도밖에 안 되는데 애 가진 지 넉 달 만에 배가 저렇게 산만 해진다는 건 말이 안 된다.

자기가 토끼인 줄 아나 보다.

삼촌한테 참고하라고 이 대단한 사실을 문자메시지로 보내고 다시 드러누워, 발랑 까져서 이리저리 놀다 나한테 붙기로 한 듯한 '눈썹 반 토막'에 대해 생각해 봤다

나도 놀 만큼 놀은 놈인데, 하룻강아지 범 무서운 거 모르고 덤빈다.

내 죄가 없는 건 아니지만 내 자식도 아닌 애를 덤터기 쓸 만큼 나는 착하지도 멍청하지도 않을뿐더러, 오다가다 놀던 애들 다 책임질 거였으면 열여섯에 장가가서 지금은 학부형이 돼 있을 거다.

내 인생을 이렇게 날려 버릴 수는 없다.

나는 분연히 일어나 다시 절뚝거리면서 아래층으로 내려갔다.

죽어도 결백은 밝혀야 하는 거 아닌가.

계단 내려가다 나는 아래층 소리에 주저앉았다.

"한 회장네 딸내미하고 일 추진해 봐."

"언젠 싫다더니만."

"저 개차반 같은 자식, 사람 만들 마지막 기회라며?"

"그건 어제까지 일이고요. 여자 사고를 한 번에 두 건이나 연달아 쳐 대는 놈을 어떻게 그 집안에 갖다 붙여요."

"미친놈. 그 집안 흔들리는 거 아는 사람 다 알아. 내가 막아 줄 거 있으면 다 막아 줄 테니까 그 잘난 인간 딸년이랑 엮어 봐. 돈줄 말라서 똥줄 타는 인간이 딸 팔아먹는 걸 뭐 그렇게 겁낼 거 같아?"

"노름빚 갚아요? 딸 팔아 집안 일으키게? 그리고 한 회장은 오케이한 적 없어요. 그냥 웃었지. 저 자식 소문이 어디까지 나 있는 줄 알아야 갖다 붙이지."

"뭐 저런 게 있나 몰라. 학교는 어쩌고 또 한국에 기어 나와서 저러고 다니냐고."

"형님 자식 안부를 왜 나한테 물어요?"

"저 자식은 나보다 네 약발이 더 잘 듣잖아."

"어쨌든 한 회장네에다 한번 보자고 말은 넣어 볼게요. 근데 그 집 큰딸 보통 야무진 애가 아니라서 저 자식이 눈에 들어올까 몰라."

"계집애가 잘나면 얼마나 잘났다고 찧고 까불어. 밀어붙여. 안 되는 게 어디 있어."

"무식한 소리 좀 하지 마요. 하나밖에 없는 아들 결혼을 그렇게 하고 싶어요?"

"그렇게 안 하면 어쩔 건데? 저 자식이 또 이상한 계집애 하나 달고 들어와 깽판 치는 걸 보니 한 번 갔다 오더라도 처음은 좀 멀쩡한 걸 붙여 놔야 할 거 아냐."

"그럼 두 번 세 번 장가보낼 생각을 하는 거예요? 그러면서 나더러 한 회장 딸을 데려오라는 거냐고요?"

"시끄러워. 그 집 딸내미가 네 말대로 현모양첫감이면 저 자식 사람 만들어서 살 거고 아니면 또 깻박치고 갔다 왔다 하겠지. 난 처음만 신경 쓸 거야. 두 번째는 손님 불러다 결혼식 올리진 않을 거 아냐."

삼촌도 어이가 없는지 입을 벌리고 고개를 외로 꼬고 앉아 버렸지만 계단 구석에 쪼그리고 앉아 있는 나도 어이없기는 마찬가지였다.

내가 좀 막 살기는 했지만 그렇다고 이렇게 한 방에 얼굴도 못 본, 망해 가는 대갓집 딸이 집안을 위해 하는 살신 공양에 구원받을 만큼은 아닌데 말이다.

평강공주병에 걸리지 않고서야 날 온달 장군 만들어 무너지는 친정을 살리겠다는 포부를 가지고 결혼하겠다 하지는 않겠지? 삼촌 말대로 야무진 대갓집 딸이라면 자기나 나나 진흙이 아니라 똥통에 빠지는 그따위 짓을 하지 않겠지.

내가 좀 벗어나게 살았는지는 몰라도 나는 그 여자의 상식과 양심을 믿는다.

저 남자는 무슨 생각을 하고 있을까?

미용실에서 가져다주는, 남자들을 위해 만들었다는 느끼한 잡지를 무릎에 올려 두고 앉아 있기는 하지만, 아까부터 저 남자는 바깥 풍경만 본다.
 대로변에 온갖 이상한 인간들이 지나다니는 풍경이었다면 그러려니 하겠지만 아는 사람들만 오라고 오만방자하게 주택가 한구석에 떡하니 있는 곳이다 보니 지나다니는 인간이 그다지 많지 않다.
 차라리 아까부터 코맹맹이 소리로 녹화가 어떠니 무비가 어떠니 하면서 떠들어 대는 여가수 일행이 더 볼거리가 많은데 말이다.
 저 남자는 저러고 있으면 이 약혼에 자기가 얼마나 불만이 많은지 내가 깨닫게 될 것이라는 생각이 들었나 본데, 그건 나도 마찬가지였다.
 뭐 딱히 불만이라기보다는, 저 남자나 나나 서로 안면이 돈독한 사이도 아니고 불타오르는 사랑 따위는 더더욱 아닌 마당에 뭘 저렇게까지 자기감정을 어필하나 싶은 생각이 약혼 이야기가 나오는 내내 들었지만, 좋은 게 좋은 거라고 내 눈치를 보면서 애를 쓰는 이 여사님 말대로 나는 무관심해지기로 했다.
 관심을 가지다 보면 시비를 걸고 싶어질 것이고, 그러다 보면 아버지가 심혈을 기울여 저 남자의 아버지와 짝짜꿍이 되어서 작년부터 추진해 왔다는, 이 삼류 소설 같은 약혼을 깨고 싶어질 것 같아서 나는 그냥 가만히 있기로 했다. 내가 뭐라고 해 봤자 별수도 없고. 또 딱히 대놓고 무례하지도 않았고, 불

친절하지도 않았다.

나도 그도 그저 무관심했고, 귀찮아했고, 강 건너 불구경하듯이 했을 뿐이다.

더구나 같은 태도로 심드렁하게 군 건 피차일반인 까닭에 내가 뭐라고 할 수 있는 입장이 결코 아니다.

여기저기 들려오는 소문에 따르면 그다지 방정한 인생을 사신 분도 아닌데 거기다 약혼녀로 내정된 나까지 쌍으로 설쳐서 부창부수 소리가 들린다면 말 많은 이 동네 인간들이 얼마나 신 나 할까 싶어서 그 기대를 어긋나게 해 주고야 말겠다는 유치한 오기도 좀 있기는 있다.

"너무 예쁘다."

프랑스에서 공부하시고 청담동 언저리만 도셨다는 니콜라 박은 자기가 해 놓고는 콧소리 잔뜩 섞은 목소리로 혼자 흥분해서 연신 내 머리와 화장이 예쁘다고 저러고 있는 거고 나는 여기저기 꽂아 둔 실핀에 '헬레이져'가 되어 버릴 것만 같아서 미칠 지경이었다.

"티아라는 결혼 때 하고, 정연 씨 머리에 화환 하나 할까? 신부가 어리니까 사랑스럽게 마아가아렛으로."

"그러시든지요."

'마아가아렛'이란다.

조잡스러울 정도로 이상하게 만든 화환만 아니었으면 좋겠다는 생각이 들었다.

봄에 있었던 강진 오빠의 약혼식 때 온갖 보석에 장신구로 크리스마스트리 꼴이 되어서 나타났던 연하가 생각이 났다.

스물둘에 하는 약혼은 신부가 사랑스러워야 한다는 법칙이 있는 것 같다. 다들 어린 신부, 어린 신부 하는 거 보니까 말이다.

드레스를 맞출 때도 내게는 절대 어울리지 않을, 스위티 핑크라는 요상한 색깔까지 들고 나왔고, 그때도 다들 그랬다.

'신부가 어리니까……'

하지만 미안스럽게도 나는 나이 들어 보이는 걸로 나름 유명했던 터라 십 대에 이미 이십 대 중반으로 보였다. 교복만 안 입었으면 교사로도 보였다.

그러니 저 어린 신부 타령은 안 해도 좋은데 말이다.

"신랑님, 신부님 너무 예쁘죠?"

또 딴 나라 가서 딴생각을 하고 있자니 붙임성 과도하신 니콜라 박의 콧소리가 들린다. 자기 일이 다 끝났는지 창밖을 보면서 도 닦고 있는 내 약혼자에게 말을 걸고 있었다.

"네. 예쁘네요."

날 쳐다보기나 하고 대답하지.

저 남자는 창밖에 꿀을 발라 놓은 것처럼 내게는 눈길도 안 주고 말한다.

날 예쁘게 봐 달라는 구걸처럼 느껴져서 니콜라의 저 목소리가 구차스럽다.

저 남자와 나 사이에 알싸한 공기가 느껴졌는지 니콜라의 자화자찬도 대충 가라앉았다.

스태프들의 오락가락하는 소리와 다른 손님들의 속닥거림이 늘어진 테이프 소리처럼 들리고 나는 자꾸 냉정해졌다.

이쯤에서 그만두어도 좋지 않을까 하는 생각을 아무리 다잡으려고 해도 날뛰어 올라서 약혼 날을 잡고, 옷을 맞추고, 예물을 정하면서 비누 거품 부풀듯이 부풀어 올랐다.

네 번 만난 남자하고 분홍 드레스를 입고 생글거리며 웃어 가면서 약혼까지 하기에는 내 머릿속은 너무 냉정했고, 일목요연하게 이 약혼을 해서는 안 되는 일만 가지쯤의 이유가 만들어지고 있었지만, 나는 그 와중에도 망설였다.

여기저기 무너지는 아버지의 사업에 내 약혼이 어떤 도움을 줄 수 있다는 분위기가 암암리에 식구들 사이에서 돌고 있었지만, 상견례 자리에서 본 그의 아버지는 진흙에 발을 담글 만큼 어리석은 사람으로 보이지 않았다.

아버지보다 훨씬 더 장사꾼으로 보였고 훨씬 더 냉혹해 보였다.

할아버지가 물려주신 재산으로 사업을 늘려 가면서 준재벌 소리를 듣는 부잣집 도련님 이미지를 쉰이 넘은 나이에도 여전히 풍겨 주는 우리 아버지와는 확연히 다른 분위기였다.

나는 이 혼담이 왜 이렇게 진행이 되고 있는지가 정말 궁금했다.

강진 오빠의 말에 의하면 저 남자가 소문난 개차반이라서 그럴 수도 있고, 있는 집 아들들 정보가 빠삭한 경진이는 저 남자가 잠재적으로 아주 대단한 개차반이 될 재목이라고도까지 했다.

그렇다면 나는 아버지의, 다 무너져 가는 회사를 위해서 공

물로 바쳐지는 것일지도 모른다는 생각이 들었다.

그럴 수도 있다고 생각했고, 그렇다 해도 하는 수 없다고도 생각했다.

그런데 내내 창을 보다 힐끗 나를 쳐다보는 저 남자의 눈을 보고 나는 심장 스스로가 내는 안도의 한숨 소리를 들었다.

역시 내 생각이 맞는 거다.

아무리 외면하려고 해도 아닌 건 아니다.

미쳤다고 해도 하는 수 없다.

미친 걸로 이 모든 상황을 퉁 친다면 그보다 좋을 수 없을 거란 생각이 들었다.

니콜라 박이 마아가아렛인지 하는, 자잘한 꽃으로 만든 화환을 들고 다가왔다. 아이스박스에 넣어서 와서 그런지 생화의 축축함도, 그 꽃의 냄새도 너무 선명하게 느껴졌다.

"저기요, 원장님."

"네에. 뭐 불편한 거 있어요?"

"아뇨. 잠깐 자리 좀 비켜 주실래요. 저분이랑 할 말이 좀 있는데."

내 어조는 분명 평온했는데 니콜라도, 그의 스태프 2명도 모두 긴장을 했다.

그리고 귀먹은 사람처럼 창만 바라보던, 잠재력 크신 개차반 약혼자도 나를 본다.

이내 주위는 모두 사라졌고 2층 룸에는 그와 나, 둘만이 남았다.

네가 뭐 어쩔 건데 하는 얼굴로 그는 내게로 고개를 돌렸다.

엑스
피앙세

나는 점점 더 차분해졌고 조금의 망설임도 다 날아가 버렸다.
"그래, 하고 싶은 말이 뭔데?"
오늘 그가 처음으로 제대로 된 문장으로 내게 질문을 해왔다.
드디어 저 남자와 내가 대화를 할 시간이 된 것이다.
"뭐, 별말은 아니고요."
"어쩌라고."
"이쯤에서 그만두는 건 어떨까요?"
"뭐?"
"전 그러고 싶은데. 어떠세요?"
"뭘 어쩌자고?"
"저 혼자 그만두겠다고 그러면 그쪽에서 파혼당하시는 게 될 텐데, 그것보다는 둘이 같이 그만두기로 한 걸로 하면 좋지 않을까요?"
"너 뭐라고 하는 거니?"
나는 생긋 웃어 보이기까지 하면서 여유를 부렸다.
"예쁜 옷도 입어 봤고요. 좋은 보석도 구경 잘 했거든요. 그러니 이쯤에서 그만하죠."
그 남자의 얼굴이 일그러졌다.
그리고 시간도, 공기도 모두 멈춘 것처럼 얼마의 시간이 흘렀고, 성질을 내거나 날 무시하거나 하는 게 공식이었을 저 남자가 피식하고 웃었다.
나는 알았다.
저 남자와 내가 같은 결론으로 합의를 했다는 것을 말이다.

싸운 일도 없었고 의견이 부딪힐 일도 없었지만, 처음으로 저 남자와 나는 같은 생각을 했다.
 그럼 된 것이다.

지나간 버스가 다시 올 때도 있다

"보고서 한두 번 쓰니? 너 리포트도 그러더니 회사 다니면서도 이럴래?"
"한 대리, 네가 너무 까다롭다는 생각은 안 하냐?"
"이거 이대로 결재 올려 볼까?"
"수정 안 하고?"
"내가 까다로워서 이상한 거면 과장님, 차장님, 쭉쭉 타고 올라가도 문제없지 않겠어?"
"다시 할게요."
저러고 내릴 꼬리면서 찍 소리는 한 번씩 내 본다.
나랑 동갑이고, 심지어 대학 동기이기까지 하지만 민규가 사시 본다고 1년 놀고, 군대 간다고 2년 노는 사이에 나는 취직을 해서 차근차근 절차를 밟고 올라와 대리이고 내가 대리

달던 해에 신입으로 들어온 민규는 나한테 올린 결재를 이렇게 까이고 마는 사원이다.

한을 품은 오민규는 칼을 갈면서 원한을 갚는 게 아니라 메신저로 징징거린다.

치사빤스님의 말 :
고 따구로 한다 이거지?

절대대리님의 말 :
그럼 보고서를 고따구로 쓰지 말던가.

치사빤스님의 말 :
대충 네가 손보고 넘기면 되잖아.

절대 대리님의 말 :
그걸 말이라고 하니?
너, 나랑 천년만년 대리 사원 하면서 살 거야?

치사빤스님의 말 :
나랑 살고 싶어, 한 대리?

절대 대리님의 말 :
여름도 아닌데 더위 먹었니?

치사빤스님의 말 :
쉽게 갈 수 있는 건 쉽게 가는 미덕 그런 거 안 배우고 뭐 했나, 서른이 되도록.

절대 대리님의 말 :
너 잡는 거 배웠다. 왜?

치사빤스 님의 말 :
네가 군대를 안 가서 그래. 이 얌통머리 없는 지지배야. 전우애가 뭔지를 알아야지, 원…….

절대대리 님의 말 :
넌 군대를 어설프게 갔다 와서 그 모양이야. 취사병 하지 말고 행정병 하지. 그럼 보고서는 잘 쓸 거 아니야?

치사빤스 님의 말 :
너 10만 취사병 모독하지 마.

절대대리 님의 말 :
우리나라 군대가 몇 명인데 취사병이 10만이니?

치사빤스 님의 말 :
우쒸…….

일도 많은데 이렇게라도 짚고 넘어가지 않으면 민규는 안 되는 거다. 메신저를 내리고 경영 계획서를 다시 검토하려고 하지만 눈에 잘 들어오지 않는다.

어쩌자고 이렇게 허무맹랑한 계획서를 가져오는 회사를 인수하겠다는 건지. 나는 도저히 이해가 안 된다.

아무리 모종의 관계들로 얽히고설켜 있다지만 같이 망하자는 것도 아니고, 나는 이 인수 합병의 의도를 알 수가 없다.

나 같은 피라미도 이렇게 어이가 없는데 윗선에서는 무슨 생각으로 이렇게 일을 벌린 걸까?

보고서를 두고서 이리저리 계산을 맞춰 봐도 난 이번 합병의 타당성에 할 말이 많았다.

"뭘 그렇게 이리저리 씹고 간을 봐? 위에서 하라는 대로 하면 그만인 거지?"

이윤보 과장이다. 내 직속상관이고 처음 내가 이 회사에 입사했을 때 내 사수였다.

"이런 회사를 그 돈을 들여 가면서까지 인수한 이유를 도통 이해할 수가 없네요."

"맛있게 보였나 보지, 뭐."

"암만 봐도 썩었거든요. 이거 상한 생선 같은데."

"핏줄이 무서운 거야, 그래서."

"무슨 말이에요?"

"우리 사장 조카가 말아먹은 거 수습 차원에서 떠안은 거야. 그 조카가 좀, 그 동네에서는 유명한가 보더라고."

만약 그 사장 조카가 내가 아는 그 사람이라면 오래전부터 아주 유명했다. 개차반으로 말이다.

"개망나니로요?"

"소문 들었어?"

"사장님 조카가 1명뿐이라면, 좀 들어 본 거 같아요."

"맞을 거야. 그 집안 손이 좀 귀하잖아. 그래서 업고, 들고, 너무 예쁘게 키웠는지 애가 좀 그런가 봐. 근데 더 웃긴 거 얘기해 줄까?"

"뭔데요?"

"낙하산 타고 우리 회사로 들어온다더라고 삼촌한테 좀 배워라 그랬나 봐."

아하, 낙하산.

"저도 낙하산 출신인데요."

"또, 또 예민하게 군다. 한 대리, 네가 낙하산인 거 아무도 기억 못 해. 일을 너무 잘해서. 다들 스카우트한 걸로 알지."

"이거 왜 이러세요. 저 낙하산이라고 젤 구박한 게 과장님이거든요."

"그거야 내가 원래 개천 출신 소띠잖아. 그래서 있는 집안 자식들이 연줄 타고 내려오는 거 잘 못 봐 주고, 좀 그래서 그런 거지. 난 지금도 그때 자기 우리 회사로 데려온 건 우리 사장의 혜안이었다고 봐."

일개 사원을 사장이 데려온다는 건 좀 웃기다. 고 사장이 어울리지 않는 동정심으로 꿰다 놓은 보릿자루 부려 놓듯이 던져 놓고 알아서 살아 내라고 해서 살아 낸 거지 결코 날 모셔 온 건 아니었다.

"뭘 그걸 혜안까지 들먹이세요? 민망스럽게."

"네가 민망해야 다시는 그 이야기를 안 할 거 아니야."

"그럼 그 조카님께서는 언제부터 출근한대요?"

"모르지. 내가 듣기로는 지금 어디 외국에서 좀 쉬고 있다던데?"

"회사를 이따위로 말아먹고 어디서 쉰대요?"

"가슴 크고 늘씬한 애들 많은, 따뜻한 나라 아니겠어?"

"좋겠다. 가슴도 큰데 늘씬까지 해서."

"그러기에 있는 집 딸 시절에 뭐 좀 넣지 그랬어."

"후회되는 거, 그거 말고도 많거든요."

나의 있는 집 딸 시절은 꿈을 꾸는 것처럼 아련하다.

29년을 살면서 7년을 뺀 22년을 부잣집 딸로 잘살았는데 기억이 잘 안 난다니. 동생 지연이라면 몰라도 나는 부잣집 딸 노릇을 아주 톡 부러지게 하고 살았는데 말이다…….

사람이 먹고사는 게 암담하다 보면 기억해서 도움이 안 되는 일 따위는 금세 잊기 마련인가 보다. 그래도 부잣집 딸 시절에 잘 배워 둔 영어와 불어 덕에 나는 멍청한 낙하산 소리를 안 듣고 이 전쟁터 같은 직장 생활에서 살아남았다.

가끔씩 너무 피곤해서 회사 가기 싫은 추운 겨울 아침에는 계속 부잣집 딸이었으면 하는, 되지도 않는 생각을 하지만 그건 어디까지나 내 철 지난 넋두리일 뿐이다.

지금은 그 남자가 말아먹은 회사의 경영 보고서 분석을 해야 한다.

가려면 자기 아버지 회사로 가지, 왜 삼촌 회사에 온다고 하는 걸까.

 그렇게 된다면 뭐, 그다지 두 팔 벌려 환영하고 싶지는 않지만, 그래도 알은척을 해야 하나.

 뭐라고 해야 하지?

※

 나는 저 여자를 안다.
 말갛게 나를 보는 저 맹랑한 눈을 알고, 당돌한 입을 안다.
 회사 말아먹고 삼촌 회사로 끌려와서 만나는 거 말고, 좀 더 괜찮은 상태였으면 좋았을 텐데. 우리 집 꼰대는 나를 이렇게 쪼고 또 쫀다.
 자기가 무슨 대머리 독수리쯤 되는 줄 아는지 끊임없이 날 쪼아 대기만 하더니 결국은 기억하는 것도 새삼스러운 과거의 약혼녀를 이렇게 찌질한 상황에서 만나게 한다.
 성질 나쁜 노인네가 할 일도 많고 벌 돈도 많을 텐데, 아주 날 구기고, 차고, 굴린다.
 "인사들 해요. 다들 같이 일해야 하는 경영 지원팀 사람들이니까. 이쪽은 새로 부임하는 팀장 고세훈 부장."
 젠장.
 지난달까지 난 고 사장이었다. 이사도 있고 상무도 있는데 부장이라니. 진짜 가지가지 한다.
 낙하산 타고 날아들어 온 나 덕분에 이사로 승진하고 경영 본부장 자리를 꿰찬 대머리 민 이사는 입이 귀에 걸려서 자기

후임으로 나를 그 팀에 직접 소개하겠다고 쉬지 않고 말을 해 대고 있었고 지원팀 사람들은 저 새끼가 누군가 하는 얼굴로 나를 훑어보고 있다.

눈 내리깔고 볼펜을 끄적거리는 나의 엑스 피앙세만이 모든 걸 아는 얼굴이다.

"이쪽은 우리 똘똘한 한정연 대리."

민 이사의 소개가 맘에 안 들었는지 한정연이 인상을 살짝 찌푸린다.

고개만 까딱하는 건 여전하다. 처음 선보던 날도 꽃 달린 머리띠를 하고는 저렇게 고개만 까딱했다. 나는 거기서 밸이 확 꼴리는데 저 계집애는 여전하다.

"이 과장하고 한 대리가 워낙에 팀워크가 좋으니까 인수인계 받고 하는 건 어렵지 않을 거야. 정 모르겠으면 나한테 직접 오고."

나 같은 불량 낙하산 덕에 이사 된 건 줄 모르는지 아주 거들먹거리면서 민 이사가 인심 쓰듯이 말한다.

"이 과장님이시라고?"

"예예, 이윤보입니다."

114 고객 센터도 아니고, 지나치게 친절하다.

말아먹고 낙하산 타고 들어왔어도 사장 조카는 좀 먹어 주는 거 같다.

"업무가 정확히 뭡니까?"

나는 순간 이 친절한 윤보 씨의 얼굴에 스치는 절망감과 오만함을 보았다.

엑스
피앙세

없이 자랐어도 나름 똑똑해서 프라이드가 아직 남아 있는 서민층이 나같이 있는 집 자식들이 보이는 허점에 쾌재를 부르는, 그 간사함도 보았다.

나 역시 이 없는 집의 잘난 자식을 비웃어 주고 눈을 돌리다가 과거에 겁나게 있는 집 딸이었지만 지금은 쫄딱 망해서 이 독한 회사에서 똘똘하게 일 잘하신다는 한정연 대리의 대놓고 날 경멸해 주는 임팩트 강한 눈빛에 귀가 멍해졌다.

"저희 부서는 일단 경영 지원실인데요."

"부서 이름은 압니다."

"우선은 진행 중인 사업의 경영 현황을 분석하고 차후 진행 방향을 제시하고요. 또오……."

물 만났다. 대충 이거저거 다 한다는 이야기인데 장황하기가 그지없다.

그저께 새벽에 공항에 떨어져서 시차 때문에 잠을 설쳤더니 이제야 졸리기 시작한다.

사장 시절에 졸릴 때는 사장실 문 잠그고 그 푹신한 초콜릿색 가죽 소파에서 퍼 잤는데. 너무 그립다.

이래저래 내가 회사 말아먹은 건 사실이니 변명의 여지가 없지만 삼촌 회사에 이렇게 날 가져다 놓을 줄은 몰랐다.

차라리 영감이 직접 날 가지고 노는 게 낫지. 엎어진 놈 한 번 더 밟아 준다는 심보가 아니고서야 나랑 살 뻔한 여자랑 같이 배치할 순 없다. 그런 삼촌 심보가 더 짜증난다.

거기에 내 얼굴을 보고서 눈 하나 깜빡하지 않는 데다가 날 한 수 아래로 내려다보면서 실실 쪼개기까지 하는 한정연이의 면상은 골고다 언덕을 표류하는 예수의 십자가보다 더 무거운 것 같다.

약혼을 깨던 날, 내 얼굴을 보면서 또박또박 말하던 그 얼굴 그대로다.

7년은 길다. 나도, 저 여자도 그 시간만큼의 삶을 살았다. 어떤 시간이었는지 물어보고 싶은 생각이 들 만큼, 그녀는 변한 게 없어 보인다.

나는 일그러지고 망가진 내 얼굴을 알고 있다. 그래서 지금 나는 저 여자 앞에서 한없이 쪽팔린다.

"재미있으세요?"
"네놈 얼굴 보는 게 무슨 재미까지 있는 일이라고……."
"딴 부서로 보내 주세요."
"네 스펙으로는 거기도 간당거려."
"저 사장도 했거든요."
"말아먹었잖아."
"그거야 고 회장님이 말아서 드신 거고 내버려 뒀으면 괜찮았다고요."
"지랄하네. 너 한정연이가 너희 회사 경영 계획서 보고 뭐라고 했는 줄 아냐?"

갓 말아먹은 내 회사에 대한 한정연 대리의 코멘트는 결코 듣고 싶지 않다.

하지만 고경철 회장의 심술을 닮은 고철종 사장은 내 마음을 신경 써 줄 사람이 아니다.

엑스
피아세

"썩은 생선인데 왜 그 돈 주고 사 먹냐고 하더란다."

좋은 말이 나올 거란 기대는 안 했지만 썩은 생선은 심했다.

"애가 진짜 똑똑해. 그 아버지 밑에서 나온 게 아깝다니까."

"돌아가신 분 험담을 왜 그렇게 하는데요."

"원래 이 바닥이 그래. 회사 말아먹은 인간은 모든 게 바닥인 거야. 한 회장이 공부 많이 하고, 인품 좋고, 젠틀했네 어쩌네 해 봤자 회사 말아먹고 차 몰고 벽 받아 죽은 인간이 그 결론이거든."

"사고였다고 하잖아요."

우리 집 식구들은 늘 이렇게 다른 사람에게 가혹하다. 그리고 자신에게 더 가혹하다. 모두의 유전자 어디엔가 심성 사나운 인자가 있는지 모두들 저 모양이다.

"누가 걜 여기다 데려다 놓은 건데요?"

"그게 너하고 무슨 상관인 건데? 월급 주는 거 안 아까운, 얼마 안 되는 직원이거든."

"퍽이나요."

"나도 가끔은 진심을 말해."

"그 아까운 직원의 불행한 가족사를 그렇게 빈정거리면서 말하시는 거 좀 그렇지 않아요?"

"지랄하네. 내 맘이야."

"제가 거기서 무슨 일을 해야 하는데요?"

"그거야 네가 알아봐. 네가 네 할 일을 찾아서 만들어. 세상은 떡 먹고 싶다고 해서 떡 주고 밥 먹고 싶다고 해서 밥 주는, 맘 좋은 데가 아니거든."

가문의 전통도 아니고, 저 얌통머리 없는 세계관은 야박한 우리 아버지부터 시작해서 두 형제가 가슴에 새기고 어찌나 다짐을 하는지 풋잠 자다 꿈결에도 들린다.

"누가 일 안 한다고 했냐고요. 한정연이랑 같이 일하기 싫어요."

"그럼 너 구매부로 갈래?"

"거기서 뭐 하면 되는데요?"

"뭐하긴. 자재 견적받아서 단가 후려치고 하는 거지."

"딴 데는 없어요?"

"없어. 그나마 거기가 제일 조용한 데야. 입단속 알아서 하는 놈들 데려다 놓은 데니까 너 여기저기 구멍 난 거 밖으로 새어 나갈 것도 없을 거고."

"믿는 도끼에 발등 찍힌다고, 누가 알아요? 나중에 삼촌 비리 그딴 걸로 걸리면 걔들이 다 나발 불 거라고요. 그러니까 아버지랑 삼촌이 좋아하는 그 핏줄 가져다 놓고 한정연이 빼줘요."

"결혼도 아니고, 약혼하려다 만 사이에 뭘 그렇게 쪽팔려 하냐?"

"쪽팔리긴 누가 쪽팔려요?"

"그럼 입 닥치고 일 제대로 배워. 너 사람 만들어서 제자리에 데려다 놓으라고 네 아버지가 날 말려 죽이려고 하니까."

"고 회장님도 아세요, 한정연이 여기 있는 거?"

"난들 아나. 기억이나 할까 몰라. 네놈 약혼녀가 한둘이어야지."

"딱 셋이었어요."

"자랑이다."

한정연은 나의 첫 번째 약혼녀였다.

넉 달의 약혼 기간보다 파혼 후 더 많이 알게 된, 유일한 약혼녀였다.

그래서 나는 그 여자를 이렇게 만나고 싶지 않았다. 이래서 세상은 마음대로 되는 일이 없다.

※

화장을 지우는데 볼따구니가 따끔하다.

사흘 동안 새로 오실 부장님 드린다고 자료 준비하라고 난리를 쳐 대서 하루에 5시간 빼고 내내 얼굴에 뭘 바르고 있었더니 이제 얼얼하다.

푸석하고 부스스한 건 그러려니 했는데 이제 아프기까지 하다.

이렇게 주름도 늘 거고 얼굴선도 무너질 거다. 이 여사가 의사 중에 같이 살기는 성형외과 의사가 제일 낫다고 하면서 김 원장하고 날름 결혼한 이유를 알 것 같기도 하다.

"찌개 맛있다."

"아까 논현동 갔다 왔거든."

"어쩐지. 네 솜씨는 아니다 했어."

"내가 이 나이에 이렇게 찌개를 끓이면 어떡하라고."

"어떡하긴. 좋은 거지."

"똑똑한 데다 예쁜 걸로도 시기 질투가 많은데 음식 솜씨가 장금이어 봐. 미인박명이라고 오래 못 살지."

말대답은 절대 지지 않는다.
"너 어디 나가서도 그렇게 잘난 척하니?"
"내가 바보야? 그렇게 새대가리 짓을 하게."
"목소리가 왜 그래?"
지연이 목소리가 아까부터 갈라져 있었다.
"수업이 많은 데다 돌대가리들이 말귀를 못 알아들어서 목청 터지는 줄 알았어."
지연이는 고등학교 때는 초등학생을 가르치고, 대학 때는 고등학생을 가르치면서 돈을 벌었다.
이 여사가 학비를 줬는데도 무슨 돈독이 저렇게 독하게 올랐는지 시간이 되는 족족 과외를 뛴다. 저러다 아예 졸업하고 그쪽으로 나앉을까 걱정이다. 거의 족집게 과외 전문 선생이 되어서는 중학생은 받지도 않고 돈 되는 고등학생들만 셋씩 묶어서 6팀을 뛴다.
그러면서 유급 안 당하고 학점 받아 오는 거 보면 독하긴 하다.
"너 졸업하면 취직해야 하는데. 그렇게 알바만 해서 언제 취업 준비하니?"
"계속 알바만 해도 언니 월급보다 낫게 벌 자신 있거든."
"좀 있으면 3학년이잖아. 스펙도 좀 채우고 그래야지."
"난 언니처럼 회사 다니면서 정액제로, 그렇게 일에 파묻혀 살고 싶지는 않아."
"그럼?"
"적어도 난 이 여사님이 롤 모델이야."
"얼씨구."

"어쨌든 지금은 잘 살잖아. 난 객관적으로 아줌마 인생이 나쁘기만 했다고는 생각 안 해. 적어도 돈에 쪼들려서 궁상은 안 떨잖아."

"나도 돈 참 좋아하기는 하는데. 넌 나이도 어린 게 한술 더 뜨니?"

"언니가 하도 돈 돈 하니까 그렇지."

"망해 봐서 그런지 난 너무 부자는 되고 싶지 않아."

"왜?"

"망하고 나서 과거 생각하면 더 힘들거든."

"난 너무 일찍 망해서 그런지 아쉬운 거투성이야. 예쁜 옷도 입고 싶고, 백도 좋은 걸로 들고 다니고 싶어. 언니가 옛날에 쓰던 거 말구 신상으로."

나는 지난 화려한 과거를 잊고 살려고 했고 지연이는 하나라도 더 기억해서 목표로 삼고 더 맹렬하게 돈 돈 한다.

"새 신 신고, 새 가방 들고 뭐 할 건데? 그래 봤자 남자 만나 연애하는 것도 아니면서."

"누가 그래? 내가 연애 안 한다고?"

"그럼 하니?"

"짬짬이 해."

"누군데?"

"알면 뭐 하려고? 잊어 주고 무시해 줘."

"반사회적인 거 말고 건전하고 미풍양속에 걸리지 않는 걸로 해 줘."

"구체적인 예를 들어 줘. 너무 광범위해."

"몰라 묻니? 유부남하고 연애하는 거."

"나도 그렇게 모양 빠지는 건 안 하네요. 잊었나 본데. 나 사춘기를 아홉 살에 시작한 사람이야. 그런 건 불우하거나, 왜곡된 사춘기를 늙어서 하는 인간들이 하는 거라고 봐."

"아홉 살에 시작해서 아직까지인 거지, 네가."

"아니거든. 내 사춘기는 언니 파혼하면서 끝났어."

"내 파혼이 어때서 네가 사춘기를 끝내?"

"그 뒤로 일어난 일들을 생각해 봐. 내가 온전하게 사춘기를 치를 주제가 됐는지."

아버지 회사는 부도가 났고 집에는 빨간 딱지투성이었고, 아버지는 느닷없이 돌아가셨다. 그때는 정말 모든 일들이 화면을 몇 배 속으로 돌리는 것처럼 빠르고, 정신없는 액션 영화처럼 일어났고, 지나갔고, 끝이 났다.

설거지를 하고 텔레비전을 켜고 누웠다가 깜빡 잠이 들었다.

나는 꿈속에서 그날 그 마아가렛 화관을 쓰고 팔푼이처럼 웃고 있는 나를 보았고, 나를 비웃는 고세훈 씨를 보았다.

움직이지 않고 정지 화면으로만 기억되는 꿈이 정상인가?

기상하라고 외치는 자명종 소리에 나는 벌떡 일어나 눈을 껌뻑이면서 이게 꿈인지 생시인지 천지 분간을 못 하고 한참을 앉아서 너무 또렷한 꿈을 되새김질했다.

창밖에 보이는 하늘은 뿌옇기만 하다.

비가 올 것처럼 우중충한 하늘이 왠지 오늘 일진을 말하는 것 같아서 자꾸 몸이 처진다.

엑스
피에세

시작이 불길하더니만 하루 종일 꼬인다.

혹시나 해서 그냥 나왔더니 정류장부터 비가 내리기 시작했다. 늘 타던 지하철을 탈걸. 사람들이 북적이는 게 싫어서 버스를 타겠다는 계산이 이렇게 사람을 바보로 만든다.

되돌아가기에는 너무 멀어서 안 사도 되는 우산을 하나 사고, 타야 하는 버스를 놓치고 말았다. 비 오는 날답게 차는 꽉꽉 막혔고 늘 여유 있게 출근하던 아침 시간은 초 치기로 간신히 출입 카드를 찍어야 할 만큼 급박했다.

겨울 아침에 내리는 비라기에는 좀 과도한 강수량은 새로 산 바짓단을 얼룩지게 만들었고, 꿈자리가 사나워서 그랬는지 뒤척거리는 바람에 눈은 뻑뻑했고 어깨는 무거웠으며 머릿속 저 멀리서는 편두통이 스멀스멀 밀려들고 있었다.

"절대 한 대리"
"왜?"
"그날이야?"
"그날은 무슨. 뭔 상관인데?"
"인상 박박 쓰고 있으니까."
"여자가 인상 쓰면 다 그날이니?"
"대체로 그렇지 않나?"
"아니야. 너 타이레놀 있어?"
"난 생리를 안 해서 진통제 없는데."
"무식하긴. 타이레놀은 머리 아파도 먹고, 이가 아파도 먹어."
"머리는 왜 아픈데?"
"오늘 하루를 또 어떻게 널 일시키면서 보내나 싶으니까 머리가 아프지."

"이거 왜 이래. 나 좀 전만 해도 네가 좋아하는 타이레놀 사러 약국 가려고 했는데 안 가."

"누가 가랬니?"

혀가 꼬인다. 편두통이 스멀스멀이 아니라 다다다 하면서 뛰어오는 것 같다.

"10시에 회의하자던데."

"아이씨."

"욕 나오나?"

"말시키지 마. 골이 막 울려."

"너 어제 술 먹었냐?"

"아니."

"근데 왜 골이 울려. 난 술 먹고 죽을 뻔하면 골이 울리던데."

"내가 너니? 너랑 나랑 신체 반응이 똑같은 조건에서 오게."

"너 머리 안 아파. 머리가 그렇게 아프다는 게 말대답을 이렇게 잘할 수가 없어."

그러더니 유들유들 신문을 들고 화장실 쪽으로 간다.

나쁜 놈.

저 자식하고 말 섞고 났더니 머리가 더 아프다. 지하 아케이드 약국이 문을 열었으려나. 시간을 보려고 고개를 들었다가 기겁을 했다.

파티션 위로 고세훈 씨의 얼굴이 정말 두둥실 떠 있었다.

눈싸움하는 사람들처럼 뜨악해서는 한참 동안 나는 그의 반응을 기다렸다. 그런데 별 반응이 없이 생뚱맞게 쳐다만 본다.

이 인간이 원래 이렇게 밑도 끝도 없이 맹했나.

"뭐 하실 말 있으세요?

"아니요."

"근데 왜?"

아, 이 조심스럽고 부담스러우며 숨 막히는 관계라니…….

"2알이면 되는 거죠?"

"에?"

밑도 끝도 없이 묻더니 대답도 안 했는데 하얀 태블릿 2알을 파티션을 넘어 내 책상에 놓고는 아무 일도 없다는 듯이 자기 자리로 가 버렸다. 귀도 밝다.

하얀 약 2알을 까 들고 한참을 바라보면서 이거 먹고 괜찮으려나 싶었다.

왠지 이 약을 먹고 나면 내 머리통이 뻥 터질 것만 같았다.

정말 일진이 사나울 징조가 장마철 번개처럼 여기저기서 우르릉 쾅쾅거린다.

"전반적으로 사업 환경이 악화된 거지 기술 역량의 문제는 아니라고 생각합니다. 경영 마인드라든지 경영 기술에 있어서 주먹구구로 운영한 면이 없다고는 못 하겠지만 적어도 기술력 없이 투자만 받아서 흥청거린 그런 벤처는 아니었습니다. 이제 벤처가 아니라 이 회사에 편입이 돼서 다른 이름으로 큰 역할을 할 것이라고 믿습니다. IDS를 인수한다는 것이 대진이라는 회사에 누가 될 것이라고는 생각하지 않아요. IDS의 경영 전반에 걸친 실사를 한 여러분이 더 잘 아실 거라고 생각합니다. 경영 부분이 미흡해서 썩은 생선이라는 말도 나왔다고 하지만 조금만 따뜻한 눈으로 살펴보고 새로운 힘을 불어넣어 주세요."

저거 내가 한 말인데. 어디서 들었지.

고세훈이 준 진통제를 받아 들었을 때는 이걸 먹으면 머리통이 진짜로 부서질지도 모른다는 생각도 했다. 하지만 내 생각과 달리 타이레놀의 약효는 객관적인지라 회의 시작해서 20분쯤부터는 머릿속이 점점 맑아지고 있었다.

고세훈이 말아먹었다는 IDS를 어떻게 활용하고 보유 기술을 어떻게 발전시켜야 하는가에 대한 회의를 3시간째 하고 있었다.

고세훈은 아직도 자기가 IDS 사장인 줄 아는지 기존의 직원들의 고용 승계나 기술 유출에 대해서 지극히 방어적인 입장에서 주장을 펼쳤고, 속을 알 수 없는 우리의 고철종 사장은 얼굴 어디에고 표정을 담지 않고 아픈 곳을 쿡쿡 찌르는 질문만 간혹 던지면서 고세훈을 압박하고 있었다.

그의 말이 끝나고 한참을 고철종 사장은 턱을 손으로 괴고는 우리가 작성한 경영 평가서를 넘기고 있었다. 저럴 때의 고 사장은 딱 김정일 같다.

서로 쳐다보는 것도 아니고 각자의 자리에 앉아서 딴짓을 하고는 있지만 분명 저들 사이에는 살얼음 같은 긴장감이 돌았고 우리 부서 8명과 경리부, 자금부 사람들 모두 숨도 제대로 쉬지 못하고 자리에 앉아 있었다.

결국 고철종 사장은 눈을 가늘게 뜨고 조카님이랑 한참 눈싸움을 하더니만 향후 IDS 운영에 관한 보고서를 만들라는 지시를 내리고는 휙 나가 버렸다.

엑스
피앙세

고세훈 씨는 삼촌 고철종 사장만 알았지 사장인 고철종 씨는 모르는 듯, 이게 무슨 일인가 해서 우리들을 훑어보았다.

한쪽 구석에 나란히 놓여 있는 의자에 꿔다 놓은 보릿자루처럼 앉아 있는 얼빵한 신입 2명만 빼고 우리 부서 사람들이야 고 사장의 행태에 익숙한 관계로 고세훈 씨의 의견이 받아들여졌다는 걸 다 아는데, 그는 긴가민가하는 얼굴로 우리들에게 답을 구하고 있었다.

이 과장도 박 대리도 모두 자리 앞에 잔뜩 쌓여 있는 자료들을 정리하고, 언제 끝날지도 모르는 야근이 시작될 거라는 압박감에 한숨을 쉬면서 별말들이 없었다.

여전히 얼빠진 얼굴로 자료를 정리하는 그에게 말을 걸었다. 왜 그랬냐고 묻는다면, 조강지처는 아니었지만 그래도 한때 평생을 같이할까 했던 기억이 있는 사람에 대한 일말의 의리랄까.

"IDS 살려 보라는 말씀이시네요. 축하드려요."

심지어 씽긋 웃어 주기까지 했다.

왜 그랬을까?

약혼을 깨자고 한 것은 나였지만 그 이후의 모든 소란스러운 상황은 그가 정리했다.

다들 길길이 뛰었지만, 그건 지극히 주관적인 그들 자신의 사정이었지, 결혼 당사자였던 나에 대한 배려는 없었다. 그러다 아버지가 돌아가시고 그 이후에 일어난 일련의 사건들은 고세훈을 천하에 나쁜 놈으로 만들었다.

결국 그는 개차반 별명에 여자네 집 기우뚱하다고 약혼식 날 차 버린, 치사한 인간까지 되어 버렸다.
  나는 그때 그가 그만두자고 한 게 나라고 할 줄 알았다. 벼락이 떨어질 것을 각오하고 있었는데 사람들은 내게 위로와 동정을 보냈다. 고세훈 씨가 모든 오명을 뒤집어쓴 것이었다.
  어쩌면 그때의 마음 빚이 아직 좀 남아 있는지도 모르겠다.
  내가 그를 마지막으로 본 날은 아버지의 장례식이었다. 사람들이 수군거리는 걸 나도, 그도 다 알았지만 그는 끝까지 자리를 지켜 줬다.
  장지까지 따라와 준 고세훈 씨는 아무 말 없이 내게 악수를 청했고 나는 그 손을 말없이 잡았다. 고맙다는 말이라도 했으면 좋았을 거란 생각을 한 2년 동안은 가끔씩 했던 것도 같다. 그때 나는 어른인 척하는 스물두 살짜리 어린아이였고, 그는 다 큰 어른이었다.
  지금 나는 그때의 그와 같은 나이다.
  그때의 마음이 아직 남아 있다면 그래서라면 지금의 내 마음이 설명이 된다.
  나는 저 남자가 무너지지 않기를 바란다. 사람들이 말하는 것처럼 막 살았을지는 몰라도 그때나 지금이나 저 남자는 세상의 재재거림에 흔들린 적이 없는 것처럼 느껴진다.
  스물두 살의 내가 잠깐 그에게 끌렸던 건 그 유유자적한 눈 때문이었다. 조금은 무서웠지만, 그래도 나는 아주 잠깐 동안 낯선 저 남자에게 기대고 싶다는 생각을 했다.
  아까 회의실에서 그의 브리핑은 정말 절실하게 회사를 살리고 싶어 한다는 걸 느끼게 했지만 동시에 나는 그의 그런 모습에 마음이 덜컹했다.

왜 그랬는지 곰곰이 생각해 봤다. 인정하기는 좀 그렇지만 나는 그런 그를 보고 싶지 않았다. 예전의 내가 아닌 것처럼 그도 변했을 텐데 나는 그가 내 기억 속의 모습으로 남아 있었으면 한다.

모든 것이 변해 버린 내 지난날에 하나 정도는 변하지 않는 것이 있어도 좋지 않겠는가.

한정연의 말이 맞다면 우리들의 IDS는 살아남을 것이다.

지금 회사 돌아가는 걸로 봐서 우리는 적어도 공중분해만은 면할 듯하다.

웬일로 한정연이 먼저 말을 붙인 건지는 몰라도 나는 그 순간에는 그녀가 참 고마웠다.

심지어 저 여자가 내 편인가 하는 생각도 잠깐 했다…….

고립무원이라고까지는 할 수는 없겠지만 나는 여기서 혼자 떨구어진 낙동강 오리알이 맞기에 작은 친절에도 감격한다.

볼일도 없이 화장실 변기에 앉아서 이런저런 생각들을 정리하자니 참 내 신세가 처량했다.

내가 사장이었을 때는 고민이 있으면 혼자 책상 서랍에 숨겨둔 술병을 비울 수도 있었고 그러다 졸리면 잘 수도 있었다.

불과 한 달 전까지 CEO 고세훈 명함을 들고 다닐 때는 그렇게 살 수 있었다. 그런데 지금은 화장실 구석 변기에 앉아서 이러고 있다.

 사람 일은 모른다더니만 나는 나의 몰락을 가지가지 방법으로 구질구질하게 느끼고 있다. 이래도 되나 싶을 정도로 나는 하루하루 바닥을 친다.

 손을 씻고, 머리 모양새를 만지고, 넥타이 매듭을 다시 잡고는 나는 거울에 비친 내 모습을 빤히 쳐다보았다.

 여자한테 작업 걸 때는 나름 열심히 거울도 봤는데 지금 거울 속에 비치는 나는 처음 보는 사람처럼 낯설다.

 지난 시간은 대체로 순탄했다.

 돈 쓰고 사는 데 문제없었고 여자랑 노는 데 거리낌이 없었으며 하고 싶은 일 웬만한 건 다 하고 살았다.

 이제 나는 여태껏 내가 살았던 것과는 다른 삶을 살아야 할지도 모른다.

 그것이 고 회장의 장난질이었든 아니든 간에 지금 여기 이렇게 화장실 거울 앞에 서 있는 내 모습에 대한 책임은 내가 져야 한다.

 회사를 만들어서 제품 개발한다고 설칠 때 말고 내가 무언가에 목숨을 걸고 있다는 기분을 느낀 건 오늘 회의실에서가 처음이었다.

 내가 날려 버리고 망하게 해 버린 회사에 동아줄을 내려 달라고 나는 필사적으로 삼촌에게 빌었다. 사람들의 시선 따위 의식하지 않고 빌었다.

 내 마음을 삼촌이 알아주었는지 아닌지는 알 수 없지만 어쨌든 동아줄 하나를 부여받았다.

 썩은 줄인지 아닌지 더 이상 궁금해하지도, 계산하지도 않을 생각이다.

 서른여섯에 나는 처음으로 책임을 지는 일이 얼마나 무서운 일인지 절감했다.

 책임을 짊어진 어깨는 무겁다.

 어쩌겠는가?

 이제는 뚜벅뚜벅 걸어 나가는 수밖에.

 사무실 문 앞에서 나는 심호흡까지 했다.

 직원들이 제 놈이 말아먹은 회사 살리겠다고 3시간짜리 회의를 한 나를 어떤 얼굴로 볼까 하는 쪽팔림에 나는 숨이 가빠왔고 수영하러 들어갈 때도 안 하는 복식호흡을 깊게 하고는 사무실에 들어섰다.

 그런데 그들은 아주 평온했다.

 희희낙락하는 인간들이 절대 아니라는 건 얼핏 감을 잡았지만 아무 일도 없었다는 듯이 자기 자리에 앉아서 고개들을 모니터에 처박고 일을 하고 있었다.

 힐끔이라도 나를 쳐다보는 사람 하나 없다.

 아까 회의실에서 멍청하게 서 있는 내게 말 걸어 준 한정연이 말고는 알은척하는 사람이 없다. 그런데 그 한정연마저도 오민규와 머리를 맞대고 뭔가를 열나게 계산 중이다.

 저 둘은 사수 관계라는데 꼭 오누이처럼 붙어 앉아서 거의 쌍으로 움직인다.

오민규가 서글서글하니 사람들한테 잘 들러붙는 성격이라 그런가 싶기도 하지만 한정연이 오민규에게 장단을 맞춰 주는 것은 좀 의외였다.

"너 사내 교육이라고 대충했지?"

"그걸 죽어라 하는 인간은 너밖에 없다고 봐."

"너 하던 일 다 나한테 넘기고 그거 교육받으러 간 거 두 달도 안 됐거든. 1인당 200씩 들여서 가르쳐 놨더니 매뉴얼 가져다가 이게 뭐니?"

"너도 받았잖아."

"나 혼자 될 거였으면 왜 너까지 보내겠냐고, 이 인간아."

한정연이 저렇게 센 말을 하고 살 줄 몰랐다.

청담동 며느리스럽게 고운 말, 우아한 말, 속 빈 강정 같은 말만 할 줄 알았는데 말이다.

"당장 이렇게 표가 나잖아. 경영 평가 시스템 새로 도입하겠다고 작년부터 그 난리를 친 건데 어쩌려고 이렇게 헤매니? 너 아는 게 없잖아."

"하다 보면 다 알게 돼 있거든."

"누가? 네가? 행여나."

"한 대리, 네가 있잖아. 네가 날 잘 가르쳐 봐. 그럼 내가 잘할게."

"널 하루 이틀 가르치니? 그리고 너 이번에 대리 달면 나랑 분리해서 업무 분장할 건데 어쩌려고 그러는데."

"나 대리 싫어."

"그럼 만년 사원 할래?"

"네가 날 잘 봐주면 되잖아."
"돌았니?"
저런 독설에도 오민규는 끄떡없다. 뺀질뺀질하게 히죽거리더니 기지개를 켜다 나와 눈이 마주쳤다.
찔끔 놀라 다시 헤실거린다.
"부장님, 어디 다녀오세요?"
"네?"
"다들 기다렸는데."
"날요? 왜요?"
"축하해 드리려고요."
"뭘요?"
"IDS 회생시키자고 사장님이 그러셨잖아요. 우리 사장님, 죽여 없애는 건 천부적인데 뭘 다시 살려 보자고 그런 건 처음이거든요. 그래서 다들 축하해 드리려고 했죠."
이 회사에 들어올 때 삼촌이 한 말이 귀에 맴돌았다.

'이건 명심해. 우린 대진 ENG지 IDS가 아니야. 내 밑으로 들어오면 IDS랑은 인연을 끊어야 해.'

"뭘 축하씩이나."
"축하받을 만하셨는데요. 뭘."
한정연이 머리통도 안 돌리고 모니터를 보면서 툭 던진다.
애가 내 편인가 하는 생각이 또 들었다.
"일단은 살리기로 한 거니까요. 뭐 살리려고 해서 다 살아지는 건 아니지만요."

얄밉게 한마디 거들지만 않았어도 나는 저 한정연이 그나마 옛 인연을 긍정적으로 풀어 가려고 내게 친절한 거라 믿을 뻔했다.

저런 한정연은 상견례할 때 봤던 한영성 회장의 목석같은 얼굴을 많이 닮아 있다.

나는 주먹을 꽉 움켜쥐었다.

저 모진 뒤통수를 한 대 갈기고 싶어졌기 때문이다.

내 주먹이 피가 몰려서 벌겋게 변하건 말건 오민규는 지치지도 않고 생글거리고, 한정연 씨는 여전히 숫자가 잔뜩 올라가 있는 모니터를 보고 있었고, 나는 명색이 부장이면서 경비 몰래 들어온 잡상인보다도 못한 엉거주춤한 폼으로 서 있었다.

아침에 머리 아프다고 오민규에게 징징거리던 한정연은 그런 일 따위는 없었던 것처럼 말짱했고, 이제는 내 머리가 깨지려고 했다.

일단 IDS는 살아남았는데 대신 나는 자꾸 죽어 가는 기분이 든다.

"연애의 기초?"

"그렇지. 그게 뭐냐고?"

"10년 연애질 내공이라며. 네가 날 무연애 인생이라고 멸시할 때는 언제고 그렇게 심오한 걸 비천한 나 따위한테 왜 묻는 건데?"

　회식 자리에서, 그것도 고세훈 부장 환영회를 빙자해서 모여 있는 이 시점에서 오빵 오민규 선생은 또 삽질을 시작하신다.

"뭐긴 뭐겠어. 한 대리 감 안 와? 오민규 또 어디 한눈팔 거리가 생긴 거지. 하루 이틀이냐고."

　이런 일에 대한 통찰력은 지존이신 이 과장이 통을 준다.

　이 인간이 또 바람이 난 거다. 둘이서 하던 이야기는 이 과장이 거들고 나서면서 테이블 주제가 되어 버렸다.

"10년 연애면 언제 만나 아직도인 겁니까?"

　7년 사이에 약혼만 세 번 하신 고세훈 씨의 눈이 커졌다. 그렇지. 저 인간이 이해할 만한 세계의 일이 아닌 거지.

"대학 면접 볼 때 만나서 지금까지인 거죠."

"대단하네요."

　오빵이 대단한 게 아니라, 오빵 애인이자 내 친구인 이가은이 대단한 거지. 남자들은 왜 오랜 연애의 모든 공을 자신들의 인내와 희생이라고 생각하는 걸까.

"일부종사가 꿈이었나 보지, 오민규 여자 친구가. 열녀문 세워 줘야지."

　안 오면 정말 좋고, 왔어도 1차만 깔끔하게 드시고 가면 산뜻하셨을 민 이사가 삭풍 부는 초겨울에 진땀을 손수건으로 쓱쓱 문질러 대면서 한마디 한다.

　매번 오민규의 오랜 연애가 화두가 되면 같은 말들을 번갈아 가면서 한다.

"그건 아닐걸요. 우리 아버지는 엄마하고 45년째이신데, 대놓고 자기 인생이 진짜 안쓰럽다고 그러시는데요."

이 과장의 아버지는 도박과 보증으로 얼룩진 전력이 있으시므로 바람까지 피우셨다가는 그랜드 슬램 달성으로 내소박 맞는 건 일도 아니었을 텐데 참 용감도 하다. 아니, 뻔뻔한 건가.

별 대홧거리도 안 되는 일부종사를 두고 또 갑론을박이다.

이래서 내가 1차 끝내고 간다고 한 건데 부득부득 잡고 늘어지더니 또 테이프 늘어지듯 한없이 늘어진다.

"그럼 한정연 대리는 어떻게 생각해요?"

이 목소리는 고세훈 씨 거고 난 딴생각하느라고 질문의 요지를 놓쳤다.

"뭘 말씀하시는 건데요?"

모르면 물어봐야지 어쩌겠는가. 좀 쪽팔리기는 하지만 말이다.

"저거 또 딴 세상 다녀왔지. 야, 경청을 해야지. 다 인생 선배, 오라비들인데."

오빵이 또 나선다.

"뭐겠니? 일부종사지."

내 주변에 일부종사의 모범을 보여 준 사람이 없으니 뭐라고 딱히 할 말은 없다.

"할 만하면 하는 거고. 상대가 아니면 마는 거고. 그런 거 아닌가 싶은데요."

"선택이 아니다 싶으면 바로 엎을 수도 있다, 이건가?"

고세훈 씨가 삐딱하게 웃으면서 묻는다. 이건 그와 나 둘만이 아는 이야기이다. 7년 전에 물어야 맞는 거였는데 너무 오래 묵은 질문이다.

엑스
피아세

그런데 나는 그 질문에 선뜻 대답을 할 수가 없었다.

다들 술 먹고 해롱거리는 자리인 것이 얼마나 다행인지. 민이사가 대답을 가로챘다.

"그런 게 어디 있어. 그냥 사는 거지. 우리 마누라가 그러더라. 한 1년쯤은 사랑이 있었던 거 같은데 그다음은 의리로 좀 버티고, 20년 넘으니까 습관이라고. 20년 묵은 습관을 새삼스럽게 뭐하러 바꾸냐고, 귀찮게."

다들 웃고 맞장구를 쳤지만 나는 대각선 너머에 앉아 있는 고세훈 씨의 눈을 고스란히 받아 냈다.

이제 와서 그걸 왜 묻는 걸까.

※

현업 부서 사람들을 만날 때 이 과장은 어깨에 힘을 주고 다닌다.

심지어 거들먹거리기까지 한다.

나이 좀 있는 현업 사람들은 앞에서는 웃으면서 실세 부서라며 치켜세워 주고 뒤에서는 잘근잘근 씹어 댄다. 그걸 모르는 사람이 아니면서도 그는 가끔 과도하게 눈에 힘을 준다.

매달 마지막 금요일 저녁 5시면 외근 나갔던 영업부서장들이 본사로 들어온다.

대개 한 달 간의 수주와 수금 현황을 보고하고 숫자 부풀리기가 없는지 우리들이 작성한 자료와 대조하면서 아주 쪼잔하게 돈 계산을 하는 자리인데, 별일이 없으면 2시간이면 끝나지만 뭔가 의심스러운 게 나온다 싶으면 날밤도 새우는 회의인지라 경영 지원실 아랫것들은 정말 들어가기 싫어한다.

민 이사가 승진을 하고 이윤보 과장이 아직 업무가 낯선 고세훈 부장을 대신하는 일이 많은 관계로 나는 웬만해서는 들어갈 일이 없는 이 전쟁터에 따라 들어왔다.

해외 영업부나 시판 영업부는 그래도 일반 대중을 상대로 하는 사람들이라 이런 회의에 여직원인 내가 들어오는 거에 별 반응이 없지만 관급 공사를 수주해 오는 영업 1부는 좀 거칠다.

그들은 공무원들을 상대로 영업을 해서인지 은근히 보수적이다.

처음 내가 입사했을 때만 해도 이들에게서 영업 보고서나 계획서를 받으려면 의자를 끌어다 놓고 지켜 앉아 있어야 했다. 지금은 좀 나아졌지만 말이다.

"한 대리 오랜만이네."

"그러게요."

처음에 날 제일 애먹였던 임 부장이 알은척을 한다. 이 아저씨는 느물거리긴 해도 은근 속정도 많고 날 챙겨 준다.

"얼굴 보기 힘들어. 요즘은 오민규 낯짝만 중뿔나게 보고."

"그러니까 시한 내에 자료 착실히 주고 그러셨어야죠. 오민규 좀 그만 괴롭히세요."

"걔 좀 오지 말라고 해. 시끄러워서 일을 못 하겠어."

"말한다고 그게 되겠어요?"

"하긴 오민규가 상대하기는 더 낫지. 한 대리가 미간에 내 천 자 그어 놓고 빚쟁이처럼 의자 옆에 놓고 앉아 있는 것보다

시끄러운 게 낫지. 좀 바꿔 봐. 미인계 같은 걸로. 친절하고 사근사근하면 더 잘 통할지도 모르잖아."

"그거 편견이거든요."

"시집 안 가? 그렇게 무뚝뚝하게 굴면 남자 안 꼬여."

"남자 앞에서는 안 그래요."

"나도 남잔데."

"사회적으로 문제 있는 관계가 되면 남자로 취급 안 해요."

"자긴 너무 드라이해."

"개의치 아니해요."

손뼉 치는 소리가 난다. 그만 떠들고 회의하자는 이윤보 과장의 시그널이다.

"자자, 일합시다."

다들 웅성거리는 걸 멈추고 앞을 보았다.

노트북을 들고 뒷자리로 움직이는데 고세훈 씨가 멀뚱하게 앉아 있었다.

이 과장이 모두에게 고세훈 씨를 소개하고 아주 식상한 덕담들이 오고 가고, 이내 살벌한 회의가 시작되었다.

회계 자료 분석한 것과 현업 부서장들이 발표하는 것을 비교하다 보니 다음 달 수주분을 앞으로 당겨 올린 것이 눈에 띄었다.

나는 늘 하던 대로 보고서에 빨간 볼펜으로 표시를 하고 고세훈 씨에게 자료를 넘겨주었다.

그는 찬찬히 보더니 내가 내민 보고서에 또 뭐라고 쓰더니 다시 돌려주었다. 무슨 쪽지 편지 주고받는 것도 아니고 안 그래도 처음 참석하는 자리라 그를 의식하는 사람들의 소요가 살짝 느껴졌다.

이걸 지적해야 하나?

반말이시다.

어차피 다 알겠지만 이쯤에서 한 번 짚어 주세요. 그냥 넘어가가면 좀 만만하게 볼 수도 있거든요. 세게는 말고 지그시 한 번 밟아 주고 넘어가도 무난해요.

이러다 난 고세훈 씨 비서 노릇도 할 판이다.
자료를 이리저리 보던 고세훈 씨는 부서장 발표 후에 의사 표시를 했다.
"제가 아직 잘 몰라서 그럴 수도 있겠습니다만……."
시작이 매끄럽다.
여자들 꼬이는 데 타고났다더니만 사람들 비위 안 건드리고 지적을 하고, 걸릴 걸 알면서 똑같은 잘못을 자꾸 하는 박 부장은 얼굴이 벌겋게 돼서는 실수라고 변명을 하면서 일이 잘 마무리되었다.
평소 같으면 멱살도 잡고, 소리도 지르고, 개판을 벌리기도 하는데, 오늘은 처음이라 그런지 별 큰 고성도 오가지 않고 비교적 쉽게 마무리가 되었다.
이 정도면 고세훈 씨도 무난하게 이 회사에 발을 담그고 있는 거다 싶어졌다.
 예전에 내 약혼자 시절의 그 싸가지 없이 굴던 무심함도 세월 따라 무뎌진 건지 모르지만 그는 그때와는 살짝 달라 보인다.

"수고했어. 당분간 한 대리가 회의 들어올래?"
"오민규 데리고 가세요. 곧 대리 다는데 저보다는 오민규가 영업팀 상대하기 좋잖아요."
"그 자식은 능구렁이들한테 말리잖아."
"오민규도 여우거든요."
"너만 하겠냐?"
 이 과장은 일 가르치는 솜씨가 뛰어나다. 오만 욕에 야근을 밥 먹듯이 했지만 이윤보 과장의 닦달이 아니었으면 나는 이곳에서 버티지 못했을 것이다.
"언젠 곰이라더니."
"부장님이 적응기가 필요하니까 네가 한두어 달만 들어와."
"싫은데."
"왜?"
"금요일 날 다 저녁때 언제 끝날지 모르는 회의 따라 들어가는 거 좋을 리가 있겠냐고요."
"그럼 우리 나올 때까지 너도 퇴근하지 마."
"무슨 심술이세요?"
"나 아홉수야. 건들지 마."
"별 상관도 없는 거 갖다 붙이지 말고요. 저 안 넘어가요."
 이 과장은 툭하면 자기가 서른아홉, 아홉수라면서 위험하니까 건들지 말라고 협박한다.

나도 아홉수다.

"아까 보니까 네가 사부작사부작 자료 챙겨 주고 그러더라고. 그런 거 우리 오 군은 잘 못 하잖아. 제 놈이 손들고 말지."

내 발을 내가 찧는다.

저 불여우 같은 이윤보 씨는 안 보는 것처럼 하고 볼 건 다 본다.

"그럼 두 달이에요."

"그래. 두 달. 나 영업팀이랑 한잔할 건데 너 안 갈래?"

"일 많아요. 일하다 집에 갈래요."

"세상도 흉흉한데 일찌감치 들어가."

"그 흉흉한 세상에 일을 왜 이렇게 주는 건데요. 주말에 쉬려면 좀 있어야 해요. 토요일에 출근하기 싫어요."

이 과장이 나가고 사무실은 다시 조용해졌다.

다들 금요일이라고 일찌감치 나가 버려서 사무실이 텅 비었다.

나는 이런 시간이 좋다.

음악을 좀 크게 틀어 놓고 있기도 하고, 구두를 벗고 책상다리를 하고 앉아 있기도 하고, 가끔은 스타킹을 벗어 버리고 맨발로 돌아다니기도 한다.

저번에 혼자 일할 때 술 먹고 잘 데 없다고 기어들어 온 오민규가 맨발로 커피 타 먹고 있는 나를 보고 변태 짓을 한다고 했지만, 그딴 건 무시할 만큼 나는 이런고요가 좋다.

엑스
피아세

내일은 이유미 여사님이랑 놀아 주기로 한 날이기 때문에 회사 일을 쌓아 두고 퇴근할 수가 없다.

배냇병이 사춘기라는 이 여사는 사시사철 외롭고 서럽고 쓸쓸하시기에 까딱 핀트를 잘못 맞추면 또 여권 찾아 들고 사라져서 김 원장님 식겁시키고 우리까지 진을 다 빼게 만들기 때문에 눈치껏 짝짜꿍을 맞춰 줘야 한다.

띠릭 하고 문자메시지가 왔다.

내일 잊지 않았지?

이러시는데 잊을 수가 있겠는가?
답문자메시지를 찍는데 전화가 들어왔다. 이 여사다.
"성질도 급하셔."
— 너 또 피곤하다고 나 쌩 깔까 봐 그러는 거야.
"딱 한 번 그랬는데 그걸 아직도 물고 늘어져요?"
— 난 그때 상처 받았어.
"상처는 무슨……."
— 넌 어릴 때나, 늙어서나 내 진심을 무시해.
"드라마 뭐 봤어요?"
— 왜?
"냄새가 나거든. 또 주인공한테 감정 이입된 거지 싶은데."
— 개코 하고는.
"빤하니까. 뭔데 그래요?"
— 얘, 난 다시 스무 살이었으면 좋겠어.

"뭘 봤는데?"

— 애들이 어쩜 저렇게 예쁘니?

"요즘 애들 나오는 드라마 하나?"

— 다 애들이지. 아시안 게임하고 올림픽 할 때 세상 나온 애들.

"다시 스무 살 되면 걔들이랑 뭐 하려고?"

— 당연히 연애지. 내가 걔들이랑 뭘 하겠니?

"연애를 안 해 보셔서 그러면 연애에 포한이라도 졌나 보다 하지요. 그건 또 아니시니……."

— 넌 다시 스무 살이 되고 싶지 않아?

"싫어."

— 왜? 그땐 네 아빠 잘나갈 때였어.

"곧 망할 텐데, 뭘."

— 너 사는 거 지겹니?

"글쎄. 별로."

— 너 나랑 병원 가 보자.

"또 어디? 원장님 경기하게 하지 말고 병원 좀 그만 다녀요. 성형외과 원장 부인이 다른 성형외과 다닌다고 난리 난 거 얼마 안 됐잖아."

— 계집애. 정신과 말이야.

"거긴 왜?"

— 너 우울증이야.

"요즘은 개나 소나 다 우울증이래. 배 터지게 밥 먹고 숨차서 한숨 쉬고 있어도 우울하냐고 그러잖아."

— 아냐. 난 너 보면 불안해.

엑스
피앙세

"왜요? 성장기가 불행해서?"

— 그냥. 너 팔짱 끼고 뒤에 앉아서 세상 요렇게 내려다보는 거 같을 때마다 난 무서워. 뭐든지 뿜어. 넌 좀 뿜어도 돼.

"뿜긴 뭘 뿜어요? 물을 뿜어? 불을 뿜어?"

— 독을 뿜든, 악을 뿜든, 뭐든 뱉어 내라고. 그거 다 가슴에 맺히면 한 되고 병 된다고.

뭘 어떻게 뿜어야 할까.

나는 그냥 이렇게 사는 게 좋다.

내일 11시까지 압구정동에서 보자는 약속을 다시 한 번 확인하고 이 여사는 전화를 끊었다.

나랑 제일 안 맞으면서 제일 오래 나를 봐 온 사람이니 그녀의 말이 아주 틀린 건 아니라고 생각한다.

수선스럽고 가끔은 경박하고 변덕스러워도 나는 이유미 여사님이 좋다.

같이 살 때는 참 이상한 사람이라고도 생각했는데 언젠가부터는 아버지가 왜 그녀와 같이 8년을 살았는지도 이해했고, 지연이가 그렇게 마음을 주고 살았는지도 알 것 같았다.

나는 언제나 감정으로 사람을 알아 가는 게 느리다.

생각이 많아서인지 뒷목이 뻐근해서 목운동을 하다 기절할 뻔했다.

고세훈 씨가 귀신 보는 것 같은 얼빠진 얼굴로 나를 보고 있었다.

"뭐 하세요?"

"한 대리는 뭐 하는데요?"

"저야 일을 하죠."

아까 분명히 이 과장보다도 먼저 나갔는데 이 밤중에 여긴 왜 온 걸까.

"11시인데요?"

"그러는 부장님은 11시에 사무실에 왜 오신 건데요?"

"저녁 먹고 집에 가려는데 주말에 볼 서류가 없어서요."

이 사람은 생각보다 열심히 일을 한다. 대충대충 놀지 않는다는 걸 알고 있었지만 주말마다 서류를 싸 가지고 퇴근하는지는 몰랐다.

"저녁도 안 먹고 일한 거예요?"

"아까 오후에 도넛이랑, 사다 놓은 거 있었거든요."

"그걸로 끼니가 됩니까?"

"도넛 세 개면 세끼분 열량 채우는 건 일도 아니에요."

"열심히 하네요, 뭐든지."

"목구멍이 포도청인지라."

그가 피식하고 웃었다.

"비웃으신 건 아니죠?"

"그럴 리가."

"안 갑니까?"

"가야죠. 정리하려던 참이에요."

"밖에 비 오는데."

"우산 있어요."

우산은 무슨. 이런 객기가 사람을 바보 만든다. 어디 편의점 가서 또 우산을 사야 하나.

엑스
피앙세

"사장님한테 보고해야겠네. 금요일 밤에 이렇게 퇴근도 안 하고 열심인 직원이 있다구고."

"그럼 아마 고 사장님은 인간이 덜떨어져서 제시간에 안 하고 늦게까지 전깃불 태우고 있다고 화내실걸요."

낮은 소리로 웃는다. 내 말에 동조한다는 웃음이다.

책상을 정리하고 퇴근 준비를 하는 동안 그는 창가에 있는 자기 자리로 갔다. 나는 그보다 먼저 사무실을 나가야겠다는 신념으로 후다닥 가방을 챙기고 옷을 입고는 자리에서 일어섰다.

"저 먼저 갈게요."

목소리는 들리지 않고 파티션 너머로 그의 팔이 쑥 올라와서는 바이 바이를 했다.

밖은 소리 없이 비가 많이 내리고 있었다.

길 건너 편의점까지 가려면 저 비를 어느 정도는 맞아 줘야 하는데 좀 난감했다.

핸드백을 머리에 대고 신호등이 파란불로 바뀌길 기다리는데 빗방울은 이제 소리까지 내 가면서 굵어졌다.

비 오는 금요일 늦은 밤은 혼자 비 맞고 청승 떨기 딱 좋은 타이밍이다.

불 꺼진 회사 로비를 뒤로하고 비 내리는 서울 밤하늘을 보는 걸 낭만이라고 말하기에는 나는 너무 약았고 날씨도 춥다.

"우산은 어쩌고?"

저 비를 뚫고 그저 전진 전진 했어야 하는 건데 결국은 고세훈 씨의 이죽거림을 듣고 만다.

"원래부터 없었어요."

"근데 왜 거짓말해?"
"있는 척하는 게 몸에 뱄나 봐요."
"원래 있는 사람이었으니까 척은 아니지. 기억이 다 사라지지 않은 거지."

웃긴다. 근데 속으로만 웃어야 하는데 피식 소리 내 버렸다.

"왜 웃어?"
"내 맘대로 웃지도 못하는 세상은 아닌 거 같은데요."

이번에는 그가 피식 웃었다.

"차 가지고 올게. 기다려."
"아직 지하철도 멀쩡하게 다니고 버스도 잘 다닙니다."
"캔디도 아니고 튕기긴."
"캔디 하기에는 늙었죠."
"지금 몇 살이지?"
"스물아홉이오."
"그렇게나 많이? 금방 서른 되겠네."

그는 진짜로 놀란 것 같다. 웃겨. 자기는 안 늙었나.

"부장님은 곧 마흔이시겠네요."
"그런가?"
"정말 더 늦기 전에 가야겠어요. 먼저 갈게요."

가끔 기도 안 차게 무모해지고 어이없게 오기로 빵빵해진 나는 그의 말대로 서른을 코앞에 두고 주룩주룩 내리는 겨울비를 오롯이 맞고 거리로 뛰쳐나왔다.

그는 더 이상 나를 잡지 않았고, 한참을 걸어 나와 뒤를 돌아보았을 때는 그 자리에 남아 있지도 않았다.

서운했다.

그에게 서운한 게 아니라, 나는 그와 말을 섞다 하나씩 떠올랐던 내 지난 시간들에게 서운했고 그때의 나한테 서운했다.

아무리 지난 일이라 꼭꼭 닫아 두고 묻어 두었던 일이었다지만 나도 모르게 아물지 않은 상처는 고름도 나고 진물도 흐른다.

편의점에서 우산을 사지 않았다.

오늘 비를 오롯이 다 맞고 싶어졌다. 내일 앓아눕는 한이 있어도 말이다.

비를 맞고 가는 뒷모습에서 등을 돌린 다음 나는 조금도 망설이지 않았다.

주차장으로 내려가면서 마치 그녀가 나를 따라오는 것처럼 혼잣말로 '보지 마, 보지 마' 그러는 꼴값을 떨었다.

벌써 언제였는지 세어지지도 않는 시간들이 지났는데. 상복을 입고 아무 말 없이 다소곳하게 인사를 하고 뒤돌아 가는 뒷모습에 묶여 버린 기억이 새삼스럽게 선명했다.

삼촌에게 떠밀려 조문을 갔을 때도 나는 울지 않고 담담히 손님을 맞고 상주 노릇을 하는 스물두 살짜리 전 약혼녀에게 안됐다는 생각을 갖지 않았다.

어쨌든 부잣집 딸에서 상속녀가 될 거라고 생각했으니까 말이다.

그런데 영안실에서 두런거리는 소리는 그녀 아버지의 몰락이 주 화제였다.

사람들은 한 회장의 죽음이 의도된 자살일 거라고 믿고 있는 눈치였다.

대충 시간을 때우고 돌아가려던 내 걸음을 잡은 건 더 이상 조문객도 오지 않는 빈소에 어린 여동생을 무릎에 눕히고 머리를 쓰다듬으며 앉아 있던 그녀의 손이었다.

나는 사람의 손이 어떤 표정을 가지고 있다는 걸 그때 처음 알았다.

그녀의 손은 황망해했고 당황스러워했으며 겁에 질려 있는 것 같았다.

"괜찮아. 다 지나갈 거야. 지연아."

낮은 목소리로 침착하게 동생에게 말하던 목소리와 달리 그녀의 손은 떨리고 있었고 나는 그곳을 떠날 수가 없었다.

결국 마지막 발인에 화장터를 따라가서 납골당까지 자리를 지키고 말았다.

다들 돌아가는 마지막에 그녀는 나와 담담히 악수를 했다.

별다른 말도 안 했지만 나는 그때 잡은 차가웠던 손으로 그녀를 꽤 오랫동안 기억했다.

그리고 그 기억도 거의 희미해졌을 때 이렇게 다시 만났고, 또 그때와 많이 달라진 한정연을 마주하게 되었다.

그날 보았던 그 여자는 다른 사람처럼 변해 야무지고, 똑똑하고, 평범하고, 딱딱 말대답을 잘하는 한정연이 되었다.

하지만 그 밤에 비를 맞고 걸어가던 한정연의 뒷모습은 그때 그대로였다.

　소복을 입고 말없이 악수를 청하고 뒤도 돌아보지 않고 걸어가던 그 순간이 오버랩되었다.

"늙으니까 병도 안 낫지?"
"나만 늙니? 너도 늙거든?"
"너 내복도 입고 다니잖아. 근데 감기가 왜 걸려?"
"늙어서."
　한정연 씨는 쓸데없이 고집 피우고 비 맞고 나를 쌩 까더니만 감기에 옴팡 걸리고 말았다.
　오민규는 오늘도 습관처럼 점심을 먹고는 한정연 옆에 붙어 앉아서 커피를 얻어 마셨고, 한정연은 너무 당연한 일상처럼 심드렁한 얼굴로 오민규의 넉살을 받아 주며 두꺼운 파일을 하나씩 꺼내서 회의 탁자에 분류하고 있었다.
　이 과장과 구내식당에서 밥을 먹고 올라오면 둘은 늘 이렇게 남은 점심시간을 보낸다.
　대학 동기라면서 친밀도는 100프로인데 사심은 오민규나, 한정연이나 거의 느껴지지 않는다.
　한때 최고의 참한 규수라는 말이 돌았던 한정연은 어디 가서 죽었는지, 막말도 서슴지 않고 땍땍거리는 게 일상인 한정연이 남아서 잉여로 남은 점심시간을 저렇게 보낸다.
　둘 다 서른이 목전에 있는데 하는 짓은 대학생들 수다 떠는 것과 별 차이가 없다. 귀엽기도 하고, 신기하기도 하고, 이상하기도 해서 나는 점심 먹고 저것들이 노는 것 구경하는 데에 재미가 붙었다.

　대놓고 쳐다볼 수가 없어서 주로 라디오 듣듯이 귀로 듣지만, 나름 하루를 지내는 잔재미가 좀 있다.

"이십 대를 사십 대처럼 살더니만."

"오민규 씨, 일 안 하십니까?"

"해야 합죠. 근데 한 대리님이 투병 중인지라 어찌나 마음이 쓰이는지요."

"너, 입에 침이나 바르고 그래."

"먹고 싶은 거 없어? 절대 한 대리?"

"없어. 점심시간도 아직 안 끝났는데 먹긴 뭘 먹어."

"소주에 뭐 좀 타 줄까?"

"언제 적 처방이야. 할 일 없으면 엎어져 잠이나 자든지. 그리고 너 워크숍 자료는 다 만들었어?"

"아니."

"워크숍 꼭 가야 한다며?"

"워크숍은 한정연 대리님이 가자고 한 거죠."

"오민규 씨가 단합 대회로 몸보신 가야 한다고 빡빡 우기셨죠. 그게 가당키나 합니까?"

"그거 단합 대회가 대세가 되는 찰나에 절대 한 대리님께서 워크숍으로 변질시키신 거라고 보는데요."

"워크숍 준비한다고 이틀을 까먹을 거고, 1박 2일 가서 날리고, 갔다 와서 이것저것 정산하느라 이틀 날리면 너 일 언제 할래? 이번엔 안 돼, 절대로. 어림도 없으니까 나한테 엉기지 마."

"야, 우리도 가서 좀 놀아 보자."

"놀 사람이 없어서 부장에, 과장에 줄줄이 모시고 가서 노니?"
"공짜잖아. 술도 밥값도."
"난 내 돈 내고 자고, 내 돈 내고 마시는 게 더 속 편하다고 봐."
"그거 부잣집 딸 근성이 남아서 그래."
"부잣집 딸 그만둔 지 오래됐거든."
"정연아."
"한 대리님."
"업무 시간 아니잖아."
"왜? 또 뭐?"
"네가 날 좀 거둬 줘."
"자료 만들어 달라고?"
"사랑해. 정연아."
"두 번 사랑했다가는 장가도 대신 가 달라고 그러겠네요. 오민규 씨, 당신 일은 당신이 해. 난 내 일로도 치이니까. 지원실 업무 분장표 다시 만들어 와. 너 그거 대충 만든 거 너무 티나. 개인 면담 하고 자료 첨부해."

갑자기 말투가 바뀌고 업무 지시 분위기로 확 전환을 한다. 오민규가 두 번 말도 못 붙이고 깨갱깨갱한다. 오늘은 이렇게 런치 쇼가 끝난다.

일은 정말 많고, 이 부서 사람들은 별말 없이 일들을 해냈다.

그 말 많은 오민규와 이윤보 과장도 말을 하면서도 다들 일들을 해낸다.

나 역시 업무 파악이 되는 정도에 따라 점점 해야 할 일들이 쌓여 가고, 퇴근 시간이 늦어지고, 집에 들고 가는 서류의 양이 많아진다.

어느 틈엔가 나는 한정연 대리의 일과표를 꿰차고 앉아서 파티션 너머로 무심히 지나가는 그녀의 움직임을 다 파악해 버렸다. 고단한 일과에 지쳐 뭔가에 꽂혀서 돌아 버린 오타쿠 같지만, 나보다 더 오타쿠적인 한정연 씨도 있으니까 나 정도는 양호하다.

우선, 한정연은 영업부서 네 개 팀의 자료를 다 받아서 분석하고 신규 사업 개발팀의 업무도 어레인지한다. 거기다 인사 관련 업무도 걸치고 있어서 웬만한 직원들에 대한 비용적인 평가를 다 하는 거 같다. 그녀가 평가하는 나의 업무 가치는 얼마일까 궁금하기도 하지만 이내 생각을 접었다. 아직은 마이너스일 테니까 말이다.

오전에는 회의를 많이 하고 오후에는 화장실도 잘 안 가고 앉아서 일을 한다.

4시쯤이면 허리를 한 번 펴고 커피를 독하게 타 들고 앉아서 10분쯤 쉬고 다시 일을 한다. 무섭게 집중하고, 겁나게 열중한다.

저런 기운을 차라리 고시를 보는 데 썼으면 합격하는 건 문제도 아닐 거 같다는 생각을 했다.

본의가 아닌 적도 있었고 정말 궁금한 적도 있어서 나는 요 며칠 동안 그녀를 스토커처럼 관찰했다.

낙하산이 분명한 한정연은 제가 회사 사장인 것처럼 죽어라 일을 하고 또 한다. 어쩔 때는 성격이 좀 이상한 게 아닐까 싶을 정도로 일을 한다.

엑스
피앙세

설마 임원을 꿈꾸는 건 아니겠지만, 하는 짓을 보면 목숨 걸고 하는 거 같아서 이상했다.

아무리 고공 낙하라지만 명색이 한때 잘나가던 벤처의 CEO에 사장 조카인 나도 임원을 못 하고 부장으로 강등돼서 이러고 있는데 그런 야심까지 가지지는 않았겠지 했지만 그러기에는 너무 심하게 일을 했다.

하지만 한 달이 가고 두 달이 가도록 일만 해 대는 한정연은 임원이 목표가 아니라 그저 일 자체에 중독이 된 것처럼 보였다.

일이 없으면 할 일이 없는 사람처럼 책상에 머리를 박고 열심히 하고 거기다 아주 잘한다.

처음에는 신기했고, 중간에는 짜증이 났고, 지금은 이유 없이 자꾸 그녀를 쳐다보게 된다.

그러다 보면 자꾸 잊고 지냈던 옛일들이, 거기다 별 아름답지도 않은 오만 가지 일들이 오월 바람에 꽃가루 날리듯이 생각나고 심지어 아련한 기분까지 든다.

내가 너무 외로운 거다. 그런 거다.

"미친놈처럼 덤벼 보든가."

나처럼 부모 등골 빼먹고 살다 사나운 부산 호텔 집 딸한테 낚여서 허리가 꺾인 운태가 선보고 일주일 만에 약혼 날을 받았다는 내게 한 말이었다.

"이미 미친놈인데 뭘 새삼스럽게."

정말 새삼스러운 일이다.

놀고 마시고 퍼져 사는 게 지루해서, 너무 지루해서 숨이 막힐 것 같기는 했지만 약혼을 하겠다고 해 놓고도 나는 내 현실이 믿어지지 않았다.

어린 부잣집 딸이랑 사고를 친 것도 아니고 그렇다고 그 여자네 집 돈이 탐나는 것도 아닌데 나는 고자인 양 주머니에 손 넣고 빙빙 주위를 돌기만 했다.

그러니 나 노는 꼴을 만날 보고 같이 굴러 놀던 운태 놈에게는 내가 미친 걸로 보일 수밖에.

아버지가 하란 대로 딱 한 번만 눈 질끈 감으면 놀고 먹는 데 지장 없게 통장 채워 주고, 어디 나가서 쪽팔리지 않을 정도의 명함을 파 준다는 말에 나는 선을 보고 약혼을 했다.

대대로 돈 많고, 품위 있고, 그러다 보니 가방끈도 굵고 긴 집안이라고, 새어머니가 언감생심 이런 꿀떡이 없다고 들이밀기는 했지만 선 자리에서 한눈에 알아봤다.

반짝이가 촘촘히 박힌 머리띠를 하고 애매한 얼굴로 앉아 있는 여자가 나한테 과분하다는, 그 있는 집 귀한 딸이란 걸 말이다.

약혼을 결정했던 그 이른 봄에 한정연은 대학생이었다.

"졸업하면 뭐 하고 싶어요?"

"대학원 갈 건데요."

"전공이?"

"경영학이오."

"그럼 학교에 남을 생각인가 봐요?"

"네."

아버지는 그 봄에 약혼을 하고 이듬해에 졸업을 하면 바로 결혼을 하고 나와 같이 미국으로 유학을 가라고 했다.

여자가 많이 배우는 거에 대해서 썩 긍정적이지는 않았지만, 아버지는 보나 마나 미국 가서 헛짓거리 하고 돌아다닐 것이 뻔한 날 감시하는 역할로 한정연같이 공부 좋아하게 생긴 여자 선택한 것 같다. 한정연을 딸려 보내면 내가 미국까지 가서 또 중퇴를 하지는 않을 거라고 생각했던 것 같다.

거기다 대대로 명문가라니, 온갖 험한 일로 돈을 벌어서 졸부에 천박하다는 말을 항상 그림자처럼 달고 다니는 아버지의 콤플렉스를 위해서는 아주 좋은 꿀떡인 거였다.

삼촌이 중간에 다리를 놓았다는 것과 그 집안 손이 귀해서 딸만 둘이니 재산도 다 아버지 거나 다름없다는 계산을 했는지 아버지는 내 귀를 잡아끌어다 목줄을 채워 버렸다.

그런데 아버지의 기대와는 달리 그녀와 나는 약혼식 날 아침에 화장하다 말고 파혼을 했고 약혼식장을 아수라장으로 만들었다.

죽지 않을 만큼 맞고 돈도 뺏기고 삼촌과 친구들에게 빌붙어 살다 미국으로 쫓겨났다.

내놓은 자식처럼 빈둥거리던 나는 억지로 떠밀려 간 미국에서 역시나 학교는 다니다 말고 공대 친구들과 아이템을 잡아 어머니 유산을 처분해서 사업을 시작했다.

생각보다 일이 훨씬 잘되어서 신 나게 살았고 또 순식간에 추락을 했지만 나의 지난 6년은 나름대로 살 만했다.

나는 그랬다. 나는 아주 잘살았다. 과분할 정도로…….

내가 아버지에게서 완전히 독립하지 않았다면 몰랐을 사실들이 내 양심을 짓눌렀지만 그럼에도 나는 돈도 많이 벌었고, 번 만큼 많이 썼고, 징그럽게 잘 놀면서 살았다.

그렇게 시간이 갔고 나이를 먹었으며 나는 회사를 말아먹고 다시 원점으로, 내 본업인 개망나니로 돌아오는 수순을 순조롭게 밟고 있었다.

삼촌 회사로 들어오면서 다시 막 살아야 봐야겠다는 마음을 먹는 순간 나는 안경 너머로 아주 익숙한 눈빛을 봤고, 그리고 내 머릿속은 다시 꼬이고 말았다.

저 여자에게 꼭 뭔가를 보여 주겠다고 생각한 적도 없고 그럴 이유도 없는데 나는 자꾸 열심히 산다.

지금 일하는 것처럼 내 회사에서 일했으면 30년쯤 후에 나는 전경련 회장이 되어 있을지도 모를 일이다.

그때의 한정연은 스물둘에 세상을 다 살아 버린 것처럼 가라앉아 있었고 어떤 일에도 분노하지 않았다.

심지어 나는 약혼식 예복 가봉하는 날 그녀에게 이름이 뭐냐고까지 물어봤는데 그녀는 동요하지 않았다.

지금의 한정연은 오뻥의 수작에 파르르하고 이 과장의 꼴같잖은 권위에 깐족거리며 도전하고 낙하산 부장인 내게는 비웃음인지 친절인지를 남발하며 날 홀리고 있다.

마지막으로 그녀를 본 건 삼촌 회사 로비에서 채권자들에게 멱살을 잡히던 모습이었다.

앙다문 입술로 비명이 쏟아져 나와야 하는데 아무런 소리도 들리지 않아서 나는 여우에 홀린 것처럼 한참을 보고 있었다.

엑스
피알세

그때 햇빛이 들어오던 미용실 창가에서 나는 한정연이라는, 어리고 당찬 여자에게서 동지 같은 느낌을 받았다.

잠깐이었지만 나의 3명의 약혼녀 중에 가장 인상적이었던 그녀와의 기억이 나만의 것처럼 지금의 그녀는 점점 멀어지고 있었다.

나는 한정연을 볼 때마다 자꾸만 물음표가 늘어난다.

내가 더 이상 알고 싶어 하지 않았던 그 시간들에 대해서 묻고 싶었다. 어떤 일이 있었던 거냐고 말이다.

내가 끝났을 거라고 생각했던 그 이후에 어떤 일이 있었는지가 나는 갑자기 궁금해졌다.

미친놈처럼.

갈대만 바람에 흔들리는 것은 아니다

목이 말랐다.

아니다. 목구멍이 깔깔한 게 아픈 것 같기도 하고, 뭔가 걸린 것처럼 성질을 돋우는 바람에 소리를 지르는데 그게 꿈이었다. 감각만으로 꾸는 꿈도 있는지 모르겠지만 벌떡도 아니고 꿈지럭거리고 일어나서 한참을 침대에 앉아 있었다.

시계도 보이지 않을 만큼 밖은 어두웠다.

아주 짙은 밤이었다.

할머니가 우리 집에서 20년을 일해서 모은 돈으로 사 두었다는, 신도시 귀퉁이에 있는 아파트는 먹자골목이며 중심가를 살짝 벗어난 곳이어서 깜깜한 밤을 오롯이 느낄 수 있었다.

가끔씩 이유 없이 새벽에 잠에서 깨어나 거실에 앉아 있으면 잠귀 밝은 할머니가 조용히 나와서 내 등을 쓸어 주곤 했다.

마지막 학기를 하나 남기고, 학교를 그만둔 채 나는 고 사장님의 선처로 낙하산 타고 회사에 특채로 들어갔고, 사람들의 시선에 좀 지쳐 있었다.

대학 중퇴라는 내 스펙은 이내 의심과 경멸의 대상이었다. 그리고 나는 그 시선들에 좀 지쳐 있었다. 그리고 상처를 받았던 것 같기도 했다.

나는 잠을 잘 못 자는 걸로 그 상처를 내보이고 있었다. 자다가 자꾸 잠에서 깨었다.

보리차를 따뜻하게 데우고 설탕을 조금 타서는 내게 컵을 내밀고 할머니는 내 등을 토닥였다.

"다 지나갈 거야. 언제 그런 일들이 있었나 싶게 다 가 버리더라. 나중엔 뭐가 중요한 거고, 뭐가 그렇게 서러웠던 건지 구분 안 되더라고."

남편을 월남에서 잃고 하나밖에 없던 아들도 데모하다 죽어 버려서 곁에 아무도 없었던 할머니는 전쟁 같은 인생에서 입었던 험한 상처도 다 희미해지는 거라고, 그냥 살아 내면 되는 거라고 했다.

그때부터 버릇처럼 나는 악몽을 꾸고 나면 설탕물을 타 마셨다.

악몽은 아니었지만 잠은 어느새 다 달아나 버렸고 나는 노트북을 들고 나와 식탁에 앉아 일을 시작했다.

일부러 보리차를 팔팔 끓여서 설탕을 타고는 식기를 기다렸다.

오밤중에 잠도 안 자고 이렇게 일하는 걸 보면 아마 부서 사람들은 나더러 저게 드디어 미쳤다고 할 것이겠지만 잠도 안 오고 딱히 할 일도 없다.

  자판을 두드리는 소리만 탁탁거리는 밤에 설탕물이 식기를 기다리다 보면 왠지 뜨거운 물이 식는 소리가 쉬웅 하고 들리는 것만 같다.

  적당히 식은 물을 한 모금 마시고 계산기까지 들고 나와서 본격적으로 계산을 맞춰 보기 시작했다.

  조만간 회사 조직을 어떻게든 뒤집으려고 작정한 듯 고 사장은 많은 자료와 통계를 요구했다.

  아무리 계산을 두드려 봐도 이 회사는 정말 짱짱하다.

  재무구조는 정말 셋째 돼지가 지은 벽돌집을 박살 낼 정도이고 최소한의 관리 인원만을 가지고 운영하기에 방만한 조직 따위는 아예 존재도 하지 않았다.

  고 사장이 제일 싫어하는 건 빈둥거리는 인간이 많은 회사였고 당연히 최소 인원들의 **뼛골**을 쪽쪽 **빼** 가면서 엄청난 노동강도를 요구하므로 인건비에서 낭비는 거의 없었다.

  아, 아직 검증되지 않은 사람이 하나 있다.

  비교적 높은 연봉을 받아 챙기시는 우리 고세훈 부장님.

  예전에 놀아 대던 걸 생각해 보면 아마 그에게 다달이 입금되는 월급은 코웃음을 치고 싶을 정도겠지만 그는 아직 그만큼의 연봉을 받아도 되는지를 우리에게 검증받지 못했다.

  그는 여전히 외제 차를 몰고 다녔고 기름독 대신 명품관에 들어갔다 온 것처럼 머리끝부터 발끝까지 부티를 처발라 주었고 스타일리시했다.

  만약 우리 집에 아무 일도 없었고 내가 깻박을 안 치고 그와 예정대로 약혼과 결혼을 했더라면 나는 그의 저 느끼함에 질려 녹아 버렸을지도 모를 일이다.

띠리릭.

현관문 열리는 소리가 들렸다.

심장이 멈추어 버리는 줄 알았다.

겁이 나서 꼼짝도 못 하고 신경을 온통 현관문에 두고 있는데 살금살금 들어온 건 지연이었다.

분명히 잘 자라고 인사까지 하고 나보다 먼저 방으로 들어간 지연이가 도둑고양이처럼 살금살금 들어오다 놀라서 눈이 동그래져서는 내 앞에서 굳어 버렸다.

"너 뭐야?"

"어?"

"너 잔다고 들어갔잖아."

"그러려고 그랬지."

"근데 지금 어디 갔다 온 건데?"

"어?"

계집애가 머리 굴리는 게 눈에 보인다.

어떤 효과적인 거짓말을 늘어놓을까 그 좋은 머리를 떼굴떼굴 굴리는 소리가 내 귀에도 들린다. 이럴 때는 선수를 쳐야 한다.

"너 연애하니?"

빙고.

타이밍에서 내가 이겼다.

"이 새벽에 나가 돌아다니는 연애는 좀 이상한 거 같은데."

"이 새벽에 자다 일어나서 회사 일 펼쳐 놓고 있는 언니가 더 이상하지."

"말장난하지 말고 앉아."

이 계집애에게 말리면 결국 물어볼 것도 못 물어본다. 불여우니까 잘 다루고 구슬려야 한다.

얌전히 다리까지 모으고 새침하게 앉아서는 어깨를 펴더니 내 눈을 똑바로 본다.

무엇이 저 아이를 저렇게 당당하게 할 수 있을까.

"물어보고 싶은 거 물어봐."

"내가 아는 친구야?"

"응. 세상은 좁으니까."

"말장난하지 말구. 누군데?"

이때까지만 해도 나는 지연이가 연애를 한다는 게 은근 기특하기까지 했다. 돈독 올라서 알바만 죽자 하는 게 아니라 스물한 살이라는 나이를 즐기는 게 예뻐 보이려고까지 했으니까 말이다.

"건택이."

"누구?"

"건택이. 몰라서 자꾸 물어봐?"

이러려고 내가 그런 꿈을 꾸었나 보다.

스물한 살짜리 여동생한테 저런 몹쓸 소리를 듣자고 내가 그 밤에 일어나 설탕물까지 마시고 이러고 있었던 거였다.

"깡통 건택이?"

"응. 근데 그 말 취소할게. 공부를 못해서 그렇지. 걘 지가 좋아하는 건 미쳐서, 음악 하는 사람들한테는 천재 소리 듣는 애야."

깡통이라고 부른 건 지연이었다.

건택이는 지연이가 가르친 제자들 중에서 가장 질이 떨어진다고, 어장 관리에 문제가 생긴다고, 제 입으로 게거품을 물면서 깡통이라고 씩씩거렸던 날라리였다.

"그거 네가 네 입으로 한 거거든."

"그래서 그 천재 깡통께서는 요즘 뭐 하는데? 대학은 들어갔잖아."

"내가 보냈지. 그리고 오디션 붙어서 합숙해."

"뭘 하는데 오디션을 봐?"

"큰 기획사에서 아이돌 가수 뽑는데 거기 됐어. 얼굴 보기도 힘들어."

얼마 못 가겠다 싶었다.

머지않아 싸한 얼굴로 '다 끝났어.' 하고 말할 지연이의 얼굴이 벌써부터 보인다.

나보다 여덟 살이 어린 지연이는 아버지가 돌아가신 그 순간부터 나에게는 친구였다.

중학생 주제에 세상을 다 알아 버린 눈으로 나를 걱정해 주었고 고등학교 때부터는 앞집 6학년짜리 천둥벌거숭이를 붙잡아 과외를 시작해서 외고를 보내고, 과외 시장 저변을 늘려서 적어도 자기 등록금 때문에 고민할 필요가 없게 하더니만 연애까지 단발에 끝낼 걸로 간단히 해 주려나 본다.

지연이는 겉늙어도 너무 심하게 겉늙었다.

"언니, 지금 곧 끝날 연애질이구나 했지?"
"너도 끝이 보이는 건 알고 있구나?"
"왜? 왜 끝이 보인다고 생각해?"

나야말로 묻고 싶다. 현직 아이돌도 아니고 고등학교 때 내내 기타 치고 춤만 추러 다니던 애가 이제 간신히 줄을 잡고 뭐 좀 하려고 하는데 당연히 이런 풋사랑은 곧 안녕 하는 거, 그게 안 보이는 것일까.

"우린 갈수록 좋은데 왜 다들 그러지?"
"좋겠다. 갈수록 좋아져서."
"걔도 알고 보면 아주 괜찮은 애야."
"건택이가 인물은 아주 뛰어나지. 너보다 예쁘잖아. 심지어 나이도 더 어리고."

건택이는 웬만한 여자보다 얼굴도 작고 몸도 가늘고 심지어 예쁘기까지 한, 정말 아이돌이 된다면 딱인 아이다.

"나도 예쁘거든."
"말은 바로 하자. 넌 똘똘하게 생긴 거지, 예쁜 건 건택이고. 근데 아이돌 지망생이 이 밤에 널 왜 보러 온 건데?"
"원래 연애가 그런 거니까. 자꾸 보고 싶고, 만지고 싶고, 자고 싶고."

어이가 없다.

불시에 뒤통수를 맞은 것처럼 저 맹랑한 소리에 나는 등이 찌릿하고 저리기 시작했다.

"자고 싶어?"
"언니, 연애 안 해 봤니?"

"그래서 지금 건택이랑 자고 왔다고 나한테 말하는 거야? 걔가 이성이 없으면 너라도 있어야지. 남자애가 덤빈다고 다 따라다니는 게 말이 되니?"

"왜 건택이 욕구만 있다고 생각해?"

"뭐?"

"나도 성욕 있어. 오늘은 내가 건드린 거야. 발정기가 인간한테도 있나?"

점입가경이 이때 쓰는 말인 거다. 나는 입만 떡 벌이고, 할 말을 잊었다.

"난 내 나이에 맞는 연애를 하는 거니까 너무 걱정 안 했으면 좋겠어."

맞다. 피임.

"너 피임은 하니?"

"내가 바보야?"

바보가 아닌 애가 이러니 더 겁난다.

"발목 잡히고, 잡을 짓은 안 해. 나도 언제 어떻게 끝날지 모른다는 거 알아. 그러니까 언니가 있지도 않는 일로 걱정 안 했으면 좋겠어."

"걱정거리가 없어서 네가 내 걱정을 늘어놓나? 네가 그러지 않아도 나는 갈수록 늙고 시들어 가거든."

"언니가 아직 뭘 모르나 본데 난 차근차근 잘 살아 내는 거야. 언니처럼 조로증 걸린 인생을 사는 게 아니라. 심각하게 생각하지 마. 난 연애라는 감정을 즐기는 거고 그래서 서로 하고 싶은 걸 자연스럽게 하는 거야. 사랑에 목매고 어쩌고 할 만큼 이 연애가 무겁지 않으니까 언니도 그냥 가볍게 봐 줘."

갑자기 확 우울해졌다.

이런 말을 지연이한테 듣는 날이 있을 거라는 걸 생각했으면 좋았을 것을.

저랬으면 좋겠다.

나도 지연이처럼 저렇게 사람의 감정이나 인연이 가볍고 즐거운 거였으면 정말 좋겠다.

우리 집 사람들은 다들 감정이 무겁다. 자신들의 감정에 치여서 정작 잡고 놓치면 안 되는 것들을 다 놓치고 만다.

사람이 사람에게 품은 감정이 너무 짙지도 흐리지도 않았으면 세상이 얼마나 평화로울까 하는 생각이 든다.

처음에 불타오르는 사랑은 사람의 눈을 가리고 마음의 판단을 흐린다.

지연이가 방문을 닫고 들어간 후에도 나는 한참을 다 식어 버린 물 잔을 잡고 앉아 있었다.

아직도 우리 자매의 어색한 기운이 공기 중에 떠돌고 있었다.

너무 많은 생각이 머릿속에서 난리를 치니까 결국은 아무런 생각도 나지 않았다. 그래서 그런지 아침 해도 안 떴는데 벌써 지쳐 버렸다.

나는 이런 일에 당황하는 내가 한심했다. 저런 말들 말고 뭔가 다른 말들을 지연이에게 해 주어야 하는 건 아니었을까? 아니다. 우선 등짝을 후려쳐야 하는 거였다. 그런데 그 생각이 아까는 안 들었다.

어쩌면 부모가 아닌 언니라서 나는 여기까지가 내 한계라고 선을 그어 놓은 것인지도 모른다. 아직도 가야 할 길이 너무 긴 것만 같아서 목구멍이 뻐근했다.

아버지나 엄마가 없이 살아가야 할 길이 내게는 너무나 많이 남아 있다.

서른이 되면, 마흔이 되면 이 알싸한 그 무언가가 조금은 가라앉을까?

가끔 나는 앞으로 살아야 할 내 삶에 지쳐서 숨이 막힌다.

멀리서는 조용히 날이 밝고 있었는데 내 머릿속은 무언가가 얽히고설켜서 멍해지는 것만 같았다.

✦

"당신은 일이 재미있어?"

"그럴 리가요."

"근데 왜 그렇게 죽기 살기로 해?"

"그런 적 없는데요."

"그래 보여."

"다행이네요. 안 그러면 이 회사에 남아 있기 힘든데. 놀고 먹는 거처럼 보이는 거보다는 낫잖아요."

"그거 나 들으라고 하는 말이지?"

"그거 아니었는데. 지금처럼 계속 업무하고 상관없는 질문만 해 대시면 그런 생각이 날 것 같기도 하네요."

이윤보 과장까지 셋이서 회의실 잡아 놓고 IDS 인수 계획서를 만들겠다는 취지로 TFT 엇비슷한 걸 만들기는 했는데, 사실은 그 둘에게 나는 일을 배우고 있었다.

후계자 수업도 아닌데 어찌나 빡센지 눈알이 돌아 버릴 것만 같았다.

"나 부장인데."

"그래서 저더러 어쩌라고요."

"이 과장 없으면 은근 나 까는 거 본인도 알지?"

"이 과장님 안 계시면 대놓고 저한테 막 하는 거 아시죠?"

"내가 언제?"

"내내요."

"우리가 남이가?"

"우리가 뭔데요?"

"몰라 물어?"

"파혼한 약혼녀들 요즘도 연락하세요?"

"응. 당신 빼고는. 쿨하게 술도 가끔 마셔."

"그럼 그건 그 여인들하고 하시고 저하고는 핫하게 일이나 하시죠. 챙기실 약혼녀들 많으실 텐데 너무 오래돼서 기억도 안 나는 저까지 그 범주 안에 넣지 마시고."

"일단, 우리 일이 너무 많잖아."

"그래서 어쩌라고요. 이게 일이 많다고 생각하세요? 진짜 일 많은 게 어떤 건지 잘 모르시나 봐요."

"내가 딴건 많이 아는데 그건 잘 모르겠네."

"그거 말고도 모르시는 거 많거든요."

"아주 중요한 걸 몰랐는데 이제 알아."

"재무제표 제대로 보는 거 이젠 다 안다는 말이었으면 좋겠네요."

"어쩌나, 그거 아닌데."

"그럼 뭘 아셨다는 건데요?"

서류에 코를 박고 불성실하게 말대답만 또박또박한다.

"한정연이란 여자가 말이 이렇게 많은지."

"말만 많은 줄 아세요? 욕도 잘하고 성질도 안 좋아요. 오빵이 우리 부서에서 제일 지랄 맞은 게 저라고 하는 거 들으셨잖아요."

얼마 전 회식 때 오민규가 술 먹고 꼭지가 돌아서는 저딴 말을 하기는 했다. 그런데 그 뒤로 나도 꼭지가 돌아 버린 관계로 거기까지만 기억이 난다.

"나한테 어필하고 싶지 않아?"

어이없다는 듯이 피식하다 이내 깔깔 웃는다.

"제가 그래야 되는 거예요?"

"그때도 지금처럼 말도 많이 하고, 좀 웃어 주고 그러지 그랬어?"

"그랬으면 저랑 파혼 안 하고 결혼까지 쭉 갔을 거 같아요?"

"모르지, 이혼도 했을지."

"지나간 일에 미련을 갖지는 않는데요. 고세훈 씨."

말끝에 정색이 묻어난다. 움찔했다.

"그때도 지금도 건들거리시는 건 똑같아요. 그땐 하기 싫은 약혼하려고 끌려 나온 처지라 피차 봐주는 것도 있었겠지만요. 지금은 아니잖아요. 저한테 안 그러셨으면 좋겠어요."

엑스
피앙세

"내가 뭘 많이 불편하게 했나?"

"아주 많이 불쾌하게 하세요. 기억도 안 나는 옛날 일 그만 씹어 드시고요. 소예요? 되새김질하게. 일 좀 하세요. 저도 주말까지 고 부장님 모시고 일하고 싶지는 않아요. 잠도 좀 자고 쉬고 싶다고요."

"누가 뭐랬나? 암튼 불쾌하셨다니 미안. 일합시다."

이내 아무 일도 없던 것처럼 그녀는 인원 현황부터 읊어 대기 시작했고, 계산기를 두들기며 인건비 문제를 말했다.

진지하게 질문하고 대답하고, 아까의 그 실없고 한심한 대화 따위는 있지도 않았던 것처럼 고세훈 부장과 한정연 대리는 겁나게 열심히 일한다.

그녀의 설명을 들으면서, 또 질문에 대답하면서 나는 많이 쪽팔렸다.

나보다 내 회사에 대해서 더 세밀하고 정확하게 알고 있는 이 여자한테 쪽팔렸고 나 같은 사장 때문에 고생했던 내 사람들에게 쪽팔렸다.

그리고 가장 쪽팔린 건 그때의 내 모습이었다.

잊고 있던 내 과거는 보고서 사이사이에 불쑥불쑥 튀어나왔고 나는 이를 악물고 그 시간들의 문제를 객관적으로 그녀와 잡아냈다.

"진짜 개판이었네."

"마지막 1년이 문제라서 그렇지, 개판까지는 아니에요. 예측을 못하는, 다들 하는 실수예요. 문제라면 그 실수를 사장이 해서 그런 거지."

"병 주고 약 주니?"

"이젠 안 그러시면 되는 거니까."

"그러라고 해도 못 하거든요. 사장 잘려 나간 지가 언젠데. 나 고 부장이야."

"모르시나 본데 우리 부서도 부장님하고 같이 가는 사람들이에요."

묵직한 망치로 뒤통수를 퍽 하고 맞는 기분이 들었다.

아마 지금 나는 겁을 집어먹은 건지도 모른다.

다시는 나 말고 다른 인생들을 책임지지는 않겠다고 다짐했는데 그 책임이라는 건 내가 도망간다고 해서 없어지는 게 아니다.

대상만 바뀌었을 뿐이지.

산속에 들어가 숨어 살지 않는 한, 내가 어디서든지 밥벌이를 하는 순간에는 누군가와 관계를 맺고 있는 거였다.

그리고 다시 돌고 돌아 비록 약혼자에서 팀원으로 바뀌었지만 한정연과의 관계도 다시 시작하는 거였다.

문제가 있다면, 다른 팀원들과는 다른 관계를, 나는 그녀와의 사이에서 원한다.

너무 강렬한 각성이라 머리가 멍해졌다.

"상 주고 싶어지지 않아?"

"하극상도 아니고, 대리가 부장한테 뇌물 말고 상을 줘야 하는 거예요?"

"이렇게 열심히 일하는 부장 봤냐고?"

"열심히 공부하신 거죠. 일은 이제 시작할 거예요."

한마디를 안 진다.

"그럼 이주일 동안 내가 한 게 뭔데?"

"고 부장님께서 사장 시절에 말아 드신 회사가 과연 고 회장님의 농간 때문이었는지, 아니면 경영진의 방만함과 태만함을 겸비한, 어이없는 경영상의 오점 때문이었는지를 면밀히 분석한 우리 팀의 보고서에 대한 공부를 하신 거죠."

"말을 왜 이렇게 잘하니? 어릴 때 말 못 하고 있던 거 늙어서 말문 터진 거야? 왜 그래?"

"그땐 말 안 해도 다 알아서 척척 되던 시절이었고요. 망하고 보니까 그게 아니더라고요. 배고프면 배고프다고 밥 좀 달라고 빌어야 하는 거였더라고요. 입 다물고 고고한 척하면 아무도 안 알아줘요."

어떤 일들이 그녀에게 있었던 걸까?

"당신이 한 고생을 좀 말해 봐. 쫄딱 망한 처지에 동병상련이라도 느끼게."

"동병상련이 되겠어요, 우리가?"

"지금의 당신도 그다지 고생한 걸로는 안 보여. 직장 있지, 집 있지, 뭐가 불쌍한 구석이 있어야 할 거 아니야?"

"지금은 그렇죠. 그리고 뭐 사실 고생은 아버지 돌아가시고 딱 1년만 했어요. 그리고 괜찮아요."

"그러니까 그 고생이 뭐였는지 말해 봐. 아, 고난 극복 방법 그런 것도 말해 주면 좋고. 내가 참고할게."

"됐거든요."

"닥치라고?"

"아실 거 없다고요."

다시 코 박고 서류만 본다. 이 회의실에서는 이렇게 둘만 남겨지는 일이 많다.

이 과장은 대략의 헤드라인만 읊어 주고 상세한 설명은 한정연에게 맡기고 딴 일 보러 나가 버리기가 일수다.

이 상황을 찬찬히 보면 직급은 내가 제일 높은데 실질적으로 팀을 움직이는 건 이윤보다. 결국 나는 바지저고리인 셈이다.

"난 언제쯤 똑똑해질까?"

"똑똑은 하세요. 단지……."

"단지……. 뭐?"

"이윤보 과장님이 몇 년 차인 줄 아세요? 12년 차예요. 저는 7년 차고요. 도합 19년이에요. 그 19년을 지금 한 달 동안 우격다짐으로 고 부장님 머릿속에 집어넣는 거라고요. 그러니까 쓸데없이 열등감이랄지, 자괴감 그런 거 가지지는 마세요."

"나 위로하는 거야?"

"그럴 리가. 제가 누구 위로하겠다고 착한 말 함부로 할 사람으로 보이세요? 시간 없어요. 다음 폴더 여세요. 지금부터 계획안 들어가요."

안경을 코끝에 걸치고는 노안 들어온 노처녀 선생처럼 정떨어지게 굴지만, 나는 한정연이 내게 건네는 숫기 없는 위로에 정말 위안을 받았다.

엑스
피아세

다 필요 없고 쓸데없다고 뻗대고, 다시 아버지의 재산에 빌붙어 설렁설렁 살다가 술에 절어 간 버리고, 여자에 홀려 진 빠져서 요절하리라 했던 지난밤의 울화도 가라앉았고, 뭐가 뭔지 모를 소리들이 구체적인 수치가 되어서 내 머릿속에 들어오는, 신기한 학습의 효과가 재미있어지기도 했다.

이번이 마지막 기회라고는 생각하지 않는다.

하지만 절박한 마음은 자꾸만 더 커진다.

그 이유가 내 사람들 때문인지 아니면 내 알량한 자존심 때문인지는 모르겠지만, 심야방송을 틀고 퇴근하는 밤들이 일상이 되면서 나는 희미했던 무언가가 자꾸 또렷해지는 걸 느꼈다.

가끔 지하철역까지 한정연을 데려다 줄 때 나는 푸석한 그녀의 얼굴을 보면서 너무 미안해서 괜히 고개를 돌렸고, 벌겋게 충혈된 눈으로 운전 조심하라는 인사에 마음이 좀 이상해지기도 했지만, 그것이 내 절박함의 전부는 아니었다.

나는 다 늙어서, 서른여섯을 넘긴 후에야 이제야 성인식을 치르는 기분이 들었다.

가끔 느끼는 내 어깨에 짊어진 무게가 어떤 것이었는지를 왜 지난 시절의 나는 몰랐던 걸까.

세상은 결코 장난이나 행운만으로는 끝까지 살아 낼 수는 없는, 무서운 거라는 걸 나는 뼈저리게 느낀다.

술이 달다는 걸 새삼 느낀다.

더구나 맥주가, 그것도 지하 아케이드에 있는 퀴퀴한 냄새가 나는 '레벤 호프' 생맥주가 이렇게 달 줄은 몰랐다.

"한 대리님 더 늙었어."

"넌 젊어서 좋겠다."

물어뜯던 오징어 다리를 오뻥에게 던지며 한정연이 성질을 낸다. 쟤가 늙었다면 그건 9할이 내 탓이다.

"야, 던지려면 침 안 묻은 걸로 던지지. 이게 뭐야."

"매를 벌지, 네가. 너 내일 회사 가서 업무 준 거 제대로 안 해 놨으면 관 짤 줄 알아."

새삼 놀랍다.

맞선 보기 전에 새어머니가 한 뒷조사에 의하면 한정연은 고등학교 내내 쉬는 시간에도 엎드려 자 본 적도 없고 교양과 품격으로 스물두 해를 꽉 채웠다는, 정말 대단한 양갓집 규수였다고 한다. 7년 세월이 애를 저렇게 만든 건지 아니면 원래 저런데 스물두 해를 내숭으로 일관한 건지 알 수가 없다.

"그 관 하나도 안 무섭지. 내가. 네가 관 짠다고 지랄한 게 하루 이틀이야?"

"우리 이제 그만 찢어지자. 너무 오래 봤어."

"나도 격하게 동감해. 넌 내 인생에 너무 많이 개입되어 있어. 회사 밖에서는 가온이한테 졸리고 회사 안에서는 성질 더러운 처형 같은 네가 있고. 나도 징그러."

"웃기시네. 죄짓고 빌다 안 되면 나 끌고 들어가서 다갈다갈 볶아친 게 누군데."

"잠깐 한눈판 거 가지고 너희 둘이 덤비면 얼마나 무서운 줄 알아? 고 부장님도 잘 아실 거 아니에요. 남자가 한 여자하고 살아도 예쁘고 섹시한 언니들 보면 잠깐잠깐 눈도 돌아가고 그러는 거. 그거 죄가 아니잖아요. 제가 부장님을 멘토로 삼고 싶은 게 왜인 줄 아세요? 적어도 부장님은 세상 대부분의 불쌍한 남자들처럼 현실과 정에 얽매여서 본능을 숨기지는 않았다는 거, 그거 아닙니까."

저 주둥이를 재봉틀로 밀어 버리고 싶다. 내가 회사 차려서 잘나갔던 건 다들 까먹고, 부모 잘 만나 돈 가지고 놀다가 망한 거랑 만났던 여자들 숫자들만 기억해 내고는 저렇게 술들만 먹으면 안주 삼아 재잘거린다. 업보라기에 이젠 짜증이 난다.

더구나 한정연 앞에서 여자 문제 복잡했다는 말은 정말 듣고 싶지 않았다. 울컥하는데 옆에 앉은 한정연이 입을 열었다.

"네가 그렇게 고세훈 부장님에 대해서 잘 알아?"

조금 전까지 깔깔거리면서 농담 따먹던 장난기가 어디론가 날아가 버린 것 같은, 서늘한 목소리다.

"뭘?"

"고 부장님이 어떤 여자들을 어떻게 얼마나 줄기차게 만났는지를 말이야."

"뭐?"

"그거 너도 다 여기저기서 흘려들은 풍문일 거 아니야."

"아니 땐 굴뚝에 연기 나냐?"

"연기도 난 적도 있었어. 너 입사하고 나한테 하도 엉겨서 너랑 나랑 사귄다고 소문났던 거 그새 홀라당 까먹었지?"

"그랬나? 기억이 가물거리네. 아, 맞다. 너 그래서 지랄하고 난리였지."

"그러니까 그만해. 난 적어도 네가 한눈판 거에 대한 팩트를 가지고 말하지만, 넌 그게 아니잖아. 전부가 진심이었을 수도 있는 거고, 또 우리가 주워들은 소문들이 전부 사실이 아닐 수도 있는 거고. 안 그래?"

말 많은 오빵은 입을 다물었고, 술에 절어 살짝 맛이 갔던 이윤보는 두꺼비처럼 눈만 끔벅대고, 등신 같은 나는 꼴깍 침만 삼켰다.

"한정연이가 정색하니까 무섭네."

나 같은 등신은 이런 말밖에 못한다.

"그러니까요. 저게 꼭 저런다니까요. 남자의 세계를 이해 못해요."

아직도 정신 못 차린 오민규는 여전히 지절거린다.

"너 이제 어쩔 거야. 이 분위기 어쩔 거냐고?"

적반하장인 거다. 저렇게 분위기 파악을 못하는 거 보면 말이다.

"파장하면 되는 거지. 어쩌긴 뭐가 어째?"

"고마워."

나도 모르게 덜컥 저 말이 튀어나왔다.

분위기는 다시 우스워졌지만 아랑곳하지 않고 나는 한정연을 똑바로 쳐다봤다. 이 긴장감은 좀 익숙한 거였는데 언제 느낀 거였는지 기억이 나지 않는다.

"뭐가요?"

"글쎄. 그냥 좀 고맙네."

엑스
피앙세

말없이 나를 응시하는 눈에서 나는 저 여자가 내가 뭘 고마워하는지를 나보다 더 잘 안다는 걸 알았다.

잠깐 동안이었지만 나는 정연이가 내 소울 메이트 같다는 생각이 들었다. 한정연이 들었으면 게거품을 물고 내 관을 짤지도 모르지만 나는 꽤 오랫동안 그 순간이 생각이 났다.

어쩌면 우린 이런 관계로 만나야 했는지도 모른다.

한 걸음 떨어져 서로를 바라봐 주는, 그런 관계 말이다. 굳이 어떤 정의를 내려야 한다면 친구라 하겠지만 꼭 명확하게 어떤 거라 정의를 내리지 않는, 그런 관계로 만났더라면 좋았겠다고 나는 생각했다.

"정신 줄이 아직 안 온 거지."
"왔다 간 거지."
"아직 안 왔어. 손이 발이 되도록 빌어 놓고 또 이따위로 하지?"
"네가 째려보는 거에 정신 차렸어. 진짜 아무 기술도 안 넣었어."
"큰일 했다. 그게 무슨 큰일이라고 한눈파는 데 기술이 어쩌고를 해. 너 어쩌려고 그러니?"

저 뻔뻔한 오빵 민규 선생은 심지어 이젠 억울해하지도 않는다.

내가 오민규와 여자 친구 이가은을 스무 살 때부터 봐 왔는데 가은이는 언제나 오민규의 저 빵에 울고 이 빵에 웃는다.

스무 살짜리하고 홍대 클럽 가서 놀다가 가은이 동생한테 딱 걸리고, 사진까지 찍혀 와서 난리가 나자 빌고 뻥치고 해가며 간신히 마무리한 지가 언제인데 이번에는 신입 중에 주관적으로 제일 예쁘다고 난리를 치던 김지나를 워크숍 준비하는 데 지원 요청해서는 꼭 붙어 다닌다.

　둘이 꼭 붙어 앉아서 희희낙락거리다 도둑이 제 발 저린다고 괜히 내 눈치를 보더니만 이렇게 내 옆에 들러붙어서 헛소리다.

　일이 커진 건 사실이다. 처음에 경영 지원팀만 가기로 한 것이 고 사장 귀에 들어가고 그게 일이 커져서는 회장 스태프인 인력 개발팀까지 들러붙은 것이다.

　"독사 같은 인간들 다 긁어모아서 가게 생겼는데 담당자란 인간이 이따위로 하면 워크숍 가서 욕먹는 거 말고 우리가 받는 게 뭐라고 생각하니?"

　"머리 터진다. 일할 거 만들어야 해, 먹고 자고 마실 거 준비해야 해."

　"김지나한테 먹고 자는 거 맡기고, 넌 빠져서 자료나 만들어. 이번에 대충 만들었다가 워크숍 가서 박 부장이 고 부장을 박살 내면 어쩌려고 그래?"

　"너 고 부장한테 애정 있냐?"

　뜬금없다.

　이 인간은 안 좋은 거투성이인데, 특히 사람 돌게 하는 것이 모든 남녀는 뭔가 사연이 생기고 얽히게 될 거라고 소설을 쓰는 거다.

민규에게 내가 약혼 이야기를 하지 않는 것도 혼자 설레발 치고 사람 곤란하게 만들 게 뻔하기 때문이다.

"이 와중에 심심하니? 그렇게 엮어 버리게……."

"고 부장도 생각이 있지 않을까? 어떡해서든 박 부장을 물리치겠다는 포부 같은 거 말이야."

"민 이사도 박 부장 못 당했거든."

"그럼 어쩌지?"

"자료 대충 만들지 말고 꼼꼼하게 계산 따지고, 특히 인력 문제는 윗선에 일일이 다 검토받아. 지금 은근 심하게 예민한 거니까."

"한 대리님."

"또 뭐?"

"인력 자료만 해 주세요."

"아쉬우니까 존댓말 고운 말이 막 나오지? 근데 안 돼."

"왜?"

"나 상태가 별로야."

"그분이 오셨냐?"

"네 눈에는 난 365일을 그분과 함께 하는 걸로 보이겠지만 아니야. 그러니까 이번은 너 혼자 해. 김지나랑 둘이 해도 되잖아. 걔한테도 콘도 잡고 먹을 거 사러 다니는 게 워크숍이 아니란 걸 가르쳐야지. 네가 사수 하겠다면서."

"아항……."

"그딴 앙탈은 식상해. 가은이는 네 앙탈에 만날 넘어가겠지만, 내가 네 앙탈에 넘어가기에는 넌 나한테 너무 많은 걸 보여 줬어. 비켜. 나 퇴근할 거니까 자료 다 되면 메일로 넣어 줘. 밤에 확인하는 것까지만 해 줄게."

민규는 아무 말도 없이 나를 쳐다봤다.

"무슨 일인데?"

"알 거 없어."

"오픈 좀 해."

"개업하나? 오픈은 무슨."

"신비주의가 아닌 건 아는데, 좀 그래."

"뭐가?"

"난 카드 빚이 얼마인 거까지 다 불잖아. 근데 너 나한테 네 개인적인 거 거의 말 안 하잖아."

"나 쫄딱 망한 부잣집 딸인 거 너한테 불었잖아."

"그거 말고."

"별거 없어. 그리고 나 신비주의야."

물음표로 가득 찬 오민규를 보고 나는 그냥 웃어 버렸다. 모든 일이 고리처럼 이어져 있고 나는 나의 모든 일들을 하나씩 말할 재주가 없다.

어느 것을 하나 설명하려고 하면 거기에 따른 부연 설명이 너무 많았고, 또 일반적이지 않기 때문에 나는 나 자신에게도 내 처지를 설명하기가 어려웠다.

그저 시간이 흘러가 주기를 바랄 뿐.

시간이 지나면 내 마음속의 흙탕물이 더 가라앉을 것이고 그러면 좀 더 맑은 눈과 정신으로 나를 정확하고 객관적으로 볼 수 있지 않을까?

엑스
피앙세

어서 마흔이 되고, 쉰이 되어서 고민도, 살아가야 할 시간도 줄어들었으면 좋겠다.

살아가는 것이 무거운 짐인 사람이 세상에는 있는 법이니까 말이다.

배부른 투정이라고 해도 나는 사는 게 지루할 뿐이다.

※

도대체 워크숍에 삼촌이 왜 오겠다는 건지 모르겠다.

가뜩이나 같은 부서 사람들 상대하는 것도 버거운데 나만 보면 가자미눈이 되는 박 부장까지 끌고 왜 워크숍을 가야 하는지 나는 짜증이 나서 울화가 치밀었다.

내가 사장일 때 워크숍은 신 나게 먹고, 마시고, 스키 타고 놀다 오는 거였지, 저렇게 오민규가 쌍코피 흘리면서 자료 준비하고 이리 뛰고 저리 뛸 만큼 커다란 사건은 절대 아니었다.

어쩌면 그래서 망해 버렸는지도 모르지만.

오늘의 한정연 대리는 아주 가라앉아서 아침부터 말도 별로 안 하고 죽어라 일만 했다.

늘 일을 죽기로 하지만 오늘은 좀 이상했다.

눈칫밥도 자꾸 먹으면 체하지도 않는다고, 내 정체를 아는 한정연의 눈치를 보면서 시작하는 하루가 이제는 버릇이 되어 버려서 나는 자꾸 그녀를 보게 된다.

고 말간 얼굴로 눈 동그랗게 뜨고 '네가 그렇지' 하는 거 보기 싫어서 그랬고 나중에는 습관이 되어서는 자꾸 힐끔거리고 눈치를 본다.

한정연이 부장이고 나는 신입 사원 같다.

민 이사가 미팅을 하자고 해서 올라갔다 왔더니 한정연 자리가 깨끗했다.

오민규 혼자 모니터에 자료 잔뜩 열어 놓고 낑낑거리고 있었다.

"오민규 씨 고생하네."

"진짜로 고생합니다. 부장님."

"저녁은 먹었어요?"

"김지나 씨가 도시락 사 온다고 해서 기다립니다. 의리 없이 한 대리는 가 버리고, 과장님은 외근 나가서 안 들어온다고 하고."

"한 대리가 웬일로?"

"아하. 부장님도 아시는구나. 한 대리님이 사무실 불 끄고 나가는 거."

거기까지는 몰랐다.

하지만 닷새 중 사흘은 저녁을 먹고 다시 올라와 일한다는 건 알고 있었다.

"아가씨가 데이트도 안 하나?"

"걘 그런 거 잘 안 해요."

"인생이 심심하겠네."

"그 심심하다는 것도 본인이 느껴야 하는 거라고 생각하는데요. 정연이는 별로 그래 보이지도 않아요."

"동기라고 했죠?"

"네. 대학 과 동기예요. 여기서 이렇게 만나서 대리님과 오민규 씨가 된 거지만요."

"둘이 인연이 깊네요."

아, 나 자꾸 점점 이상해진다. 왜 이런 걸 저 자식한테 자꾸 떠보고 물어보고 그러는 거지.

스타일이 확 구겨진다.

"학교 때는 별로 그렇게 안 친했어요. 경영학과 인간이 좀 많아요? 200명인데. 제 여자 친구랑 정연이랑 친해서요. 걘 과 친구들하고 잘 안 어울렸어요. 조용히 학교 다니고 공부하고 그랬지. 애가 먹고사느라 이상해진 거지, 우아하고 기품 있는 캐릭터였어요, 아주아주 오래전에는. 별로 안 믿기시죠?"

안 믿기기는. 그 우아하고 기품 있는 공주님이랑 살림 차려서 ≪사랑과 전쟁≫을 찍을 뻔한 사람이 바로 난데 말이다.

"좀 도와 달라고 하지? 민 이사님도 워크숍 규모가 좀 커졌다고 한 대리하고 오민규 씨 묶어 주지 그랬냐고 하시던데."

"진작 좀 그래 주시지. 뭐 심란한 일 있다고 말도 못 붙이게 하고 칼퇴근했어요. 연애를 하나? 낌새가 좀 수상한데."

그 융통성에 연애는 무슨……

"정연이가 말이에요. 은근히 어필하는 데가 있나 보더라고요. 일단 겉보기에 참한 게, 먹히는 남자들은 한눈에 알아본다니까요. 그러다 살벌하게 다치고 피 질질 흘리고 떨어져 나가서 그렇지. 작년에 신입 사원 하나가 걔한테 맛 갔잖아요. 근데 피통 싸고 지금은 정연이 눈도 못 마주쳐요, 그 등신이."

한정연이 연하에게 어필하는 스타일이었던가?

그녀는 나와 결혼 말이 있고 약혼을 준비할 때 내 나이가 많다는 거에 전혀 딴죽을 걸지 않았다. 그래서 나는 삐뚤어진 마음에 나이 많고 재력 있는 남자한테 시집가서 평생 물방울 팅팅 튕기며 뻐기고 살려 하는, 머리 빈 계집애 취급을 했고 그러다 불시에 일격을 당해서 파혼까지 했다.

"복 터졌네."

"근데 정연이가 무시해요, 그 신입을."

"배부른가 보네."

"모르죠, 그거야. 제 입으로 신비주의라니까."

신비주의는 무슨 얼어 죽을 신비주의.

지나가는 개가 웃고, 얼어 죽은 소가 웃을 일이다. 나도 한정연도 구린 과거에 대한 공범 의식이 있어서 입을 다무는 거다.

단, 한정연이 전과 1범인 거에 비해 나는 전과 3범이라는 차이가 있을 뿐이다. 거기다 나는 사장 조카라는 타이틀까지 있어서 한정연 씨보다 오픈이 좀 심하게 되어 있다는, 불리한 입장이라는 거지.

일은 해도 해도 끝이 없었다.

삼촌처럼 고약하고 아버지처럼 치 떨리는 근무 환경이다. 내가 사장이었을 때 이렇게 일했으면 나는 그렇게 회사를 국말아 처먹지 않았을 것이다.

내가 경영을 몰라서 회사를 말아먹었다고 하지만, 이렇게 모든 숫자를 암기하고 모든 가능성을 준비해야만 하는 것이 경영이라면 나는 망할 수밖에 없다.

이윤보 과장은 거의 모든 수치를 꿰고 있다.

경영 평점, 부서별 실적, 인건비 대비 수익률…….

무슨 말인지 이해도 안 가는 수치들을 좔좔 외운다.

여기저기 빈틈 많아 보이는 인간이 일할 때만큼은 존경스럽다.

그런데 한정연은 더한다.

이 과장이 브리핑할 때 막히나 싶으면 조용히 메모를 주고 프로젝트에 띄운 자료를 바꾼다.

죽이 잘 맞아서 우리 부서의 굵직한 일들은 둘이서 다 한다.

오민규도 있고, 윤 과장도 있지만 한정연이 신입 때부터 사수로 만나 손발을 맞춰서 그런지 그 두 사람은 전지전능해 보일 정도로 일을 잘한다.

만약 한정연이 나와 결혼을 해서 살림을 꿰차고 앉았다면 어떻게 되었을까?

아마 저 은근히 무서운 한정연은 모든 재산의 명의를 바꾸고 날 알거지로 만들었을 것이다.

뭐 일어나지도 않은 일이지만 내가 기억했던 그녀와 전혀 다른 한정연을 볼 때마다 나는 가끔 그녀와 나의 약혼이 깨지지 않았다면 어땠을까 하는 생각을 한다.

내가 가지 않은 길에 대한 호기심이겠지만 아주 가끔은 정말 미치도록 궁금해지고는 한다.

한정연이라는 사람에 대해서, 또 그녀와 함께했을, 그 만약에 대해서 자꾸 되지도 않는 경우의 수를 만들어 보곤 한다. 그럴 때의 나는 딱 미친놈이다.

멍청한 데다 허구한 날 이 과장에게 욕먹고 한정연에게 살려 달라고 징징거려서 나는 오민규를 좀 얕봤다. 징징거리는 듯하면서 헤매는 것 같더니 오민규는 이내 플랜을 짜고 자기가 해야 할 일을 야무지게 하고 있었다.

이 살벌한 회사의 살벌한 부서에서 허허실실할 뿐이지 모자란 친구는 아니었다.

회사를 접고 삼촌 밑으로 들어오면서 나는 내가 모르던 세상을 보게 되었다. 아주 작은 부분이지만 내가 알던 세상이 얼마나 거품으로 가득 차 있었나 하는 생각을 자주 하게 되었다.

사람들은 열심히 살고 있었고 치열하게 경쟁했다. 그리고 내가 막연하게 생활에 찌들었으니 동정하는 게 당연하다고 생각했던 그 많은 평범한 사람들은 나보다 훨씬 행복한 얼굴로 살아가고 있었다.

그들은 일상에 피곤해하지만 인생에 지쳐 보이지 않았다.

자기 자신의 능력에 대해 확신이 있는 사람들은 그 당당함이 은연중에 뿜어 나온다. 저들이 저렇게 나이를 먹는 동안 나는 뭘 했나 싶은 생각이 들었다.

나는 그들이 살아 냈고, 살아온 시간들이 부러웠다. 치열했던 젊은 날들에 대한 동경일지도 모르지만 나는 그런 치열함이 사람을 빛나게 하는 연마제라는 걸 몰랐다.

그런 분위기에 휩쓸려 나조차도 이 밤까지 일하고 그것도 모자라서 일 꾸러미를 싸 가지고 퇴근을 한다.

난 정말 시류에 편승하는, 아주 보편적인 인간이 틀림없다.

그나마 밤이 늦어서 퇴근길이 밀리지는 않았다. 뻥뻥 뚫린다.

아버지 돈이 아니라 내가 한참 잘 벌 때 사 놓은 빌라는 처음 그 집을 샀을 때의 뿌듯함은 다 어디로 가고 요즘은 그저 잠만 자고 나오는 공간이 되어 버렸다.

호텔을 끼고 골목으로 들어서자 이내 조용한 주택가가 나오고 조금만 더 들어가면 내 유령 빌라가 나온다. 담배를 사려고 주차를 하고 있을 때 나는 편의점 안으로 들어가는 낯익은 얼굴을 보았다.

일찌감치 퇴근했다는, 워커홀릭 한정연이었다.

저 여자를 여기서 볼 수 있을 거라고는 생각한 적 없는데. 전혀 생각하지 않았던 장소에서 만나니까 내가 헛것을 본 건가 싶기도 해서 편의점 밖에 잠깐 서 있었다. 내가 문을 열고 들어서자 한정연이 옥수수염차 하나를 들고 멈칫하더니 빤히 나를 쳐다보았다.

"뭐 하세요?"

"그러는 댁은?"

"물 사러 왔는데요."

"난 담배 사러."

"근데 여기 사세요?"

"저기 뒤에."

"아……. 전 누구 좀 만나러 왔다가 가는 중이에요."

다크서클이 볼까지 내려와 있었다. 정말 피곤해 보였다.

"누굴 이 밤까지 만나?"

"아는 사람이오."

그럼 모르는 사람 만나러 이 밤에 이 동네에 있겠냐 하는,

삐딱한 마음이 들었다.

여기는 카페가 있는 곳도, 와인 바가 있는 곳도 아닌, 오로지 주택가인데 여기 사는 어느 누구를 만나러 왔나 싶어졌다.

"가정 방문?"

"네."

"늦었는데?"

"일찍 와서 지금 나가는 거예요. 근데 부장님 지금 퇴근하시는 거예요?"

"응."

"많이 늦으셨네요?"

"일도 다 못 끝내고 왔어. 오민규가 너무 열중해서 리허설을 하는 바람에."

아무렇지도 않게 병뚜껑을 따고 물을 한 모금 마시던 한정연이 피식 웃는다.

"리허설이오?"

"응. 왜? 그거 하면 안 되는 거야? 김지나랑 둘이 엄청 진지하던데."

"자료 다 픽스 안 해 놓고 지금 다른 작업하고 있는 거네요, 그 인간."

"작업?"

"네. 작업이오. 오민규가 신입 여직원들한테 어필할 때 하는 짓 있어요. 제비처럼 옷 입고 레이저 포인터 쏘면서 쇼하는 거요. 지겨워. 그거 또 바람나겠네."

나는 기분이 좀 나빠지려고 하는 걸 느꼈다. 꼭 문어발을 좋아하는 남자 친구가 또 바람나는 걸 예측하는, 도통한 여자처럼 보였다.

"그럼 가서 막든가."

"그건 제 일이 아니죠. 민규랑 스물한 살 때부터 사귀는 조강지처가 할 짓이죠."

오민규한테 그런 순정의 세월이 있었다니 놀랍다.

"결혼할 여자야?"

"약혼식도 했어요, 걔들."

"아, 약혼식."

약혼이라는 단어가 한정연의 입에서 나오자 나는 좀 부끄러워졌다.

"네. 지난 중복 날 삼계탕 먹어 가면서 한정식집에서 거방지게 약혼했어요."

"약혼하면서 닭을 탕으로 먹어?"

"민규네 어머니가 한정식집을 크게 하시거든요. 호텔에서 한다고 했다가 난리 났어요."

"약혼도 했네."

"네. 아직 지속 중인 약혼이에요. 그 자식만 깻박을 안 치면 결혼까지 무난할 약혼이에요."

무난한 약혼이라는 말이 낯설었다. 내가 했던 약혼들은 그다지 무난하지 않았다. 그러고 보면 내 인생은 참으로 파란만장했던 듯싶다. 입이 쓰다.

"타. 데려다 줄게."

한정연이 피식 웃는다.

"나 술 안 마셨어. 음주 운전 아니야."

도둑이 제 발 저린다고, 엉뚱한 소릴 또 한다. 등신 같다.

"누가 뭐래요? 근데 그게 아니라 저 집 멀어요. 그냥 들어가세요."

"어딘데?"

"경기도예요. 지하철 타고 사당 가면 금방이에요. 버스 많아요."

거기였구나.

이 여자는 아직도 붉은 지붕이 선명했던 그 집에 살 것만 같았는데 이제는 아니다.

방배동 언덕 안쪽에 있던 한정연의 그전 집은 정갈하고 예뻤다. 정원도 말끔했고 흐트러진 구석이 안 보이던, 딱 한정연과 그의 엄해 보이던 아버지 한 회장이 살았을 집이었다.

"그러니까 타라고. 사당까지라도 데려다 줄게."

여전히 꼿꼿하게 나를 바라보는 한정연은 나의 이런 친절을 이해하지 못하는 얼굴이었다.

"모르나 본데, 여자 혼자 이 밤에 걸어 다니게 하는 거, 그거 내 스타일 아니니까. 더구나 댁은 우리 부서 절대 한 대리잖아."

"그거 오민규한테나 통하는 건데?"

"그래? 신입들도 그렇게 부르던데."

"오민규가 루머를 양산해요."

"안 탈 거야?"

"그럼 사당역까지만 데려다 주세요."

그러고 그녀가 웃었다.

피식하는 비웃음도 아니고, 억지로 웃는 웃음도 아니고, 정말 편안한 얼굴로 나를 보고 처음 웃었다.

저렇게도 웃는 사람이었다.

아무런 경계도 없이, 긴장도 없이, 비웃음도 없이, 저렇게 희미하지만 편안하게 웃을 줄 아는 여자라는 걸 나는 몰랐다.

"물어봐도 되나?"
"뭔지나 말하세요."
"이 밤에 누굴 보고 가는지."
"기억나시나 모르겠네, 이 여사님이라고."

기억이 안 날 수가 있겠는가. 우리 고 회장님 두 번째 부인이신 윤종금 여사와 척척 죽이 맞아서 처음 만나 결혼 의사 확인하고, 두 번째 만나서 약혼 날 잡으시고, 세 번째 만나서 결혼 날 잡으셨으면서 파혼 다음 날에는 호텔 로비에서 예물 돌려주면서 머리 잡고 싸우셨던, 윤 여사님 말에 의하면 '천하에 상종 못 할 첩년'이신데 어떻게 잊겠는가 말이다.

"아, 그 예쁜 아줌마."
"아직도 예뻐요."
"인사 다니고 그러나 봐, 아직도."
"반찬도 해다 주고 쫓아다니면서 잔소리도 하고 그래요, 아직도."
"엄마 같네."
"엄마였어요, 8년 동안 우리한테는. 아버지만 그걸 몰라서 그렇지."
"어렵네, 그 집안도 뭔가가."

"사연 없는 집이 어디 있겠어요. 더구나 우리는 어느 날 갑자기 쫄딱 망한 집구석인데 그 사연이 얼마나 절절하겠냐고요."

강 건너 불구경도 이렇게 심드렁하게 안 할 것 같다.

"한 대리 상태를 보면 별로 절절하지 않은 것 같아. 딴사람 이야기 하는 거처럼 말하잖아."

"7년이에요. 7년쯤 지나면 웬만한 일들은 다 삭아지잖아요. 기억도 점점 옅어지고."

"엄청나게 긍정적이네."

"그게 긍정적은 아니죠. 난 현실적이기는 하지만 긍정적이지는 않아요. 긍정적인 사람들은 좀 사랑스럽고 활기차고 그러잖아요."

"알면 그렇게 살아 보든가."

"누구 보라고 그러고 살아요. 안 되는 거 뭐하러 기를 쓰고 해요, 기운 빠지게."

"우리가 안 본 게 한 7년쯤 되지, 대충."

"대충이 아니라 확실히 7년이죠."

"근데 그사이에 왜 그렇게 됐나 몰라."

"누가요?"

"나겠어?"

차 앞창만 보면서 뚱하니 있던 그녀가 고개를 휙 돌리고 나를 빤히 본다.

"왜?"

"저는 반사회적인 행동 하나 한 거 없고요. 착실하게 세금 내고, 적금 붓고, 빚 갚아 가면서 살았거든요. 제가 알기로는 사회에 물의를 일으키는 행동으로 왜 그렇게 됐나 소리를 들어야 할 사람은 제가 아니죠."

"누가 그거 물어?"

"그럼 뭔데요?"

"왜 그렇게 폭삭 늙었어."

입이 삐쭉 나온다.

저런 얼굴을 할 때도 있다. 오늘 밤은 '한정연, 그 이면의 세계' 그런 부제를 붙여도 될 것 같다.

"먹고살기 바쁘니까요. 그리고 그 7년 동안 나만 늙은 것도 아니고."

오호, 이 여인 마음이 좀 상하셨군.

"늙은 걸로 말하면 내가 더 늙었지. 주색잡기가 원래 조로증에 치명적이거든."

"어련하시겠어요?"

"연애 안 해?"

"한가하세요?"

"그건 나한테 왜 물어?"

"뭐 그런 거까지 신경을 쓰시나 해서."

"우리가 나름 그래도 과거가 있는 사이잖아. 아는 사람이 별로 없어서 그렇지. 내가 그래도 처음 해 본 약혼 상대잖아, 한정연 씨가."

"뭐 그렇게 대단히 자랑스러운 일이라고 그걸 그렇게까지 말씀하시는지."

"왜 이래? 그래도 나름 내 약혼들 중에서는 젤 신선했어."

"뭐로 제일 신선하다 그러는 건데요?"

"때가 안 묻었지, 그땐."

"뭐, 제가 어른들 말대로 순순히 약혼해 주겠다고 해서, 고세훈 씨 여자 편력에 대해서 전혀 모르고 그랬나 싶으신가 본데요. 약혼 앞두고 있는 사람한테 개차반이랑 어쩌려고 엉겼냐고 말리는 소리도 들었어요. 그러니까 신선이니 어쩌니, 그런 건 좀 웃겨요."

"그때도 개 소리 들었나."

"습관적으로 약혼하고 파혼하고 사니까 아주 굳히기로 들어간 거죠, 그 개 소리가."

"술이나 마실까?"

"운전이나 하세요."

입을 확 막아 버린다. 얘는 은근히 무섭다.

"왜?"

"불리한 거 나오면 좀 느끼해지는 거 아시나 몰라."

"그건 누구나 그런 거라고. 한정연도 그렇잖아. 내가 계속 물어도 오늘 왜 그렇게 다운돼서 그 모양으로 남의 동네를 이 오밤중에 어슬렁거리는지 안 알려 주잖아."

역시나 딴 나라 가는 얼굴로 그녀는 저 건너편 세상 사람 같은 눈으로 앞을 본다. 앞을 보는데 전혀 다른 걸 보는 거 같은 얼굴이다.

언제나 똘망똘망하게 갈색 뿔테 안경까지 끼고 숫자 외우고 읊어 대실 때의 정면 응시가 아니라 전혀 다른 얼굴이라서, 그걸 쳐다보느라고 나는 초록 불로 자꾸 바뀌는 신호등에 대고 욕을 했다.

"아주 아득한 데서 바람 같은 게 불어오는 거 같아요."

조용히 나직나직하게 한 그 말에 나는 아무런 대답도, 어설픈 농담 같은 것도 하지 않았다.

그냥 가만히 그녀의 말이 끊어질까 봐 조바심치는, 철딱서니 없는 심장을 다독이면서 핸들만 꼭 쥐었다.

※

왜 갑자기 이유미 여사가 미치게 보고 싶어졌는지 모르겠다.

스물한 살 먹은 여동생이 연애를 시작했다고 심란한 것도 아니고, 상대가 부실해서 걱정되는 것도 아닌데, 나는 무엇인가 전혀 다른 공기를 느꼈다.

애절한 눈으로 구해 달라는 오민규를 뒤로하고 청담동으로 가면서 나는 내 마음을 들여다보려고 노력했다.

하지만 아무것도 보이지 않고, 그냥 뒤엉키고 어지럽기만 한 내 마음이 심란해서 머리만 아팠다.

"해가 서쪽에서 뜨겠네. 웬일이야. 네가 퇴근을 이리로 하고."
"그냥. 나도 늙나 봐. 안 하던 짓도 하고 싶어지고."

눈치 빠르신, 아니, 다른 눈치는 없어도 상대방의 희로애락을 파악하는 데는 신기神旗까지 도는 이유미 여사님은 그 빤한 눈길을 피하는 나를 흐트러지는 자락 하나 없이 보더니만 아무 말 없이 저녁을 차려 주었다.

갈대만 바람에 흔들리는 것은 아니다 111

"8시에 저녁 먹으면 다 배로 갈 텐데."

"천안 할머니 같은 소리 하시네."

"늙으니까 그 노인네 닮아 가는 거지. 내가 노년의 롤 모델이 없잖아."

"둘이 앙숙이었으면서."

"앙숙은 무슨. 야, 그 할머니랑 나는 동지였지, 앙숙은 아니었어."

"동지는 아니었다고 봐요."

"동지 맞아. 한씨 집안에 빌붙던 동지."

나는 이럴 때의 이 여사님은 싫다. 어떤 선을 긋는 것만 같아서 어깨가 시려 온다.

"말을 해도. 빌붙기는 우리가 빌붙었지."

"그런 거 같니? 천만에. 그 할머니나 나나 죽으면 우릴 기억해 줄 사람은 너하고 지연이밖에 없다는 걸 잘 알거든."

"왜 그래요? 원장님도 있고, 그 아들딸도 있잖아."

"걔들은 자기네 엄마 기억해야지. 이혼한 자기들 아버지랑 사는, 이상한 여자 기억하겠니?"

"아직도 뜨악하게 굴어요?"

"여자애는 아직이야. 그 계집애는 못 생긴 게 성질도 나빠서 오래 가. 내가 자기들 부모 이혼시킨 것도 아닌데 나만 보면 눈에서 독기를 뿜어."

"그거 나한테 만날 하던 말 아닌가."

"그거야, 뭐 그냥 하던 말이었고. 그리고 너희는 나한테 잘하잖아."

엑스
피아세

"나한테 서운하다면서."

"그래도 내가 보자고 하면 보고, 놀자고 하면 놀고 그래 주잖아."

"이 여사님 또 그분 왔나 봐."

"어떤 분?"

"우울증."

"좀 있으면 갈 거야. 이제 조증 올 거야."

"카드 좀 심하게 긁으시겠네, 우리 이 여사님."

"그 약밖에 없으니 어쩌겠어. 또 확 긁어 줘야지."

"원장님이 뭐라고 안 해요?"

"별로. 그 사람은 나한테 말을 많이 하는 사람이 아니야."

"왜 그렇게 말없는 남자들 하고만 살아요? 말하는 거 좋아하는 분이."

"그들이 나를 사랑하는 거지."

"아하."

"그건 그렇고. 너 뭐야?"

역시 그냥 넘어가 주지 않는다.

"서프라이즈 좋아하시잖아. 모처럼 서프라이즈 하는데 뭘 그렇게 의심을 해요?"

"내가 널 하루 이틀 본 것도 아니고, 너 생리 시작할 때 생리대 사다 준 것도 나야. 그런데 내가 널 몰라?"

"언제 적 얘기는 가져다 하시는지. 그냥 집에 곧장 가기가 싫어서요."

"너 내가 왜 말을 많이 하는 줄 알아?"

이 여사님은 진짜 말이 많다. 쉬지 않고 말하고 화젯거리를 찾아낸다.

"살찔까 봐 말 많이 하는 거라면서요?"

"너 바보냐? 그걸 믿게. 내가 머리가 나쁘잖아."

"그건 아니지. 기억력 좋고, 언변 좋고. 그거 머리 나쁘면 못하지."

"나 머리 나빠. 그래서 말을 자꾸 하다 보면 정리가 되는 거야. 복잡해서 터지려고 하는 머리통이 말을 막 하다 보면 싹 정리가 되거든. 그러니까 너도 한번 해 봐. 내가 들어 줄게. 혼자 벽 보고 하면 미친년 소리 들으니까 나한테 말해 봐."

정말 그럴까.

나도 모르는, 내 이 설명할 수 없이 복잡한 심사를 따따부따 쏟아 내면 알 수 있을까?

"지연이 연애해요."

"깡통 건택이?"

"알고 있었어요?"

"그 앙큼한 게 먼저 불었겠니? 내가 볶아쳤지. 눈치가 딱 그거더라고. 야, 근데 그거 웃기지 않니? 너 건택이 걔가 말이 연예인 지망생이지, 얘가 말없지, 무뚝뚝하지, 공부 못하지. 뭐 하나 지연이랑 엮일 게 없잖아. 근데 둘이 좋아 죽더라."

건택이는 하루에 세 마디도 안 하고 기타를 치는 아이다.

피아노 전공을 하겠다고 예술 중학교를 나와서 예술 고등학교 1학년 때 자퇴를 하고 방에 틀어박혀 기타만 치는 걸 건택이 엄마가 어르고 달래서 지연이를 과외 선생으로 붙이고 검정

고시를 보게 했던, 정말 은둔형 외톨이가 딱 어울리는 아이였다. 그런 건택이랑 지연이가 사귄다는데 나는 길길이 날뛰면서 말리지 못하는 걸까.

"너 걔들 둘이 만나는 거 맘에 안 드는구나."

그런 거였나.

그런데 나는 건택이가 싫지는 않다. 스물한 살의 지연이가 지금의 연애로 인생을 정할 것도 아닌데 헤어져라 마라 하고 싶은 생각은 없었다.

"처음에는 그런 건가 했는데요. 그건 아닌 거 같아요. 둘이 사귀는 거 뭐 그럴 수 있지 그래요. 근데 이상한 게 왜 내가 그러는지 모르겠는데, 그냥 좀 쓸쓸해요."

"뭐가?"

"지연이가 너무 당당하게 건택이랑 연애를 한다고 통보를 하는데요. 난 정말 당황스럽다고 해야 하나. 뭐 좀 그렇다 이거지."

"정연아."

또 심각해진다. 이 여사가 나를 저렇게 부를 때는 뭔가 폭탄이 터지거나, 눈물을 뿜거나 하기 때문에 나는 좀 긴장된다.

"왜요? 또 이상하게 몰고 가려고 그러네."

"얼씨구, 내가 뭐라고 했다고 그래? 입도 뻥긋 안 했구먼."

"뻥긋해 보시지요. 이 여사님."

"너 걔들 언제부터인지 모르지?"

"언제부터라니. 얼마 안 된 거 아니에요?"

"등신. 야. 건택이 검정고시 붙은 게 언젠데, 걔들이 정기적

갈대만 바람에 흔들리는 것은 아니다   115

으로 만나다 이제야 눈이 맞아?"

"그럼 언젠데?"

"한참 됐어. 아마 건택이 과외하는 동안 눈 맞았을걸. 근데 그걸 이제 아니? 너도 참이다."

"앙큼하긴. 한지연."

"걔가 앙큼한 게 아니라 네가 둔한 거지. 아니지. 너 진짜 무관심한 거야. 야. 생각해 봐. 건택이 걔가 왜 할머니 돌아가셨을 때 사흘 밤낮을 영안실에 있었고, 화장터에 절까지 쫓아다녔는지."

생각해 보면 참 여러 단서들이 있었다.

건택이를 가르치면서 지연이는 이를 부득부득 갈았다. 그런데 그것도 초반에 몇 달뿐이었고 그 뒤로는 별말 없었던 거 같다. 나는 눈을 뜨고 코도 베이고 눈도 뽑힐 인간이다.

"왜 나한테 말을 안 했지?"

"그것도 너는 모르지."

작정하고 달려 주신다. 약도 올리시고 슬슬 긁어 주신다.

"너 지연이한테 네 속말 해 본 적 있어?"

속말이 뭔지, 나는 모르겠다.

"너 알지? 내가 가끔 너한테 삐치는 거. 내가 그런데 지연이는 어떨까?"

내가 제일 골치 아파하는 영화들의 주제가 '소통의 부재'이다. 다른 사람들과 도대체 무슨 속말을 해 가면서 소통씩이나 해야 하는지 나는 이해가 안 되고, 그러다 보니 당연히 공감대 같은 건 절대 없으며 상 받았으니 보라고 다들 침 튀기는 명작이 나한테는 고문이다.

그런데 이 여사님이 이렇게 내 약점을 물고 늘어지신다면 나를 1년 열두 달 방에 가두어 두고 그 소통 문제에 관한 명작 극장만 줄곧 보라는 거나 다름없다.

눈치 백 단인 이 여사님은 더 이상 지연이의 연애 문제나 나와 지연이 사이의 애매한 선에 대해서는 말하지 않았다.

원장님이 새로 해 주었다는 루비 반지를 가지고 한참을 떠들었고 별로 영양가 없는 동네 루머들을 늘어놓으면서 시간을 보냈다.

밤 10시가 다 돼서 일어나는데 이 여사가 내 손을 갑자기 잡았다.

"이건 또 뭐 하는 건데요?"

"아, 우리 정연이."

"왜요? 또?"

"예뻐서."

"아줌마가 더 예뻐요."

"세상 사는 거 지랄 같지?"

"얼굴이랑 안 어울려요. 말끝마다. 나도 자꾸 그 지랄이 입에 붙잖아. 옮나 봐."

"너는 내 바닥을 다 알잖아. 그러니까 이래도 되는 거야."

"나름 우아하게 조신하게 살았거든요."

"태교하니? 좋은 말 바른말만 듣고 살게. 너 좀 가볍게 살아. 그래도 돼."

"내가 무거워 보여요?"

"어깨 안 아파? 내려놓을 거 있으면 다 내려. 지연이는 제 발로 네 어깨에서 내려온 애야. 너 몰라? 홀가분하게 살아."

선문답 같은 이 여사님 말씀에 웃어 주고 나오기는 했지만 나는 현관문이 닫히는 순간부터 맥이 탁 풀리는 것 같았다.

머릿속에서 이런저런 생각이 깜짝 상자처럼 튀어나와서 정리가 안 되고 뒤죽박죽이었다.

내 머리는 너무나 나빠서 이렇게 사람들의 감정이 뒤엉키면 정신이 없어진다.

그리고 그 정신 사나운 시간의 한가운데서 나는 고세훈 씨를 만났다.

"맥주 마시자니까."
"차 버리고 가실 거예요?"
"대리 부르지."
"커피 드시고 속 차리세요. 그리고 나 술 별로 안 좋아해요."
"나한테 술을 다시 배워 봐. 내가 아주 잘 가르쳐 줄게."
"제가 술을 안 좋아한다고 했지, 못 마신다고는 안 했어요."
"더 궁금해지네."

오늘은 정말 이상한 날이다.

이 여사를 찾아간 거부터 뭔가 이상했는데 결국에는 이렇게 이상한 나라의 엘리스처럼 토끼 대신 고세훈 씨를 만나 12시 넘어서 커피까지 마시고 있으니, 이제 내 앞에 죽은 장국영이 나와서 초콜릿을 디밀어도 이상할 게 없을 듯하다.

"어떤 느낌인데?"

"뭐가요?"

"어디서 바람이 불어온다며?"

웃음이 나왔다.

"왜 웃어? 그 말씀 당신께서 하셨어."

"그러게요. 그런 말을 왜 했나 몰라. 왜 했지?"

고세훈 씨는 편의점의 싸구려 믹스 커피 잔을 입에 물고 신기한 동물 보듯이 나를 한참을 봤다.

"뭘 그렇게 보세요?"

"신기해서."

"사람 구경 처음 하세요? 뭘 새삼스럽게."

갑자기 그가 내 머리를 쓰다듬었다.

나는 원래 잘 놀라는 사람이 아니다. 그런데 이런 돌발 행동은 정말 깜짝 놀랄 일이다.

"뭐 하세요?"

"잘 살아 줬네."

목에 뭔가가 탁 걸린 것처럼 메케했다.

"내가 뭣 같은 놈이기는 했어도, 그래도 가끔 걱정은 했거든. 사람이 의리가 있잖아. 잘 살고 있는 건지 하고 한두 번 생각은 나더라."

"작업 거시는 거 아니죠?"

"미쳤냐? 애초에 게임 끝난 여자한테 작업 걸게."

"그럼 감사하고요. 근데 나도 두어 번쯤은 걱정했어요. 내가 너무 모질게 차 버려서 그 아저씨가 습관성으로 파혼을 하나 싶어서."

"아, 습관성 파혼."
그리고 그는 웃었다.
나도 왜 그런지 모르겠지만 자꾸 웃음이 나왔다.
집으로 돌아와 잠들기 전에 까무룩 하고 깊은 잠에 들기 전에 잠깐 내 머리를 쓰다듬던 손을 생각했다.
이 여사님 말대로 사람은 늘 소통하고 살아야 하는 것일지도 모른다. 하지만 누구나 그런 것은 아니니까.
그런 사람도 있고, 나처럼 이렇게 작고 사소한 것 하나만으로 충분한 사람도 있는 것이다.
그날 밤 나는 정말 오랜만에 푹 잤다.
꿈 한 번 꾸지도 않고, 중간에 일어나 서성거리는 일도 없이 깊고 단 잠을 잤다.

벙어리도 알고 나도 아는 냉가슴

"이게 다 뭐야?"
"내일 가지고 갈 물품들."
"밥 해 먹을라고?"
"저녁은 리조트에서 바비큐 제공하는 걸로 계약했어."
"근데 이거 다 뭐 하는 건데?"
"안주. 그리고 아침 식사 재료."
"누가 밥할 건데?"
"우리 친절한 지나 씨."
"걘 밥해 주러 워크숍 간다니?"
"아이. 또 까칠해지신다. 한 대리님."
"워크숍이야. 근데 이게 뭐 하는 짓이야. 대충 밑에 가서 아침 사 먹으면 그만인데."

"야, 박 부장이 아침 사 먹는 거 젤 싫어한다잖아."

"마누라 밥이나 제대로 얻어먹으라고 그래. 그건 그쪽 팀에서 알아서 할 일이지. 미쳤니? 이게 뭐 하는! 콧구멍이 두 개니까 숨을 쉰다, 내가."

워크숍 발표 자료를 모두 세팅해서 준비하고 퇴근을 하려는데 이제야 일이 터진다.

어떻게 워크숍 가서, 그것도 양쪽 부서 모두 합해 30명이 넘는데 그 사람들 아침밥을 해 먹이겠다는 생각을 한 건지. 어이가 없다.

"너 이거 과장님한테 결재받았어?"

"응."

이 과장이 더 웃긴다.

"밥해 주면 드시겠다든?"

"지나 씨가 이런 거 잘한대. 크리스마스 때 이번 신입들끼리 스키장 갔는데 지나 씨가 해장국을 그렇게 잘 끓이더래. 그래서 이 과장님한테 말했더니 알아서 하라던데?"

또 무슨 헛소리를 해서 이 과장을 구워삶았는지는 모르겠지만 어쨌거나 저런 걸 결재해 줬다는 것만으로 이윤보도 같이 미쳐 가고 있구나 싶어진다.

"놀러 간 거하고 워크숍이 같아?"

"너랑 나랑 좀 도와주고, 인력팀에 서인하가 동기 일이니까 도와줄 거구. 일할 사람 많아."

"난 빼 줘."

"널 왜 빼? 대리라서 이젠 이따위 후진 일은 안 하겠다 이

거냐?"

"그러니까 이따위 후진 일을 왜 벌려."

"아항, 한 대리님."

"그런 앙탈은 나한테 부릴 일이 아니라고 봐. 나 진짜로 안 해. 간다. 정리 잘하고 자료 빼먹지 말고 와."

말도 두 번 못 붙이게 못을 박고는 가방을 들고 사무실을 나왔다.

가끔 이런 일들이 있다.

하지 않아도 되는 일들을 하려는 사람들과 부딪히는 일 말이다. 무슨 생각으로 30명 밥을 해 먹이겠다는 생각을 했는지 모르겠지만 내 생각에는 전혀 합리적인 일이 아니다. 내가 신입 때도 이런 일은 없었다.

어쨌든 이번 워크숍은 내 기획안이 아니니 강 건너 불구경을 할 수밖에 없다.

엘리베이터를 기다리는데 유령 같은 고세훈 씨가 빼딱하게 서서 나를 내려다본다. 가지가지 한다.

"왜요?"

"밥해 주는 거 싫어?"

파티션으로 설렁설렁 가려만 놔서 목소리가 조금만 커져도 위가 다 트인 사무실에서는 쩌렁쩌렁 울린다. 더구나 오민규의 그 걸걸한 앙탈은 지나가는 귀머거리의 막힌 귀도 뚫었을 거다.

"싫어요."

"못하는 건 아니고?"

"네, 밥 못해요. 퇴근하세요?"

"응."

"그럼 퇴근 잘하세요."

엘리베이터가 오고 그는 지하 주차장을 누르고 나는 로비를 누른다.

"데려다 줄까?"

"재미 붙이시겠어요."

"재미랄 건 없지. 댁이 재미있는 캐릭터는 아니니까."

"그럼 재미 찾아 가세요. 전 전철 타고, 버스 타고, 잠이나 자면서 편하게 갈 거니까."

땡 소리가 나고 엘리베이터 문이 9층에서 열렸다. 인력팀 사람들이 우르르 탔다.

다들 의례적인 인사를 나누고 앞만 빤히 보고 있는데 번쩍이는 엘리베이터 문으로 여전히 삐딱하게 웃는 고세훈 씨의 돌아간 입이 보였다.

풍이나 맞아서 입이라도 확 돌아갔으면 좋겠다는 악담을 혼자 하고 눈을 돌리니 인력팀 신입 서인하가 까딱하고 인사를 해 왔다.

서글서글하고 눈에 잘 띄는 사람이 아니었지만 예의 바르고, 가끔 회의 시간에 보면 일도 깔끔하게 하는 것 같았고, 사람들 평도 괜찮았다.

저런 신입도 있는데 김지나는 해장국으로 어필하려고 하고, 거기에 또 홀라당 넘어가는 인간들도 있고. 세상이 요지경 속이다.

여전히 번쩍이는 외제 차를 타시고 고세훈 부장님께서는 지하철역으로 터덜터덜 걸어가는 내 옆을 슁 지나가 주시고 나는 그 은갈치 같은 차가 내뿜은 매연만 들이마셨다.

그날 이후 고세훈 씨는 확실히 날 만만하게 대한다.

사람들이 이렇다.

아주 작은 틈만 보여도 그 틈이 전부였던 것처럼 착각을 해 준다.

넋을 어디에 빼놓고 와서는 고세훈 씨한테 바람이 부네 어쩌고 나도 이해 못할 헛소리를 했는지, 곰곰이 생각하고 아작아작 씹어 봐도 알 수가 없다.

내가 한 짓이 있으니 고세훈 씨가 저러는 걸 그냥 봐 넘기는 수밖에 없다.

내가 이 시점에서 정색하고 '그날은 제가 잠시 미쳤던 거 같으니 앞으로 절 보시면 예전처럼 꺼림칙한 거 보고 놀라신 태도로 다시 돌아와 주세요.' 할 수도 없는 일이니 참아 낼 수밖에 없다.

처음 우리 부서장으로 왔을 때의 그는 확실히 긴장해 있었고 느물거리지도 않았다. 지금도 다른 사람들이 있는 데서는 여전히 각 잡고 사회생활을 교과서처럼 해 주고 있다. 하지만 서로 밑바닥을 다 본 사이라고 생각해서인지 어쩌다 둘이 있거나 하면 좀 느물거리고 깐족거린다.

아직은 참아 낼 만하다.

뭐 참고 말고 할 것도 없다. 나도 똑같이 구니까.

내가 자기를 은근히 무시하고 있다는 걸 그렇게 티를 내는데도 그는 꿋꿋하다.

어쩌면 그는 나한테서 자기와 비슷한, 그래서 좀 만만해도 될 것 같은 구석을 발견했는지도 모른다.
　아니, 그렇게 생각하기로 했다.
　나의 세상은 다시 평화로워질 것이다. 뭐든지 마음을 어떻게 먹느냐에 따라 달라지는 거라니까 말이다.

　워크숍이 이런 거였던가?
　이 지겨운 인간들은 회의를 못해서 삼족이 멸한 집안 후손들인 듯싶다.
　박 부장과 민 이사는 미친개와 미친 고양이처럼 으르렁거리고 그 밑의 인간들은 다들 자기 보스에게 한 표를 던지시면서 끝도 없이 같은 말을 맴맴 되풀이한다.
　어머어마하게 긴 숫자를 늘어놓는 것도, 각 부서 1인 1인의 업무를 쪼잔하게 따지고 드는 데도 두 손 두 발 다 들었다.
　다들 얼굴이 벌겋게 되다 못해 흙빛이 될 때까지 담배를 펴 가면서 난리를 치는데 오로지 독야청청 한정연만 서류를 뒤적여 자료를 찾고 또박또박 질문에 답하고 평정을 잃지 않는다.
　약혼 말이 나왔을 때 윤종금 여사님이 침 튀겨 가면서 하신 말씀이 생각났다.

　'내 친구 딸이랑 같은 학교를 나왔는데 고등학교 3년 동안 엎어져 자는 일 한 번이 없었다더라고. 애가 아주 단정하고,

조신하고, 가정교육 단단히 받아서 흐트러진 구석 하나가 없다고 하잖아.'

그래 놓고 온통 흐트러져 엉망진창인 나한테 찍어다 붙여 놓으시고 아주 좋아라 했다.

9시간을 떠들고 고 회장이 제시한 인력 감축안의 30퍼센트 선에서 인원 조정을 하기로 했다. 저럴 걸 이 생난리를 왜 친 건지 궁금하지만 다들 아주 만족스러워하는 거 보면 잘 된 일인가 싶어서 그냥 나도 따라 웃었다.

오민규보다 직급이 아래이거나 동급인 직원들은 잽싸게 뛰쳐나가 늦은 저녁 겸 술자리를 준비하겠다고 다 회의실을 비웠고 결국 이윤보와 나, 그리고 인력팀의 비슷한 직급이 몇 명 남아서 뒷정리를 해야 했다.

솔직히 나는 뒷짐 지고 나가서 민 이사와 박 부장과 어울려야 하겠지만 차라리 무릎을 꿇고 바닥을 닦지 그들과 함께 하고 싶지는 않아서 괜히 뭉기적거렸다.

늘 정장 똑 부러지게 입고 다니던 한 대리님이 청바지에 스웨터를 입은 게 색다르기는 했지만 저 여인은 늘 튀지 않게 주변에 묻혀 버린다.

"인간들이 좀 이상해. 결론이 이렇게 날 걸 왜 그렇게 싸워대는 거야."

"쇼예요, 그거."

"쇼?"

"눈치 못 채셨어요? 여기서 이런 난리를 한 번 부리고 나면 감원이 고육지책이었다는 걸 선전할 수 있잖아요. 더구나 IDS 합병하면서 감원 폭이 커진 거라고 수군거리는데 회사 입장에서는 무슨 짓이든 푸닥거리를 한 번 해 줘야 하잖아요."

"그런 게 다 보여?"

"7년을 여기서 돈 받고 일했어요. 눈칫밥인 거죠."

"아하."

"술 잘 드세요?"

"놀던 가락이 있지. 술을 못 마시겠어?"

"다행이네요."

애는 이게 주특기다. 성철 스님 선문답도 아니고 툭 던지고 휑하니 빠진다.

"민 이사님 주사는 저번에 보셨으니까 알아서 하시겠지만요. 박 부장님은 좀 감당 안 되거든요. 그러니까 적당 선까지 받아 드시고 슬쩍 숙소 들어가셔서 문 걸어 잠그고 주무시라고요."

"뭐, 칼부림이라도 해? 토껴서 문 잠그고 숨게."

한정연 눈이 정색을 한다. 설마 진짜란 말인가?

"제가 워크숍을 참 싫어해요. 사람들 밑바닥을 보여 주는 경우가 좀 있거든요."

"보여 주면 보면 되지, 뭘 그렇게 싫어까지 해."

"그럼 그거 보세요. 전 싫어서 안 보니까."

또 저런다.

자기 할 말만 하고는 쌩하니 가 버린다.

한정연이가 내 우군인 건 나도 인정한다. 아닌 것처럼 툭툭 던지면서 나를 지뢰밭에서 끌어내 줄 때가 종종 있다.

엑스
피아세

그녀가 내게 이런 도움을 주는 것이 자기 부서장이라서인지, 아니면 나름 옛 약혼자에 대한 의리인지, 아니면 그녀의 어떤 다른 마음인지. 나는 자꾸 소설을 쓰고 추리를 한다.

조금 전만 해도 고성이 오가고, 담배들을 피워 대고, 자료가 머리 위로 날아다니던 회의실에 나 혼자 남아 있었다.

한정연은 내 속에 들어앉아 있는 것처럼, 내 모든 걸 다 아는 것처럼 느껴지는데 나는 그녀에 대해서 전혀 알 수가 없다.

내가 살아왔던 시간들은 공과 사가 언제나 뒤엉켜서 회사를 차리고 돈을 벌면서도 좋은 게 좋은 거라고, 그리고 사람들 사이의 정이 중요하니 어쩌니 했다. 결국 그게 내 발목을 잡았고 내가 믿었던 사람들에게 배신도 당했다.

사람 사는 일에 운발이라는 게 중요하다지만 나는 돈 많은 부모 밑에서 대충 살아도 아주 잘 살아 내는, 정말 끝내주는 운발을 타고난 건 맞았다. 그런데 그건 서른이 되기 전 이야기였다. 그 이후의 삶은 단순히 운이 좋다는 것만으로는 되는 게 아닌데 나는 내 끗발을 너무 믿었던 거지.

인생이 나한테 뒤통수 갈기는 사기를 쳤다는 걸 깨닫게 된다. 여기서 일하는 사람들 하나하나는 대부분 대충대충 살아 내는 사람들이 아니었다. 나처럼 건들거리면서 살지는 않았다. 그러다 보면 나는 자꾸만 내 자신이 하찮아지는 것 같아서 기분이 나빠진다.

시원한 바람이 마시고 싶어서 건물 밖으로 나갔다. 바람은 차가웠지만 끝까지 차갑지는 않았다. 바람 끝에 한겨울처럼 모질지 못한 뭔가가 있었다.

어쩌면 한정연이 그날 말한, 그 아득한 곳에서 불어올 것만 같은 바람이 이런 걸 뜻하는지도 모르겠다. 그녀는 다 잊어버렸겠지만 나는 그날 그녀의 말이 문득 생각나곤 했다.

담배를 한 대 물다가 느닷없는 인기척에 라이터를 떨어뜨렸다.

지은 죄도 없이 화들짝 놀라 들어가려고 돌아섰을 때 목소리가 들렸다.

"근데 그 말을 왜 이제야 해요?"

한정연이었다.

"기다렸죠. 나는 한 대리님이 날 알아볼 줄 알았어요."

바람과 함께 사라져야 하는데 나는 자동 태엽 인형처럼 다시 돌아서 내게로 다가오는 그들을 마주했다.

남자는 나를 보고 꾸벅 인사를 했고, 그녀는 말간 얼굴로 나를 빤히 쳐다봤다.

마음이 툭 하고 떨어졌다.

소주를 두어 잔 마시고 나는 슬쩍 밖으로 나와서 산책을 했다.

공기가 차가워서 코가 찡했지만 정신이 번쩍 드는 것 같았다. 깜깜해서 아무것도 보이지 않는 연수원 주위의 풍경이 어둠에 익숙해지면서 하나둘씩 드러나고 나는 좀 무서워졌다.

내 걸음 소리만 들어도 겁이 나는데 갑자기 다른 발자국 소리가 들렸고 나는 긴장해서 뒤를 돌아봤다.

인력팀 신입 서인하가 이어폰을 꽂고 내 뒤에서 웃으면서 오고 있었다.

"추운데 뭐 하세요?"

"술 마시기 싫어서. 인하 씨는 왜 나왔어요?"

"전 술 마시지 말라던데요."

"왜?"

"박 부장님 취하시면 쓰러지신다면서요. 그럼 제가 모셔야죠."

"인력팀도 사람 힘하게 다루는구나. 신입한테 그걸 시키게."

"제가 제일 어리잖아요. 올해 신입 남자들 중에요."

"그게 힘만 가지고 될 일이 아닐 텐데."

"저 요령도 있어요."

남의 떡이 커 보인다고 아침밥 30인분 하려면 일찍 자야 할 김지나와 오민규는 저러고 술을 푸고 있는데 오로지 술 먹으면 개 되는 박 부장 뒤처리를 하려고 술도 안 먹고 잠도 안 자고 이러는 서인하를 보니 정말 안타까웠다.

오민규가 알아서 하겠다고 하지만 워낙 오뼁인지라 내일 다 같이 쓰린 간을 부여잡고 밥을 굶는 건 아닌가 싶기도 하다.

"저 맥주 가지고 나왔는데 드실래요?"

나는 맥주를 별로 안 좋아한다. 그런데 그냥 마셔도 좋을 것 같은 기분이 든다.

"이렇게 추운 데서 맥주 먹으면 취하지는 않겠네요."

"술 잘 못 드시나 봐요."
"맥주가 별로 맛이 없어요. 소주가 달달하니 좋지."
나는 서인하가 준 맥주 캔을 받아서 나무 계단에 걸터앉았다.
"이거 깔고 앉으세요."
서인하가 내민 건 머리에 쓰고 있던 검정색 비니였다.
"이걸 어떻게 깔고 앉아요. 머리에 쓰는 건데."
"여자는 찬 데 앉고 그러면 큰일 난다고 그러던데요."
아주 잘 배운, 바람직한 청년이다. 선량하게 웃을 줄 알고 부담스럽지 않게 친절한, 착하고 구김살 없는 사람 같았다.
나는 미안한 마음에 한 번 웃어 주고는 비니를 받아 깔고 앉았다. 쓰고 있던 걸 벗어 줘서 아직 따뜻했다.
"그런 건 어디서 배웠어요?"
"엄마한테요."
"엄마가? 여자 아끼는 거 가르치는 엄마들 별로 없던데. 내 아들 아끼는 것만 중요하지."
"우리 엄마가 좀 공주과였거든요. 거기다 쉬지 않고 말하는 사람이었어요."
"아들이 말을 안 했나 보지. 엄마가 쉬지 않고 말하게."
이 여사님도 쉼 없이 말한다.
동네에 사는 어느 여편네가 10살이나 어린 남자랑 놀러 다니는 것까지 미주알고주알 다 말해 줘서 나는 그 동네 사람들을 보면 다 아는 사람인 것만 같다.
"그러게요. 나중에 알았어요. 엄마가 외로운 사람이었다는 걸요······."

엑스
피앙세

나는 다른 사람들과 대화할 때 딴생각을 잘한다. 아마 이렇게 추운 날이 아니었다면 나는 이 잘생긴 어린 총각이 하는 말을 그냥 흘려들었을 것이다. 그리고 또 나도 모르게 상처를 주었을지도 모른다.

자꾸만 과거형으로 말한다는 걸, 그리고 그 말끝에 진심으로 후회하는 것이 느껴졌다.

착하고 선량한 눈빛을 한 인하 씨는 맥주를 두어 모금 마셨다.

"엄마, 먼 데 가셨구나."

"예리하신데요. 맞아요."

"언제?"

"1년 반 됐어요."

"아직 힘들지 않아요?"

"힘들었는데 자꾸 잊어버려요."

"뭘? 엄마를?"

"그런 거 같아요. 회사 일 하다 보면 한 번도 생각 안 하고 넘어간 일도 있는 거 같고. 이래서 자식이 다 소용없다고 하나 봐요."

'길게 봐라. 네가 살아 있는 내내 불쑥불쑥 생각날 거야. 절대로 죽을 때까지 잊지 못할 거라고. 자식도 묻고, 부모도 묻고, 남편도 묻어 봤는데, 힘들 때 서러울 때는 남편이고 자식이고 생각 안 나지만 엄마 아버지는 생각나더라. 네가 사는 내내 힘든 일이 없겠니? 그럴 때마다 사장님도 생각나고 엄마도 보고 싶고 그럴 거야.'

아버지 꿈을 꾸고 일어나 울던 내게 할머니가 그러셨다. 그리고 그 말은 인생의 정답처럼 나는 지금도 다정한 추억 하나 없는 아버지 엄마 생각을 뜬금없이 한다.

"내가 들은 말인데, 평생 못 잊을 거예요. 지금보다 스무 살쯤 더 먹어도 아마 그럴 거예요. 그러니까 길게 보는 게 좋아요. 길게 같이 갈 기억들이라니까."

남자들이랑 말하면 이래서 좋을 때가 있다. 울지 않으니까.

인하 씨는 씩 웃으면서 내게 건배를 하자는 듯이 맥주 캔을 부딪쳐 왔다.

"브라보는 아니고, 뭘 위해 해야 하는 거지?"

"대리님의 잃어버린 기억?"

"내가?"

나는 기억력이 정말 좋다. 일찍이 오뺑 선생은 나더러 병적인 기억력이니 뇌를 한 삼 분의 일만을 잘라 내는 게 사는 데 더 좋을 것 같다고 진지하게 충고까지 해 주셨는데, 내가 기억 못 하는 일도 있다는 말이 안 믿긴다.

"일어나죠. 저 엉덩이 시려요."

맨땅에 앉아 있었으니 당연한 일이기는 할 텐데 나는 그건 뒷전이고 이 착실한 청년을 언제 본 적이 있는지에만 집중했다.

건물을 따라 걸으면서 나는 골똘히 생각만 했고 문제 출제자는 옆에서 실실 웃고 있다.

"나랑 학교를 같이 다녔나?"

"저 스물다섯인데요."

그럼 아니다. 민규나 나랑 같이 다녔지 스물다섯 먹은 청년과 내가 한 교정에 있었을 리가 없다.

"나 수수께끼 별로 안 좋아하는데 그냥 말해 줘요. 바보가 되는 거 같으니까."

"연화장이오."

거기는 할머니가 계신 곳이다.

까까머리에 검은 테 안경을 낀 모습이 오버랩되면서 나는 웃음이 나왔다.

"이제 알겠네."

"쉽죠. 수수께끼도 아니죠, 뭐."

"어떻게 그렇게 까맣게 잊었을까."

"별로 인상 깊은 사람이 아니에요, 제가."

"그건 나도 마찬가진데. 인하 씨는 날 기억했잖아요. 나도 늙나 봐."

나로 말하자면 아버지가 그렇게 돌아가시고 집안이 난가亂家가 됐을 때 눈물 한 방울 안 흘린 독한 년으로 씹히고 씹혔던 전과가 있으니 보모 할머니가 돌아가셨다고 퍼 울었다고 또 씹는다면 글쎄. 그렇다면 나는 이제 얼빠진 년으로 불릴 판이다.

"근데 회사 들어와서 나 바로 알아봤어요?"

"첫 출근하던 날 엘리베이터 앞에서 한눈에 알아봤죠."

"알은척 왜 안 했어요?"

"기다렸죠. 나는 한 대리님이 날 알아볼 줄 알았어요."

서인하를 보던 눈을 정면으로 옮겼을 때 내 앞에는 담배를 물고 삐딱하게 선 고세훈 씨가 있었다.
 인하 씨는 꾸벅 인사를 했지만 나는 그저 빤히 그의 얼굴을 보았다.
 왜인지 모르지만 나는 이 순간이 정말 어색했고, 그리고 그도 그렇다는 걸 알 수 있었다.

"추운데 안 들어가실 거예요?"
"안에 분위기 별로야."
"원래 분위기 좋은 워크숍은 없어요."
"자긴 분위기 좋잖아, 파릇한 신입하고."
"호스트 바 마담같이 자기는 무슨."
"가 보기나 하시고?"
"더 계실 거예요? 전 갈래요."
 발딱 일어났을 때 계단 구석에 나란히 앉아 있던 고세훈 씨가 내 손을 잡아 앉혔다.
"뭐 하세요?"
"나랑 좀 놀아 줘."
"가셔서 민 이사님이랑 노세요."
"재미없어."
"그럼 저는 재미있겠냐고요."
"나만 재미있으면 되잖아."
"저한테 주정하세요?"
"나 말고 연애한 남자 있었어?"
 헛웃음이 나왔다.

"왜 웃어?"

"웃자고 한 말인 거죠? 우리가 언제 연애를 했어요? 약혼하려다 만 거지."

"그런가?"

"그럼 나도 하나 물어봐야지. 나 말고 다른 약혼녀들은 다 연애 끝에 약혼, 파혼 다 하신 거예요?"

"응."

"결혼에 이혼도 해 보시지 그러셨어요?"

"내가 지구력이 좀 달려."

말이나 못하면.

"대답해 봐."

"뭘요?"

"내가 나름 선수거든. 너 나 이후로 남자 없었지?"

"남자였던 적이나 있으셨는지. 그리고 날 너무 막 보시는 거 아닌가 싶네요."

"있었어?"

"궁금하세요?"

"응. 대따 궁금해."

"그럼 대따 대따 궁금해하면서 여기서 떠세요. 전 추워서 들어갈래요."

"연애한 냄새가 안 나는데?"

"그런 냄새 풍기면 촌스러운 거 아닌가?"

"오올, 한정연. 뭔가 있긴 있었구나?"

"글쎄요. 더 계시려면 더 계세요. 전 나온 지 너무 오래돼서 이제 감각도 없어요."

"너, 너 그러는 거 아니야. 아무리 쫄딱 망한 엑스 피앙세라도 그렇지, 파릇파릇한 신입하고는 달달하게 놀아 주고 나는 개구박하고. 인간적인 의리가 있지."

"저도 눈이 있거든요? 이 신입은 말하면서도 막 흐뭇해지는데 부장님이랑 말하다 보면요, 난 그래요, 하늘이 날 도왔구나."

"뭘 도와?"

"그때 파혼 안 했으면 이혼했겠구나. 그런다고요."

"살아 보고나 그런 말을 하시든가."

안 살아 봐도 안다.

"고세훈 씨."

"어쭈."

"계급장 떼고 말할게요. 술도 한잔 들어갔겠다, 뭐 약간의 주정이라고 생각해도 하는 수 없는데요."

"너 나 망했다고 막 보는 거지?"

그는 자신이 망했다는 게 금탑 산업 훈장 받은 것과 동급인 것처럼 말한다.

"망한 게 자랑스러우세요?"

"그럴 리가."

"난 아직도 아파요. 우리 집 망한 거요."

"그럼 그게 아프지, 안 아플 일이야?"

"아버지 장례 치르고 한 달도 안 돼서 길바닥에 나앉았어요."

"설마, 부자는 망해도 3년은 간다던데."

"부자가 제대로 망하면 사흘도 못 가요."

"근데 지금은 살 만하잖아?"

"그걸 제가 고 부장님한테 구구절절하게 말할 필요는 없을 거 같고요. 제대로 안 망해 봐서 그러신지 모르겠지만요. 그러지 마요. 그 정도면 망했다고 할 수도 없잖아요. 지금 사장 못 하는 거야 부장 하면서 좀 더 잘 배워서 나중에 다시 하면 되잖아요."

"그러니까 그만 징징거리라는 거지?"

아주 바보는 아닌지도 모르겠다.

"빙고. 들어가 주무시지요. 내일 오빵의 기막힌 해장국을 먹으려면 좀 주무시는 게 좋을 듯하오니."

"아침이 싫어지려고 해."

"그래도 태양은 뜨는 거니까 들어가시지요."

웃음이 나왔다.

길고 먼 길을 돌아와서 다시 만난 고세훈 씨는 예전의 그 사람이 아닌 것만 같다. 무슨 말 해도 편하게 받아 줄 것만 같이 과거의 나를 낱낱이 아는 사람이라 애써 포장을 하지 않아도 되고, 또 아버지가 우신의 한영성 회장이었던 사실을 숨기지 않아도 되는 유일한 사람처럼 생각된다.

지나왔던 시간들이 그에게 어떤 실패를 주었는지 모르겠지만 적어도 지금의 그는 자꾸 좋은 사람처럼 느껴진다.

함께 아무 말 없이 추운 겨울 달을 보아도 어색하지 않는 사람이 되어 버린 고세훈 씨와 나는 한참을 추운 데서 발발 떨면서 달구경을 했다.

달도, 날도 차가웠지만 누구 먼저 일어나지도 않고 계단에 앉아 한없이 달만 봤다.
 달이 우리를 보고 웃는 것만 같았다.

※

"내가 그랬죠? 뒤끝이 안 좋을 거라고."
"어떻게 해야 하나, 저것들을?"
"그걸 왜 저한테 물으세요?"
"김지나 사수는 오민규고 오민규 사수는 한 대리잖아."
"절 오뻥과 하나로 묶지 말아 주세요. 성질나요."
 성질은 저렇게 내는 게 아니다.
 적어도 일반적으로 정상적인 인간이라면 성질을 저렇게 차분하게, 냉정하게 내지 않는다.
 술 먹고 나도 뻗어 버려야 하는 거였다. 그럼 이런 꼴 저런 꼴 안 보고, 한정연의 저 서슬 퍼런 말대답을 안 들어도 되는 거다.
 김지나는 새벽 2시에 화장실 하나를 점거 농성 하기 시작했고, 4시가 좀 넘어서야 입사 동기라는 서인하가 간신히 문을 열어서 업고 나왔고, 빌어먹을 오뻥은 술을 얼마나 먹었는지 한구석에 찌그러져 졸고 있었다.
 달을 같이 보고 웃던 한정연은 1시가 다 되자 칼같이 일어나 자야 한다면서 맨 구석에 있는 여직원 방으로 뒤도 안 돌아보고 들어가 버렸다.

나도 들어가서 잘까 하다가 민 이사와 이 과장에게 엮여서 술을 좀 받아먹다가 포커판에 휩쓸려 날밤을 새웠는데 오늘 끗발이 너무 좋아서 이게 웬 떡인가 했다. 호사다마라더니만 내 끗발은 딱 거기까지였다.

새벽에 자러 들어가면서 민 이사는 아침밥이 계획대로 나오냐고 물었다.

그걸 왜 나한테 묻나.

"박 부장 그 인간 아침 안 주면 또 불 맞은 멧돼지처럼 지랄할 텐데. 고 부장이 좀 챙기지, 시끄럽지 않게."

번쩍이는 민 이사의 뒤통수를 보다가 정신이 퍼뜩 들었다. 그리고 아침밥을 해 먹이겠다는 김지나에게 코웃음을 날리던 한정연의 싸늘한 얼굴이 생각났다.

그리고 이내 신데렐라의 12시보다 더 무서운 새벽 5시가 되어 버렸다.

닫혀 있는 그녀의 방문을 두드리며 술 처먹고 널브러져 있는 저 인간들이 먹어야 할 아침밥을 차려야 하는, 이 구질구질하고 어이없는 나의 상황이 꿈이었으면 했다.

내 능력을 왜 저 인간들 아침밥을 차려 내는 걸로 증명해야 하는지 기도 안 찼지만 또 그런 걸로 무능하다는 말을 듣기 싫다는 병신 같은 오기가 내 머릿속의 합리적 사고를 눌러 버렸다.

화장기 하나 없이 뿔테 안경을 떡하니 끼시고 얼굴을 내민 한정연은 70퍼센트 정도는 확실하게 잠이 깨어 있는 게 분명했다.

나는 정말 비굴하게 그녀에게 물었다.

"밥, 어떻게 하냐?"

당황하는 기색 없이, 오로지 한심하다는 표정 하나로 기죽이게 하는 한정연의 얼굴을 보자 나는 내 인생에게 정말 절절하게 미안했다.

오로지 그 빌어먹을 아침밥 때문에 나는 내 인생이 정말 처절하게 불쌍했다.

"밥물은 이게 맞아?"
"대충이오."
"먹을 수는 있겠지?"
"이 쌀들을 가지고 장난치면 죄받아요. 인하 씨, 씻으라는 거 다 씻었어요?"
"네."
"저 오뺑, 지가 취사병이라고 걱정 말라더니 잘한다."

딱히 할 말도 없으니 씹을 건 오뺑밖에 없다. 갈아 마셔도 시원찮을 놈 같으니.

"그거 결재하신 분도 계신데요, 뭘."

나는 자꾸 저 여자한테 깨깽깨깽한다.

어린게 잠도 없는지 날밤을 새운 게 분명한 서인하는 한정연이 시키는 대로 무를 씻고, 파를 다듬고, 콩나물을 건져서 소쿠리에 건져 놓는다. 말을 아주 잘 듣는다.

"한 대리님 북어 다 건져 놨는데요."
"고세훈 부장님 손 씻고 이리 오셔서 북어 물 좀 짜시죠."

나는 두말도 못 하고 그녀가 시키는 대로 쪼그리고 앉아서 불려 놓은 북어에서 물을 짰다. 손도 시리고, 쪽도 팔리고, 성질이 치솟는다.

"반찬은 김치하고 김밖에 없어요."

"반찬 투정 하는 주둥이들은 내가 다 비틀어 버릴게."

"북어나 힘껏 비트세요."

내 입을 막는 데는 천부적이다.

"근데 한정연 씨 북엇국 끓일 줄 아는 거 맞지?"

"제가 예전에 시집 좀 잘 가 보려고 방배동 신 선생한테 2년 동안 요리 배우러 다닌, 구린 과거가 있거든요."

나한테 시집오려고 그런 짓도 했나 보다. 뭐, 그 동네 사람들은 손끝에 물 한 방울 안 묻히고 시집보내거나 하지는 않는다. 뭐 하나 빠지는 거 없이 완벽한 현모양처들을 이 시대에 아직도 소원하니까 말이다.

그러고 보니 그때 윤종금 여사가 그랬다. 어디 하나 빠지는 거 없이 정숙하고, 현명하고, 똑똑하고, 야무지다고. 그랬으니 소 잡는 걸 배우러 다녔다고 해도 믿을 수밖에 없는데 북엇국쯤이야.

"근데 왜 그 시집 안 가셨어요?"

서인하가 무심히 묻는다. 불안 불안 하다.

"잘 모르는 사람이었거든. 아무리 욕먹어 가면서 신부 수업을 독하게 했다지만 그거 아깝다고 모르는 사람이랑 결혼할 수는 없었으니까."

그녀의 말은 하나도 틀린 게 없다.

우리가 그때 제대로 한 건 통성명밖에 없었다. 나도 그녀도 상대에 대해 아는 게 거의 없었던, 아주 우스운 약혼이었다.

물기를 짜 놓은 북어 채를 무식하게 큰 통에 집어넣고 삽 같은 주걱으로 뽀얀 연기를 내면서 볶아 대는 한정연을 보면서 나는 지나가 버린 과거를 다시 사는 기분이 들었다.

그랬더라면…….

무심코 지나쳐 버린 많은 순간들 중에 한 번쯤은 놓치지 않았더라면 하는 찰나들이 모래알처럼 내 손을 지나쳐 가는 것만 같다.

내가 제일 한심하게 생각하는 말.

그랬더라면 나는 지금과는 어떻게 달라졌을까.

나는 여전히 무심한 얼굴로 이 난국을 수습하는 한정연의 단정한 이마를 자꾸 훔쳐보다가 내 뱃속 깊은 데서 나비가 팔랑거리고 있는 기분이 들었다.

그 나비가 어디론가 날아올라 가 버릴까 봐 나는 입을 꽉 다물었다.

※

사람들이 많은 거리가 갑자기 적막해지는 순간이 있다.

출퇴근 시간에는 줄 서서 걷는 것처럼 바글거리는 이 넓은 강남대로는 밤이 되면 술 취해서 돌아다니는 인간들이거나 일에 치여 처진 어깨로 질질 끄는 걸음으로 걷는 인간들만 간간이 보일 뿐이다.

길이 넓은 만큼 적막한 건 더하다. 한 블록 옆 유흥가로 버글거리는 도시와 높은 칸막이를 한 것처럼 이렇게 나뉜다.

일찍 가고 싶어도 도저히 일찍 집에 갈 수 없도록 많은 일거리를 던지고 사장 삼촌은 일본으로 가 버렸고 나는 낙하산 소리가 듣고 싶지 않아서 또 엉덩이 붙이고 일을 한다.

그냥 팔자 좋은 낙하산이라는 뒷말에 타협을 하면 좋으련만 그게 안 된다.

이렇게 열심히 공부를 했더라면 딴따라 삼류 MBA 따러 가서 졸업장도 못 받고 끌려 나오진 않았을 텐데 말이다. 나는 뒤늦게 정말 열심히 산다.

주차장으로 갈까 하다가 운전하려면 정신이 들어야 할 것 같아서 문이 열려 있는 커피숍을 찾았다.

옆 건물에 있는 커피 전문점인데 돈독이 올랐는지 12시까지 영업을 한다.

커피를 주문하고 홀을 휘휘 돌아다보는데 낯익은 뒤통수가 보였다.

설마 싶었는데 정연이었다.

"뭐 해? 집에 안 가고."

"지금 나오신 거예요? 안 하던 일 하시다가 순직하시겠어요."

"내 말이……. 근데 당신은 일을 왜 여기서 해?"

"커피 마시고 다시 들어가려고 잠깐 앉았는데 노트북 켜다 그냥 주저앉았어요. 늙나 봐. 자꾸 엉덩이가 무거워지네."

"차라리 집엘 가라. 뭐 하는 짓이니?"

"그러게 말이에요. 근데 부장님 여태 사무실에 계신 거였어요?"

"그냥 사무실에 있던 게 아니라 일을 했지, 내가."

"장하셔라. 어쩌다 이렇게 되신 거예요?"
"그러니까. 사장도 없는데 나도 너네처럼 미쳐 가는 거지……."
웃었다.
 살짝 묻어나던 비웃음도 없고, 의무적으로 딱딱하게 웃는 가식도 없이 무장해제한 얼굴로 눈을 반달로 만들면서 정연이가 웃었다.
 심장에 쥐가 오르면 이런 느낌인가 싶게 가슴 속 한쪽이 따끔거렸다.
 주문한 커피를 찾아 그녀의 앞에 앉았다.
"판다가 다 됐구먼. 눈 밑에 그거 뭐야?"
"마스카라."
"좀 지우지."
"집에 가서 지워도 되거든요. 기름 발라 곱게 지워야 주름 안 생겨요. 그러니까 신경 끄시고. 참, 아까부터 궁금했는데 이 자료 작성하라고 한 의도가 뭐예요? 몰래 숨겨 놨다 홀라당 까먹은 재산 없나, 그거 찾는 거예요?"
"유능한 참모는 묻지 않아도 아는 거야. 묻지 마."
"별로 안 유능한 관계로 쓸데없는 일인지 아닌지 확인이 자꾸 하고 싶어져요."
"진짜 말 많네. 인건비 말고 다른 데서 뭐 줄일 게 없나 하는 거지. 보면 몰라?"
"보면 아는데요. 줄일 데가 없다고요. 기계 다 팔고, 부동산 다 팔고, 남은 건 사람밖에 없는데 뭘 어쩌려구요."
"사람이 전부다. 사람을 향한다. 다 날고 기는 재벌들 광고도 못 봤냐? 사람이 남는 거란 걸 어필해 보려고 그러는 거지. 남아 있는 사람들 능력을 보라고 만드는 거야."

턱을 괴고 나를 본다.

"뭐? 왜?"

"사람 귀한 거 언제 알았어요?"

"나는 뼛속 깊이 인본주의가 들어차 있는 사람이야."

"그 집 내력은 그게 아닌데."

"원래 대대로 뻐꾸가 하나씩은 있거든. 나 같은 변종도 있어야 집안이 다이나믹해지지."

"대대로 조상님 존함은 아시는지?"

"모르지, 그거야. 근데 너 은근 우리 집안 깐다."

"모른다면 모를까. 혼담 오고 갈 때 집안 내력은 알죠라고 누누이 강조를 하신지라."

"누가? 청담동 그 여인?"

"아뇨. 고 부장님 어머님께서 누누이, 아주 켜켜이 하셨죠. 우리 집안 내력 보고 데려가는 거니까 이 반지도 해 주고, 저 목걸이도 해 주는 거라고."

"자기 돈 쓰나. 생색은 국내 최고지, 그 여인께서."

"엄만데?"

"계모거든."

"전형적이다, 너무나. 사이 안 좋은 계모와 전실 자식."

"쿨하지 못해 미안하지만, 그러기엔 나도 그 양반도 성격이 구질구질해."

"적어도 솔직은 하시네."

"근데 성격 안 좋아도 넌 이 여사랑 좋잖아."
"아줌마가 쿨하거든요."
"넌 어떻게 산거니?"
"뜬금없이 그게 왜 궁금하신지?"
"인간적인 관심인 거지."
"꺼 주세요."
"오뺑 선생이 그러시더군. 돼먹지 않은 신비주의라고."
"오뺑 선생과 동급으로 가시고 싶지 않으면 그 입을 다물어 주시지요."

커피가 아주 맛있었다. 신발까지 벗어서 책상다리를 하고 앉아 있는 한정연을 본다는 게 나는 정말 좋았다. 깐족거려도, 말하기 싫은 질문을 요리조리 피해 가도, 순하게 웃으며 긴장을 벗어서 내려놓은 정연이의 얼굴이 너무 예뻤다.

이쯤에서 나는 그녀에 대한 내 마음을 스스로 인정하기로 했다.

색깔을 정하는 게 아니라, 자꾸 눈이 가고, 인정받고 싶어지고, 점점 더 궁금해지는, 그녀에 대한 내 마음을 나 스스로에게 오픈해 버렸다.

이렇게 편한 것을, 또 이렇게 좋은 것을 나는 왜 숨겼을까. 더구나 나만 아는 건데 말이다.

※

"마스카라 꼭 지우고 자라. 너 더 늙는다."

"방금 말로 나 데려다 준 공 다 깎아 먹은 거 알죠?"
"안 아까워. 잘 자."
후진을 해서 차를 돌려 나가는 그를 나는 보이지 않을 때까지 보고 있었다.

늦은 밤이고 내일 회사도 가야 하는데, 그런데도 나는 우두커니 식탁에 앉아 따뜻한 물을 한 잔 마시면서 멍하니 있었다.

상사로서의 능력은 솔직히 아직 잘 모르겠다. 객관적으로 검증되고 주관적으로 인정한 이 과장이나 민 이사처럼 오랜 시간 본 게 아니니 결론을 낼 수는 없지만 적어도 그는 마음이 따뜻한 사람이었다.

어쩌면 내게 잘 살아 내 줘서 고맙다고 말했던 그때 알았어야 하는지도 모른다.

따뜻한 컵에서 느끼는 온기처럼 고세훈 씨의 마음이 너무 생생하게 와 닿아서 나도 모르게 좀 울었다.

지연이를 데리고 고시원을 전전하던 때 나는 잠깐 그에게 전화를 해 볼까 생각한 적이 있었다.

고시원 월세를 못 내고 막막했을 때 아버지 장례식을 지켜주던 그 사람이 생각나서 전화를 해 볼까 했다. 너무 코너에 몰리니까 그런 허튼 생각도 했지만, 지금까지 내가 파악한 그라면 날 동정하지 않고 담담하게 도와주지 않았을까 싶은 생각도 든다.

그의 말대로 아이 리무버로 꼼꼼하게 눈 화장을 지우다 거울에 비친 내 얼굴을 봤다.

아니라고 하고 싶지만 나는 내 얼굴이 변했다는 걸 알았다.

뭔가를 기대하는 얼굴.

클렌징크림을 필요 이상으로 세게 문질렀다. 내가 지우려는 게 화장이 아니란 걸 나는 안다.

10시에 일이 끝났을 때 곱게 집에 가는 거였다. 한 잔만, 딱 한 잔만 하자는 민규한테 넘어가서 호프집에 들어가는 게 아니었다는 말이다.
고 부장과 이 과장이 술을 마시고 있었고 자연스럽게 합석을 했다.
나는 요 며칠 그를 피하고 있다.
티 나지 않게 조심하면서 거리를 두고 있는 중이었는데 이렇게 딱 마주치고 말았다.
별로 중요하지도 않은 말들과 재미도 없는 말장난을 우리고 우리다 결국 이 과장은 화장실 간다 하고는 도망가 버리고, 오민규는 테이블에 코를 박았고, 물만 마신 나와 별로 취한 것 같지 않는 고세훈 씨만 멀뚱멀뚱 마주 보는 형국이 되었다.
"차도 없으면서 술 좀 마시지."
"여태 안 마시고 버텼는데 그걸 왜 마셔요.?"
"그래 술 많이 마시면 빨리 늙어."
"아직 덜 늙어서요. 부장님만큼 늙으려면 한참 남았어요."
"좋겠다, 덜 늙어서. 그나저나 오민규 얠 어쩌나?"
"어쩌긴요. 알아서 하세요. 전 집이 좀 멀어서 이만 일어나야겠네요. 막차 끊겨요."
"너 그러는 거 아니다. 너랑 나랑 인연이 있고 의리가 있지. 이 화상을 나한테 넘기고 넌 도망을 가니?"

엑스
피아세

"조용히 좀 해요. 회사 사람들 많이 오는 데라 듣는 귀가 많단 말이에요."

"그러니까 혼자 도망가지 말고 끝까지 같이 가는 거야. 알았지?"

공갈 협박도 집안 내력인가 보다. 고 회장도 잘하더니 말도 안 되는 공갈을 진짜처럼 심각하게 잘한다.

"근데 얠 어째야 하는 거냐?"

"그걸 왜 저한테 물으시는데요?"

"너랑 같이 왔잖아."

"술은 고 부장님하고 같이 마신 거잖아요. 전 한 잔도 안 마셨어요."

"어떻게 좀 해 봐."

어떻게 하긴. 오민규가 술에 떡이 됐을 때 해결사는 따로 있다.

나는 휴대폰을 꺼내 단축 번호 5번을 꾹 눌렀다.

연결 음이 들리고 이내 가라앉은 목소리가 나온다.

— 어딘데?

"의왼데?"

"오빵 약혼녀 상태가 너무 멀쩡한 거요?"

"친구라며, 뭘 그렇게 대놓고 말하냐?"

"10년을 하루같이, 저 둘을 아는 사람들은 다 그렇게 물어 와요. 나 역시 이상하다고 수시로 생각하고요."

"넌 둘 다 친구잖아."

"가은이가 친구고 민규는 동료인 거죠."
"별 말도 안 되는 분류법을 다 쓰고 있네. 대학 동기라며."
"이름 알고 있는 동기들 열 손가락 안에 들어요. 그런 거 별 의미 없어요."
"넌 인생을 왜 그렇고 사니?"
"어때서요? 아는 사람 많은 인생이 성공한 거라고 누가 그래요? 아니잖아. 만날 사람만 만나고 궁금한 사람만 궁금해하면서 살아도 사는 데 지장 없어요."

술이 곤죽이 돼서 널브러져 있는 오민규를 정신 차리게 한다고 공원으로 끌고 올 때부터 좀 버겁다 했더랬다.

가은이가 올 때까지 정신을 차리게 하려는 생각이었는데 민규는 더 늘어져 버렸다. 내일 출근이나 제대로 할까 싶었다.

결국 약이 잔뜩 오른 가은이가 나타나서 민규를 실어 갔다.

술 취해 널브러진 오뺑보다 고세훈 씨와 나를 더 심란하게 쳐다본 가은이는 한숨을 내쉬었다.

모든 걸 아는 것도 부담스러운 일이다. 타인에게도, 자신에게도 말이다.

"오뺑이 얼마나 매달렸으면 10년을 잡혀 있다 결국 약혼을 하냐? 남들은 결혼하고도 10년을 잘 못 살던데."
"대부분은 살아 내요. 10년이 별건가."
"별거지. 난 평균 약혼 기간이 반년이 안 되거든."
"그건 부장님이 이상한 거니까 패스."

큰길로 나가는 동안 택시 한 대를 볼 수가 없었다.

결국은 부어서 저릿저릿한 다리를 끌고 추위에 떨면서 그와 나는 바람이 매운 큰길로 나왔다.

"너는 멀쩡해서?"

"사람 관계는 이렇다 저렇다 말 못 하는 거 같아요. 민규가 가은이한테 목숨 걸고 매달릴 때 쟤들은 평생 저런 권력 구도로 가겠거니 했거든요. 그런데 언젠가부터는 그게 아니더라고요. 겉으로는 여전히 그런 거 같으면서도 사실을 놓고 보면 가은이가 약자인 거죠. 너무 오래 사귀다 보면 그런 거라고 가은이는 말하지만, 그건 아닌 거 같고."

"오빵에게 나쁜 남자 그런 매력이 있나?"

"어이없는 남자라는 건 알겠지만 나쁜 남자까지는 아닌 듯해요. 그건 너무 섹슈얼하잖아."

"그렇지. 그건 아니지. 내 섹슈얼리티가 오빵과 함께 갈 수는 없잖아."

"고 부장님도 그다지 다르지는 않아요."

"냉정한 정연 씨."

"내가 개입한다고 한들 뭐가 달라지겠어요. 결국은 둘의 문제라고요."

"우리도 우리 둘의 문제였지."

"아니죠. 우린 남들의 문제에 우리가 얹혀 간 거죠."

옆에서 걸어오던 그가 걸음을 멈췄다. 무심코 뒤돌아봤을 때 두어 걸음 떨어진 곳에 서서 그가 알 수 없는 얼굴로 나를 가만히 바라봤다.

"뭐 하세요? 안 가실 거예요?"

"지금은 어때?"

"네?"
"지금의 고세훈과 한정연의 문제는 뭐냐고?"
 꿀꺽 나도 모르게 침을 삼켰고, 대답을 삼켰다. 할 말을 잃고 뒤돌아 가려고 했을 때 그가 성큼성큼 다가와 내 손을 잡았다.
"궁금하지 않니?"
 말간 얼굴로 그가 내게 묻는다.
 나는 대답을 하지 않았다.
 처음에는 당황해서였지만 나중에는 나 역시 너무 알고 싶은, 하지만 들여다보기에는 무서운 무언가가 있을까 봐였다.
 내 손을 잡은 그의 손에 점점 더 힘이 들어갔다.

※

"바람도 안 나니?"
"일할 때 이상한 소리 좀 하지 마세요."
"토요일 날은 대충해도 되는 거 아니야?"
"그럴 거면 뭐하러 나온 건데요? 그냥 집에 계시지, 다른 사람 일하는 거까지 방해하고."
"누가 알아준다고 이 날 좋은 토요일에 여길 또 나와? 경기도에서 서울까지."
"저는 원래 인간이 착실해서요. 대충은 안 해요."
"잘났다."
"일할 거 없으시면 가시든가."
"잘난 척은. 나도 할 일 있어."

획 내 자리로 와서 앉았지만 노트북 전원도 켜지 않고 건들건들 책상 위의 지저분한 물건들만 치우고 앉아 있다.

운동을 갈까 하다가 해야 할 일들이 생각난 것부터 범상치 않았다.

엘리베이터를 타고 사무실 문을 열 때까지도 나는 계속 '미쳤어'를 중얼거렸고, 사무실에 들어왔을 때 나보다 더 미친 한정연이 떡하니 있었다.

어울리지 않게 청바지에 스웨터를 입고 머리까지 동여매고는 앉아서 일을 하고 있었다. 나는 정말 쟤를 데리고 워커홀릭 클리닉 같은 데를 가고 싶어졌다.

나는 쓸데없이 한정연에게 불타는 경쟁심을 느끼면서 이내 복잡한 숫자들에 빠져들었다.

이럴 줄 알았으면 유학 가서 놀지 말고 공부 좀 할걸. 경영지표라는 게 이렇게 복잡한 건지. 이름 모를 대학 MBA 중퇴인 나는 새삼스럽게 내 모자란 공부가 아쉽다.

다닥다닥 하는 자판 두들기는 소리가 무슨 배틀처럼 들린다. 한정연 앞에서 출랑거리기는 했지만 업무 자체가 심란하기 짝이 없어서 일을 안 하려야 안 할 수가 없다.

사람의 성취동기라는 게 단지 생계를 위해서라거나, 아니면 출세욕 같은 것에서만 기인하는 건 아닌 것 같다. 이 볕 좋은 토요일에 사무실에 앉아 일을 하면서 나는 오기가 치밀었다.

내가 36년을 꽉 채워 살아가면서 그나마 제대로 사람 구실을 했던 것은 IDS를 만들어 자만에 빠져 허우적거리기 전까지 그 4년 동안이 전부였다.

그 시간들이 없었다면 나는 여전히 구름 빵 위에 앉아서 허우적대며 거들먹거리기만 하는 한심한 부잣집 아들이었을 것이고, 한정연의 경멸 섞인 코웃음에 할 말이 없어질 것이다.

나는 증명하고 싶어졌다. 결코 내 인생의 가장 빛나던 시간들이 헛되지 않았다는 걸 사람들과 세상에, 그리고 아버지에게 보여 주고 싶었다.

또 파티션 저 너머에서 여전히 기계처럼 일만 죽어라 하는 한정연에게 보여 주고 싶어졌다. 너만큼 나도 열심히 살았던 시간들이 있었다는 걸, 그러니까 한 번이라도 날 제대로 봐 달라고 하고 싶어졌다.

내가 온 마음을 쥐어짜서 한마디씩 던져도 정연이는 웃지도, 울지도, 대답도 하지 않고 알 수 없는 얼굴로 나를 빤히 보기만 했다.

저 머리통에 뭘 집어넣고 무슨 생각을 하는지 궁금해서 미칠 지경이었지만 나는 기다리기로 했다. 똑똑한 애가 정말 뭘 몰라서 저러고 있는 건 아닐 테니까 말이다.

나이를 먹고 나니 좋은 게 하나 있다. 더 이상 성마르게 덤벼들지 않는다는 것 말이다. 늙어서 서러운 것보다는 늙으니 보이는 게 더 많아졌다는 게 다행이다 싶어진다.

"언제 이런 걸 다 사 온 거야?"
"좀 전에요."
"애들 생일상 같아."
연기처럼 사라졌다 돌아온 한정연은 맥도날드 빅맥 세트와

김밥에 떡볶이, 어묵 같은 걸 잔뜩 사 들고 들어와 한 상을 차려 놓고 내게 점심을 먹자고 했다.

"메뉴가 좀 그렇죠?"

"난 워크숍 때 먹었던 그 북엇국 먹고 싶은데."

"그건 일생에 한 번밖에 못 먹는 거예요."

"왜?"

"워크숍 가서 그걸 또 누가 끓이겠어요. 아마 이젠 김지나 씨도 다시는 안 할 걸요."

"김지나 걔는 좀 웃겨."

"귀엽잖아요. 맹랑하고."

맹랑한 걸 누구한테 들이대시나.

"웃기잖아. 술 먹고 화장실 점거 농성 하는 바람에 자기가 아무것도 못 한 걸 가지고 왜 그렇게 입이 댓 발 나와서 그러는 건데?"

"난 이해되는데."

오지랖도 태평양이다. 싸가지 김지나는 자기가 해야 할 일을 해 주고도 내색 한 번 안 하고 조용히 뒤로 빠져 준 한정연에게 두 눈 똑바로 뜨고 적의를 드러냈다.

"날 좀 그렇게 이해해 봐."

"부장님도 다 이해해요."

"너 왜 그래?"

"제가 원래 그런 사람이에요."

"얼씨구, 잘난 척 안 하면 햄버거가 음매 한다든?"

"여기저기에서 까이는데 김지나도 어딘가에 화낼 데가 필요

했겠죠. 근데 더는 못 할 거예요."

"왜?"

"저 성질 별로 안 좋아요. 선을 조금이라도 넘으면 가차 없어요. 걔 당분간 나랑 눈도 못 마주칠 거예요."

쥐도 새도 모르게 음침한 데 가서 손을 좀 봐 줬나 보다.

"우리 참 처량하지 않냐?"

"왜요?"

"이 좋은 날에 이게 뭐냐고?"

"일하고 싶어도 일 못 하고 있는 사람이 많은 세상이거든요. 배부른 소리 하지 마요."

"너 나한테만 이렇게 못되게 굴지?"

"오민규한테 하듯이 한번 해 볼까요?"

"됐어. 날 그 인간이랑 동급으로 놓지 마. 아무리 낙하산이라도 내가 사장 출신인데 그럴 수는 없지."

"언젠가 하고 싶은 말이 있었는데 지금 할게요."

얘가 이러면 나는 좀 무섭다.

"뭔데?"

"미안했어요. 뜨문뜨문하게 고 부장님을 본 거요. 좀 무시했거든요. 회사 말아 드시고 오신지라. 그런데요. 정밀하게 보고 제대로 분석해 보니까요. 방향을 잘못 잡았고 관리에 문제가 있었던 거지 아이템 자체는 우리가 추진했던 어떤 신규 사업 아이템보다 훌륭했어요."

이런 기분을 뭐라고 해야 할까. 나는 목이 메었다. 그녀의 건조하고 무덤덤한 목소리가 내 축 처진 어깨를 토닥여 주는 거 같았다.

"그러니까 사람들이 뭐라고 하든지, 어떻게 보든지 그렇게 웃지 마요."

"내가 웃냐?"

"웃어요, 바보처럼. 왜 그래요? 등신 같아요."

"등신?"

"네. 아주 모자라 보여요. 뭐, 내가 같은 낙하산 출신이라서 막 비분강개하고 그러는지는 모르겠지만요. 낙하산일수록 기죽으면 안 되거든요. 고개 빳빳이 세우고 어깨에 힘주고 그러라고요. 뻔뻔해야 한다고요."

나는 정말로 감동받았다.

"눈물 나게 고맙네. 인정도 해 주시고."

"별 도움은 안 되겠지만 인심 많이 썼어요. 나 이런 말 아무 때나 하는 쉬운 한 대리가 아니에요."

그녀가 뭐라고 하든 간에 내 진심을 똑바로 보지 않더라도 나는 진심으로 그녀가 고마웠다.

어쩌면 나는 날 한심하게 보는 세상과 버러지로 보는 아버지보다 이 여자에게 인정을 받고 싶었는지 모른다.

꾸역꾸역 햄버거를 쑤셔 넣는 내게 정연이가 콜라를 내밀었다.

너무 익숙하게, 이런 일들이 생활인 것처럼 우리는 시답지 않는 일상을 말하면서 웃었고 티격태격했다.

오렌지색으로 빛나는 햇빛 안에서 나는 내 기다림이 부질없지만은 않다는 걸 알 것 같았다.

바람이 부는 걸로 시간을 알 수 있을 것 같다. 탁상 달력을 바꾸면서 또 한 해가 지나가 버렸다.

12월 31일이나 1월 1일이나 추운 건 똑같았는데 나는 서른이 되어 버렸다. 바뀐 건 하나도 없는데, 나이만 먹었다고 투덜거렸는데 그게 아니었다.

언제부터인지 모르겠지만 코끝이 싸한 바람에 아침을 느꼈고 공중에 떠 있는, 반짝이는 먼지가 보이는 바람에 늦은 오후를 느꼈고, 잠들지 못한 새벽의 서늘한 바람에 푸르게 터 오는 새벽을 알 수 있었다.

지연이는 연애를 목숨을 걸고 하는지 삐쩍 마르고 있었고, 귀가 시간이 자꾸 늦어졌다.

들어오지 않은 지연이를 기다리면서 거실에서 깜빡 잠이 들었다가 서늘한 기운에 잠이 깨었다. 늦은 밤이 아니라 새벽이라는 느낌이 들었다.

깐깐한 언니인 나는 어깨에 힘이 들어가고 울컥하고 화가 치밀어 올랐다.

스물두 살에 하는 연애가 원래 천지 분간을 못하는 거라지만 하루가 멀다 하고 새벽이슬을 밟고 다니는 여동생을 더 이상은 묵인하기 힘들었다.

연애가 좋긴 좋은가 보다라고 생각하고 넘기기에 지연이는 자꾸 선을 넘는다. 한 번 깨 버린 잠은 좀처럼 오지 않는다.

로즈메리를 진하게 우려 마시려고 물을 끓이려는데 지연이가 방에서 나왔다.

"너 언제 들어왔어."

"아까."

"나 늦게까지 안 잤는데."

"12시 넘어서 들어왔어."

얼굴이 빨갰다. 야단을 치려고 했는데 벌써 누군가가 선수를 치고 지연이를 울려 놨다.

"왜 그래?"

"울었어."

"그러니까 왜 울었냐고."

"언니 내일 회사 가?"

"목요일인데 안 가니?"

"그럼 길게 말 못 하겠네."

"나 불면증이잖아. 말해. 잠 다 깼어."

"나도 차 한 잔 주라."

이런 일은 흔하지 않다. 지연이가 이러는 건 아주아주 드물게 있는 일이고, 또 심각한 일이다. 잠이 확 달아났다.

"한정연, 너 한숨도 못 잤지?"

"네."

"그 나이에 잠까지 못 자면 너 더 늙는다."

"저주를 하세요."

"신기가 모자란 관계로 내 저주는 안 먹혀. 근데 잠을 왜 못 자."

찌푸린 얼굴로 무심하게 그가 묻는다.

"옆에서 자꾸 늙는다 늙는다 하니까 진짜 늙나 봐. 갈수록 잠이 안 오네."

"고시 공부 하냐? 밤에 잠을 왜 안 자."

"세상 살다 보면 슬퍼서 못 자고, 기뻐서 못 자고, 분해서 못 자는 일들이 있더라고요. 그러니까 무슨 병 있는 애 보듯이 그러지 마요."

"물어보면 말해 줄 거야?"

"별거 아닌데."

"내가 궁금한 게 있으면 잠을 못 자."

"가끔은 안 자는 것도 괜찮아요."

"이따 술 마실래?"

나는 저 남자의 이런 뻔한 촌스러움에 가끔 웃는다. 이럴 때의 고세훈 씨는 있지도 않은, 마음씨 넉넉한 큰오빠 같다.

"왜 웃어?"

"뭘 좀 물어봐도 돼요?"

파티션 위로 고개만 내밀고 있던 그가 내 자리로 돌아 들어와 턱을 받치고 앉는다.

"준비 다 됐어."

"진심으로 사랑하던 여자가 있었어요?"

그는 정말 당황스러워했다. 왜 저렇게 땀까지 흘릴까 싶을 정도로.

"없어 보이냐? 너 나 무시하는 거지? 그래서 그런 거 묻는 거지. 나 막 산 거 아니까."

"관둬요. 시작도 안 했구먼. 찔리는 게 얼마나 많으면 시작도 안 했는데 삐쳐요?"

"아냐, 아냐. 네가 날 하도 구박하니까 자동 방어기제로 그런 거지. 그럼 다시. 여자라……."

"물론 무지 많으셨겠지요, 여자가."

"네가 묻는 의미라면 나도 사람인데 아예 없기는 했겠니?"

그렇구나. 다들 그런 거구나. 풍선에서 바람이 빠져나가듯이 뭔가가 사그라지는 기분이다.

"이따 술 먹어요."

"진짜?"

"그냥 해 본 말이에요?"

"아니."

"그럼 이따 한잔 사 줘요."

언제였는지 기억도 안 난다. 남자한테 술 사 달라고 말했던일 말이다. 나한테 그런 기억은 너무 오래된 것이라 그런 일이 있었는지 가물거리기까지 한다.

그때의 내가 느꼈던 게 슬픔이었을까.

나는 사랑이 주는 슬픔이 이별 정도의 단순함만이 아니라는 것에 상처를 받았다. 그래서 어제 지연이의 이야기에 아무런 말도 해 줄 수가 없었다.

자꾸 지연이 상황에 그때의 내가 오버랩되어서 아무런 힘이 되어 줄 수가 없었다.

만약 엄마나 아버지였다면, 그랬다면 눈에 불을 켜고 화를 냈을 텐데 냉정한 언니인 나는 지연이가 우는 옆에서 티슈를 뽑아 주고, 따뜻한 차를 한 잔 주는 거 말고는 아무것도 해 줄 수가 없었다.

과거가 물고 온 태클은 예기치 않게 현재의 내게 발을 건다.

소주는 쓰지만 그래도 싸하게 끝 맛이 좋았다.
이내 뜨거운 알탕 국물을 떠먹었더니 술이 술술 들어갔다.
느끼한 공기가 끈적거릴 와인 바 같은 데 갈 줄 알았던 고세훈 씨는 내가 작업 대상이 아닌지라 이렇게 고린내 날 것 같은 주점에 왔다.
평생 있는 힘껏 아버지가 벌어 온 돈을 써 대면서 살았다고 자랑하던 거에 비하면 여기는 돈 써 대기에 너무 취약한 곳이었다.
"살살 마셔. 천천히."
"겁나요?"
"나 너 업고 못 가, 늙어서."
"걱정도 팔자야."
"내가 불안한 게 많아, 이 세상 사는 데 있어서."
"전혀 그렇게 안 보이거든요."
"보이는 게 전부는 아니지."
"멋져 보이라고 그렇게 말하는 거 아니죠?"
"그럴 리가. 내가 머리는 나빠도 현실은 냉정하게 칼같이 인정하거든. 그럼 오늘의 주제로 돌아가지."
"주제는 무슨. 술 마시면서 그런 것도 정해야 해요?"

엑스
피앙세

"무슨 일인데?"

"그냥, 사람 사는 일이오."

"또 또 이런다. 내가 딴건 너보다 못했어도 연애는 또 화려하잖니."

"연애만? 약혼 경력은 어떻게 하시고."

"결혼은 안 했잖아."

"그거까지 하고 오시지. 그럼 진짜 남녀상열지사 삼관왕 카운슬러이실 텐데."

"호적에 오르기 시작하면 돈이 좀 많이 들거든."

"얍삽해라."

"기회비용인 거지, 좀 더 나은 인생의 동반자를 만나기 위한. 너 어디서 나같이 현장 경험 풍부한 카운슬러 못 만난다. 그러니까 말해 봐."

개뿔이. 하나도 안 약으면서 약은 체를 한다. 저것도 일종의 남자들 허세겠지만.

"동생이 하던 연애가 끝이 났어요. 처음으로 동생이랑 남자 이야기 하느라고 밤새웠어요."

"설마 임자 있는 놈은 아니겠지? 법 쪽으로 처벌이 있는."

그럼 그렇지. 내가 저 사람한테 너무 큰 기대를 했던 거다.

"집에 갈래요."

"에이, 그냥 해 본 말이야. 발끈하시긴."

"스물두 살은 상처 입는 연애를 하는 나이라던데, 맞나?"

"웃기시네. 늙으면 상처 안 받을까 봐? 사랑이 후벼 파는 상처는 만민에게 평등해."

"끝나도 괜찮다고, 그런 게 연애라고 말을 해 주긴 했는데 좀 그렇더라고요."

"뭐가?"

"지연이 남자 친구가 썩 마음에 드는 애는 아니었거든요. 그래서 너희들이 얼마나 가겠니, 하는 마음도 좀 있었고요. 근데 막상 그 연애가 끝나서 우는 걸 보니까 화도 나고 속도 상하고 그러네요."

내 앞의 빈 잔을 맑은 소주로 채우고 통통한 알을 냄비에서 건져 내 앞 접시에 건져 놓으면서 그는 심드렁하게 말했다.

"내가 연애를 좀 많이 했잖아."

"그렇죠. 소문이 좀 많았어야죠."

"소문은 반도 안 났거든."

"능력도 좋으셔."

"네가 날 뜨문뜨문 봐서 그렇지. 나도 전성기가 있던 남자야. 근데 매번 찌그러져서 낙담도 하고 성질도 나고 그러는데, 그래도 배우는 게 있더라고."

"어떤 걸 배웠는데요?"

"돈 덜 들고 욕 덜 처먹는 법."

"대단한 것도 배우셨네요. 엄청 도움 많이 되었겠어요."

"하지 마, 그런 거."

밑도 끝도 없이 뭘?

"아직 제대로 된 연애도 못 해 본 주제에 소박맞은 딸 둔 친정 엄마 같은 얼굴 하지 말라고. 스물둘에 뭐가 무서워. 댁은 스물둘에 4캐럿짜리 반지까지 받아 놓고 약혼 엎었잖아."

엑스
피앙세

"그 말이 왜 안 오나 했네. 작작 좀 우려 드셔요. 질리지 않아요?"

"아주 진국이야. 우려낼수록 좋아."

"자꾸 뭘 알아내려고 낚시를 던지시는지 아는데요. 나도 연애 했어요. 누구처럼 동네방네 시끄럽게 안 해서 그렇지."

"진짜?"

나는 거짓말처럼 사라졌던 내 지난 연애가 끝난 것을 처음에는 상처라고 생각하지 않았다. 그냥 그럴 수 있는 일이라고 그렇게 생각했고 그래서 둘둘 말아서 구석에 처넣은, 금기의 무엇인 것처럼 좀처럼 들추지 않았다. 얼핏 생각만 나도 머리가 아파서 모른 척했더니만 이젠 남 일이었나 싶을 정도다.

언젠가 해가 지는 한강을 건너면서 나는 사랑이 끝나 가는 뒷모습을 본 것 같아서 조금 울었다. 그런데 조금 전까지 잊고 있던 그 기억은 신기루처럼 다시 살아났다.

"나는 그 연애에 상처 입은 건 나라고 쭉 생각했거든요. 근데 시간이 좀 지나고 생각해 보니까 상처를 받은 건 그 사람이었던 거 같아요."

"뭐, 원래 연애라는 게 지극히 주관적인 거니까. 지나고 나면 이게 그거였나 했던 게 연애뿐이겠냐?"

"난 그 사람을 끝까지 믿지 않았어요. 내가 그 사람을 정말로 믿었다면 그러는 게 아니었는데 말이죠."

"그놈이 딴 여자랑 뭐 한 거 가지고 오해하고 그런 거야?"

"아뇨. 그때가 제일 시끄러웠을 거예요. 아버지 회사 직원들이 집단소송 낸다고 막 회사로, 집으로 쫓아다녔을 때였어요.

그 사람은 다 알고 싶어 하고 도와주겠다고 기대라고 했는데, 난 그걸 못 견뎌 냈어요. 말로는 같이 구렁텅이에 빠지면 안 된다고 했는데 진심은 그게 아니라 네까짓 게 뭘 어떻게 도와줄 건데 하는 마음이 있어서였더라고요."

"그 자식이 뭘 몰랐던 거지. 인간들이 돈 앞에 얼마나 치사해지고 안면 까고 덤비는지를 말이야."

그는 소주를 한 잔 입안에 털어 넣으면서 더 이상 아무런 질문도 하지 않았다. 아무런 말을 하지 않아도 그 침묵이 어색하다거나 버겁지 않는 상대를 만나기가 쉽지 않다는 걸 안다. 그래서 나는 가끔 이 남자와 함께하는, 편안한 침묵이 새삼스러웠다.

"근데 지연이 연애 이야기를 들으면서 나는 자꾸 내가 했던 연애를 생각했어요. 고민 상담해 준다고 앉아서 딴생각을 한 거지."

"나도 그래. 네 말 들으면서 자꾸 저기 앉아 있는 여자 허벅지를 보게 돼."

"그건 집중력이 부족한 거라고 봐요."

"네가 내 시선을 못 끄는 거라고는 생각 안 하냐?"

"뭐 그다지 끌고 싶지는 않네요, 고세훈 씨 시선을."

"너 호칭을 명확히 해. 고 부장님이라고 했다가 고세훈 씨라고 했다가."

"욕 안 하는 걸 다행이라고 생각하세요."

그는 낄낄 웃는다. 불과 얼마 전이었다면 나는 그의 저런 웃음에 경멸을 느꼈을 텐데. 이제는 저 남자가 나름 나를 위로하고 있다는 걸 안다.

"뭐가 그렇게 좋아요?"

"세상이 별건 줄 아냐? 웃고 넘어가는 거야. 집이 쫄딱 망해도, 여자가 도망가도, 또 아버지가 아들 회사를 작정하고 말아먹어도. 그냥 웃어 주는 거라고. 그러니까 한정연이 했던 그 연애가 구려도 웃고, 한지연이 하는 그 연애가 초절정 비극이라도 한 번 웃어 주라고."

나는 바보처럼 그를 따라 웃는다.

그의 아버지 고 회장이 어떤 이유에서 그가 키운 회사를 그렇게 사지로 몰아넣었는지 알 수는 없지만 고세훈 씨가 저렇게 웃으니 나는 세상에 어려운 일이 하나도 없는 것처럼 기분이 가벼워졌다.

"고마워요."

"뭐가?"

"그냥 막 고맙네."

"내가 원래 이런 사람이야. 만사 만인이 고마워하는 사람."

"오버하지 마요."

"오케이. 거기까지."

거기까지.

오늘은 여기까지.

두 번째로 온 거지만 고만고만한 아파트가 잔뜩 있는 신도

시라 이리저리 헤맨다. 우회전 좌회전을 서너 번 잘못한 후에야 한정연네 집 앞에 차를 세웠다.

"그냥 가시지. 뭘 데려다 주시겠다고까지 하시는지."

"술도 얼마 안 마셨는데 술 깨라고 이 추위에 날 그렇게 공원에서 뺑이를 돌게 해 놓고 그냥 가라고?"

"술에 절어서 널브러져 자고 싶으세요? 깔끔하게 술 깨서 씻을 거 씻고 할 거 하고 자면 되는 걸."

"내일 아침에 씻는다고 몸이 썩을 것도 아니고 이 밤에 나는 할 게 없거든."

"요즘은 일거리 가지고 퇴근 안 해요? 일 좀 하시지."

"나 이 회사 와서 급하게 늙었어. 아주 몸이 흉흉해, 일을 너무 해서."

"대를 이어 부를 유지해야지요. 우리 집처럼 댕강 나지 말고."

애는 자기 집 망한 걸 다양하게 써먹는다. 어쩔 때는 비장하고 어쩔 때는 농담 나부랭이 같고. 종잡을 수 없게 만든다.

"근데 그거 모르죠?"

"모르는 거 없는 한 대리님이 말씀해 주시지, 뭔지."

"우리 회사에서 제일 일 많이 하는 사람이 고 사장님인 거 모르는 거 같아서요."

"사장인데? 설마."

"나도 처음에는 설마 했는데요. 진짜예요. 나더러 미쳐서 경영 수치 다 외운다고 뭐라 그러지 마요. 내가 사원일 때 이 과장이 그랬고, 이 과장 전에는 민 이사가 그랬어요. 사장님이 모든 걸 다 알고 있는데 어떻게 안 그러겠어요."

"그게 뭐 하는 짓이야?"

"살려고 용쓰는 짓이오. 뭐 우리가 좀 독한 건 있지만 다들 그만그만하게 살지 않을까요?"

"그럼 너 다음은 오뺑이야?"

"아마도."

"대가 끊기겠구나."

"민규가 좀 그래 보여도 아마 잘할 걸요. 민규, 입사 수석이었어요. 사장 스태프 부서 뺑뺑이로 들어오는 거 아니에요. 아, 예외는 있어요. 고 부장과 한정연. 낙하산들."

아, 싫다.

이 섬뜩한 불안감이 싫고 나 모르게 유구하게 흘러 내려온 한정연네 라인들의 독기가 싫고, 믿고 있었던 오민규가 그렇게 똑똑한 인간이라는 것도 싫다.

"나 집에 가련다. 밸이 확 꼴리네."

"2시거든요. 이 시간에는 집에 가는 거 말고는 딱히 하실 일도 없다고 봐요."

싸가지 없이 인사도 안 하고 그녀는 차에서 내린다. 백미러로 걸어 들어가는 그녀의 등을 보는데 가슴이 시큰해졌다.

스물두 살 때의 한정연은 예쁘지 않았어도 젖살이 있어서 귀엽다고는 말해 줄 수 있었다. 그런데 지금의 그녀는 삐쩍 마르고 사연 많아 보이는 등짝을 하고 걷는다.

그녀가 문 안으로 사라지고도 한참을 떠나지 못했다.

고 사장에게 잡히면 나는 고1 때 사고 치고 미국으로 쫓겨났던, 딱 그 시점으로 돌아간다.

자잘한 사고는 대충 넘어갔는데 점심시간에 술 처먹고 학교 설립자 동상 손목을 부러뜨린 거는 생각보다 죄질이 나빴는지 학교에서도 펄펄 뛰었고, 고상하신 윤종금 여사님은 무식하신 고 회장을 구워삶아 나를 미국으로 밀반출시켰다.

나는 신이 나서 표정 조절을 못 하고 꿈의 낙원 USA로 간다고 '깨방정'을 떨고 다녔고 윤 여사는 가시 같은 전처 아들을 미국으로 날려 보내는 게 좋아서 서로 윈윈하는, 아주 즐거운 상황이었다.

아무도 이 즐거운 밀월 시기를 망치지 않았는데 술 먹고 밤늦게 들어오던 나를 우리 삼촌 고 사장이 길목을 지키고 있다가 납치해서는 이유 불문하고 죽도록 팼다.

피떡이 되도록 얻어터지고 널브러져 있는데 삼촌은 아무 말없이 담배를 한 대 다 피우고는 딱 한마디만 하고 가 버렸다.

"좋냐? 이 등신아."

내가 회사를 말아먹은 것도 딱 그 연장선에서 생각하는지 고 사장은 수시로 나를 불러올려 사장 조카인 거 온 동네 소문 내 가면서 갈군다.

오늘도 아침 회의 시간에 입 다물고 앉아 있었다고 침 튀겨 가면서 갈궜다. 말하면 쓸데없이 말이 많다고 갈구고, 입 다물고 앉아 있으면 일을 안 하니 아는 게 없다고 무슨 문답 퀴즈 시간처럼 매출 목표를 시작으로 물었던 거 또 묻고 또 물으면서 달달 볶는다.

1시간을 볶이고 그나마 고 사장이 점심 약속이 있는 관계로 간신히 풀려나서 내려와 보니 사무실은 적막강산이었다.

점심시간이 되려면 아직 20분이나 남아 있는데 사무실은 텅 비어 있었다.

"이것들이 다 어디 간 거야."

아무도 없다 싶으니까 무슨 일인지 궁금도 하고, 또 고 사장에게 당한 게 짜증이 나서 절대 금연 구역인데 엿 먹어라 싶은 마음에 담배를 물었다. 당연히 불붙일 생각은 전혀 없었다.

"범법 인생이신 거지. 하지 말라는 짓을 꼭 하는 거 보면."

언제 어디서 어떻게 나타나든 꼭 내가 구린 짓을 할 때 귀신처럼 등장한다.

"또 너냐?"

"어디서 뭐 하시다가 이제야 나타나세요?"

"아까 고 사장이 끌고 갔잖아."

"여태 거기 계셨어요?"

"응. 근데 다들 일 안 하고 어딜 간 거야?"

"인사팀이랑 오늘 당구 시합 있는 거 또 잊어버리셨죠?"

맞다. 일주일 전부터 점심은 짜장면이었다. 당구장에서 숙식에 가까운 훈련을 하면서 오늘을 대비했는데 고 사장한테 당하느라고 그걸 까먹었다.

"넌 왜 안 갔는데?"

"사무실을 지키는 1인."

"별 쓸모가 없다는 말이군. 어쩌다 한정연 대리님이?"

"오만 군데 다 쓸모가 있다면 인생이 너무 고단하잖아요."

"생각보다 인생관이 긍정적이셔. 한 양."

"얼른 가 보세요. 지면 당구비 내시고, 이기면 회식비 내시고."
"내가 물주냐?"
"여기 직원들 중에는 그래도 제일 부자잖아요. 어설프게 망해서."
"나 커피나 한 잔 주라."
한정연의 자리 옆 탁자에 앉아서 나는 푹 퍼져 버렸다.
그리고 한정연은 별말 없이 일어나 오민규에게나 타 주던 커피를 내게도 준다. 요즘은 오민규보다 내가 더 많이 마신다. 물론 아무도 없는 저녁이나 아침 일찍이지만 그녀도, 나도 암묵적으로 다른 사람들에게 둘이 있는 모습을 보여 주지 않게 조심하고 또 조심한다.
특별히 하는 일도 없으면서 둘 다 그런다.
마른세수를 하다 보니 얼굴에서 닭똥 냄새가 난다.
"인상은 왜 그렇게 찌푸려요?"
"똥 냄새 나서. 아니다. 사는 게 고단해."
"별짓을 다 하세요. 오늘은 울증이시네."
"뭐?"
"어제는 조증이었잖아요. 하늘에서 별이 내려오는 거 같다면서요, 반짝반짝."
어제는 그랬다. 어제는 막히는 거 없이 모든 일이 다 잘 풀렸다. 심지어 사흘 만에 화장실도 갔다 왔다. 그런데 오늘은 아침에 면도하다 얼굴에서 피가 났고 그때부터 정오도 안 된 지금까지 한 10년은 산 것처럼 피곤하고 고단하다.
"노인네한테 욕을 너무 먹어서 늙어 버렸어."

"욕먹을 짓을 하질 말든가."

"너 고 사장 프락치지?"

"그렇게 믿고 싶으세요?"

"우리 집 노인네들은 힘도 좋고, 머리도 좋아. 쉬지를 않아요. 쉬는 거 없이 욕을 해."

"잘되라고 그러는 거 다 고깝게 들리죠?"

"너도 욕을 좀 먹어야 할 텐데."

"난 왜 끌고 들어가요? 성격 진짜 이상하다니까."

말을 하다 보니까 잠이 온다. 그래서 테이블에 코를 박고 엎드려 있었다. 진짜로 졸린다.

"커피 좀 진하게 탔으니까 마시고 얼른 당구장 가 봐요. 다들 기다릴 텐데."

"너는?"

내 얼굴은 보지도 않고 모니터만 줄곧 본다. 돈 나오는지 눈길도 안 준다.

"사무실에 있다가 밥 먹으러 갈 거예요."

"맛있는 거 사 줄게. 나랑 나가자."

그녀는 대답을 안 한다. 그러더니 자리를 정리하고 내 옆에 앉는다.

"무슨 욕을 얼마나 맛있게 드셨는데 이래요?"

"그게 먹던 욕 또 먹고, 자꾸 먹고 그러니까 체했나 봐. 오늘은 영 짜증이 나네."

"듣기 좋은 꽃노래도 자꾸 들으면 토 나온다는데, 심지어 욕이잖아요. 그냥 넘겨요. 어쩔 건데요."

벙어리도 알고 나도 아는 냉가슴 175

맞다. 내가 어쩔 수 있는 것도 아니고, 안 먹을 욕을 먹은 것도 아닌데, 이렇게 김빠져 있는 것도 애가 엄마한테 투정부리는 것처럼 우습다.

"커피 독하죠?"

"설탕 탄 사약 같아. 너 이제 커피 타는 감각도 후지게 변하냐?"

"일부러 독하게 탔어요. 좀 달기도 할 텐데."

"이게 좀이냐? 쓰고 달고. 뭐야 이게."

"커피 본연의 맛이 쓰고 단 거래요. 악마처럼 쓰고 천사처럼 달고. 그래서 악마의 유혹, 그렇게 불렀다고 하잖아요."

"먹는 거 가지고 말도 참 많아, 인간들이."

"사는 게 재미가 없으니까 이런 말도 하고 저런 말도 하면서 세월을 보내는 거 아니겠어요. 긴긴 세월이잖아요, 태어나서 죽는 게."

"사는 게 지겹니?"

"즐거우세요?"

"별로."

"저도 별로예요. 얼른 꿀꺽꿀꺽 드시고 당구장 가서 돈을 따오세요. 카페인이 흥분제잖아요. 막 뭔가가 불끈거리는 거 같지 않아요?"

"너 무슨 마녀 같아. 이상한 거 잔뜩 넣고 약 만드는 여자."

한정연이 깔깔 웃는다.

저렇게 웃는 걸 본 적이 있었던가.

낯설고 어색하고 그리고 정신 줄이 축 처질 만큼 예뻤다.

"청산가리 같은 거 안 탔으니까 얼른 가세요. 좀만 더 늦으면 오뺑이 모시러 올걸요."

나는 아무런 말도 하지 않고 커피를 꿀꺽꿀꺽 마셨다.

정말 쓰고도 달았다.

"카페인이 독해서 그렇지 약 탄 거 아니니까 도핑에 걸릴 일은 없을 거예요. 가서 박 부장을 무찌르고 돌아오세요."

"너 마누라 같아."

"에?"

"나가서 돈 벌어 오세요. 쌀 사고 옷 사고 백 사고 그러게요 하는 악덕 마누라 같잖아."

"시끄러워요."

의자를 뒤로 빼고 일어서려고 했다. 분명히 나는 그러려고 했다.

그런데 눈에 웃음을 잔뜩 달고 일어나는 나를 올려다보는 그녀에게 키스했다.

나 혼자 느끼는 위태로운 감정이었다지만 이럴 생각은 정말 없었다.

내 입술 밑에서 놀라서 꼼짝 못하고 있는 그녀의 어깨를 꼭 잡고 나는 길고 깊게 키스했다.

커피 맛인지 아닌지 모르겠지만 쓰고 또 달았다.

Once again

밥 먹다가 자꾸 딴생각을 한다.

왜 그랬냐고 물어보기에는 시간이 너무 지나가 버렸고, 또 아무 일도 없었던 것처럼 행동하는 그를 붙잡고 따지자니 사안이 너무 하찮은 것처럼 느껴지기도 했다.

그는 그런 사람일지도 모르니까.

내가 예전에 알고 소문으로 들었던 그 사람이라면 별로 이상할 것도 없는데 나는 자꾸 한 가지 기억만 파고든다.

"한 대리님 자꾸 왜 그래요?"

"응?"

"숟가락 들고 뭐 하시나 해서요."

"그러게. 봄 타나. 서른 넘으니까 이상해지네."

"만으로 깎고, 보험 나이로 깎고 하면 아직 서른 아니잖아요."

"그런다고 내가 서른이 아니겠어? 그렇게 하면 인하 씨는 아직 애네. 스물여섯인가?"

"별로 차이도 안 나네요, 뭐."

"그렇게 생각해 주면 나야 고맙지. 언감생심이야."

그 시끄럽던 워크숍 이후로 서인하와는 가끔 점심도 먹고 커피도 마시는 사이가 되었다. 같은 날 사랑하는 사람을 납골당에 두고 온 인연도 인연이라고, 나는 할머니에 대한 기억을 인하에게 말하면서 내 슬픔이 정리되는 걸 느낀다.

막연한 먹구름 같기만 하던 슬픔을 하나씩 꺼내서 닦아 내고 웃어 주면서 사람을 잃은 상실감의 바짝 선 날을 무디게 만드는 것도 사는 방법의 하나인 것 같다.

"토요일에 뭐 하실 거예요?"

"글쎄. 왜?"

"저랑 어디 좀 안 가실래요?"

차 마시자, 밥 먹자 그런 이야기도 굉장히 조심스러워하는 사람이라 나는 인하 씨의 말에 좀 놀랐고, 그러다 보니 반응이 한 박자 늦는다.

"데이트 신청 아니고요."

갑자기 확 무안해진다. 별일도 아닌데 긴장씩이나 하고. 순간이었지만 나는 허탈하게 웃음이 나왔다.

"그럼 뭐 하자고?"

"엄마한테 가 보려고요."

"혼자 가기 싫어서?"

"네."

엑스
피아세

잠깐 망설여졌다. 할머니도, 아버지도, 어머니도 모두 거기에 계신다.

납골당 입구에서 언젠가 지연이가 가족 회의 하러 가는 거 같다고 툴툴거렸다.

가족이라는 테두리 안에 살았던 사람들인데 자꾸 낯설어지는 건 삶과 죽음의 거리를 체감하기 때문일지도 모른다.

죽어도 아니라고 도리도리를 해도 사실이 그렇다. 산 사람은 살게 마련이니까.

혼자라는 저 어린 청년이 스물둘의 나 같았다.

"맞아, 거기 혼자 가는 거, 그거 진짜 힘들어. 드라마 보면 꽃다발 들고 혼자 잘도 가던데, 그건 다 드라마라서 그럴 거야."

"맞아요. 근데 대리님도 드라마 보세요?"

"또 무슨 소문을 듣고 그러는 건데?"

"심한 걸로 말할까요?"

"심해 봤자지. 뭔데?"

"인생 오욕칠정이 없다고 하던데요?"

"그건 또 무슨 소리인데?"

"감정 변화가 별로 없으시다면서요."

"아무한테나 오욕칠정을 까발리지는 않아."

나도 서인하도 소리 내서 웃는 거 못하는 사람들인지라 피식피식 웃었다.

내 이십 대가 한눈에 연대기로 보이는 것 같다.

흥분하지 말기, 냉정해지기, 울지 말기, 방정 떨지 말기같이, 나 스스로 나를 옭아맸던 기억들이 파노라마처럼 보여서 입이 썼다.

   나쁜 시간들은 아니었는데, 좀 힘들기는 했지만 그래도 나는 열심히 살았다고 내심 나를 기특하게 생각했는데, 아무것도 아닌 일처럼 느껴진다.

   잠결에 뭘 잘못 들었다고 생각했다. 그런데 자꾸 삐릭 하고 문자메시지가 들어왔다는 소리가 들렸다.
   주섬주섬 핸드폰을 찾아들고 문자메시지를 확인했다.
   목이 칼칼하고 으슬으슬 추워서 감기약을 먹고 자서 문자메시지가 들어온 지 5시간이나 지났는데 이제야 확인했다.

뭐 해?

밑도 끝도 없이 또 이렇게 문자메시지를 보낸다.
새벽 2시.
잠이 홀라당 달아났다.
   잘 만큼 잔 것도 있지만 땀을 많이 흘려서인지 오한이 났다.
   몸도 끈적거리고 해서 더운물로 샤워를 하고 따뜻한 차를 한 잔 만들었다.
   화장대 위에 놓여 있는 핸드폰이 무거운 숙제처럼 보인다.
   그날 그가 내게 바람처럼 키스를 하고 유유히, 아무 일도 없었던 것처럼 사라진 후, 그도 나도 그 일에 대해서는 아무런 내색도 하지 않았다.
   단둘이 있는 시간을 애써 만들지도 않았고 업무적인 이야기도 차 떼고 포 떼서 간략하게 넘어갔다.

그와 나의 경계가 약간 모호하기는 했지만 대낮에, 그것도 사무실에서 그렇게 길게 키스를 나눌 사이는 아닌데, 나는 그에게 화를 내지도, 따귀를 한 대 올려붙이지도 않았다.

긴 키스가 끝나고 나는 감은 눈을 뜨지 않았다.

그가 일어나 뚜벅뚜벅 사무실을 걸어 나간 이후에도 나는 한참을 눈을 감고 멍하니 있었다.

열흘이 넘도록 나는 그 장면을 곱씹어 생각하면서도 화가 나지 않았다.

열하루가 지나고, 그와 나 둘 사이에 개인적인 대화는 없었다.

그리고 5시간 전 그가 처음으로 내게 말을 걸어온 것이다.

답을 하기에는 너무 늦은 시간이었고 또 나는 어떤 답을 해야 할지 알 수가 없다.

"이제는 안 울어요?"
"난 서른이 넘었어."
"쉰 넘어도 잘 우는 사람 많아요. 우리 엄마처럼요."
"난 여덟 살 때도 잘 안 울었어. 그때 그렇게 운 건 아마 처음이었을걸. 질질 짜기는 했어도, 진이 다 빠지게 그렇게 울어 본 기억이 없거든."
"오호. 그럼 내가 아주 진귀한 구경을 한 거네요."
"계 탄 거지. 가자. 배고파."

힘들 때마다 나는 이곳에 왔다.

아버지 어머니만 있을 때도 그랬고, 천안 할머니까지 이곳에 모셔 놓고는 힘들 때면 왔다.

그런데 지나고 보면, 처음에 모든 것이 다 당황스럽고 혹독했던 그때에는 확실히 자주 왔는데 점점 횟수가 줄었던 것 같다.

힘든 일은 아주 다양한 종류로 몰려들었지만 나는 이곳에 와서 신세 한탄을 하지 않아도 될 만큼 세상이 주는 상처에 길들어 갔다.

돌아가신 할머니를 이곳에 모셔 두고는 또 그 횟수가 잦아졌다. 그러다가 다시 발걸음이 뜸해졌다.

나는 아직도 서럽고 슬프다.

그래서 잠 못 자고 일 핑계로 밤을 새우고 하는지도 모른다.

엄마 아빠의 딸로 태어나서 스물두 살까지 나는 공주로 살았다. 그리고 그 온화하고 화려한 세상에서 평생 살 줄 알았다.

내 뜻과 다르게 나는 대부분의 사람들이 사는, 고단한 세상으로 떠밀렸고, 그때부터 슬픔은 언제나 그림자처럼 내 곁에 있었다.

슬픔은 사라지지 않는다.

내 손을 잡은 슬픔에 의지해서 나는 세상 속으로 걸어 들어가는 걸 배웠다.

가파른 절벽에 서 있는 것처럼 내 마음은 지금 위태롭다.

애매하기만 했던 경계를 허물어뜨린 건 그였지만 나는 그걸 기다리고 있었다. 나는 차마 하지 못하니까 그가 해 주기를 바랐는데, 이제는 겁이 난다.

모든 관계의 시작이 무섭다. 제발 작은 입김에도 내가 나락으로 떨어질 거라는 걸 그 남자가 알았으면 좋겠다.

엑스
피앙세

나는 이제 너무 지쳐서 아무렇지도 않게 그를 보고 웃을 힘이 없다는 걸 그가 알았으면 좋겠다.

차에 타기 전에 나는 뒤돌아 납골당 건물을 봤다.

차가운 화강암 속에 많은 슬픔들이 봉인되어 있다.

울컥하고 뜨거운 것이 목을 타고 올라왔다. 잠깐이었지만 나는 숨이 멎을 것처럼 괴로웠고 이내 그것을 다시 삼켰다.

날 보호해 주던 사람들이 없는 세상을 살아갈 시간이 까맣게 많이 남아 있는데, 아직은 아니다.

나는 다시 슬픔의 손을 잡고 세상 속으로 뚜벅뚜벅 걸어가야 한다.

아직은 아닌 것이다.

"뭐 있어요?"

내 머뭇거림을 서인하가 궁금해했다.

"아니. 아무것도 없어."

나는 차 문을 닫고 고개를 돌렸다.

공사가 한창인 신도시 부지를 지나면서 나는 꿀꺽 침을 삼켰다.

그리고 앞을 똑바로 봤다.

갈 길은 아직 멀다.

만둣국을 먹고 집으로 돌아가는 시간 내내 나는 자꾸 가라앉았다.

옆에서 운전하는 인하 씨가 미안해할까 봐 웃고, 말하고, 음악을 바꿔 틀었고, 아파트 단지가 보이기 시작했을 때는 목이 가라앉아 쉰 소리가 나왔다.

"목소리가 왜 그래요?"

"변성기 왔나 보지 뭐."

"안 웃기는 농담이에요."

"그런가. 어제부터 목구멍이 근질거리더니 이제 맛이 가 주네."

"좀 미안해지는데요. 아픈 사람 끌고 다닌 거 같아서."

"나도 거기 가야 할 이유가 있는 사람이거든. 가고 싶었는데 같이 갈 사람이 없었어. 동생은 실연을 당해서 넋을 빼고 있고 혼자 가기는 좀 그랬고."

"몇 살인데 실연 따위에 넋을 빼 놔요?"

"스물둘."

"늦된 거 아닌가?"

"인하 씨 선수니? 스물둘이면 적당한 나이 아니야?"

"저 첫 키스가 중2 때였는데요. 그거 빠른 거 아니었거든요."

중2 때란다. 어쩜 좋으니.

"자기 선수 맞거든. 생긴 거랑 좀 다르네."

"생긴 거는 제가 좀 참하게 생겼죠."

"여자 울리지 마. 그러다 벌받아."

"남자 울리는 여자들도 벌받나요?"

"글쎄. 그건 잘 모르겠는데. 받을 만하면 받겠지. 근데 내 동생 울린 놈은 벌을 좀 받았으면 좋겠어."

"바람났어요?"

"아니, 야심을 위해서 애인을 버렸거든."

"재벌가로 장가간대요?"

웃음이 나왔다. 저렇게 통속적일 수도 있는 거였다.

"아니. 스타가 되겠대, 아이돌."

"에?"

"나중에 그놈 스타 되면 나 작정하고 안티 하려고."

"어울리지 않아요. 그 모든 스토리가 한 대리님하고 절대 안 어울려요."

"의외성이란 게 있는 거야. 그리고 그런 게 없으면 세상이 얼마나 심심하겠어. 가다가 넘어져 보기도 하고 느닷없이 물벼락도 맞고 그래야 뭔가 길을 바꾸고 말을 갈아탈 계기가 생기는 거 아닐까 해."

"감당할 수 있는 범위 내에서만큼만요. 그 이상은 싫어요. 사람 본성이 드러나니까."

가슴에 뭔가가 들어와 박히는 거 같다.

지난날에도 또 지금도 나는 감당할 수 있는 만큼의 무게를 짊어졌던 것일까.

"아니야. 살다 보면 감당이 되는 거더라. 그러니까 기를 쓰고 사는 거겠지, 다들."

내 어조는 나도 놀랄 정도로 단호했다.

목소리는 아까보다 더 깔깔했지만 나는 인하 씨를 보고 웃을 수 있었다.

"오늘 수고했어. 누님 모시고 기사 노릇 하느라고."

"병약하신 누님이 고생하신 거죠. 만두 잘 먹었어요. 다음에는 제가 살게요."

"비싼 거 먹어야지."

"저 신입 사원인데요, 대리님."

"그럴 때만 신입이라고 내빼더라. 자기네 동기들 다 얌체야."

"친절한 한 대리님이 좋아요, 북엇국도 막 끓여 주는."

"됐다 그래. 나더러 오욕칠정이 없다며. 기다려 봐. 뭐 서른도 넘었겠다, 이제 내가 쫙쫙 뿜어 줄 테니까, 그 오욕칠정."

"그러다가 시집 못 가요."

"안 가는 거야? 들어가. 월요일에 봐."

인하의 차가 아파트 단지를 빠져나가는 모습을 보고 있다는 걸 까먹었다. 그냥 미등이 사라지는 것을 물끄러미 쳐다본 거 같은데, 그림은 꼭 닭 쫓던 개 같다는 생각이 들었다.

집으로 들어가는데 클랙슨 소리가 빵 하고 났다.

화들짝 놀라서 돌아보니 나무 그늘 밑에 그의 차가 서 있었다.

문이 열리고 그가 차에서 내렸다.

그는 내게 걸어오지 않았고 나도 그에게 다가가지 않았다.

마주 서서 쳐다보기만 했다.

이렇게 어떤 말을 해야 할지 모르는 순간은 처음이었다.

어스름한 가로등 불빛에 보이는 그의 얼굴은 화가 나 있었다.

숨이 탁 막혔다.

새 구두를 신은 것도 아닌데 발뒤꿈치가 아파 온다.

벌써 40분째 그도 나도 아무런 말도 안 하고 쌀쌀한 바람이 부는 밤을 걷는다.

엑스
피앙세

이제 몸살 기운이 뼛속으로 스며드는 것 같았지만 나는 반 보 정도 앞장서서 걷는 그에게 그만 가자고 말도 하지 못하고 몸에 스며든 한기에 이가 부딪히는 소리가 들릴까 봐 입술만 꼭 깨물었다.

생각을 하는 게 분명한데 그는 말없이 걷기만 했고, 나도 무언가를 생각했지만 떠오르면 바로 섬광처럼 사라져서 멍한 상태가 되어 버렸다.

"춥니?"

뒤도 돌아보지 않고 그가 물었다.

"괜찮아요."

하고 말했는데, 입을 벌리는 순간 내 이는 아래위로 딱딱 소리를 내면서 덜덜 떨었고, 그는 당황한 얼굴로 뒤돌아보았다.

"미련하기는. 극기 훈련 하냐? 추우면 춥다고 말을 하지."

"사람 끌고 줄곧 걷기만 하는 게 미련한 거지. 나는 아니라고 봐요."

그는 입고 있던 점퍼를 벗어 내 어깨에 둘러 주었다.

따뜻한 기운이 감싸는 것을 알겠는데도 몸에서 나오는 한기가 여전해서 나는 부르르 몸까지 떨었다.

"열나는 거 아니야?"

"그런가."

"너 바보냐? 아프면 아프다고 하지 졸졸 쫓아오게?"

"먼저 걷자고 한 사람이 누군데요?"

적반하장이니 뭐니 하는 말도 아깝다. 어쩌자고 이렇게 자기 멋대로일까.

"어째야 하나? 택시 잡을까?"
"어쩌긴 뭘 어째요. 저기 가서 커피라도 마셔요."
나는 정말 추웠고 따뜻한 물이라도 한 잔 마시면 몸이 나른하게 녹아 버릴 것만 같았다.
그는 내 손을 덥석 잡고 큰길 건너에 있는 스타벅스로 뚜벅뚜벅 걸었다.
그의 손을 잡고 뒤따라 걸으면서 난 꿈을 꾸는 기분이 들었다.
어떤 꿈이 될지는 모른다.
하지만 그의 뒤를 따라 그의 손을 잡고 걸으면서 내 머릿속은 차분하게 정리가 되는 거 같았다.
꿈이라면 그냥 꾸면 되는 거니까 아무런 생각도 하지 않기로 했다.
그저 그 시간의 나에게 충실할 뿐.
나는 고개를 들었다.
그리고 그의 뒷모습을 똑바로 보았고 발을 달려 그와 나란히 섰다.
그가 나를 쳐다보았지만 나는 시선을 피하지 않았다.
이번만은 피하지도, 현실을 핑계로 숨고 싶지 않았다.
나도 한 번쯤은 그래도 되지 않을까.
긴 인생에 한 번쯤 오는 봄날이라고, 나한테 주는 선물이라고 나는 자꾸 뒷걸음치는 내게 소리를 지르고 싶었다.
입 밖으로 나오지 않는 절규가 더 클 때도 있다.

엑스
피앙세

날씨가 스산해서인지 스타벅스 안에는 사람이 거의 없었다.

나란히 앉아서 커피 하나 시켜 놓고 서로 먹여 주는 철없는 것들과 계약서 같은 걸 가운데 놓고 주변 신경 안 쓰고 입씨름 중인 중년 남자들 셋, 그리고 추위에 새파래진 한정연과 나뿐이었다.

성격도 안 좋은 주제에 미련하기까지 한 그녀는 내가 받아 온 카페라테를 손에 들고 호호 불어 가며 마시고 있었다.

저 여자 눈이 원래 저렇게 까만색이었나 싶게 그녀의 눈은 속을 알 수 없을 정도로 어둡고 깊었다.

"이제 살 거 같네."

"얼어 죽기가 쉬운 줄 아니?"

"고따위 말본새로 무슨 스캔들을 그렇게 많이 낸 거예요? 정 떨어져."

"생각보다 취향 이상한 여자들이 많아. 네 눈에 좀 우스워 보여서 그렇지, 내가 누누이 말하지? 돈 많아, 키 커, 시크해. 죽여주는 스펙이라고."

"누가요?"

"너겠냐?"

"퍽이나."

"그놈이랑 어딜 갔다 왔기에 얼굴이 그 모양이니?"

서인하의 차에서 내리는 그녀를 봤을 때 나는 피가 거꾸로 솟는다는 느낌이 어떤 것인 줄 처음 알았다.

내가 고심 끝에 보낸 문자메시지를 아작아작 씹어 먹고 고작 한다는 게 저 어린 자식이랑 차 타고 놀다 들어오는 거였나 싶어서 핸들을 잡은 손을 부들부들 떨기까지 했다.
　하지만 이내 그 주책 맞은 질투를 접어 버렸다. 서인하의 마음은 안 보여도 서인하를 보는 한정연의 마음은 알 수 있었다.
　오랜 시간 동안 다수의 여자들을 만나면서 나름 갈고닦은 선구안은 틀린 적이 별로 없다. 그것이야말로 삽질 없이 깔끔하게 갈 수 있는 작업의 정수였으니까.
　"납골당에요."
　뜨거운 커피를 뿜을 뻔했다.
　차라리 어디 클럽에 가서 춤을 추다 술에 취해 업혀 오는 게 낫지 싶다.
　"갈 데가 없든? 둘이 거길 가게?"
　"인하 씨네 엄마가 부모님 계신 데가 같거든요. 심지어 할머니랑 인하 씨 어머니 기일도 같아요. 웃기죠? 혼자 가는 거 좀 그렇다고 하기에 겸사겸사, 나도 오랜만에 가 보고 싶어서 다녀왔어요."
　이제 좀 살 만한지 어조에 변화도 없이 담담하게 말한다.
　"가서 같이 울다 왔어?"
　"고아 된 지 좀 돼서요 이젠 잘 울지도 않아요."
　"너 병 아니야?"
　"병이오?"
　"나이 먹어서 눈물 안 나오고 그러는 거. 안구 건조증이라고 하던가. 그것도 일종의 노화던데."

"고 부장님도 안경 쓰잖아요. 돋보기 같던데."
"물귀신이냐? 날 물고 들어가게?"
"진짜 늙어서 그런가?"
"나이 먹으면 울 일에도 안 울기는 하더라. 울어 주는 타이밍이란 게 있는데 그걸 자꾸 놓쳐."
"울 일이 많으셨어요?"
"많았지. 내가 연애 실패할 때마다 울었어 봐라 어떻게 됐겠나."

내 무덤을 내 입으로 판다.

"굴곡이 많았겠어요. 건수가 좀 많아요?"
"넌 언제 울고 싶었는데?"
"난 매일매일 울고 싶었어요. 그런데 울 틈이 없었어요."
"뭐가 그렇게 바빠서 울 틈도 없어?"
"엄마가 돌아가셨을 때는 지연이가 너무 어려서 대놓고 울어 젖히는 바람에 못 울었고, 아빠 돌아가셨을 때는 빚쟁이들이 피해서 고시원 전전하느라고 울 정신도 없었고. 그 뒤로는 먹고사는 거 궁리하느라고 우는 걸 까먹었어요."

마음이 짠하다는 건 이럴 때 내 흉복부에서 일어나는 상황을 말하는 게 아닌가 싶다. 나는 또 시크한 척하면서 커피를 마셨다.

시럽을 너무 넣었는지 정말 달다.

"고세훈 씨."
"왜?"
"이제 우리 본론을 말하죠. 서설이 길었으니까."

"무슨 본론. 논문 쓰냐?"
"또 또 말 피한다. 나한테 왜 그랬어요?"
이대로는 안 되겠다 싶어서 샤워까지 하고 주먹 불끈 쥐고 올 때만 해도 주도권은 내가 꼭 쥐고 말겠다는 의지가 있었는데 말이다. 또 말렸다.
"무슨 말을 할까?"
"아무 말이나 해 봐요. 그러다 보면 할 말이 나오겠죠."
눈을 마주치지 않고 애꿎은 커피만 휘휘 젓고 있는 정연이를 물끄러미 봤다.
"어림도 없고, 어이도 없고, 될 일도 아니라고 생각했어."
"뭐가요?"
"다시 너하고 엮이는 거."
"그런데 왜 일을 이렇게 만들어요?"
"그러게."
"나름 우리 세련되게 멋진 엑스 피앙세들이었는데."
"넌 그랬니?"
"당신도 그랬어요. 찬찬히 생각해 봐요, 처음부터."
아니, 난 아니었다.
"난 아니야."
"확실해요?"
"응. 그런데 그러면 안 되는 거라고 생각은 했지."
"그런데요."
"내가 머리 깎고 절로 들어가는 게 빠르지. 그건 안 되는 일이라고 그랬는데. 잘 안 됐어."

엑스
피앙세

더 이상 정연이는 아무런 말도 하지 않았고 내 얼굴도 보지 않는다.

"실수했다고, 원래 그런 놈이니까 웃고 말자고 그럴까 했는데, 나 그거 아니야."

심장이 너무 심하게 뛰나 보다. 손끝까지 저리다.

"어떤 마음이었어요?"

한참을 침묵하던 정연이가 고개를 들었다. 하지만 나를 보지는 않고 묻는다.

어떤 마음이었을까.

나는 지난 열흘 동안 정말 머리가 터져 버릴 정도로 그 생각을 했다.

"내가 바람피우다 돌아온 전남편도 아니고 그렇다고 생판 모르는 관계도 아닌 거고. 그게 애매할 수도 있는데 말이지. 근데 내 마음은 애매하지 않아. 난 너랑 남자 여자로 만나고 싶어. 어른들도 안 끼고, 옛날에 너랑 하려고 했던 약혼 같은 거 다 날려 버리고, 그냥 원점에서. 그러고 싶어."

이제 식어 버린 커피 잔을 만지작거리는 그녀의 손을 보면서 나는 그녀가 침묵을 깨기를 기다렸다.

그리고 고개를 들고 생각이 많은 눈으로 나를 봤다.

"나는 늘 공부를 해요."

"어쩌라고?"

생뚱맞긴. 공부 얘기가 지금 왜 나와.

"경영학 공부, 영어 공부, 일어 공부. 그런 거 아니에요. 딴 공부를 더 해요."

"안 지겹냐? 또 뭘 배우는데?"

"울지 않는 법, 빚쟁이들한테 머리채를 잡혀도 고개 세우고 일어나는 공부, 사람에게 기대를 걸지 않는 공부. 그런 거요."

"쓸데없는 거에 기운 쓰네."

"제일 열심히 하는 건요. 상처 입지 않는 방법, 또 피가 철철 나도 안 아픈 척하는 방법이에요. 그리고 사람이나 미래에 기대하지 않는 거. 어떡하면 그렇게 살 수 있으려나 하는 생각도 많이 하고 그러거든요. 그런데 요즘 나는 자꾸 공부한 걸 까먹어요."

"너도 늙나 보지."

"나한테 그러지 마요. 날 흔들지 마요. 나 생각보다 맹해서 진짠 줄 알고 착각할지도 모르니까. 그러니까 나한테 그러지 마요. 장난이 아니란 확신이 정말 있어요? 스치는 바람 같은 감정일 수도 있는데."

나 역시 그런 고민을 안 한 건 아니었다. 그날 당구장 가서 돈 벌어 오라고 생글거리는 정연이에게 숨 막히게 키스를 하고 나는 정말 단 한순간도 빠짐없이 내 마음을 들여다보고 확인하고 또 확인했다. 나는 내 마음에 확신이 있었다. 이런 적은 한 번도 없었다.

"내가 몇 살인 줄 아니? 서른일곱이야. 근 20년 동안 여자 사고 많이 쳤어."

"자랑이십니다."

"그러니까 나름 프로라고. 그런데 내가 똥오줌도 구별 못하고 너한테 이럴 거 같니?"

"아니겠죠?"

"그래, 아니야. 나도 망신살이 뭔 줄 알고 염치가 뭔 줄 안다고. 나는 여기서 이대로 너한테 차이면 뻘 짓 한 번 한 거라고 그렇게 넘어갈 수 없어. 내 마음이, 그리고……."

말이 막힌다.

"그리고 또 뭐가 있나요?"

"바닥을 칠 수도 있다고 생각해. 너도, 나도, 모두가. 그래도 괜찮다면 나는 처음처럼 그렇게 시작하고 싶어."

다 식은 커피를 스푼으로 저어 가면서 한참을 말없이 있다. 대놓고 고문을 한다.

"봄이 와서 그러나. 마음이 좀 왈랑왈랑하니 들뜨고 그러네."

"그래서 어쩌겠다는 건데?"

버럭해 버렸다.

뜬금없는 그녀의 말 속에 대답이 다 들어 있는 걸 알면서도 나는 자꾸 애처럼 보챈다.

이 나이에 이게 할 짓인가.

"바보예요? 못 알아듣게?"

"늙어서 그래. 늙으니까 의심도 많고, 조바심도 많고."

한정연은 손을 뻗어 내 머리를 만진다.

"뭐 하나?"

"잘했다고 쓰다듬어 주는 거 아니에요. 뭘 이렇게 막 묻히고 다녀요? 비듬인가?"

"여기 오기 전에 목욕하고 왔거든."

"나한테 잘 보이려고 목욕재계까지 했어요?"

"근데 얘가……."

"그러니까 그러지 마요. 우리 힘 빼고 그렇게 만나요."

"힘을 왜 빼?"

"편하게 힘 빼고 쉽게 가자고요."

또 어려워진다. 나랑 그냥 놀자는 건가?

"별말 아니에요. 옛날 일 생각하지 말고, 그냥 오다가다 눈 맞아서 시시덕거리는 것처럼 그렇게 만나자고요. 우리 가볍게 시작해요. 장난처럼."

"왜 그러는데?"

"내가 도망갈까 봐서요."

뭔가 말을 하려고 했는데 소리가 안 나온다. 나는 그녀의 이 말에 반박할 수가 없다. 그 마음이 어떤 것인 줄 알기 때문에 나는 순순히 그녀의 말을 들었다.

"나 고세훈 씨 좋아요. 좋으니까 뜬금없이 키스해도 다 받아 주고, 징징거려도 웃어 주고 그런다고요. 난 이런 게 좋아요. 나는 이런 연애를 좋아하는 거라고요. 내 전부를 다 알려고 하지 말고, 같이 짐 지고 가자고 하지도 마요. 그냥 이렇게 웃고, 떠들고, 편안하게 그러자고요. 나 진짜로 당신한테서 도망가기 싫어요. 연애나 사람이 또 나한테 짐이 될까 봐 겁먹기 싫어요. 당신이랑 그러기 싫어."

그녀가 어떤 시간을 보냈는지 나는 모두 알지 못한다.

내가 알고 있는 게 전부는 아니었겠지.

과거가 얽힌 많은 사실을 알고서도 나는 한 번도 그녀에게 손을 내밀지 못했다. 너무 겁이 나서였는지도 모른다. 너무 많이 알게 되면 무서운 게 많아지는 법이니까 나는 딱 내가 그어 놓은 금을 벗어나지 않고 먼발치에서 그녀를 보았다.

그러면 되는 거라고 생각했다.

이렇게 얼굴을 맞대고 앉아 있을 일이 평생 없을 줄 알았다. 그래서 내 자리는 딱 내가 만들어 놓은, 그 경계선이면 되는 거라고 생각했다.

하지만 이제 나는 그렇게는 살 수가 없다.

그녀가 말하는 연애는 내가 놀아났던 그런 심심풀이와는 분명히 다를 것이다. 그걸 알면서도 나는 불안했다. 내가 난생처음 여자한테 진지하다 못해 비장한 마당에 이 여자는 편하고 쉽게 가자고 말한다.

조금은 싸한 마음이 들었지만 내게서 도망가고 싶지 않다는 그녀의 마음에 나는 모든 걸 걸기로 했다.

연애가 어떤 거라고, 그런 정답이 있었으면 좋겠다.

당연히 그런 개뼈다귀 같은 말에 답은 없겠지만, 나는 편안하게 웃는 정연이의 얼굴에 안도감을 느꼈다.

같이하면 되는 거니까.

가벼운 연애가 뭔지 모르지만 좋으면 되는 거 아닌가.

지나간 일은 지나간 일일 뿐이니까.

감기는 점점 심해졌고 이제는 추접스러워지기까지 했다.

"네 콧물로 홍수 난 거 같아."

"너 더러운 소리 좀 그만해. 코 좀 푼다고 홍수가 왜 나니?"

"그러지 말고 휴지로 콧구멍을 막아 버려. 숨이야 입으로 쉬면 되잖아."

"난 내 코를 잘라 버리고 싶은 사람이야. 그만 좀 징징거려."

안 그래도 머리 아파서 돌아 버리겠는데, 오민규 저 자식은 일도 안 하고 옆에서 깐족거리고 시비를 건다. 웬만하면 무시하거나 한 방 세게 먹여서 잠재우는데, 오늘 나의 상태는 무시하고 넘어가기에는 너무 예민하고, 뭘 한 방 먹이려고 해도 머리가 돌아가지 않아서 계속 헛방만 날린다.

"너 일 좀 해."

"주간 계획안, 월 매출 분석, 인건비 보고서 다 해 놨어. 할 일이 없다 이거지."

"웬일로. 잘 찾아봐. 뭐 빼먹고, 누락시키고, 날리고, 그런 거 분명히 있을 테니까."

"그랬으면 싶겠지. 근데 없거든."

"딴 데 가서 좀 놀든가. 정신 사납게 왜 여기 눌어붙어서 이러는데."

"그럼 딱 하나만 가르쳐 줘. 그럼 내가 없어져 줄게."

"또 뭐?"

"스캔들."

"그건 네 전문이잖아. 널 통하지 않고 들은 스캔들이 없구먼. 또 누구랑 누가 어쩌고저쩌고했는데."

"진정 몰라 묻는 게냐?"

또 사극 한다.

엑스
피아세

"몰라. 뭔데 나한테 물어?"

"당사자 입으로 듣고 싶어서."

멍하던 머리가 쨍하는 것 같다.

"무슨 말이야?"

"내가 어찌어찌 들은 게 있거든."

"뭘 들었는데?"

"고세훈 부장님의 엑스 피앙세."

이 인간이 뭘 듣긴 들었다. 심장이 벌렁거린다.

"한둘이냐?"

"너무 오래되고 지명도가 낮아서 묻혀 버린, 하지만 팔자가 비극적인 첫 번째 약혼녀."

그 이야기가 어디까지 퍼져 있는지 알 수는 없지만 적어도 오민규가 저렇게까지 알고 물어 오는데 부인할 필요는 없는 거다.

"내 지명도가 낮은 게 새삼 뭐?"

민규는 내가 당황할 정도로 차분한 얼굴로 내 앞에 앉았다.

"말 안 한 거 이해해."

"고맙기도 해라."

"근데 좀 서운해."

"알아. 미안해. 근데 어느 선까지 퍼진 소문이야?"

"회사에서 아는 사람은 너, 나, 고 부장 그렇게야."

"또 있어. 우리 중매 서 준 고철종 사장님."

"중매쟁이가 너무 세군."

"그러니까 입 다물어. 그리고 너 잘하는 거 해. 다 잊어버리는 거."

"그건 너 하기 달렸지."

"내가 뭘 하는데?"

그걸 빌미로 헛짓거리를 할 만큼 오민규는 치사한 사람이 아니다. 또 지금 내 앞에 있는 오민규는 내 친구의 얼굴로 앉아서 어느 때보다 진지하다.

"내가 들은 것도 있지만 본 것도 있거든."

회사에서 여전히 우리는 밥도 같이 안 먹고, 이제 그는 커피 마시러 내 자리에 오지도 않는다. 그런데 뭘 말하는 것인지 모르겠다.

"당구 시합하던 날 고 부장 모시러 나 사무실에 왔어."

등골이 서늘해진다.

"내가 본 거 어디까지 진행형인 거야?"

어디까지인지 나도 잘 모른다.

"더도 말고 덜도 말고, 딱 거기까지."

"너 그 남자 선수인 거 알지?"

"그거 모르는 사람도 있니?"

"괜찮아?"

"뭐가 묻고 싶은 건데?"

"야, 재활용을 하다 하다 약혼했다 파혼한 남자를 재활용하냐?"

"그러게."

"뭐, 네가 나같이 서툰 인간도 아니고. 잘하겠지만, 그래도 난 걱정돼."

엑스
피앙세

"난 걱정 안 해."

"고 부장이 그렇게 믿음직스러운 거야?"

"아니."

"그럼 뭔데?"

"그냥 쉽게 가는 연애를 하고 싶어서."

"그게 뭔데?"

"너 잘하는 거. 나 말고 다들 잘하는 거 있잖아. 그냥 편하게, 쉽게, 그런 거."

"그게 어떻게 들으면 남자 가지고 그냥 놀아 보겠다는 걸로 들리거든."

"그럴 수도 있겠네. 근데 너무 깊게 생각 안 하려고. 너무 어려워져서 무섭잖아."

"하나만 더 물어봐도 돼?"

자기가 언제부터 나한테 허락을 받았다고.

"뭔데?"

"그런 쉬운 연애 상대로 딱 맞는 남자가 고세훈 씨인 거야, 아니면 고세훈이랑 하고 싶은 연애가 그런 거야?"

땅만 바라보고 걷다가 벽에 가로막힌 기분이다. 머리가 아프려고 해서 나는 도리도리를 했다.

"너 뭐 하냐?"

"몰라. 그냥 입만 다물어 줘. 나도 몰라."

"한 대리님이 모르는 것도 있고. 세상이 어떻게 되려고 하는 거야."

"될 대로 되라지. 나도 몰라."

"얼씨구."

나름 비밀인지라 어느 순간부터인지, 오민규도 나도 머리를 맞대고 속삭이고 있었다.

"둘이 뭐 하니?"

호랑이도 아닌 주제에 이 타이밍에 제대로 나타나 주신다.

"업무 때문에요."

잔뜩 쫄아 버린 오민규가 빛의 속도로 대답을 한다.

한눈에도 어색하다. 이제 좀 안면을 텄다고 슬슬 기어오르던 오민규가 훈련병처럼 각 잡고 대답을 한다. 저러니 저 인간이랑 독립운동 같은 건 절대 못 한다.

떨떠름하게 올려다본 파티션 위로 역시 나만큼이나 떨떠름한 그의 얼굴이 떠 있다.

저 아저씨는 왜 저러는지.

하늘도 우중충하고, 애인된 지 사흘이 된 남자도 우중충한 얼굴로 나를 째려보고, 오민규는 그 존재 자체로도 나를 우중충하게 한다.

봄이 오고 있다는데 도대체 어디쯤 있다는 건지 자꾸 춥다.

가벼운 연애가 이런 거였나 싶게, 또 저기서 이 과장이랑 2시간째 이마를 맞대고 미팅을 하는 고세훈 씨가 내가 익히 듣고 보아 왔던 날바람둥이 그 고세훈 씨인가 싶게, 우리가 새로 시작한 연애는 무덤덤하다.

그날 비장한 얼굴로 내가 하고 싶다는 가벼운 연애에 발을 들여놓은 그는 가볍다 못해 기억도 안 나는 것처럼 무덤덤했다.

딱히 뭐라고 할 말이 있는 건 아니지만, 월요일부터 지금까지 그는 워커홀릭이라는 나보다도 더 일에 파묻혀서, 정말 비아냥거리는 거 하나도 없이 비장했다.

일요일에 만나자는 걸 감기가 너무 심해서 약속을 취소해서 삐친 건가 했는데, 그것보다는 고 사장이 월요일 아침 6시에 기획실 간부를 비상소집해서 터뜨린 폭탄이 원인 같아 보였다.

그걸 알면서도 나는 자꾸 파티션 저편에 있는 남자를 의식했다.

이 과장이 준비해 달라는 자료들을 종합해 보면 저 남자가 만들고 저 남자가 말아먹은 IDS하고 관련된 건 맞는데 어떤 범위에서 어떤 계획으로 고 사장이 일을 만들고 있는지는 감이 잘 오지 않았다.

일도 많았지만 어울리지 않게 너무 진지하고, 거기다 피곤해 보이기까지 한 얼굴이 자꾸 마음에 걸렸다.

IDS 관련 자료를 통합하는데 띠링 하고 문자메시지가 왔다.

집에 안 가?

일해야 해요.

너 나 기다리지?

뜨끔했다. 안 그래도 되는 일에 자꾸 유치해진다.

어제부터 내내 일거리를 얼마나 내려 보냈는지 기억도 안 나죠? 일 다했으면 퇴근하세요. 난 바빠요.

앙탈 부리지 마.

변 사또 코스프레하나? 앙탈 같은 소리 하시네.

30분 있다가 3층 주차장으로 와. 배고파.

나는 어울리지 않게 망설였다.
 그를 기다린 것도 사실이고 그의 퇴근하자는 문자메시지에 살짝 설레었던 것도 사실인데 나는 이 모든 게 낯설어서 또 심각해진다.
 가벼운 연애인데. 그런 건데 자꾸 나는 어려워진다.

"뭐 먹을래?"
"10시 넘어서 뭘 먹어요. 집에 가요."
"배고파서 너라도 잡아먹고 싶어."
"늙어서 질겨요. 딴 데 알아보세요."
"삐쳤냐? 정색하기는. 뭘 먹지?"
"편의점 가서 라면 먹을래요?"
"이 나이에?"

"그 나이에 라면 먹으면 법에 걸린답디까?"
"없어 보이잖아."
"누가 본다고 그래요? 걱정도 가지가지 하셔. 그리고 원래 그렇게 부티 나는 캐릭터는 아니거든요."
"나이를 너무 먹기 전에 제대로 된 캐릭터를 가져야 하는 거야. 늙어서 고치려고 해 봐라. 그게 되나. 당장 우리 아버지를 봐. 아무리 품품을 잡으셔도 졸부거든."
"고 회장님쯤 되면 졸부 범주는 넘는다고 봐요. 아마 고세훈 씨 사장 시절이 졸부 캐릭터였을걸요."
"너 그동안 내내 나 스토킹했냐? 어떻게 알아?"
"귀로 들리고 눈으로 보이고 그래요."
"너 그 동네 인연 끊었다며. 근데 어떻게 들어?"
"보기 싫고 불편한 사람들 안 보고 먹고사는 데 집중한 거밖에 없어요. 강진 오빠처럼 만나는 사람들은 아직도 가끔 봐요. 뭐 먹을래요? 큰사발?"

라면이 붇기를 기다리면서도 내내 그는 묻고 또 묻는다.

"그러니까 오강진이는 아직도 본다 이거지?"
"강진 오빠는 연중행사처럼 한 번씩 뜨문뜨문 봐요."
"유부남을 뭐하러 만나?"

고세훈 씨 아주 삐딱하다.

"글쎄. 안 볼 이유가 없는 사람이니까 보는 걸 거예요."
"만나서 뭐 하는데?"
"간만에 좋은 밥 먹고, 좋은 술 마시고, 웃고 그래요. 내 돈으로는 못 먹을 비싼 데 가서 부자 놀이를 좀 하다 오는 거죠."

"그 자식이 그다지 친절한 캐릭터는 아닌데."
"까칠하죠."
"근데 왜 만나는 건데."
"망했다고 안 만날 사이는 아니에요. 이유미 여사 빼고, 할머니 빼고, 이해관계를 떠나서 날 봐 주는 사람이니까."
"만나지 마. 재수 없어, 그 자식."
"켕기는 거 많으니까 그러는 거죠? 고등학교 동기라고 했던가."
"중학교도 같이 다녔어."
"아하. 과거가 너무 빤하게 드러나겠네."
"그만 좀 깐족거리지."

얼굴까지 벌게서 씩씩거리는 그에게 젓가락을 건네주고, 라면 뚜껑을 열어 주면서 나는 5년쯤 전에 결론 냈던 그 답을 생각해 냈다.

"그냥 하나쯤은 있었으면 좋겠다 했어요. 우리 엄마를 기억하는 사람이랑 옛날 일들 같은 거 편안하게 말할 수 있는 사람이오. 두 다리쯤 건너 외가 쪽으로 인척 관계예요, 강진 오빠랑은."
"그래? 그렇단 말이지."
"그러니까 내 교우 관계에 쌍심지 켜고 이상한 소설 쓰지 마요."
"너 엄마 아버지 보고 싶어서 그 자식 만나고 서인하랑 납골당 가는 거야?"

그랬던가. 그럴지도······.

"불쌍해 보여요?"

엑스
피앙세

"아니. 네가 왜 불쌍해. 독하지, 일 잘한다고 다 끼고돌지, 거기다 나 같은 킹카랑 연애도 가볍게 하지. 네가 왜 불쌍해."

살짝 당황했으면서 아닌 척한다.

"너도 좋지 않냐?"

"뭐가요?"

"나랑 연애하는 거."

나는 웃었다.

촌스럽고, 서툴고, 애같이 구는 저 남자랑 연애하는 게 좋아서 웃었다.

컵라면이 내뿜는 뜨거운 김에 안경이 뿌옇게 변해서 툴툴거리는 애 같은 남자라서 좋았고, 툭툭거려도 말 한마디를 조심하려고 하는 그가 좋았다.

"달달하죠?"

"라면이 달아?"

"아뇨. 이 가벼운 연애가 달달하지 않냐고요?"

"그럼. 달달하지. 불량 식품인데 안 달 수가 있냐? 나이도 배터지게 먹은 너하고 내가 이따위 소꿉장난 같은 연애를 하는데 아주 달지."

"나이를 잊어 보시지."

"머리통 속은 네가 더 늙었거든."

7살 많은 그가 나더러 늙었다고 해도 나는 웃는다.

입꼬리 한쪽으로만 웃고 있는 그가 좋아서 나는 자꾸 웃었다.

나는 생각했다.

이 편의점을 나갈 때 그의 손을 잡아야겠다고 말이다.
자꾸만 나무젓가락을 들고 있는 그의 손만 눈에 들어온다.
미쳤나 보다.

안아 줄게요

"모두를 다 안고 갈 수는 없는 거야."

삼촌이 폭탄을 터뜨린 이후부터 내내 도돌이표가 있는 곡을 연주하듯이 반복되는 대화다. 나도 지치지 않았고 삼촌도 끈덕졌다.

나는 절박했고 삼촌은 단호했다.

"그 사람들 뽑은 거 다 이유 있어서예요. 일들은 잘한다고요."

"너 대진 직원들이 얼마만큼 일하는 줄 알아?"

"업무 내용이 다르다고요."

"너희들 IT 쪽 애들이 허구한 날 말하는 창의력 어쩌고 하는 거? 근데 그거 그 창의력을 전체 중의 얼마나 되는 인간들이 제대로 써먹고 밥값 하는 줄 알아? 사업은 도박이 아니야. 판 벌려 놓고 기회를 주는 건 돈을 벌라는 거지. 언제 나올지 모를 창의력이니 하는 거 기다려 주는, 팔자 좋은 돈지랄이 아니라고."

 회사를 인수 합병 하면 당연히 인원에 대해서 어느 정도 정리가 있을 거라고 생각하기는 했다. 회사가 삼촌에게 넘어오면서 그만둬 버린 직원들도 있어서 나는 인원 감축에 대해서 어느 정도 자신이 있었다.

 하지만 월요일 새벽에 임원 회의를 소집한 삼촌은 절반을 내보내라고 했다. 관리 인력은 전원 해고였고 연구 인력도 20퍼센트나 잘라 내야 한다고 했다.

 소유주가 바뀌고, 경영진이 모두 그만두고 열심히 일한 사람들만 남았다. 나같이 거들먹거리고 돈 쓰러 다닌 인간이 아니라 정말 먹고살려고 밤새우고 날 새운 사람들이었다.

 오늘도 나는 꽉 막힌 벽처럼 끄덕도 안 하는 삼촌과 입씨름을 하고 애꿎은 담배만 줄곧 물어 댔다. 담배 피우려면 옥상 물탱크 뒤 후미진 구석에 가야 한다. 2년 전에 새로 올린 21층짜리 빌딩에 불날까 봐 벌벌 떠는 삼촌의 닦달 덕에 흡연자들은 공공연히 물탱크 옆에 숨어서 담배를 피운다.

 두 대를 연거푸 피웠더니 목이 타들어 가는 것 같았다.

 "그러다 폐암 걸리시기 딱 좋겠어요."

 오민규다. 얘는 가끔 여기서 만난다. 심지어 얘도 시즌을 피운다.

 "폐암 전에 화병으로 죽겠어, 젠장."

 "사장실 가신다더니 왜 여기서 이러고 계세요?"

 "노인네가 말이 안 통해서. 바람벽도 아니고 들어 보려고도 안 해."

"인원 정리 문제 때문에요?"

"응."

"이런 말씀 드리기는 좀 그렇지만 포기하세요."

성질이 확 올랐다.

"왜?"

"부장님 그거 아세요? 그쪽 나무만 가지치기하는 게 아니란 사실요."

"뭐?"

"본사 쪽에서도 인원 감축이 있어요. IDS 인원이랑 중복되는 인력들 선별해서 해고 통지 나갔어요. 지금 부장님은 그쪽 밖에 안 보이시겠지만 여기도 다들 심사가 사납다고요."

입이 확 막힌다.

도대체 나는 무엇을 하고 사는 인간인지 모르겠다.

"정연이도 아무 말 안 해요?"

"응."

"한 대리가 그런 거 콕콕 집어 주는데 제 딴에는 꾹꾹 참고 있나 보네요. 암말 없이 있었던 거 보면 말이에요."

"그러네. 그 시어머니가 웬일로 나한테 요즘 친절하다 했어."

"받아들일 건 받아들여야 하실 거예요. 살아남은 자의 슬픔이란 말이 괜히 나왔겠어요. 이런 거죠."

"난 조직 생활을 이 나이 먹어서 처음 하는 거라서 그런지 적응이 안 되네. 여기저기 봐야 할 일이 많을 텐데 발등에 떨어진 거 아니면 안 보이거든."

"저도 그랬어요. 지금 생각하면 저 신입 때 정연이가 진짜 도 닦았을 거예요. 김지나 가르치다가 저 요절할 거 같아요. 대학 동기니까 그 꼴값을 다 봐 줬지 싶어요."

이 자식은 이 와중에 정연이 정연이 하면서 그녀와 친한 척이다.

"부장님."

"응."

"몇 년 전에요. 쥐도 새도 모르게 연애질하던 커플이 있었는데요."

이건 또 무슨 귀신 씨나락 까먹는 소리인가.

"1년 넘게 몰래 연애하다가 나름 멋지게 뻥 터뜨릴 생각들을 했나 본데 진짜 생각지도 못하게 들통이 났어요. 왜였게요?"

이게 아주 작정을 하고 놀자고 덤빈다. 걸리면 죽여 버릴 생각으로 인상을 쓰고 있는데 오민규는 제법 심각했다.

"왜 들켰는데?"

"둘이 울릉도 놀러 갔다가 조난당해서 방송 3사에 다 나오고 그러는 바람에 들통 났어요. 거기다 남자가 그때 죽었어요. 그래서 다들 알아 버렸죠."

"시작은 멜로인데 끝은 비극이네."

"그러니까요. 근데 처녀 총각이 연애한 건데 끝이 그러니까 소문들이 지저분해져서 나중에 그 여자가 못 견디고 회사를 떠났어요."

"그 뒤로 이어지는 게 공포물은 아니지? 뭐 밤에 그 여자가 죽어서 귀신으로 떠돈다 그런 거."

"아니에요. 유학 가서 공부하고 잘 산대요.

"나 웃기려고 한 말은 아닌 거 같고. 그 이야기를 내가 알아야 할 필요가 있어?"

"정연이가 암말 안 해요?"

잠깐 동안 나는 오민규의 정색한 얼굴에 얼이 빠졌다. 그리고 이내 알았다.

이 자식이 아는구나.

"제 오래 묵은 여자 친구가 정연이 단짝이에요. 그 약혼식 때 들러리 하려고 옷 사 입고 머리도 했던. 그래서 좀 알았지만 부장님이 그 상대였던 건 얼마 전에 들었어요. 어쩌다 부장님 이름이 나왔는데 여자 친구가 뒤로 넘어갔어요. 정연이네 망해서 뺑 차 버린 거라고 이를 어찌나 갈던지."

대충 알고 이를 갈았으면 다 알고는 칼춤을 췄을 거다. 죄짓고는 못 산다.

"그리고 뭐 둘 사이에 뭔가 있다는 건 대충 알았고요. 한정연이는 그냥 모른 척만 하라는데요. 그러려고 했는데 아무래도 안 되겠어서요."

"뭐가?"

"정연이랑 부장님 점점 티 나요. 둘 사이에 뭔가 샤방거리는 거 조금만 자세히 보면 알겠던데요. 부장님은 뭐 남자이신 데다가 나름 화려한 과거인지라 상관없을지도 모르지만 정연이는 다르잖아요."

오민규는 정말 진지했다. 너무 진지해서 나는 싫은 내색도 못 했다.

"둘 사이가 잘되든, 뭐 잘 안 되든요. 정연이는 부장님이랑 사귄다는 거 하나만으로도 상처를 입을 거 같아요."

바람이 휙 하고 불어왔다.

나는 이 연애에 한없이 진지하다.

처음부터 그건 알고 있었고, 나는 그 사실에 신경질도 나고, 약도 오르고 했지만, 사실은 이 나이에 그런 마음을 가질 수 있다는 거에 내 스스로가 기특했다.

그런데 다들 저렇게 불안해한다.

한정연은 쉽게 가는 연애를 하자고 해서 나를 서럽게 하고, 오민규는 나로 인해 한정연이 상처를 입을 거라고 말해서 나를 서럽게 한다.

목울대가 울컥해서 나는 담배를 한 대 더 물었다.

오민규가 불을 붙여 주었고 나는 맥이 빠져 벽에 기대서 쓴 담배를 깊게, 아주 깊게 들이마셨다.

폐가 타 버릴 것처럼 정말 썼다.

메뉴판 앞에서도 저 여자는 진지하다. 뭘 먹겠다는 간단한 목적에도 저렇게 진지한 여자가 왜 나랑은 쉽게 가고 싶은 걸까?

"크림이 맛있기는 한데 너무 부담스럽겠죠?"

"먹고 싶은 걸로 먹으면 되지. 뭘 그렇게 고민해?"

"서른 되니까 배가 물컹해지는 거 같아요. 지연이가 정신 차리라잖아요. 걔가 나하고 같냐고요. 그 계집애는 젖살 빠진 것도 얼마 안 됐는데. 난 나잇살을 먹네요."

"오방살, 도화살, 그런 거보다는 낫지, 뭐."

엑스
피앙세

"별걸 다 아셔요. 그런 건 어디서 들었어요?"

"룸살롱 서너 번만 가 봐라. 거기 텐프로들이 거의 반 무당이야. 제 팔자 말하는 애치고 이상한 살 안 낀 애가 없어."

"애인이 아무리 만만해도 그렇지. 어떻게 텐프로랑 놀던 얘기를 그리 아무렇지도 않게 말해요?"

"개과천선하면 모든 일에 당당해지거든."

"그거 확실하게 한 건 맞아요?"

"날 좀 믿어 봐."

그래, 나 좀 제발 믿어 봐라.

"누가 안 믿는데요? 믿어요."

장난인 줄 아는데, 웃으면서 가벼운 깃털같이 하는 말인 줄 아는데. 나는 가슴이 먹먹했다.

"배고프고, 먹고 싶은 거 있으면 먹고 보는 거야. 고민할 일이 얼마나 많은데 그딴 걸로 고민을 하니?"

"그게 그렇더라고요. 당연하게 먹었던 것들을 비싸서 못 먹게 되니까 특별해지는 거 같고, 걱정 없이 먹어 대던 것들이 이게 배에 붙으려나, 팔뚝에 붙으려나 싶어지니까 목에 걸리던데요. 나이 먹는 거 이럴 때 속상해요. 맘대로 할 수 있는 게 없잖아."

내가 지난날 놀았던 여자들과의 가벼운 연애는 내가 젊어서였을까?

그건 아닌 거 같은데 나는 요즘 자꾸 사소한 것에 연연하고 전전긍긍한다.

사는 일에 자꾸 힘이 들어간다.

안아 줄게요 217

"차 놓고 걸어 다니니까 좋죠?"
"다리 아파."
"이틈에 운동 좀 해요. 우린 둘 다 너무 운동을 안 해요."
애는 정말 나에 대해서 아는 게 없다. 난 우리 아버지 닮아서 아침잠이 없다. 차이가 있다면 새벽에 일어나서 아버지는 국내 조간을 다 훑어보는 거고 나는 미친 말처럼 동네를 뛰는 거다. 어떻게 나 같은 준족을 자기한테 갖다 붙인다는 말인가.
"난 꾸준히 해. 아침마다 뛰고, 주말에는 테니스도 치러 다녀."
"진짜?"
"그래. 다 망한 주제에 골프까지 친다고 노인네가 하도 뭐라고 해서 엎어서 그렇지, 나 핸디도 좋아."
"갑자기 기가 확 죽네."
"그럴 줄도 아냐? 몸만 쓴다고 이기죽거릴 줄 알았더니."
"내가 좀 깐죽거리는 스타일이기는 해도요. 무릎 꿇을 때는 확실히 꿇어요."
"언제 또 꿇어 봤는데."
"낙하산이라고 수군거리는 사람들한테 대놓고 나 낙하산이라서 아무것도 몰라요, 그랬어요. 그러니까 잘 가르쳐 달라고."
"그게 무릎 꿇은 거냐? 오기만 창창하구먼."
"그런가?"
"눈치도 없지."
그래도 정연이는 웃는다. 언제부터인가 나는 그녀가 웃을 때 눈이 반달이 된다는 걸 알았다.

잘 안 웃어서 그렇지 그녀가 웃을 때 나는 머릿속이 하얘진다.

"조금 있으면 더워지겠네. 그럼 이렇게 설렁설렁 걸어 다니는 거 못 하겠다."

"땀 삐질삐질 흘리면서 걸으면 되는 거지, 뭐."

"차라리 추울 때 웅크리고 걷는 게 낫지."

"그럼 밤에 온몸이 쑤셔. 그것도 모르냐?"

"아는 것도 많으셔."

별말 없이 나란히 걸으면서도 연애를 할 수 있다. 쉽게 가자고 해 놓고 그녀는 자꾸 나를 깊게 끌고 들어간다.

블라우스 소매 밑으로 가볍게 흔들거리는 손이 눈에 들어왔다. 하얗고 마른 손이다.

나는 잠깐이지만 아주 집중력 있게 그 손을 보다가 슬그머니 잡았다.

눈이 좀 커진 채로 정연이가 나를 본다. 그리고 또 반달눈으로 웃었다.

"연애잖아."

"누가 뭐래요?"

피식 웃고 우리는 손을 잡고 길을 걸었다.

손잡는 게 이렇게 좋은 거라는 걸 난 왜 몰랐을까?

손잡고 걷는 건 어릴 때 엄마랑만 해 봤던 거 같은데. 그걸 정연이랑 할 거라고는 생각 못 했던 거 같다.

별생각 없이 손을 잡았던 것처럼 그냥 마음이 가는 대로 하면, 그러면 즐겁고 가볍고 쉬운 연애가 되는 걸까?

나는 내가 해 왔던 연애들과 너무 다른 우리의 연애가 처음으로 편안해졌다.

정연이가 원했던 건 이런 거라는 생각이 들었다.

여전히 나는 회사 일에 중압감을 느끼고 숨이 막힐 것 같은 책임감도 느끼지만 이 편안한 연애로 행복하다.

나는 이 연애가 좋다.

고 사장은 잔인하다.

예전에는 그런 생각을 하지 않았는데, 오늘 아침 그의 얼굴을 보고서 나는 처음으로 고 사장이 얼마나 잔인한 사람인지를 깨달았다.

언제나 나는 모든 사람들과 모든 일에 있어서, 나와 크게 상관이 없는 이상 두어 발자국 정도 떨어져 강 건너 불구경하는 방관자였다.

원래 무심을 가장한 방관자의 잔인함이 더 악랄한 터여서 나는 그들의 분노나 불행에 시크한 척 한마디를 던지곤 했다. 그리고 그게 촌철살인이라는, 오민규 같은 인간들의 말에 속으로 우쭐했던 적도 있었던 것 같다.

인수 합병 이후 회사 조직의 정리가 거의 마무리 수순을 밟고 있었고, 그는 다행인지 불행인지 꾹꾹 참아 내고 감내하고 있었다.

마지막 단계인 해고 통지는 개인 메일이나 인사팀 선에서 이루어질 거라고 생각했고 선례도 있음에도 불구하고 고 사장은 그를 아침 출근길에 불러 해고자 명단과 개별 통지서를 주면서 직접 하라고 했다.

비서실에서 내려온 소식은 그가 사무실에 들어오기 전에 이 과장과 회의 준비를 하던 나한테까지 빠르게 알려졌고 다들 살얼음판 위에 서 있는 것처럼 그를 기다렸다.

딱딱한 가면을 쓴 것 같은 표정으로 사무실로 들어온 그는 가벼운 목례만 하고 자리로 가 버렸고, 나는 무심한 듯이 책상에 앉아 무심할 수 없는 내 마음을 진정시켰다.

그럴 수 있는 일이었고 또 그래야만 하는 일이었는데, 나는 벌렁거린다는 표현이 어떻다는 걸 처음으로 알았다.

온통 내 신경은 파티션 너머의 그에게로 쏠려 있었고 그가 바람처럼 나를 지나쳐 사무실을 나가는 순간 그의 긴장에 오한을 느꼈다.

오스스하게 돋은 소름에 목구멍이 먹먹해지는 것 같아서 그가 나가 버린 출입문을 멍하니 한참을 바라봤다.

"올 때 됐는데."
"때 되면 오겠지."
"너 지금 심장이 오글거리고 손발에 땀 차고 그러지?"
"오뺑. 내가 늙어 가면서 당신의 농담을 해석하는 데 한계가 오거든. 그러니까 쉽게 풀어서 말해 줄래."
"그럼 싫을 텐데."
"싫은 일이면 말을 하지 말던가."

"애인에 사지에 갔는데 넌 일이 손에 잡히니?"

당연히 손에 안 잡힌다.

아까부터 계속 계산식이 뒤죽박죽되고 경영 평가서는 한 장도 진도를 나가지 못했다.

언제부터 오뺑이 고세훈 씨를 저렇게 알뜰히 챙기고 애틋해 했는지 모를 일이지만, 나는 누구의 말도 제대로 알아듣고, 제대로 답해 줄 수 있는 상태가 아니다.

10시에 나간 사람이 4시가 넘도록 사무실에 돌아오지 않는다.

어디서 몰매를 맞는지 홧술을 마시는지, 문자메시지를 넣어도 전화를 걸어 봐도 답이 없다.

내가 아는 한 그와 이 여사님은 같은 동네 옆 골목에 산다.

늦게 자고 대낮에 일어나시는 이 여사님과 늦게까지 일하거나 연애를 하고 새벽에 일어난다는 그는 활동 시간이 달라서인지 서로 마주친 일이 없다고 했고, 애매한 시간인 8시는 괜히 나를 쫄게 만들어서 수없이 다녔던 이 동네에서 첩보 영화 속 스파이처럼 둘레둘레 눈치를 보게 만든다.

그는 퇴근 시간 무렵에 바로 퇴근하겠다고 이 과장에게 전화를 해 왔다고 했고, 나는 그가 늦게라도 사무실에 돌아오지 않을까 혹시나 하는 마음에 사무실에서 뭉개다 무작정 그의 집으로 찾아가는 중이다.

호화 빌라는 아닌지라 철통같은 경비 그런 것은 없었지만 검게 코팅한 출입문 앞에서 나는 잠깐 망설였다. 어떡해야 하나 고민하는 머리와는 달리 내 손가락은 씩씩하게 그의 집 호수를 누르고 호출 버튼까지 주저 없이 눌렀다.

잠깐 동안이지만 나는 고민을 했다. 왜 왔냐고 그러면 어떡하나부터 여러 가지 상황을 상상하면서 긴장을 했는데 몇 번을 반복해서 호출을 해도 반응이 없었다.

그리고 올려다본 그의 집은 불이 꺼져 있었다.

저거 먼저 확인할걸. 연애는 이래서 피곤하다. 효율성이 떨어지니까. 감정이 앞서는 관계에서 가장 감정이 과잉되는 상태가 연애인데, 나는 힘이 달린다.

다리에 힘이 쭉 빠져서 그의 집 맞은편 보도블록에 주저앉았다.

풀려 버린 다리를 대충 주무르고 일어서려는데 익숙한 담배 냄새가 났다.

그런데 내 눈에 보이는 건 추리닝 바지를 입고 삐딱하게 서 있는, 후줄근한 고세훈 씨였다.

"너 뭐 하냐?"

"보면 몰라요?"

"몰라. 너 이상해."

"댁이 더 이상하거든요."

그는 멀쩡해 보였다.

땍땍거리면서도 나는 자꾸 그의 얼굴빛을 살피고, 그 무심한 말들의 작은 공간을 살핀다.

"들어가자."

"어딜요?"

"너 우리 집 온 거잖아."

"굳이 들어갈 생각으로 온 건 아니에요. 날씨도 좋은데 여기 있죠, 뭐."

어디에 있던 오기인지 이럴 때는 참 잘도 나온다.

"나 화장실 가야 해. 들어와. 안 덮쳐."

"기운도 달리실 텐데, 참. 그렇게 허세 부리면 나 이겨 먹은 거 같아서 좋아요?"

"좋다. 왜?"

내 손을 잡아 일으키고도 그는 손을 놓지 않았다.

반걸음 뒤에서 그를 따라가면서 나는 자꾸 앞이 흐려졌.

울 일이 없는데도 목구멍 안이 꽉 막혀 버린 것처럼 먹먹했다.

❦

줄담배를 피웠더니 담배 한 갑이 금방 비워졌다.

슬리퍼를 끌고 나가 편의점에서 담배를 아예 보루로 사서 검은 비닐 봉투에 넣어 빙빙 돌리면서 쓸데없이 동네를 한 바퀴 돌았다.

봄 한가운데 있는 주택가는 평온했다.

어느 집에서인가는 밥 냄새가 나는 거 같았고 띵동거리면서 치는 서투른 피아노 소리도 들렸다. 오래된 일본 영화를 보는 기분이었다.

나와는 상관없는 세상처럼.

오늘 나는 43명의 내 동료들에게 해고 통지를 하고 왔다.

엑스
피앙세

고 사장의 악의를 이기려면 아무렇지도 않게 사무실로 들어와 회의를 해야 하고 IDS의 정상화를 위해서 TFT를 구성해야 했지만 오늘은 정말 때려죽여도 그러고 싶지가 않았다.

쌀쌀맞은 한정연이 문자메시지를 네 번이나 보냈지만 나는 짧은 답문자메시지도 보내지 못했다.

보내려고 했지만 액정만 내려다보고는 이내 주머니 속에 전화기를 넣어 버렸다.

길을 돌아 돌아 집 앞에 왔을 때 어울리지 않게 길가에 앉아서 목운동까지 하는 그녀를 보았다. 멀리서도 나는 한눈에 알아봤다.

걸음이 빨라졌다.

내가 닿기도 전에 그녀가 가 버릴까 봐 나는 철퍽거리는 슬리퍼를 끌고 뛰었다.

정연이는 나를 보고 환하게 웃어 주지는 않았지만, 평온한 얼굴로 아무 일도 없었던 그런 날처럼 툭툭거려 줬다.

계속 이렇게 있다가는 나는 동네 한복판에서 그녀를 붙잡고 울 것만 같아서 마렵지도 않은 오줌을 핑계로 그녀를 집으로 데려갔다.

자꾸 손에 힘이 들어갔지만 그녀는 아무런 말도 하지 않았고 나는 그 마음이 고마워서 울컥했다.

나는 항상 궁금했다.

사람들이 언제 우는지, 왜 우는지를 알 수가 없었다.

이제는 궁금하지 않다.

"손에 전기 올라요. 나 어디 안 가니까 손 놔요."
"어."
멋쩍어서 어설프게 웃고는 화장실로 도망쳤다. 세면기에 물을 틀어 놓고 변기에 걸터앉아서 한참을 쏟아 내리는 물줄기를 봤다.

오늘은 모든 게 이상하고 낯설다. 하다못해 세차게 쏟아져 내리는 수돗물도 낯설다.

거울을 보면 울 것만 같아서 나는 세수를 했다.

밖으로 나갔을 때 정연이는 상을 차리고 있었다.

재킷을 얌전히 벗어서 소파에 올려놓고, 핸드백도 얌전히 그 옆에 놓고는 셔츠 소매를 접어 올린 채 냉장고를 열어 이것저것 꺼내 놓고 있었다.

심지어 가스레인지에서는 뭔가가 부글거리고 있기까지 했다.

"뭐 해?"
"밥 안 먹었죠? 나도 안 먹었어요."
"먹을 거 없을 텐데."
"한 끼 대충 때울 건 있어요. 햇반도 있고, 김도 있고, 달걀도 있고. 달걀찜 했어요. 파 같은 거 있으면 좋을 텐데 없네. 앉아요."

어색한 것 없이 너무 능숙하게 부엌에서 움직이는 그녀가 낯설었다.

이건 오늘 나의 기분과는 달리 정말 낯선 모습이다.

"너 살림 좀 하냐?"
"나름 가장이거든요. 할머니 편찮으시고는 내내 밥하고 빨

래하는 거 다 했어요. 지연이는 일 시켜 먹기에 어리기도 했고 또 계집애가 약아요."

"은근 까네. 언제는 세상에 둘도 없는 자매처럼 굴더니."

"세상에 개하고 나밖에 없는 거 맞거든요. 얼른 먹어요."

김치랑 달걀찜, 김밖에 없어도 나는 속도 없는 인간처럼 꾸역꾸역 햇반 하나를 다 먹었다. 그녀가 자기 밥그릇에서 덜어 준 밥까지 얹어서 홀라당 다 먹어 버렸다.

"하루 종일 안 먹었죠?"

"응."

"그러지 마요."

내 얼굴은 쳐다보지도 않고 오물오물 밥을 먹으면서 말한다.

"어쩌다 보니까 때를 놓쳤어."

"굶으면 기운 빠져요. 다 내가 경험해 본 거니까 내 말 들어요."

"밥 다 먹었거든."

"그러네. 근데 나 좀 이상하죠?"

"너 원래 이상해."

"원래, 뭐?"

"비장하고, 싸하고, 얄밉잖아."

"밥 먹여 놓으니까 살 만한가 봐요."

"응. 이제 살 거 같아."

정말 살 것 같았다. 내가 이상했던 건 굶어서였나 보다. 밥심이라는 게 있기는 있나 보다.

"나 커피 마시고 싶은데."

"저기 기계 있잖아."

300만 원을 좀 더 주고 산, 이태리에서 직수입했다는 에스프레소 기계를 보고 역시나 그녀는 인상을 썼다.
 "왜? 돈지랄이라 하려고?"
 "돈 있는 사람들이 돈 쓰는 건 지랄이라고 안 해요. 문제는 9시가 넘었는데 저 독한 걸 먹고 어쩌라고요. 나 예민하거든요."
 "퍽이나. 그렇게 예민하셔서 하루 종일 보리차 대신 시커먼 블랙커피를 들이켜니?"
 "일 안 하고 나 뭐 하나 그거 감시해요?"
 "너 졸릴까 봐 악으로, 깡으로 커피 마시면서 야근한다던데?"
 "오뼁이죠?"
 "아니, 이 과장."
 "짱구나 찡구나 똑같거든요."
 툴툴거릴 줄 알았는데 정연이는 순순히 커피를 뽑아 뜨거운 물을 부어 나온다.
 "잘하네? 버벅거릴 줄 알았는데."
 "나도 한때는 부잣집 딸이었거든요. 그리고 이 여사님이 좀 싼 거지만 우리 집에도 한 대 들여놔 주셨어요."
 "그 양반의 정체성은 도대체 뭐니?"
 "글쎄요. 뭘까. 아무튼 지연이랑 나는 이 여사님 그늘 없었으면 말라 죽었거나, 맞아 죽었거나, 굶어 죽었을 거예요."
 "새엄마도 아니었는데 새엄마 노릇 깍듯이 하고."
 오래전 내가 찾아갔을 때 내 부탁을 들어주고, 내 말을 들어주고, 아무런 질문도 없이 나를 곤란하게 하지 않았던 걸 보면

겉보기와는 다른 사람이란 거는 알 것 같다. 그래도 워낙 외관이 남달라서 까칠한 한정연이 저렇게 살갑게 말하는 건 좀 어색했다.

"엄마보다 더 엄마 같았어요. 우리 엄마는 너무 공주여서 내내 공주로 살다가 공주로 돌아가셔서 별로 엄마다웠던 기억이 없어요."

"커피는 맛있네."

너무 깊이 물어보면 그녀까지 감정의 골에 빠질까 봐 나는 커피로 말을 돌렸다.

"바리스타 책까지 사다 놓고 배웠어요."

"왜? 가게 내게?"

"행여나요. 잊지 말라잖아요. 내가 쫓겨났던 그 세계를요. 다시 들어가라고. 근데 요즘은 나는 포기하신 거 같고, 지연이를 밀어요."

"어디다 밀어?"

"잘사는 친정에 싱글 남동생 있는 집에 막 과외 붙여 주고, 떡밥 던지고 그래요. 지연이가 죽으려고 하지만."

"그 줄 잘 잡으라고 해. 돼먹지 않은 아이돌한테 까이지 말고."

"아이돌은 무슨. 아직 데뷔도 안 했거든요."

툭툭거리는 게 심술 난 친정 언니 폼이었다.

"사랑에 치여야 애들도 크는 거야."

"누가 뭐래요. 근데 애가 울잖아요. 그 나이는 사랑에 우는 게 맞는 나이라고 해도 꼴같잖은 놈이랑 헤어졌다고 우니까 속상해서 그러는 거예요."

이런 사소한 이야기들을 나누는 상대가 있는 것도 괜찮다 싶어진다.

그러다 어울리지 않게 잘 웃는 그녀가 평상시의 한정연이 아닌 것 같았다. 정연이는 노력하고 있었다.

어울리지 않게 수다스러운 그녀를 보고 있으니까 마음이 따뜻해졌다.

띠릭, 정연이의 핸드폰 문자메시지 오는 소리가 들렸다.

"지연이네."

"왜?"

"늦냐고요. 계집애 간만에 일찍 들어왔나 봐요."

"데려다 줄까?"

"됐어요. 길 막힐 시간도 아니고, 금방 가요."

재킷을 걸치고 일어서려던 그녀가 다시 앉았다.

"오늘 너무 길었죠?"

"응?"

"사실 나 여기 온 이유가 있었는데."

"나 밥해 주려고 온 거 아니야?"

"그건 어쩌다 한 거고요."

"그럼, 뭐하러 왔는데?"

좀처럼 보기 힘든 반달눈으로 나를 보고 웃는다.

"왜? 뭔데 그렇게 실실 쪼개?"

정연이가 평온한 얼굴로 내 앞으로 다가왔다. 혹시 얘가 나를 덮치려나 생각하는데 조심스럽게 내 머리를 감싸고 나를 안았다.

엑스
피아세

"너, 뭐야?"

"가만히 있어 봐요."

"얘가 왜 이래?"

"그냥 한 번 안아 주고 싶었어요. 그리고 괜찮으니까 좀 무너져도 좋다고 말해 주고 싶어서 왔어요. 나 무지 고민하고 온 거만 알아줘요."

정연이는 나를 안고 어깨를 토닥이면서 조용히 말했다.

"그때 누군가가 우리 아빠를 이렇게 안아 줬으면 아빠 가는 길이 덜 힘들었을 텐데 하는 생각을 아주 오래전부터 했어요. 그래서 누군가 절벽에 몰려 있으면 그땐 남녀노소 안 가리고 사해 평등의 마음으로 꼭 안아 줘야지 그랬어요. 그게 당신이 될 거라고는 생각 안 했지만요."

목울대가 먹먹했다. 입이 있어도 말을 못 하는 게 바로 이런 때를 말하는 것 같다.

"괜찮을 거예요. 다 지나가는 시간들이니까. 그 사람들도, 당신도."

이 악물고 다시 일어나서 아버지와 삼촌이 버린 그 사람들과 함께 성공하고 말겠다는 오기 같은 건 신기루처럼 펑펑거리면서 사라졌다.

내게 필요한 건 이런 위로였다.

스물두 살의 정연이에게도 이런 위로가 필요했을지 모른다. 그때의 나는 멍청했고 허풍으로 가득 차 있어서 알지 못했다.

나는 몰랐던 걸 그녀는 안다.

그녀의 말처럼 다 지나가 버리는 시간들이라지만 나는 내가 짊어지고 갈 그 무게를 안다. 그러니까 지금은 이런 위로가 제격이다.
 이렇게 울 수 있으니까.
 그러니까 된 거다.
 지금은 그래도 될 것만 같았다.
 이렇게 따뜻한 포옹은 나를 편히 울게 만든다.

 공기가 따뜻해졌다.
 다 늙어서 사춘기를 보내는 것처럼 나는 요즘 감정 기복이 심하다. 그렇게까지 하지 않아도 되는 일에 화를 내고, 열을 내기도 하고, 비실비실 미친 애처럼 웃기도 하고, 심지어 멀쩡하게 걷다가 자빠지기까지 한다.
 처절하게 깨진 무릎에 연고를 바르고 밴드를 붙이고 있는데 오빵이 말했다.
 "이게 남자에 눈이 멀더니 이제 몸 개그에 피까지 보네."
 뭐라고 욕을 해 주고 싶었지만 넋을 놓고 다닌 건 맞아서 대꾸도 하지 않았다.
 지난 연애는 내게 부담이었다.
 해결해야 할 문제가 잔뜩 있는데 감정까지 엉겨서 나는 사랑을 하면서도 행복하지 못했다. 좋은 사람을 만나면서도 앞으로 내게 닥칠 가지가지의 비극을 먼저 생각했고, 때문에 내 앞에 앉아 있는 연인은 위로가 아니라 오히려 부담만 됐더랬다.
 나이가 주는 여유인지는 모르지만 지금의 나는 느긋하다.
 말은 가벼운 연애라고 쉽게 가자고 했지만, 그러기에는 이 연애가 내게 주는 기쁨이 너무 크다.

"그 아이 문제는 댁들이 해결하세요."

"그렇게 말하면 안 되는 거죠. 연애질은 혼자 합니까. 둘이 같이하는 거라고요."

"지연이는 건택이 안 만나거든요."

"알아요. 댁 여동생 싸가지 없고 살벌한 거. 그래도 그렇지 애를 잘 달래서 끝을 봐야지 우리 때문에 그렇다고 하니까 애가 잠수를 타잖아요. 한 살이라도 더 먹은 사람이 그러는 거 아니잖아요. 그렇게 있는 말 다 하면 뒷수습은 누가 하라고."

"그러세요? 그런데 한 살도 아니고 족히 띠 동갑은 넘으실 거 같으신 댁은 내 동생한테 막말을 어떻게 하셨나 모르겠네. 여자애한테 남자애 걸림돌 되니까 꺼지라고 하신 분이 뒷수습 하세요. 왜 우리가 헤어진 남자애가 헛짓거리 하는 거까지 감당해야 하는데요? 그리고 우린 관심 없어요. 댁들의 잘나신 비즈니스 같은 거."

"거참, 말 곱게도 하시네요."

"드라마 많이 보시나 봐요? 순애보를 찾으시나 본데 어쩌죠? 우리 자매는 성질이 별로 안 좋아서 순애보 같은 건 안 하거든요."

"미친 새끼, 이런 것들이랑 엮여서."

"그러게요. 미친 데다가 멍청하기까지 하네요. 평생 살면서 연애 한 번 할 것도 아니면서 말이죠. 댁들 대단하신 상품은 알아서 찾으세요. 한 번만 더 찾아와서 이런 억지 부리면 경찰

부르고, 기자 불러서 데뷔고 뭐고 다 묵사발을 만들어 드릴 테니까."

뭐라고 입을 열려는 건택이네 회사 실장 앞에서 문을 확 닫아 버렸다.

건택이가 녹음하다 말고 사라져서 사흘째 소식이 없다고 하더니 소속사 사람들이 학교로 집으로 지연이를 찾아다녔던 것 같다.

만만한 구석 없는 지연이가 무시하고 대거리를 안 해 주니까 결국 오밤중에 집으로 찾아와 나를 붙잡고 하소연인지 협박인지를 해 댔고 나는 제대로 흥분했다.

"갔어?"

"응."

"또 올까?"

"한 번만 너든 나든 찾아오라고 해. 데뷔하기 전에 세상에 크게 알려 줄 테니까."

자꾸 독해진다. 야무지고 빈구석 없는 지연이가 흔들리는 게 마음에 걸려서 내 말은 점점 독해지고 사나워진다.

"언니가 무서워."

"세상이 원래 무서운 거야."

"이 자식은 어디 가 있을까?"

"어딘가에 있겠지. 알게 뭐야. 자기들이 공들여 만든 상품이라며. 돈 벌라고 만들었는데 세상 끝까지 가서라도 찾아오겠지. 근데 아줌마 오신다고 했는데 왜 안 오시지? 아줌마 있었으면 오늘 저 인간들 끝을 제대로 봤을 텐데 말이야."

엑스
피얼세

"다행인 거지. 그랬어 봐, 세상 시끄러웠을 거야. 아마 알바 풀어서 인터넷에 올리고도 남으셨지."

이유미 여사는 김 원장이 해외 학회를 가는 바람에 혼자 집에 있기 싫다고 그러더니, 비행기 태워 보내고 바로 우리 집으로 오겠다고 했다.

보나 마나 애지중지하는, 펄 들어간 핫핑크 슈트 케이스를 싸 들고 오실 거라서 당분간 나는 내 방을 이 여사에게 양도해야 한다.

"이따가 아줌마랑 우리 술 마시자."

"나 내일 회사 가거든."

"나도 1교시 수업 있어. 딱 한 병만 마시자, 순한 걸로."

역시나 이 여사는 나흘 예정의 외박에 가방만 두 개를 들고 왔고, 등장하자마자 향수 냄새로 시작하는 존재감을 온통 뿌려 댔다.

이유미 여사와 할머니는 그다지 살가운 관계는 아니었다. 살짝 엇박자가 나는 관계였는데 그 두 사람은 술 마실 때만은 주거니 받거니로 날을 새우는 단짝이었다.

늘 넷이 모여 앉아서 마시던 술자리는 할머니가 돌아가신 후 이유미 여사와 나, 단둘이 마시는 구도로 변해 버렸다.

김 원장님 와인 냉장고에서 비싼 걸로 두 병을 꺼내 들고 찾아온 이 여사님은 이름이 이상하고 냄새는 더 이상한 비싼 치즈를 사 가지고 와서 먹어 보라고 들이밀었고 가뜩이나 머리 복잡한 나는 속까지 이상해지는 거 같았다.

"계집애. 점점 서민스러워져."

"그럼 내가 서민이지, 귀족이에요? 지나간 영화는 잊어야 해요. 너무 부여잡으면 추접해."

"시집을 잘 가 봐. 일만 파지 말고. 인생 한 방이야. 로또가 안 되면 로또 같은 남자를 잡아채야지."

"로또가 눈이 멀었나, 나한테 잡아채이게?"

"하긴 어리길 해, 애교가 많아, 성격이 좋아?"

"예쁘지도 않아. 그건 왜 빼요?"

"잔인하잖아."

"언제부터 그렇게 자비로우셨다고."

"나이 먹나 봐. 자꾸 안 보이던 게 보여."

"신통력 생겼어요?"

"자꾸 사람들 마음을 보려고 해. 내가 그런 사람은 아니잖아."

"안 하던 걸 왜 해요, 피곤하게."

"한지연 너도 한잔해. 달달하고 좋아."

"술은 맛있는데 이거 왜 이래요? 치즈 냄새가 왜 이래? 언니 이거 먹어 봐. 똥 냄새 나는 거 같아."

"이것들이. 비싼 걸로 사 왔더니 싼 티 나는 소리만 해 대네. 너 이런 거 먹고 마시고 해 봐야 돈 있는 남자 만나도 안 꿇려."

"남자 만날 시간 없어요."

"건택이랑은 정말 끝난 거야?"

"끝났는지, 어떤 건지."

짜증 섞인 말이 나온다. 지연이 생각하면, 그러면 안 되는데도 나는 자꾸 건택이로 시작하는 이상한 인간들에게 분노가 치밀어 오른다.

"또 뭐? 다시 만나니? 야, 그러지 마. 영양가 없어. 내가 남자 괜찮은 걸로 하나 마련해 놨는데 그런 애 만나서 질 떨어뜨리지 마."

"이번엔 또 누구 동생인데요?"

"이 남자애는 비주얼도 심지어 죽여. 너무 괜찮아."

잘 밤에 시폰 원피스를 입으신 이 여사님이 갑자기 급흥분을 하신다. 와인 잔을 흔들면서 목소리가 하이 톤이 되어 버린다.

"나 할 말 있는데."

차분하고 담담한 지연이의 목소리에 드글드글 끓어오르던 분위기가 확 가라앉아 버렸다.

"뭐, 또 그새 연애 시작했니?"

"별건 아닌데. 나 교환학생 지원했어."

역시 한지연은 이렇게 한 건을 한다.

"그걸 왜 해?"

"그거 아무나 하는 거 아니거든요. 최소한의 경비로 좋은 학교에 가서 공부하는 건데. 되기만 하면 봉 잡는 거라고요."

"내가 널 몰라? 너 다 됐으니까 말하는 거 아니야?"

"자리 까셔야 해, 이 여사님. 맞아요. 오늘 교수님이 확정적이라고 하셨어."

지연이가 낄낄거리면서 웃었다.

"너 취했니? 그만 마셔."

"날 너무 물로 보는 거지. 한정연 씨. 날 그렇게 겪고도 모르니? 얼마나 앙큼한지? 돈 아까워서 마시다 마는 거지, 취해서 나가떨어져 본 적은 없네요."

"자랑이다."

"너무 후지고 구린 연애를 했더니 인생이 송두리째 싸구려가 되는 거 같아서요. 아줌마, 나 용돈도 막 좀 많이 주고 그래요. 멋지게 성공해서 다 갚을게."

"어떻게 갚을 건데?"

"제사상에 금박 둘러 주면 되려나?"

어릴 때부터 이 여사는 자기 죽으면 제사는 꼭 지연이더러 지내 달라고 했다. 나는 지내야 할 제사가 너무 많으니까 대충 할 거 같다고 그러면서, 지연이한테 지낼 제사 없는 남자랑 꼭 결혼해서 자기 제사만 지내고 살라 했다.

"금박? 그거 좋네. 알지? 금박 대충 박지 말고 금으로 칠갑을 해 줘. 그게 내 스타일이니까. 근데 뭐로 성공할 건데?"

"난 뭐든 될 수 있다고 생각해요."

"이게 어디서 나오는, 근거 없는 자신감인 거야?"

"언니 덕에 난 무럭무럭 자랐다고."

"무슨 소리야?"

"언니가 앞에서 치는 폭풍, 뒤에서 치는 번개 다 막아 줘서 내가 세상 무서운 걸 모르잖아. 내 인생의 암흑기라고 해 봤자 빚쟁이 피해서 고시원 살던 그때뿐인데. 이젠 나도 나한테 오는 바람은 내가 맞아야지. 언제까지 언니 뒤에 숨어 있을 수는 없잖아."

"철이 든 건가?"

나는 마음이 쓸쓸해졌다.

피붙이라는 친척들이 빚쟁이들 몰고 들어올까 봐 우리를 외면하던 시절에 나는 지연이를 데리고 약수동 고시원에서 1년을 났다.

원고지 한 장에 2,000원을 쳐 주는 번역 알바를 하면서 살 때 나는 지연이가 있어서 버틸 수 있었다.

도망가고 싶었지만 지연이를 두고 그럴 수 없었다. 이 여사가 흥신소를 동원해 찾아낼 때까지 우리는 바닥을 치고 있었다.

"평균수명도 여든 살이 다 돼 간다고 하고. 난 이제 스무 살 조금 넘은 건데 뭘 못 하겠어. 거기다가 내가 좀 예뻐? 머리가 나쁘길 해. 안 될 게 없다고 봐. 내가 앞으로 할 연애가 얼마나 무궁무진한데, 처음 하는 연애가 후지다고 주저앉겠어. 그리고 다들 오해하는 거 같은데 나 교환학생 봄에 신청했어. 건택이하고는 아무런 상관도 없어. 연애는 연애고, 내가 살아가는 길은 또 다른 거니까. 그러니까 날 제발 연애하다 어그러져서 비행기 타고 날아가는 비운의 또라이로 만들지는 말아 줘. 난 그보다는 퀄리티가 높으니까."

저 말들이 다는 아닐 것이다.

아픈 속을 저런 말들로 감추는 것이라고 해도 나는 지연이가 하는 말이 전부이기를 바란다. 사랑이 주는 상처는 시간이 지나면 신파 뚝뚝 흐르는 드라마와 헷갈리기까지 하면서 흐려진다. 하지만 그 상처가 남아 있는 시간들은 다음 사랑이 다가올 때 머뭇거리게 하고, 고민하고, 의심하게 만든다.

나는 그랬다.

그래서 사는 게 서러웠다.
서럽다는 걸 지연이가 몰랐으면 좋겠다. 엄마 아빠 없는 서러움보다 더한 서러움이 많다는 걸 내 동생 지연이는 몰랐으면 좋겠다. 언제나 저렇게 자신만만한 얼굴로, 반짝거리는 눈으로 내 앞에서 잘난 척을 있는 대로 했으면 좋겠다.

"숨길 수가 없어요."
"숨길 거 있어?"
"막 티가 나요."
그럼 그렇지. 또 나를 놀려 먹는 거다.
"그만해라."
"이거 뭐지, 둘이 등 돌리고 있어도 막 뿜어져 나오는 이거."
"너 만화 그만 봐."
비밀 지키는 걸, 더구나 남 연애사를 널리 전파하는 게 낙인 오민규는 그걸 못 하는 답답함에 이제 미치는지 별소리를 다 한다.
"진짜야. 아까 대회의실에서 네가 고 부장한테 서류 주는데 나 너무 긴장했잖아."
"나도 안 하는 긴장을 당신이 왜 하니?"
"당신들 아직 안 자 봤지?"
이젠 별걸 다 묻는다.
"아우. 저리로 가. 별⋯⋯."
"너희들 사이의 그 팽팽한 텐션. 그거 아직 안 자 봐서 그런 거야. 그럼 냄새가 너무 나. 눈치 빠른 인간들은 아마 벌써 뭔가 냄새를 맡았을지도 몰라."

엑스
피아세

"너만 입 다물면 되거든. 근데 너 벌써 가은이한테 다 말했더라."

"우린 비밀이 없거든."

"클럽 몰래 가는 비밀도 말하고, 몰래 딴 여자들이랑 미팅에 소개팅 하러 간 것도 오픈하고 그랬어?"

"뭐하러 말해. 말하면 가은이만 다칠걸."

"퍽이나 생각도 깊이 하셔."

"가은이는 진짜 걱정 많이 해."

"알아."

"뭘 걱정하는 줄 알아?"

"응. 욕 엄청 먹었어."

"그렇지. 우리 이가은 여사가 바른말, 옳은 말, 사나운 말 그딴 걸로는 어디에도 지는 법이 없으시니까."

오민규를 10년을 만나고 있는 가은이는 그만큼의 내공으로 내 연애를 바라본다. 걱정스럽고 기대되는 눈으로. 상대가 고세훈 씨라는 거에 게거품을 물기는 했지만 말이다.

"내 마음도 같아. 너희들이 여자들끼리 친구네 어쩌네 하지만 난 너하고 나 사이의 동지애도 그 못지않다고 생각하거든."

"독립 운동 하니? 동지는 무슨."

"말 돌리지 마. 근데, 너 진짜로 진짜로 좋은 거 맞지?"

"좋으니까 너 이러는 거 다 봐 넘겨 가면서 만나는 거 아니겠어."

"나는 너희들 과거지사를 대충 타이틀만 들어서 잘 모르지만, 너랑 고 부장 얼굴 피는 거 보면 가은이가 왜 그렇게 걱정이 늘어지나 싶어져. 8년 전의 고 부장이 어떤 사람이었는지 알 바 아니고 그사이에 네가 겪은 일들이 예사롭지 않다는 것도 그냥 지나가 버린 것이니까. 이젠 둘 다 늙어 가는 나이잖아. 같은 이유로 다시 그런 선택을 할 거라고는 생각 안 해. 그러니까 나는 널 축복하기로 했어."

 절대로 어울리지 않는 민규의 진지함이 평상시 같았으면 어떤 코미디 프로보다 나를 웃겼을 것이다. 그런데 이런 오민규가, 너무 다른 오민규가 고마워서 나는 웃었다.

"바보냐? 히죽거리게."

 커피 잔을 들면서 눈을 피하는 민규의 머리를 쓱쓱 쓰다듬었다.

"짜식, 많이 컸어."

 커피 먹다 횡액을 당한 얼굴로 오민규가 날 본다.

 그러거나 말거나 나는 웃는다.

 여름이 오는지 바람이 뜨뜻하다.

 해도 길어지고 사람들의 옷도 모두 가벼워졌다.

 모처럼 일찍 퇴근해서 오래된 중국집에서 감자가 많이 들어간 갈색 춘장에 버무린 옛날 짜장면을 먹고, 부른 배를 꺼뜨리자고 지하철을 타고 남산에 산책을 왔다. 강남 인근에서 얼쩡거렸다가는 회사 사람들 눈에 뜨일 염려도 있고, 또 오랜만에 산이 보고 싶기도 했다.

평일 저녁이었는데도 사람들이 많았다.
커피를 사서 마시면서 걸어 다니다 다리가 아파서 벤치에 앉아 나이 든 부부가 손잡고 웃는 걸 보고 있다가 그가 내게 물었다.
"저렇게 늙으면 잘 살아 낸 건가?"
"아마도."
"너나 나나 백년 해로 못 하고 팔자 고친 부모 밑에 살아서 저런 노인네들이 로망일지도 모르지."
"글쎄. 그런가. 난 잘 늙는 거에 로망 같은 거 없는데. 그냥 살다 보면 늙어지잖아요."
"너 그렇게 늙어서 나중에 뭐 하려고 했냐?"
"잘 살았겠죠. 뭐."
"사십 대까지 악착같이 돈 벌고 쉰 넘어서는 뭐 하려고 했냐고?"
"뭐 하긴요. 난 악착같이 살아남아서 정년을 채우려고 했는데."
"세상이 아무리 좋아졌다고 그게 될까?"
"날 너무 무시하네. 악착같이고 악독해져서 임원이 됐을지도 모르잖아요. 난 자신 있는데."
"그럼 조용히 늙어 죽으려고 했다는 건 구라네. 우리 삼촌이 얼마나 독한데 여자를, 그것도 조카며느리도 아니고 조카며느리가 될 뻔한 애를 임원까지 시키겠냐. 네가 그런 꿈을 꿨다는 건 사회적으로 야심이 빵빵하다는 거지."
"뭐 회사가 여기뿐인 줄 아나 봐. 나 가끔 스카우트 제의도 있고, 나름 괜찮은데."

"너 지금이라도 좋은 데서 죽여주는 조건 들이밀면 갈아탈 거야?"

"꼼꼼히 살피고 냉정하게 계산해서 결정해야 하지 않겠어요. 물려받은 건 빚밖에 없는데 내가 늙어서 초라하지 않을 정도의 미래를 위해서 뭘 못 하겠냐고요."

"좋아. 그럼 일흔쯤 되면 뭐 하려고 했는데?"

"예쁜 고양이를 키우면서 노인 대학도 다니고 댄스 교실에도 다니려고 했어요."

"고양이? 그 요물을?"

"강아지는 너무 감정적이잖아요. 난 사람이건 동물이건, 감정이 넘치면 감당이 안 되거든요."

그가 갑자기 내 얼굴 앞에 머리를 들이밀었다.

"왜 이래요?"

"지금은?"

"지금? 지금 뭐."

"연애라는 게 감정이 차고 넘치는 건데, 너 나랑 연애하잖아. 지금도 그러냐고. 감정이 차고 넘쳐서 감당이 안 되냐고?"

"그러게. 그런 생각을 안 해 봤네요. 연애가 감정 과잉 상태라는 거 말이에요."

"너 우리처럼 바싹 붙어서 연애질하는 사람들이 우리가 앉아 있는 자리 반경 100미터 안에 얼마나 많은지 알아?"

주변에는 정말 많은 사람들이 오밀조밀 모여 있었다. 가족끼리, 연인끼리, 친구끼리, 각종 관계들이 바글거렸다.

"사람하고 사람 관계는 현재 진행형이고, 현재 자기 상태가 어떤지 따지고 계산하는 건 바보들이나 하는 거야. 나도 그다지 건전한 인생을 산 인간이 아니고, 여자들 좀 울리고 살았던 나쁜 놈이기는 한데 바보는 아니거든. 고양이나 키우고 춤이나 추면서 늙겠다는 게 네 꿈이었다니까 마음이 막 이상하거든. 이러는 거 보면 생각보다 훨씬 더, 내가 너한테 빠져 있는 게 약도 오르지만. 그래도 난 지금이 좋아. 감정이 차고, 넘치고, 어쩔 줄 모르는 거."

말을 하면서 그는 내 눈을 똑바로 보지 않았다. 얼굴이 벌게져서 땀도 흘리고 있었다.

잡고 있는 손에 힘을 주고 또박또박 자기 마음을 이야기하는 그를 보면서 나는 낯선 내 자신을 그의 얼굴에 겹쳐 보고 있었다.

"그러니까 정연이 너, 계획이랑 다른 인생이라고 도망가지 말라고. 지금처럼 나랑 손잡고 갈 때까지 가 보는 거야. 내가 연애질만 20년을 넘게 해 봤는데 그 다양한 연애질을 꼼꼼히 따져 봐도 이런 마음인 건 처음이거든. 이거 내가 선수라서 하는 고급 수작이 아니라 쪽팔린 거 꾹 참고 말하는 거니까. 나 또 이런 말 못 해. 그러니까 까먹지 말고, 도망가지도 말고."

까무룩 낮잠이 들 때처럼 주변의 소음도, 풍경도, 다 흐릿해진다.

어떤 대답을 나도 해야 한다는 생각이 들었지만 내 입은 달싹도 하지 않았다.

목이 묵직해지고 자꾸 손에 힘이 들어갔다.

울고 싶어지는 거 같기도 하고, 주저앉아 버리고 싶기도 하고. 기분이 이상했다.

나는 조용히 그의 어깨에 머리를 기댔다.

어떤 말이 정답인지 알 수가 없지만, 지금은 그런 것 따위는 생각하고 싶지 않았다.

밤이 점점 짙어지고 있었다.

아버지의 호출이 얼마 만인지 생각해 봤다.

삼촌 회사에 밀어 넣고 처박아 둔 이후로 노인네는 일절 연락을 끊어 버렸다. 회사에서 손을 안 떼면 당장 숨통을 끊어 놓고 회사와 사람들을 공중분해시켜 버리겠다고 하더니만, 결국 그건 내 손으로 하게 만들고는 나도 아버지도 인연 끊은 사람들처럼 삼촌을 통해 안부조차 서로 묻지 않았다.

나는 아버지와 완전히 분리된 채 살아 보는 게 처음인 것처럼 느껴졌다.

언제나 내가 무엇을 하는지 여기저기 심어 둔 프락치에 의해서 보고되고, 개망신당하는 절정의 포인트에 변호사든지 비서실장이든지 나타나서 내 숨통을 막히게 하더니, 근 반년을 소식도 없이 지냈다.

어쩌면 내가 아무런 사고도 치지 않고 얌전히 회사만 열심히 다니고 있다고 보고가 들어가서인지도 모르지만 말이다.

정연이와 연애하는 건 아마 모를 것이다.

회사에서 내내 만나고, 오밤중에 간첩 접선하듯이 만나는 것까지 노인네가 알기는 쉽지 않을 테니까 말이다.

정연이가 삼촌 회사에서 일하는 걸 분명 알고 있다면 그녀와 내가 만났다는 것쯤은 알지도 모른다.

처음에는 혹시 이 모든 게 노인네의 농간이 아닐까, 심지어 정연이가 그 프락치가 아닐까 하는 생각도 했더랬다.

아버지는 능히 그럴 수 있는 사람이었지만 한정연은 그러기에는 자존심이 너무 강하다.

퇴근 무렵에 아버지에게 전화가 왔다.

— 약속 있으면 다 없애 버리고 사무실로 와.

밑도 끝도 없는, 여보세요가 기본인 통화 예절 따위는 전혀 없이 그냥 들이밀고 끊어 버리는 아버지의 목소리에 나는 짜증이 났다.

한 번쯤은 정상적인 대화를 할 수 있지 않을까 싶어졌다.

내가 싸움질에 여자 사고로 온 집안을 시끄럽게 했을 때도 아버지는 돈이 얼마나 드는지, 소문이 얼마나 났는지만 신경을 썼지 내가 왜 그랬는지 물어본 적이 없었다. 거슬러 올라가다 보면 새어머니를 집에 처음 들일 때도 내게 가타부타 말이 없이 무조건 어머니라고 부르라 하고는 출장을 가 버렸다.

생각해 보면 새어머니도 그때는 참 어린 여자였을 텐데 열 살짜리 전실 자식과 단둘이 달랑 집에 남겨서 어쩌라고 그렇게 배려 따위 전혀 없이 그랬나 싶어진다.

심야 영화를 보러 가자고 정연이에게 말할 참이었는데 아버지의 전화로 모든 산통이 다 깨졌다. 여전히 안경을 쓰고 모니터를 뚫어져라 보는 정연이는 흔들림이 없다.

아버지를 만나러 가야 하는 일이 갑자기 너무 큰 스트레스가 되어 버렸다.

무슨 생각을 하는지 알 수 없는 눈을 보는 것도, 그 앞에 서서 이런저런 변명을 늘어놓다가 아버지가 툭 던지는 한마디와 증거자료에 바보가 되는 것도 이렇게 싫어해 본 적이 없었는데 오늘은 정연이의 책상 밑에 숨어 버리고 싶어졌다.

문자메시지가 오는 소리가 띠릭 들렸다.

뭘 그렇게 봐요? 할 말 있으면 해요. 오빵이 보고 가만있겠어요?

내 쪽은 쳐다보는 거 같지도 않더니 귀신같이 알아채고 이렇게 퉁을 준다.

전화를 걸었다.

"내 맘이야."

— 뭐가요?

"내가 널 째려보든 훑어보든 내 맘이라고."

— 뭐 잘못 먹었어요? 까칠하네.

"오늘 저녁에 못 만나."

— 저녁에 보려고 했어요? 안 되는데.

"넌 왜 안 되는데?"

— 지연이랑 쇼핑 가야 해요. 동대문이랑 여기저기.

"갈 날 정해졌어?"

— 방학하고 바로 간대요. 시간이 별로 없어요.

"나도 바빠."

― 뭘 하든 신문에 날 일은 하지 말고 놀아요. 전과도 있으시고.

"신문에 난 적은 없는데."

― 증권 지라시에 나오셨거든요.

애인이 기억력이 너무 좋으면 가끔 이렇게 오래 묵은 죄가 빛을 본다.

"지라시일 뿐이야."

― 나이트에서 여자 놓고 싸우기에는 이제 좀 늙으신 거 같고. 연예인들이랑 또 어디서 이상한 짓 하고 그러기엔 망하신 지 얼마 안 돼서 좀 그렇죠?

"그만해 줘. 이미 나는 죽을 맛이야."

― 시작도 안 했는데.

"나 아버지한테 가야 해."

― 죽으러 가요? 뭘 그렇게 심란해해요?

"그러게 말이다."

― 설렁설렁 갔다 와요. 괜히 사춘기 애들같이 굴다가 덧나지 말고요.

"전화해도 되지?"

― 언제는 물어보고 했어요? 나 잠 없으니까 괜찮아요. 애인 전환데 자다가라도 받아야지.

"너 우리 연애에 아주 성실해졌다."

― 연애 처음 하나. 촌스럽게.

흐흐거리고 웃으면서 전화를 끊고 나니 기분이 갑자기 좋아진 거 같았다.

나에게 친절한 정연이보다 나를 막 대하는 정연이가 나는 더 좋다.

바보라고 해도, 나잇살이나 먹어서 주책이라고 해도, 정연이 말대로 편하게 쉽게 가는 연애가 긴장시키고, 치밀하게 머리 굴리는 연애보다 웃게 만든다.

나야 원래 여기저기 웃음을 뿌리고 다니는 헤픈 놈이지만 포커페이스 한정연이 어수룩해질 때 나는 내 연애에 보람을 느낀다.

아버지를 만나는 일이 갑자기 아무것도 아닌 것처럼 느껴진다. 그저 가서 욕먹을 일 있으면 좀 먹어 주고, 맞을 일 있으면 좀 맞아 주고 그러면 되는 것이다.

사는 거 뭐 있겠는가.

"밥값은 하고 있다면서?"
"뭐, 그럭저럭."
"그래도 끝까지 말아먹지는 않았구먼. 어떻게 하려나 두고 봤는데."
"재미있으시겠어요."
"그럼 불구경보다 더 재미있는 게 너 같은 놈 망하는 거 보는 거지. 세상 물정 모르고 까불더니만."

내가 생각해도 심하게 까불었던 적이 있으니 할 말이 없다.

밥을 먹는 내내 아버지는 골프 핸디 이야기만 했다. 일주일에 네 번까지 필드에 나가곤 했는데, 지금은 아주 먼 딴 나라 이야기 같다.

"넌 골프 안 친다면서? 그걸 어떻게 끊어."
"안 치면 또 잊어버려요. 먹고사는 문제도 아닌데요. 뭐."

엑스
피앙세

"독한 건지 맹한 건지 몰라도 생각 잘했어. 네가 뭐 이제 골프 치면서 비즈니스를 할 거야, 뭘 할 거야. 닥치고 그 회사 다니면서 삼촌한테 일이나 배워."

"삼촌한테 배울 군번은 안 되고요. 회사 직원들한테는 많이 배웁니다."

"철종이가 사람을 잘 써. 데려다가 일 뽑아내는 거 보면 아주 독해. 그런 거나 잘 배워. 쓸데없는 거 말구. 주인이랑 머슴은 마인드가 달라. 뭘 보는 눈이 달라야 돈을 벌고 가게를 안 말아먹는 거야. 너 어설프게 미국 놈들 흉내나 내더니 쫄딱 말아먹고 철종이 아가리에 회사 처넣은 거 봐. 아깝지? 돌아 버리게 아까울 거야. 그 속 쓰린 거 절대로 잊어버리지 마."

아버지는 결코 도덕적이라거나, 양심을 지닌 기업인이 아니다. 야박하고 이해득실에는 동물적으로 반응하는, 야차 같은 기업가다. 그걸 알면서도, 나이를 이만큼 먹는 내내 그걸 알고 있었으면서도 나는 아버지의 번뜩이는 눈과 나이 들어 누렇게 변색한 치아를 보면서 섬뜩한 기분에 새삼 소름이 돋았다.

대꾸를 하려고 해도 목소리가 나오질 않아서 그저 고개만 주억거렸다.

"한 회장 딸내미 거기 있지?"

"네."

아버지의 느닷없는 질문에, 정연이에 대해서는 날카로워져만 가는 내 촉은 이내 예민해지고 계산이 복잡하게 엉겼다.

"철종이 자식이 예전에 한 회장한테 신세진 거 있다고 제 놈 회사에 갖다 놨다고 하더니 아직도 붙어 있다면서?"

"네."

"제 애비랑 달라서 계집애가 아주 똘똘하고 독하지. 걔 제 아버지 장례식에서도 눈물 한 방울 안 흘리고, 그 손님 다 받고, 그 빚쟁이들 닦달을 다 받아 냈다면서. 한 회장 그 인간이 그렇게 꺼꾸러지지만 않았어도 너 같은 놈 붙잡아 사람 만들기에는 딱이었는데 말이야. 뭐 다 망해 버린 집구석하고는 엮이지 않는 게 상책이지만. 근데 걔가 너하고 있었던 일 따따부따 그러고 다니지는 않냐?"

"그럴 성격 아니에요. 처음에는 알은척도 안 했어요."

"요망한 건지. 생각이 깊은 건지 모르겠지만 조심해. 너나 나나 여자 여럿 만나는 거 좋아하는 사내들인데 결혼은 돈 되는 걸로 해야지. 내가 아주 땅을 쳐. 저 여편네랑 사는 거 말이야. 네 엄마야 쩡쩡한 집안 딸내미라서 같이 사는 건 힘들었어도 내가 재산 몇 배로 튀기는 데는 일조를 했는데 말이야. 저 물건은 돈 쓰는 재주 말고는 없어."

다 알고 있었는데, 그런데도 나는 아버지의 저 말들이 처음 듣는 것처럼 목구멍에 박혀서 숨을 쉴 수가 없었다.

아버지의 말은 끊임없이 계속 꼬리를 물었고 나는 순하게 그저 고개만 끄덕거렸다. 입을 여는 순간 내가 어떤 말을 내뱉을지 몰랐고 그랬을 경우에 어떤 일들이 폭발할 것만 같은, 바닥을 모를 불안감이 뱀처럼 내 다리를 타고 온몸을 감싸 올랐기 때문이다.

언제나처럼 아버지 앞에서 나는 비굴하고 속없는 애물이 되어야 한다는 생각이 들었다. 만약 그렇지 않다면 내가 맞을 돌이 정연이에게로 날아갈 것 같았다.

설마 하다가 엄마가 돌아가셨고, 설마 하다가 회사를 말아먹었고, 설마 하다가 정연이 없이는 숨도 못 쉬게 되어 버린 나는 세상에서 설마와 엮이는 아버지가 제일 무섭다.

"나이 먹으면 자꾸 사람한테 기대하게 된다 그러더라고요."
"누가?"
"모르는 거 없이 도통하신 이 여사님이오."
"철학하시는 분 같아."
"철학만 하시게요? 사주팔자에 주술에도 도통하셔서 반무당급이에요."
"굿도 하셔?"
"행여나. 쩸마 자매님한테 무슨."
"쩸마?"
"성당 열심히 나가세요. 모태 신앙이세요, 이유미 쩸마."
"캐릭터가 참 다양하셔."
"괜히 다마네기 여사님인 줄 알아요? 원장님이 그래서 좋다고 하시잖아요. 긴장 풀고는 제명에 못 살게 만든다고."
"나도 너 때문에 긴장하는데."
"그건 업보고요. 나랑 파혼하고 이 여자 저 여자 옮겨 다니면서 막 살았던 거 세상이 다 아니까 그거 찔려서 그러는 거 아니냐고요."

무릎이 나온 추리닝을 입고 아파트 입구 등나무 아래에 앉아서 정연이는 종알종알 내게 말을 건다.

전화 건다고 해 놓고는 무작정 그녀의 집 앞에 차를 대고 나는 정연이를 불러냈고, 무방비로 집에서 굴러다니다가 나온 그녀를 끌어안고 한숨을 쉬었다.

무슨 일이냐고, 왜 그러냐고 묻지도 않고 정연이는 내 등을 토닥여 주었다.

나는 자꾸 이 여자의 품에서 상처를 치료받고 마음을 위로받는다. 이제는 긴긴 내 인생에서 이 여자가 없다는 걸 생각도 하지 못한다.

상가 1층의 작은 슈퍼에서 따뜻한 캔 커피를 사서 마시고 정연이는 캐릭터와 어울리지 않게 열심히 수다를 떨어서 나를 웃긴다.

솔직히 그녀가 웃기지는 않지만 나는 웃었다.

"난 지연이를 알다가도 모르겠어요. 어쩔 때는 나보다 한 10년은 더 산 늙은이 같다가, 아까처럼 동대문에서 정신없이 돈 쓰고 싶어서 안달 부릴 때는 애 같고. 나더러 속을 모르겠다고 그러지만 지연이를 어떻게 따라가요. 난 어림없어요."

"너도 난해해."

"지금도요?"

"댁이 착각을 하는 거지. 넌 우유 같아. 하얘요. 근데 알지? 우유처럼 속을 알 수 없는 게 없다는 거."

"신비주의였나, 내가."

"얼씨구. 신비씩이나."

정연이가 업무적인 대화 이외에 자기 이야기를 그나마 하는 건 오민규밖에 없다. 아, 서인하도 있다. 뭐 그놈과는 사소한,

하지만 더럽게 맘에 안 드는, 공감대가 있는 관계로 그렇다는 것 말고는 아는 바 없으니 패스.

"술 마시러 갈래요?"

"차 가지고 왔어."

"대리 좋아하잖아요."

"너 나 꼬이냐?"

"나 남자 꼬일 때 무릎 나온 추리닝 입고는 안 해요."

"나 눈 높거든. 고따위 몰골인 여자가 꼬여도 결코 넘어갈 수 없지. 들어가. 초저녁에는 동대문 쏘다니고 한밤중에는 나랑 말하느라고 피곤할 거야."

히죽 웃으면서 일어섰다. 사실 나는 지금 독한 술을 정연이랑 마시고 싶었다. 그리고 소리도 지르고, 악다구니도 하고 그렇게 어리광을 부리고 싶은지도 모르겠다. 하지만 그러고 싶지 않았다. 무엇인가를 참아야 하고, 다스려야 하고. 우선은 생각을 많이 해야 한다. 답이 없을지도 모르지만 나는 앞으로의 내 인생에서 저 여자를 놓치지 않으려면 무언가 지금까지의 나와는 달라야 한다는 건 알고 있다.

내 귀를 정연이가 느닷없이 잡았다.

"왜?"

어색하게 웃으면서 정연이가 쪽 입을 맞췄다.

"하려면 좀 제대로 하지?"

"여기 내 지역구거든요. 나름 장기 거주 주민인지라 함부로 뭘 못 한다고요."

"다음부터는 어디 먼 데서 봐야겠네."

"내가 이 말 해서 기분이 좋아질지 어쩔지는 모르겠는데요."
역시 이 여자는 다 알고 있다. 내가 땅이 무너지고 뒤통수에 칼 맞은 기분으로 자기를 만나러 왔다는 걸 말이다.
"나 당신 사랑해요. 잘 가요."
뒤도 안 돌아보고 정연이는 후다닥 사라졌다.
나는 한참 동안 내 입술을 만지면서 서 있었다.
다리가 후들거려서 모양 빠지게 넘어질까 봐 서 있었고, 마음이 뻐근해져서 서 있었고, 왠지 눈물이 날 거 같아서 서 있었다.
나는 생각을 해야 한다.
내게 마음을 연 저 여자를 위해서도, 무엇보다도 내가 제대로 살기 위해서도 이렇게 살아서는 안 된다.
뭔가를 해야 한다.

숨길 수 없는 것들

"독한 계집애들. 어쩜 둘 다 그러니?"

"이민 가는 것도 아닌데 그럼 공항 바닥에서 울고불고 그래요? 지연이 저거 좋아 죽겠다는 얼굴로 가는데 나랑 아줌마랑 둘이 울고 짜고 하면 모양 빠져요. 아줌마 그거 젤 싫어하잖아. 그리고 아마 지연이 저거 눌러앉아 살 궁리 할지도 몰라요."

"그러니까 하는 말이잖아. 이렇게 헤어지면 형제 자매 간에 뭔가가 툭 끊긴다니까. 내가 해 봐서 알아. 같이 비비적대고 싸우고 살아야 형제고 자매지. 떨어져 사는 거 시작하면 자꾸 그렇게 되더라. 뭘 멀리 봐. 날 보면 알잖아."

"그건 아버지랑 식도 안 올리고 동거한다고 의절당한 거잖아요."

"그래도 김 원장이랑 식 올릴 때 오라고 했더니 큰언니 혼자 왔더라. 폭삭 늙어서."

"그때는 너무 요란해 주셨거든요. 할머니가 다녀와서 얼마나 욕을 했는 줄 알아요?"

"그럼 처음 하는 결혼에 한복 입고 우중충하게 하니?"

지연이도 나도 담담하게 이별했다.

많은 말을 하지 않아도, 울지 않아도 되는 쉬운 이별이라고 생각하기로 했다. 1년이라고 했지만 나는 지연이가 그와 다른 결정을 할 거라는 걸 알 수 있었다.

혼자 가는 길이 누구보다도 익숙한 아이라서, 가는 지연이도 보내는 나도 담담했다.

아버지가 그렇게 돌아가셨을 때 장례식장에서 나는 생각했다.

괜찮을 거라고 말이다. 아버지와는 특별히 같이한 추억이 딱히 남아 있지 않았고, 유별나게 애틋하다거나 살가운 관계가 아니었으니 앞으로 내가 살아갈 시간들에 적어도 아버지에 대한 마음이 짐이 되지는 않겠지 했다. 물론 그건 내 착각이었지만, 살다 보면 조금씩은 무뎌진다.

살아야 하는 일이 절박하면 기억 속 벽장 너머 깊이 넣어 두고 또 그렇게 살아 내곤 한다. 그러다 어느 한순간 갑자기 그 기억은 툭 튀어나와 존재를 알린다.

기억에 있어서 완전한 망각은 없을지도 모른다. 머리에 총이나 맞으면 모를까.

같이 있어 주겠다는 이 여사를 보내고 나는 일부러 지하철을 타고 집으로 돌아왔다.

히가시노 게이고의 소설을 공항 서점에서 사서 집까지 가는 내내 읽었다.

아무것도 신경 쓰지 않고 오로지 책에만 몰입하면서 가고 싶었는데 그건 내 희망이었다. 사람들이 많아질수록 시끄러웠고, 어수선해졌고, 간간이 자리를 양보해야 할 할머니 할아버지들이 내 앞에 섰고, 심지어 살짝 멀미도 났다.

책을 가방에 넣고 깜깜한 지하철 창밖 풍경을 물끄러미 보면서 멍을 때리다 그냥 나는 알았다. 나는 무서웠다.

어떤 무엇인가가 한 걸음씩 내게 오고 있다는 것을 나는 깜깜한 터널 안에서 알아 버렸다.

나는 이런 갑작스러운 자각이 익숙지 않다. 그래서 겁이 난다.

서점에서 책을 샀다.

≪혼자서도 잘 사는 법≫

대충 보아하니 자신이 싱글이라는 걸 자랑스럽게 생각하면서 최대한 우아하고 최대한 세련되게, 그리고 나이가 점점 들어가는 싱글들에게서 어쩔 수 없이 드러나는 그 궁기를 커버할 수 있는 오만 가지 방법들을 나열해 놓은 책인 듯했는데 그냥 샀다.

언젠가는 혼자 남겨질 거라고 생각했지만, 너무 빨리 그리고 갑자기 나 혼자가 되어 버렸다. 약간의 버림받은 느낌도 들었지만 그건 아마 내가 앞으로 느껴야 할 많은 감정들의 한 갈래일 것이다.

— 집 전화는 왜 안 받아?

진동으로 둔 바람에 못 받은 부재중 전화의 주인공 이 여사는 전화를 걸자마자 버럭거렸다.

"아직 안 들어갔어요."

— 나랑 헤어진 게 언젠데? 너 기분 이상하지? 그러니까 나랑 냉면 먹고 놀다 들어가자니까.

"밤늦게 들어가면 더 기분 이상해져요. 저녁거리랑 이것저것 사 가지고 들어가는 길이에요. 이따 전화할게요."

누군가 내 어깨에 손을 올렸다. 너무 놀라서 나도 모르게 '헉' 하고 소리를 내버렸다.

고세훈 씨가 유령처럼 내 뒤에 서 있었다.

— 왜? 무슨 일 있어?

"아뇨. 고양이가 지나가서요."

— 깜짝 놀랐잖아. 그놈의 고양이 새끼 확 옆구리라도 차 버리지.

졸지에 고양이가 되어 버린 고세훈 씨는 데시벨이 워낙 높으신 이 여사님의 목소리를 다 듣고 인상을 썼고 나는 서둘러 전화를 끊었다.

"고양이?"

"갑자기 뭐예요?"

"그냥……."

"어지간히 심심하신가 봐."

"너 이 시점에서는 감동해야 해."

"경기를 해야지, 감동은 무슨."

"근데 아침 비행기라고 했는데 너 뭐야? 지금이 몇 시야?"

"오랜만에 서점도 가고, 시장도 보고."

"밥하려고?"

"네."

"나 그럼 너희 집에 가도 되겠네."

"왜요?"

"너는 우리 집 와서 밥도 먹고, 커피도 마시고, 할 짓도 다 하고 갔으면서 나는 왜 오라는 소릴 안 하는데?"

"애예요? 떼 쓸 걸 써야지."

"늙으면 다 애가 되는 거야."

"기다려요. 짐 가져다가 놓고 내려올 테니까."

"진짜 집에 안 들여놓을 거야?"

"네."

"왜? 느닷없이 들이닥칠 동생도 없고 딱이잖아."

"그래서 안 돼요. 지연이 없다고 막 살 수는 없잖아요."

등 뒤로 그가 어떤 표정을 지을지 생각을 하니까 웃음이 나왔다.

현관문을 열었을 때 오늘 아침에 나왔던 집과 다르다는 느낌이 들었다. 신발장 앞에 서서 텅 빈 집 안을 보다가 나는 내가 소리 내서 엉엉 울고 있다는 걸 한참 후에야 알았다.

그는 나를 가만히 안아 주었고 나는 눈물 콧물 다 흘려 가면서 울어 젖혔다.

언제나 혼자라고 생각했던 것 같은데 아니었나 보다.

나는 처음으로 혼자가 되었다.

낯선 날이 시작되었다.

이 영화를 보자고 한 건 아무래도 이 남자 나름의 나에 대한 배려였던 거 같은데, 대놓고 울어라 울어라 하는 영화는 나를 울리지 못했다.
"이거 다 보고 나갈 거예요?"
"왜?"
"재미없어요."
"너도 그러냐?"
"누가 봐도 그래요."
달달한 팝콘을 큰 통으로 하나 가득 사서 쉼 없이 먹어 놓고는 리필까지 받아서 또 먹는 고세훈 씨를 보다가 웃음이 나왔다.
"왜?"
"웃겨서요."
"내가 왜?"
"그걸 어쩜 그렇게 먹고, 먹고 또 먹고 그래요? 내 속이 다 달아."
"이빨에 좀 껴서 그렇지 속은 아무렇지도 않거든."
"나 배고픈데 밥 먹을 수 있어요?"
"팝콘이랑 밥이랑 무슨 상관이라고. 가자. 나도 배고파."

스테인리스 공기에 익다 만 달걀이 나왔다.
그는 콩나물 국밥 국물을 좀 넣더니 쓱쓱 비벼서 내 앞에 놔 주었다.
"먹어 봐. 고소해."
"나 날달걀 못 먹는데."

"대충 익었거든."
"그게 아니라 노른자 자체를 못 먹어요."
"프라이도 못 먹니?"
"네."
"그걸 왜 못 먹어?"
"닭 냄새 나요."
"닭은 본 적 있냐?"
"누굴 바보로 알아요?"
"그럼 프라이도 못 먹는 게 바보지."
"그건 취향이에요."
"그럼 도시락 반찬은 뭐 싸 갔니?"
"달걀 말고 싸 갈 거 많거든요."
"너 같은 애들 때문에 부자들이 욕을 먹어."
"난 부자 아니거든요."
"부잣집 딸이나 부자나."
"기억도 안 나요."

너무 뜨겁지 않은 국물에 말아 나온 밥을 먹으면서 그는 내게 뼛속에 남은 부자 근성을 어쩔 수 없다고 잔소리를 해 댔다.

"현직 부잣집 아드님."
"비꼬고 싶겠지. 근데 나는 밥 먹다가 밥그릇에 밥풀 붙어 있다고 두들겨 맞고 컸거든. 못 먹는 게 어디 있어. 아버지한테 죽지."
"망나니 아들 사람 만들려고 그러신 건 아닐까요?"

"행여나 그럴 리가 없지. 우리 아버진 자기가 신인 줄 알아. 그러니까 하느님 코스프레 하느라고 독생자를 그렇게 괴롭히는 거지."

"그럼 당신이 예수예요?"

"누가 그렇대? 우리 아버지가 신이 아닌 결정적 이유는 그거야. 사랑이 없는 거. 신은 인간을 사랑한다잖아."

그의 아버지는 아마 그랬을 거다. 기억 속에 남아 있는 고 회장은 독한 인상에 언제나 못마땅한 표정이었다.

"그 무서운 아버지 밑에서 어쩌자고 그렇게 막 살았어요?"

"사춘기가 길었어."

"곧 노망이신데."

"밥이나 먹어."

비가 내리고 있었다.

유일한 가족인 지연이를 보내고 혼자 먹는 밥이 아니라, 이렇게 따뜻한 밥을 따뜻한 눈으로 나를 보는 남자와 먹을 수 있다는 게 선물 같았다.

"비 오네."

"국밥 먹기 딱인 거지. 반주도 할래?"

"한잔 먹죠, 뭐. 소주 시켜요?"

"얘가 기본을 몰라. 콩나물 국밥에는 모주야."

"아시는 것도 많으셔."

"좀 오래 방탕하게 살았더니 해장에는 도가 텄거든."

질그릇에 나오는 모주를 한 잔씩 시켜 마시면서 창밖으로 내리는 비를 오래도록 봤다.

엑스
피앙세

점점 빗방울은 굵어졌고 또 둘 다 우산이 없었지만 아무런 걱정도 되지 않았다. 내리는 비는 맞으면 되는 거니까.

※

인생에 풍파가 많다 보면 너무 평온해도 불안하다.

나름 긴 인생살이에 그나마 지루하다고 목을 매거나 옥상에서 뛰어내리지 않은 건 내가 일으키고, 아버지가 일으킨 다양한 풍파 덕이 아닐까 싶다.

결코 일어날 수 없을 거 같은 일들이 자꾸 일어나다 보면 텔레비전 속 막장 드라마보다 더한 현실을 담담히 받아들이게 된다.

운전하는 내 옆에서 태연하게 자고 있는 한정연만 해도 그렇다. 파혼하고 그 난리를 치를 때만 해도 나는 다시 이 여자를 만날 거라고는 생각도 못했다.

삼촌이 무슨 꿍꿍이를 가지고 우리를 한 사무실에 엮어 놓았는지는 모를 일이고, 나는 굳이 삼촌에게 시시콜콜 묻지 않았다.

이제는 삼촌이 뭔가를 궁금해할까 봐 겁이 난다. 정연이가 자꾸 욕심이 날수록, 잡은 손을 놓지 않고 더 오래, 더 멀리 함께하고 싶을수록 나는 세상의 모든 사람들에게서 숨어 버렸으면 좋겠다는 생각을 하게 된다.

아버지가 정연이에게 부정적이라는 건 익히 알았으니, 어떻게 해서든지 그 번득이는 안테나에게서 이 여자를 보호해야 한다는 생각이 들었다.

 난생처음 나는 아버지에 대한 전의에 불타오른다. 정연이는 모르지만 나는 아는 이 살얼음판이 불안하지만, 지금의 평온한 일상이 그만큼 더 소중한 것도 사실이다.

 쿵 소리가 났다.

 "운전 좀 살살해요."

 잠을 가득 물고 있는 목소리로 투덜댄다.

 "말은 바로 해. 길 꽉 막혀 40 밟고 가는데 무슨. 졸다가 창문에 자기 머리 박고 내 탓을 하니?"

 "나도 늙나 봐. 안 하던 짓도 하고. 작년만 해도 이틀 새워도 끄떡없었는데 어제 하루 못 잤다고 허공 걷는 거 같네."

 "무슨 영화를 보겠다고 잠도 안 자고 일을 하니? 그런다고 삼촌이 알아 줄 거 같아?"

 "아직 주제 파악이 안 되시나 본데, 댁이나 나나 월급쟁이거든요. 원래 사장들은 일 잘하는 거보다 일 안 하고 노는 걸 잘 알아본다고요. 그러니까 줄곧 일해야 밥줄 안 끊기고 버텨 내는 거라고요. 거기다 낙하산이 뺀질거려서 어쩌려고."

 "난 친인척 낙하산인지라 그런 비루한 걱정은 안 해. 그러니까 너도 하지 마."

 "나같이 비루한 낙하산은 해요. 사는 게 얼마나 팍팍한 건데. 근데 여기 어디예요?"

 "춘천 가려고."

 "춘천이오?"

 "응."

"촌스럽기는. 경춘가도 가 보려고요?"
"촌스럽기는. 고속도로 새로 뚫렸잖아. 거길 질주하는 거지. 차도 좋고, 나도 베스트 드라이버고. 너 복 받은 줄 알아."
"퍽이나. 거기 만날 막힌다고 하는 거 기사 안 봤어요?"
"그런 기사도 있었어?"
"스포츠면이나 보지 말고 사회면, 지역 소식, 그런 거 꼼꼼하게 좀 보시지."
"연예면까지는 꼼꼼히 보는데 나머지는 머리 아파."
"커피 마시고 싶어."
언제부터였는지 정연이는 내 옆에 앉아서 꿍얼거리면서 먹고 싶은 것, 하고 싶은 것을 말한다. 크지 않은 목소리로 조곤조곤 따지지 않는 말투로 아이처럼 말한다. 이럴 때의 나는 아주 예쁜 들꽃을 보는 기분이 든다.
여름 태양은 시간을 잊은 양 길고 또 길어서 끝없이 이어져 있는 차들만큼이나 현실감을 잃어버리게 한다.

"좋지 않냐?"
"5시간 와서 해 지는 거 보는 게 그렇게 좋아요?"
"긍정적으로 생각해 봐. 비록 5시간이지만 이 오렌지 색깔 나는 세상을 네가 어디서 볼 거야?"
"전철 타고 동작대교 건너가면서도 보거든요."
"그렇다면 이제 뭘 먹을까로 승부하지."
"닭갈비 먹자 하려고 했죠?"
"아니. 너의 그 사고방식은 너무 정형화됐어."

"어우, 나 고3 때 논술 선생님 같아. 후져요. 통과! 그럼 정형화되지 않고 창의적인 메뉴는 뭔데요?"

"비빔국수."

"에?"

"나 이 근방에서 군대 생활 했거든. 휴가 나오면 꼭 먹고 갔어. 진짜 죽여줘. 군인들은 세숫대야로 하나 줘."

"군대는 어떻게 갔어요? 군대에서 오라고는 했나 봐?"

"어떻게 가긴. 영장 나오니까 갔지."

"아, 정신 차리라고 보냈구나."

"아니거든. 울 아버지 국회의원 나가는데 걸리적거릴까 봐 제대로 갔어. 나에 대한 편견을 좀 버려."

편견이었던 적이 정말 많았다.

그는 내가 알던 것보다 생각이 깊은 사람이고 가볍지 않았다. 막 사는 것처럼 틱틱 말을 던져도 그게 전부가 아니라는 건 나뿐 아니라 우리 부서 사람들 모두가 안다. 그가 만들고 그가 해체해 우리 회사에 흡수 통합 된 IDS는 아직 자리를 잡지 못했지만 하루하루가 다르게 안정되고 있었고, 술렁거렸던 회사 분위기도 많이 가라앉았다.

통합 후 인사 문제가 정리된 다음은 우리 부서가 실무 담당이 되었다. 스태프 부서들이 아직 구성이 안 되었기 때문에 술렁거리기는 하지만 대충 돌아가는 분위기상 그는 그쪽으로 옮길 가능성이 아주 컸다. 당연하다는 걸 알면서도 나는 그냥 서운했다.

"인사 발령 언제 나요?"

"곧."

"그럼 가겠네."

"가지. 6층으로. 서운하지? 아쉽지?"

"그랬으면 좋겠죠?"

"숨길 수가 없어, 너의 마음."

"아, 느끼해."

"날 좀 아쉬워해 봐."

그냥 웃었다. 나는 늘 그가 아쉬웠는데 그걸 어떻게 말해야 하나. 그냥 알아주면 안 되나.

"난요. 뭐에 집착해 본 적이 없어요."

"네가 좀 매정하지."

"물건도 그렇고, 사람도 그렇고."

"알아, 알아. 됐어."

"알긴 뭘 알아. 아무것도 모르면서. 난 당신 뒷모습을 보면 가슴이 쿵 해요. 이건 몰랐죠?"

"왜? 내 엉덩이가 새끈해서?"

"그만할까요?"

"아냐."

"당신처럼 말할 줄을 몰라서 그렇지. 나도 자꾸 이 연애에 집착해요. 표현이 좀 그런가. 근데 암튼 그래요."

지는 노을이 너무 눈이 부셔서 나는 눈을 가늘게 떴다. 호수 가득하게 무섭게 붉은 노을이 빛났다.

그리고 그는 노을빛 속에서 길고 깊게 키스를 했다. 지난 이력이 화려하신 만큼이나 그는 키스를 아주 잘했다. 가끔 내 속에서 뭔가가 막 요동치는 걸 느끼기도 했다. 그런데 나는 그의 키스를 받으며 좀 울었다.

왜 눈물이 나는지 굳이 생각하지 않기로 했다. 그냥 그런 거라고, 그러니까 좀 울어도 된다고 생각하니까 눈물이 주체할 수 없이 나왔다.

내 눈물을 닦아 주면서 그는 웃었다.

"바보 같아요. 웃지 마요."

"그런 말 할 비주얼은 아니서. 코나 닦아."

우습게도 그가 말하던, 기가 막힌 국숫집은 사라지고 없었다.

주인 할머니가 5년 전에 돌아가시고 대를 이은 며느리는 번듯하게 건물을 올려 버글거리는 손님을 받고 있었지만 그는 뭔가를 잃어버린 눈으로 번잡스러운 며느리의 새 국숫집을 바라만 봤다.

"안 들어갈 거예요?"

"응."

"왜요?"

"사기 같아서. 이런 데서 저렇게 주차 요원까지 두고 할 거면 할매 국수 타이틀은 좀 떼고 하지. 염치도 없이."

"맛이 똑같을 수도 있잖아요."

"저 아줌마 예전에 할머니한테 일 못한다고 욕 작살나게 먹었는데 어떻게 자기 얼굴을 간판에 걸기까지 하냐. 너 지금 내가 별 시답잖은 거에 집착한다고 씹지?"

나는 그렇게 생각하지 않았다.

그의 쓸쓸한 마음이 얼굴에 너무 선명하게 드러나서 그런 생각은 정말 한 오라기도 없었다.

"아니거든요. 나에 대한 편견은 좀 버리지 그래요."

그가 나를 뾰족하니 쳐다봤다.

"왜요?"

"너 또 뽀뽀하고 싶어서 그러지."

말을 말지.

"뜬금없이 이상한 소리 좀 하지 마요."

"오올. 맞네. 짜증도 제대로 확 살리고."

가방으로 그의 얼굴을 확 눌러 버렸다.

버그덕거리는 자갈이 깔린 주차장을 나오다가 뒤를 돌아 국숫집을 다시 봤다.

"저기 다시 가요."

"왜? 옛날 그 집이 아니라니까."

"가 보자고요. 어떤 마음을 먹었든지, 누가 주인이 되었든지, 남겨진 사람들한테도 뭔가가 있지 않겠어요? 그리고 이 시간에 어디서 뭘 먹어요? 갑시다."

서울로 돌아오는 길은 시간이 늦어서인지 막힘이 없었다.

하긴 새벽 2시에 사람들이 우르르 나와 돌아다닐 리는 없으니까 이렇게 올빼미 놀이 하는 우리가 이상한 거다.

"들리는 말로는 건물까지 아예 독립할 거 같던데."

"아마도. 넌 아는 것도 많아."

"소문 틀린 거 별로 없잖아요."

"그게 아니지. 오빵이 듣고 다니는 게 소문이고 네가 듣는 건 정보인 거지. 어디서 들었어?"
"인하 씨한테."
"넌 걔랑 은근 친하더라."
"네, 친해요."
"왜? 그 어린애랑 왜 친한데."
"인하 씨랑 나이 차가 댁하고보다는 덜 나거든요."
"친하게 지내지 마."
"별 참견을 다 하셔. 내가 양다리하는 걸로 보여요?"
"아니."
"근데 왜 오빵하고 말도 하지 말라고 안 하지?"
"오빵은 위기의식이 안 느껴지는데 그 자식한테는 뭔가 막 쪼이는 기분이 든단 말이야."
"까마귀예요? 아무나 막 쪼게."
"한마디를 안 지지."
"이치에 맞고, 내가 납득할 만한 이유를 말해야 듣죠."
"그럼 이건 어때? 그 자식이 널 보는 시선이 애매해."
"건전한 인간관계를 가져 보지 않아서 그런 저질 시각을 가진 거라고 봐."

인하는 그냥 서인하다. 내가 그렇듯이 서인하도 그렇다. 나는 인하를 볼 때 가끔 스물여섯 살 때의 나를 오버랩해서 보게 된다. 나처럼 나이 먹는 게 아니라 인하가 지금 같은 모습으로 따뜻하게 나이 먹는 모습이 보고 싶다.

아까 밝은 태양 아래에서 보았던 풍경들은 깜깜한 밤에 묻혀 어디가 어디인지 알 수가 없었다.

실없는 말들을 하면서, 퐁당퐁당 말놀이를 하다가 그마저도 없어지고, 그도 나도 한참 말이 없었다.

"반짝반짝 빛나는이란 글귀를 본 적 있어요?"

"그게 뭐? 금도 빛나고 은도 빛나. 반짝반짝이 아니라 번쩍번쩍도 해."

"또 그런다. 좀 진지하게 들어 줄래요?"

"말하셔. 들을 터이니."

그는 자꾸 가라앉는 내 손을 잡아 준다. 처음에는 우연일 거라고 생각했는데, 언제부터인가 그는 내 마음을 살피고 아닌 것처럼 그냥 지나치지 않고 잡아 준다.

만약 이 연애가 없었더라면 나는 또 어떤 시간을 살고 있었을까.

"작년인가 인터넷 검색을 하다가 발견한 누군가 블로그 명이 그거더라고요. 반짝반짝 빛나는."

"금방 하나, 그 주인이? 하긴 네가 어릴 때부터 크고 번쩍이는 걸 좀 좋아했지."

"또, 또……."

"알았어. 계속해."

"나, 그거 보다가 울었어요."

"네가? 왜? 울기도 해?"

"나도 사람이거든요."

"사람 아니라고는 안 했어."

"난 그때 생각했어요. 내가 반짝반짝 빛나던 시간은 이미 오래전에 지나가 버렸을 거라고요. 아마 아버지가 몰락하기 전 돈 펑펑 쓰고 사는 게 당연했던 그때가 아니었을까."

"돈이 전부는 아니야. 뻔한 소리라고 해도 하는 수 없어. 날 보면 모르냐?"

"그런데 그때 난 그랬어요. 돈에 포한 진 거 숨기느라고 의연한 척도 하면서 얼른 늙어 버려서 모든 게 끝나 있었으면 했거든요."

"네가 그래서 겉늙어 보이는 거야."

"나도 내가 동안이 아닌 거 알거든요."

"그래도 좋은 건 있잖아. 너한테서는 시간이 안 느껴져. 스물두 살 때나 서른 살 때나 어찌나 한결같으신지. 머리 짧아진 거 말고는 스물두 살 그대로거든."

"고마워라. 그런 칭찬도 듣고."

웃었다. 농담이란 걸 알고 있으니 웃음이 나왔다.

"아까 생각한 건데요. 난 요즘이 그때 같아요."

"뭐가?"

"돈 많을 때도 아니었고, 어려서 솜털이 보송보송 났을 때도 아니었는데, 요즘 내가 그런 거 같다고요. 가슴도 가끔 설레고. 사람들 몰래 손잡아 주고 그럴 때 난 자체 발광 해요. 반짝반짝 빛난다고요. 남들은 몰라도 나 혼자 느껴요. 아. 내가 번쩍이는구나."

잠깐 그는 입을 꾹 다물고 아무 말도 하지 않았다.

그리고 갓길에 차를 세웠다. 왜 그러냐고 묻고 싶지가 않았다.

"정연아."

"왜요? 내가 너무 들이대니까 겁나요?"

"들이대긴. 너랑 나랑 하는 연애가 들이대는 거냐? 조선 시대도 이따위 연애 안 했어."

"근데 왜 갑자기 비장해요?"

"나는 널 믿어."

이건 또 무슨 소리인지.

"우리 연애를 엎을 사람이 우리 아버지가 될지, 뭐가 될지 몰라도 무시하자고."

뭔가를 빼놓고 말하는 게 분명하지만 나는 더 묻지 않았다. 내가 그에게 말하지 않는 것이 있듯이 그도 내게 말하지 않는 것이 있을 테니까.

아니, 어쩌면 말할 수 없는 것인지도 모르지.

따져 묻지 않아도 답답하지 않는 게 있다.

많은 것을 묻지 않기로 했다.

"좀 있으면 해 뜨겠다."

"그러게요. 여름 해는 부지런하니까."

"가라."

조금 지친 얼굴의 고세훈 씨 얼굴을 나도 모르게 빤히 쳐다봤다.

"왜? 너무 멋져서?"

"좀 늙어 보이네."

"너도 내 나이에 장거리 왕복으로 뛰어 봐. 아니다. 서인하도 나처럼 돌아다녔으면 폭삭 늙었을걸."

숨길 수 없는 것들 275

"인하 씨는 왜 물고 들어가요."
"내가 좀 유치해."
싱겁게 웃고 그가 차 문을 열었다.
"고세훈 씨."
"왜?"
"자고 갈래요?"
여름밤의 공기가 서늘했다.
바람이 내 마음을 지나가면서 내가 쳐 놨던 결계가 어디론가 사라진 것만 같았다.
나는 실성을 한 것도 아니고 하다못해 떨지도 않았다.
그 역시 마찬가지인 듯 어느 때보다 차분하고 어른스러웠다. 그가 물었다.
"너 자신 있어? 난 잠만 자고 가지 않을 건데. 나중에 무른다 어쩐다 할 거면 관두고."
그를 다시 만나 연애를 하면서 지금처럼 내 마음이 단단했던 적은 없었다.
눈으로 묻는 그에게 나는 고개를 끄덕였다.
그가 내게 다가와 손을 잡았다.

"미친 거지?"
"응."
"네가 돌지 않고서야."

"돌았어."
"가은이는 뭐라든."
"그러래."

오뻥 선생 오민규는 내 친구 가은이와 10년 세월을 아우르는 긴 연애를 했고, 이제 둘 사이에서 안 한 것은 결혼과 출산과 이혼뿐이라고 농담으로 우리는 그랬다.

그런데 이 개자식이 바람이 나서 가은이와 결별을 했다고 담담하게 커피를 마시면서, 그것도 아침 회의 시작 전에 똥 마렵다는 어투로 말했다.

오뻥의 바람은 간들간들 부는 산들바람처럼 이리 흥, 저리 흥 했다. 아주 웃기고, 유치하고, 어설픈, 거기다 겁이 잔뜩 들어간 바람들이었다. 기껏해야 야근한다고 뻥치고 신입 여직원이랑 영화나 보러 가는 정도였는데 이번 건 심각했다.

우선 오뻥의 말수가 부쩍 줄었고 가뜩이나 알코올과 니코틴에 절어 있던 눈동자는 이젠 《슈퍼 내추럴》에 나오는 악마처럼 시커멓게 보인다.

내 친구를 뻥 차 놓고는 내가 타 준 커피를 들고 회의실로 가는, 천연덕스러운 등짝에 나도 모르게 열이 받아서 슬리퍼를 던져 버렸다.

다들 회의실로 들어가는 와중에 리본 달린 내 슬리퍼가 공중 부양을 하자 사무실은 순식간에 놀라 커진 눈동자들로 번뜩거렸다.

오민규는 내 신발을 주워서 얌전히 내 발밑에 놓고는 제 갈 길을 갔고, 얼굴에 물음표를 온통 그려 놓은 사람들이 나를 쳐다보다 이내 자기 갈 길로 갔다.

　남들 하는 연애에 내가 감 놔라 대추 놔라 할 것은 아니었지만 나는 나도 모르게 울컥하고 눈물이 났다.

　"왜 그래?"

　차올라 오는 눈물 때문에 그의 얼굴이 흐릿했다.

　"회의 가요."

　다이어리를 들고 일어나는 내 손을 그가 잡았다.

　"그 얼굴로 어딜 가. 무슨 일이야?"

　나는 그가 내미는 티슈로 눈물을 꾹꾹 눌렀고 아이라인이 번졌을까 봐 눈가를 꼼꼼히 닦아 냈다.

　"그러게. 왜 이러지."

　회의실로 가는 내내 그는 내 손을 꼭 잡고 걸었다. 누가 볼까 봐 나는 손을 빼려고 했지만 그는 힘을 주어서 내 손을 잡았고, 나는 그 손이 너무 따뜻해서 목이 메었다.

　회의 시간 짬짬이 나는 두서없이 이런저런 잡생각을 했다.

　맞은편에 앉아서 어울리지 않게 낯선 얼굴로 보고를 하고 답변을 하는 민규를 보다가 나는 그들의 연애가 끝났다는 것에 왜 이렇게 내가 화가 나고 눈물이 났는지 알 것 같았다.

　저 둘의 길고 지루한 10년은 그들의 연애를 지켜보는 나만의 생각은 아니었을 거다. 가은이도, 민규도 둘 다 많은 고비들을 넘겼고 나는 그들 옆에서 또한 많은 일들을 치러 냈다.

　사는 일이 힘들어서 울고 싶을 때 철딱서니 없이 마냥 밝고 가벼운 그들의 연애를 보면서 나는 재미있는 로맨틱 코미디를 본 것 같은 위로를 받았고, 연애를 끝내고 내가 후폭풍을 맞았을 때 옆에서 티 나지 않게 둘이 번갈아 가면서 곁에 있어 주곤 했다.

모든 연애가 다 해피엔드가 될 수 없다.

하지만 나는 저 둘의 연애와 인생이 통속극 속의 해피엔드처럼 뻔한 것이라고, 한 번도 믿어 의심해 본 적이 없었다.

가은이의 마음이 어떤지보다 나는 연애라는 것에 대해 걸었던 내 기대가 무너진 것이 더 슬펐다.

아무도 내게 왜 슬리퍼를 민규에게 던졌냐고 묻지 않았다.

가은이에게 저녁에 보자는 문자메시지를 보내고 나는 원래 나의 일상으로 이내 돌아왔다.

끝도 없는 숫자들을 보고 또 보고, 다시 계산하고 분석하고 페이퍼를 썼다.

수식이 잔뜩 들어간 엑셀 문서를 저장하고 뻣뻣해진 목을 들었을 때 파티션 너머로 지나가는 그가 보였다.

아침에 내가 다려 준 셔츠를 입은 고세훈 씨를 보면서 나는 중학교 때 일본 온천에서 경험했던 지진처럼 무언가가 흔들리는 미세한 느낌이 들었다.

아주 작은 미동으로 세상이 조용히 균열되는 그런 낯선 감각.

그날 아침에 나는 너무 놀라서 유타카를 입고 옆에 서 있던 아버지의 손을 동아줄이라도 되는 것처럼 잡았다.

아버지는 괜찮다고 낮은 목소리로 말하고는 작게 웃으면서 내 손을 꼭 잡아 주었다.

왜 그렇게 눈물이 났는지 문득문득 그때 일이 생각날 때마다 나는 궁금했다. 나중에는 너무 울어서 아침밥도 먹지 못했고, 아버지는 내 울음이 멈출 때까지 내 등을 토닥여 주었다. 그 기억이 너무 선명해서 나는 그림으로 그릴 수도 있을 것 같았다.

다른 사람들의 연애사에 세상 무너지는 느낌이라고 한다면 미쳤다고 하겠지만, 나는 사방이 무너지는 것 같았고 그가 잡아 준 손에서 나는 안도했다.

내가 하는 연애가 어떻게 끝이 날지 어떤 일들이 우리 앞에 있을지 알 수 없지만, 나는 새벽녘에 일어나 내 옆에서 자고 있는 그의 얼굴을 보면서 조금은 불안해했다.

그 불안감은 자꾸 커지기만 해서 아무리 감추려고 하고, 무시하려고 해도 그게 잘 안 됐다.

그는 아니라고 하겠지만 나는 내가 하는 이 사랑을 완전히 신뢰하지 않았다.

언제나처럼 나를 떠나든지 아니면 내가 떠나든지 하는, 그런 결말을 막연히 생각했다.

그가 손을 잡아 주었을 때 나는 매달리고 싶었다. 절대로 놓지 말라고 사정하고 싶었다. 자꾸만 비굴해지는 나를 감당하기 어려웠지만 그는 변한 것 하나 없이 내 옆에 있었다.

마음이 있으니 믿으면 되는 건데 나는 그걸 자꾸 잊어버린다.

수화기를 들고 전화를 걸었다.

— 네, 고세훈입니다.

서류를 보든지 모니터를 보든지 하는, 살짝 건성이 느껴지는 기계적인 목소리.

"바빠요?"

엑스
피아세

─ 당연하지. 네가 일거리를 저렇게 던져 줬는데 내가 한가하겠냐?

"그것도 안 하고 월급 타 가려고 했어요?"

─ 하잖아. 군소리 안 하고 밥값 하느라고 입에서 단내가 다 나는구먼.

"그럼 나랑 커피 안 마실래요?"

─ 웬일로?

"나 좀 맛이 가나 봐요. 자꾸 보고 싶어지네."

아주 낮게 그가 웃었다.

─ 드디어 네가 나의 마성에 빠지고 있는 거지. 맛있는 커피 먹으러 갈래?

"어디로요?"

─ 너 먹는 그 사약 같은 거 말고 내가 잘 먹는 걸로.

"달고 뜨겁고 캐러멜에 크림 막 넘치는 거?"

─ 좋아. 5분 있다가 로비, OK?

나는 심각하게 모니터를 뚫어져라 보는 민규의 옆을 지나면서 아무런 말도 하지 않았다. 민규에게는 민규만의 시간이 필요할 것이다. 내 문자메시지에 답이 없는 가은이 역시 마찬가지일 것이고.

그 긴 시간에 그들이 왜 그렇게 허망하게 종지부를 찍었는지 더 이상 생각하지 않기로 했다. 그들의 시간은 오롯이 그들의 몫이다.

안타깝지만 나는 그저 지켜보는 수밖에 없다.

엘리베이터에서 내린 고세훈 씨가 살짝 웃으면서 여전히 삐딱한 표정으로 내게 왔다.

눈이 아프게 짙은 여름 가로수길을 나란히 걷다가 나는 스커트 밑으로 부는 바람에게서 찬 기운을 느꼈다.

그리고 조용히 그의 팔짱을 꼈다.

그는 놀라는 내색도 없이 팔짱을 낀 내 손을 깍지까지 껴서 꼭 잡았다. 누가 볼지도 모르는데, 회사 근처인데 하는 생각이 들었지만 이내 지워 버렸다.

오늘이 마지막일지 모르지만 지금은 이렇게 걷고 싶었다.

너무 깊게, 너무 많이 생각하지 않기로 했다.

우리가 모르는 세상의 많은 연애들

나는 오랜 연애를 비웃었다.

된장도 아니고 묵히고 묵혀서 뭘 어떡하려고 그러나 싶어서 혀를 차고는 했다.

결혼하고도 오래 못 사는 인간들이 허다한 마당에 10년이 다 되도록 뭐가 그리 무궁무진하다고 보고 또 보나 했다.

그리고 오래 묵은 연애와 가장 안 어울리는 오민규가 이십 대를 다 닳아 없어지는 연애를 했다는 게 신기하고 웃겼다.

정연이의 장담처럼 그들은 그렇게 사귀다 지쳐 결혼을 곧 할 거라고 나도 당연하게 믿었는데 오뺑은 정말 뺑처럼 느닷없이 그 연애를 끝냈다.

정연이가 펄펄 뛰고 어울리지 않게 신발까지 집어 던져서 사무실이 공황에 빠지기는 했지만, 오민규도 정연이도 이내 아무런 일도 없었던 것처럼 조용하기만 했다. 하지만 속에서는 무엇인가가 부글부글 끓고 있는 것이 분명했지만 겉으로 보이는 그들은 평온해 보였다.

"나도 오버한 거 알거든요."
"누가 뭐랬냐?"
"근데 왜 자꾸 쳐다봐요?"
"신기하잖아. 너 같은 애가 신발짝을 벗어 던지고. 근데 더 신기한 건 오빵이 아무 말도 안 한다는 거지. 너 지금 소문이 어떻게 난 줄 알아?"
"오빵이 자기 소문도 줄줄이 다 물어다 줘요?"
"넌 내가 오민규 말고도 점조직으로 된 정보망을 구축하고 있다는 걸 모르는구나."
"다단계 해요?"
"너랑 오빵이랑 바람났는데 오빵이 약혼녀를 못 버려서 네가 빡 돌은 거라고 하더라."
"별 개뼈다귀 같은……."
"그러니까. 네가 이렇게 입이 험한 걸 인간들은 모른다니까."
"내가 뭔 말을 했다고 그래요. 배고파요. 밥이나 먹어요."
"일주일 넘었어. 그만하고 오빵을 좀 봐줘. 오민규가 네 눈치 겁나 봐."

아주 가소롭다는 듯이 정연이가 코웃음을 쳤다. 이럴 때는 진짜 얄밉다.

"내가 민규를 본 게 10년이 넘어요. 걔 내 눈치 한 개도 안 보거든요. 고씨 아저씨가 사팔뜨기 되도록 여기저기 눈치 보고 다니는 거지."

애는 눈치도 빠르다. 뭘 해도 다 걸고넘어지고, 따지고 들고, 정곡을 찌르고, 기를 죽인다.

"둘의 연애는 둘만 아는 거야. 아니, 둘도 모를지도. 둘이 만나서 10년을 그렇게 살았는데 헤어지겠다면 옆에서도 그러려니 해 주는 거야."

"내가 뭐라고 했냐고요."

"누가 뭐래? 그냥 사는 게 그렇단 거지. 내가 나이를 아무리 개떡같이 먹었어도 너보다는 인생을 좀 더 많이 산 선배니까."

"바람에 대해서는 전문가시죠. 고 선생님. 잊고 있었네."

저런 말을 해도 이제 나는 안다. 정연이가 내 난잡스러운 과거를 대수롭지 않게 생각한다는 걸 말이다.

나 역시 내 지난 시간들이 오래된 사진을 보는 것처럼, 나의 일이 아니었던 것처럼 생각된다.

어쩌면 우리가 하는 이 연애가 내 인생에서 가장 빛나는 순간이 될 수도 있다는 생각을 돼지바를 물고 오물거리는 정연이를 보면서 했다.

가을이 오고 있는 산은 서늘한 기운이 돈다.

날이 더워지면 사람들도 늘어진다.

허랑방탕한 사장 시절에도 휴가철만 다가오면 엿가락 늘어지듯이 흐느적거리는 직원들 꼴을 보아 넘기기에 목구멍이 껄껄했는데 월급쟁이가 되고 보니 이상하게도 더 꼴 보기가 싫어진다. 이래서 땅 가진 부자보다 마름들이 더 독하게 소작농을 볶아쳤나 싶어진다. 살아남으려면 뭔가라도 해야 하니까 말이다.

여름은 오민규의, 전원 일기만큼이나 오래된 연애와 함께 가고 있었고 나 역시 새로운 일을 위해 이곳의 일을 정리해야 했다.

개개인의 삶이 이렇게 엉기고 꺾이고 문드러져도, 조직은 착오 없이 계획대로 움직인다.

그것을 성장이라고 할 수 없다고 해도 조직은 전진이라는 말을 써서 개인을 앞질러 간다.

비가 내리면서 여름은 확실히 한 걸음 물러섰다.

여전히 오민규와 한정연은 냉랭했지만 일은 열심히 하는 것 같았고, 나는 짐을 싸 들고 내가 만들고 내가 말아먹고 삼촌한테 팔아 치운 회사의 옛 사무실로 들어갔다. 20층짜리 건물 3층을 통째로 세내어서 썼던 과거는 빛이 바랬고, 쫀쫀한 삼촌이 예산을 있는 대로 줄여 버려서 한 층에 서버실과 연구실까지 몰아넣고, 인간들이 복작거리면서 지내게 되었다.

정연이는 당연히 한 번도 와 보지도 않았고 보기 싫은 인사과 인간들과 이 과장만 중뿔나게 드나들었다.

"구경이라도 한번 와 봐. 안 궁금하냐?"

— 회사가 거기서 거기지. 뭐 볼 거 있다고 거기까지 가요?

"딴 놈들은 다 오잖아."

— 할 일이 없나 보죠. 나 거기 일 손 떼서 갈 핑계거리도 없다고요. 뭐 적자를 확 내보든가. 그러면 가서 뭘 잘라 내나 봐 줄 테니까.

"욱하게 만드네."

킁킁거리고 낮게 웃는 소리가 아주 얄미웠다.
― 이따 봐요. 따뜻한 거 먹고 싶어.
"따뜻한 거 뭐?"
― 우동?
"우리 집 뒤에 죽여주는 우동집 있는데. 사케도 마시고."
― 좋지요. 이따 봐요.
이런 대화.
이런 연애가 너무 평범해서 곰팡내가 날 거 같아도, 같이 놀던 친구 놈들이 들으면 인상을 있는 대로 구겨 댈지라도 나는 자꾸 들뜬다.

"은근히 뒤끝 있네."
"고추씨같이 매운 걸 넣고 국물 냈나 봐."
'우동발' 세우면서 속닥거리는데 문득 주변 공기가 싸해진 기분이 들었다. 슬픈 예감은 틀린 적이 없다더니만 인간의 육감이란 건 무시할 수가 없다.
우동집 입구에 파티 다녀오신 차림 그대로 이유미 여사님이 서 계셨고, 그 뒤로는 순정파 남편이시라는 성형외과 원장님이 안절부절못하는 얼굴로 서 계셨다.
정연이도, 이 여사도 세상이야 멋대로 돌아가든 말든 전혀 개의치 않는다는 듯이 눈이 마주친 딱 그 순간의 자세로 멈춰 있었다.
"들어가. 들어가서 앉으라고."
아이 어르듯 하는 남편 말을 듣는 것처럼 움직이던 이 여사는 우리 테이블 건너 건너에 앉은 남편을 지나쳐 의자를 하나 끌어다 내 옆에 놓고 앉으셨다.

뜨거운 우동 면발이 목구멍에서 딱 걸렸지만 이러지도 저러지도 못하고 나는 등신처럼 앉아 있었다.

좀 망연한 듯한 정연이는 한숨을 깊게 쉬더니 내 앞에 물 잔을 놓아 주고는 담담한 눈으로 이 여사의 눈을 마주했다.

죽을까 봐 겁나서 물을 마시기는 했지만 나는 칼날 위에 서 있는 심정이 어떻다는 것을 아주 살벌하게 느꼈다.

"어디 다녀오시는 거예요?"

"원장님 대학 동기 모임."

"식사 안 하셨어요?"

"재수 없는 년들이 자꾸 힐끗거려서 중간에 털고 나왔어."

고로 여기 들어오실 때부터 이 여사님의 심사는 절대로 너그러울 수 없다는 말씀이시다.

"그런 거 원래 잘 무시하셨잖아요."

"그러게. 근데 오늘은 그게 잘 안 되더라니. 너 이렇게 보려고 그랬나 보네."

그러더니 이내 내 쪽으로 시선을 돌리시고는 새초롬하게 나를 쏘아보신다.

"안녕하세요."

누가 목을 조르는 것도 아닌데, 내 목소리는 목에 동아줄을 걸고 있는 놈처럼 새되다.

"징그럽게 오랜만이긴 한데 그다지 반갑지는 않네."

전형적인 요부 스타일인 이 여사님은 진심으로, 하나도, 터럭 한 올도 늙지를 않았다. 성형외과 원장 부인은 방부제를 먹고 사나 싶을 정도로.

"우선 저하고 말해요. 그게 좋아요."

"그렇지. 내가 또 차 떼고 포 떼고 덤비잖아. 그러니까 너랑 나랑 둘이서 찬찬히 말을 좀 해야겠지. 자기야."

자기야는 정말 정연이가 배웠으면 좋겠다 싶게 감칠맛이 났다. 저 나이에 저리 당당하게 자기야를 자연스럽게 외친다는 게 신기했다. 더구나 저 청국장 같은 남편을 상대로 말이다.

"나 정연이랑 시간이 좀 필요한데 자기 밖에서 2시간만 보내고 들어오면 안 될까?"

"걱정 마. 배고픈 건 어쩔래? 당신 배고프면 말 헛나오잖아."

"아냐. 배고픈 거 싹 가셨어. 미안."

암만 봐도 일일 드라마 같은 상황인데 정연이는 여전히 침착하게 냅킨으로 입을 닦고 가방을 들고서 이 여사를 따라나선다.

"이따 전화할게요."

별말 없지만 나는 이럴 때의 정연이가 더 걱정스럽다.

두 여자가 나가고 청국장 씨와 나는 뻘쭘하게 마주 보고 있다가 또 등신처럼 배시시 웃었다.

"나랑 소주나 한잔 합시다."

변죽 좋으신 어른이신지 이내 내게 술을 먹자고 하신다.

아, 세상은 모를 일이다.

30분 전만 해도 나는 맛있는 우동을 기다리며 예쁜 애인과 도란거렸는데, 작금의 나는 예쁜 애인 아버지의 옛 애인의 현재 남편과 술을 마실 운명이 되어 있으니 말이다.
 젠장.

 "정연인데 뭘 걱정하고 그래? 소심하게."
 "전 걱정되는데요."
 "애인이라며."
 "그러니까 걱정되죠."
 "걜 그렇게 몰라? 애인 아니네."
 이 양반은 이 여사님을 찜 쪄 먹는다.
 소주 마시러 돌아다니느니 가까운 데 집 놔두고 뭐하냐는 김 원장의 말에 귀신에 홀린 듯이 처음 본 이 아저씨를 모시고 집으로 돌아와 양주를 깠다.
 피 보는 의사들은 말술이라고 하더니만 40분에 한 병을 거의 비워 냈다. 아끼는 헤네시인데 입에 쫙쫙 붙는다면서 들이붓는다.
 통통한 손을 보면 성형외과 의사 못하게 생겼는데 주름을 당겨 펴 주는 솜씨가 귀신인지라 알부자라고 들었다.
 "정연이는 장고 끝에 악수를 두는 초짜가 아니지. 뭐 어떻게 되는 사이이기에 우리 마누라가 저렇게 정색을 하는지는 모르지만 댁 스펙이 영 아니긴 한가 봐. 그래도 정연이가 아니라고 대충 뻥 안 치는 걸 보면 걔 댁하고 관계에 가이드라인이 딱 서 있는 거 같은데."
 "저도 그런데요."
 "근데 뭐가 문제라서. 혹시 한 번 다녀왔어?"

"아닌데요."

"그럼 호적은 깨끗할 거고. 집 보면 가난한 거 같지는 않고. 뭐 몹쓸 병 같은 거 있어?"

"그건 더 아니고요."

"뭔데?"

"예전에 정연이랑 약혼하려다 깨진 적이 있는데요."

"에. 그 날도둑 같은 고 회장 아들?"

우리 아버지는 긍정적인 별명이 하나도 없다. 독사, 날도둑은 그나마 귀여운 축에 든다.

"네. 제가 그놈입니다."

"근데 정연이를 왜 또 만나."

"전 정연이가 너무 좋습니다."

아. 나 술 들어갔다. 너무 많이 들어갔다.

"그래도 내가 듣기로는 그럼 안 될 텐데."

"될 수 있도록 노력하고 있습니다."

"그래도 안 되는 건 아닐까 하는데. 한 회장 그렇게 가고 당신 아버지가 너무했잖아. 어린 여자애들한테 말이야."

"한 회장님 아세요?"

부인의 전 애인을 친한 선배 형 말하듯이 한다. 이 여사보다 더 쿨한 거라고 말해도 되는 걸까?

"알지. 뭐 남들은 절대 이해가 안 되는 관계이기는 해도 난 그 양반 좋아했어. 멋진 남자거든."

그랬던가. 기억도 가물거린다.

"그래서 그 양반이 그렇게 간 게 참 허망해. 그 약혼만 잘됐어 봐. 고 회장이 날름 어음 돌리고 회사 삼키려고 기를 쓰고 덤볐겠어?"

머릿속이 하얗게 변하는 것 같다. 아버지가 그때 어떤 일을 했는지 아는 사람은 다 안다고 하지만 그래도 그건 아주 소수였다. 용의주도한 노인네는 최대한 조용히, 아주 야비한 수단을 다 동원해서 정연이네 회사를 삼켰다. 3년에 걸쳐 치밀하고 무섭게 은밀히 그 모든 일을 했다. 이 사실이 어느 선까지 오픈되어 있는 걸까.

"마누라가 고 회장한테 그래도 인간 같은 아들이 있다는 말은 가끔 했어. 궁금은 했지. 정연이랑 여자 남자로 만나 정 쌓고 그러지는 않았는지 몰라도 인간 도리에 대해서 고민은 하는 놈이구나 싶어서."

나는 인간 도리가 뭔지 잘 모른다. 그때 내가 이유미 여사를 따로 만났던 건 내 가슴 한쪽에서 따끔거리면서 찔려 온 양심 때문이었고 그리고 그때의 나는 떼돈을 버는 벤처 사업가였다. 그래서 양심에 걸리는 걸 돈으로 해결할 수 있는 능력이 있을 때였다.

"그런 말 들을 만큼 잘한 일이 없네요."

"남모르게 하는 일들에 확신 갖는 건 어려워. 당신 마음이 어떻든 간에 정연이는 그때 댁 덕분에 큰 고비를 넘겼거든. 한두 번도 아니고 2년쯤 했지?"

"그랬던가요?"

"맞아. 고시원에서 봉지 쌀로 밥해 먹는 애들 찾아다 놓고도 빚쟁이들 때문에 참 속이 문드러졌는데. 내가 돈이 좀 있어 쓰고 먹고 노는 데는 문제가 없지만, 사업하는 사람들하고는 스케일이 다르거든. 데려다 놓기만 했지 모든 문제를 해결할 수는 없었거든. 그때 댁이 도와줘서 고비 여러 번 넘겼던 거 나 다 알아. 민망해하지 마. 아, 그리고 정연이는 그거 아직도 몰라."

생각보다 이 여사님은 입이 무겁다. 어쩌면 정연이는 호미로 막을 일을 가래로도 못 막게 만든 장본인이 우리 아버지라는 것을 아직 모를 수도 있다.

술을 이렇게 많이 마시는 게 아니었다. 김 원장이 따라 주는 술을 쉬지 않고 계속 마셨다. 말도 별로 안 하고 듣기만 하면서 나는 마시고 또 마셨다.

머리로는 뭔가 생각이 수없이 돌고 또 도는데 내 몸은 그 생각과 술을 감당하지 못한다.

모든 게 뒤죽박죽 섞이고 뒤엉켜서 별이 보인다.

"생긴 건 아직 멀쩡하더라."
"10년, 20년도 아니고 그사이에 뭐 폭삭 늙고 쪼그라들었으려고."
"계집질에 골아서 두세 배로 빨리 늙을 수도 있잖아."
"그 정도는 아니었던 거 같고."
"놀고 있네. 돌고 도는 소문이 다 개뻥은 아닌 거야. 그거 반에 반만 진짜라고 해도 그놈은 제정신이 아니라고."
"이젠 안 그래요."

"하다 하다 재활용할 게 없어서 너 차고 약혼 깻박친 놈을 재활용하니?"

내가 지난 8년이 넘는 동안 그 약혼 그만두자고 한 건 나라고 그렇게 말을 했는데도 언제나 파혼을 하자고 한 건 그였다.

"아니라고 했잖아요. 그땐 내가 그만두자고 했다니까."

"이게 남자에 미쳐서 눈에 보이는 게 없지."

"언제는 남자에 미쳐서 밤도망 좀 치라면서."

"아무 놈이랑 그러래? 고세훈이가 뭐니? 고세훈이가."

"생각보다 훨씬 좋은 사람이야. 고 회장이랑은 다르다고."

"누가 그 늙은이랑 똑같대? 그냥 그 집구석이랑은 엮이지 말자는 거지. 내가 그래서 너 그 회사 그만두라는 거 아니야."

"그 사람 만나려고 그만두질 못했던 거지, 내가."

"놀고 있네. 남자에 미친 년이 젤 골 때린다더니. 너 왜 이래? 지연이보다 얘가 더하네."

"지금이 사춘기인가 보지"

"그럼 철들면 관둘 거야? 그거 기다리다 마흔 되면 어쩌려고."

"그냥 모른 척 좀 해 줘요."

"알았는데 그게 되니? 그러나저러나 그만뒀던 놈이랑 뭘 어쩌자고 이마 붙이고 우동을 먹어?"

"좋아졌어요."

맞다.

나는 그 어떤 사건들과 시간들과 생각들에도 불구하고 그가 좋아졌다.

다시 어떤 일들이 나를 휘몰아친다고 해도 지금처럼 담담할 수 있을지 모르지만 지금의 나는 돌처럼 단단해서 생채기도 나지 않는다.

"어쩌다 네 마음이 그렇게 되어 버린 거니? 난 아직도 고 회장 집안은 이가 갈려. 한 번 엮인 것도 아찔한데 이게 또 무슨 일이라니?"

이 여사님의 마음을 나도 안다.

아까부터 생수를 병나발로 마시면서 앉았다 일어났다, 한숨을 쉬어 대는 마음을 나는 너무나 잘 안다.

"사랑에 무서운 게 없다면서요. 아줌마가 그랬잖아요. 미치는 게 사랑인데 무서운 게 뭐 있냐고요."

"늙잖아. 늙으니까 안 보이던 게 더 보여. 이래서 사람이건 짐승이건 오래 살면 요물이 되나 봐. 별게 다 보여. 무서운 건 더 잘 보이더라."

"무당 같아."

"무당이 별건가 싶어. 내가 무당이지. 베란다 가자."

"담배 끊었다면서."

"가끔 피워. 가자."

비가 오려는지 바람에서 물기가 느껴졌다.

"아. 달아."

"원장님이 싫어하신다면서."

"알지. 그 사람이 싫어하는 것도 알고 또 그 남자도 내가 몰래 한 대씩 피우는 것도 다 알고. 서로 덮어 줘 가면서 사는 거야."

"존경스러워지려고 해요."

"나도 가끔 깜짝 놀라. 내가 이렇게 현명한 여자였던가 싶어서. 머리 좋은 여자는 아니어도 이렇게 괜찮게 나이를 먹다니 하면서 말이야. 우리 와인 마시자."

메뉴가 이렇게 널을 뛴다. 와인 셀러에 있는, 달달해서 지연이와 내가 좋아하는 와인을 꺼내 병나발을 불었다.

"늙어. 늙으니까 자꾸 단게 당겨. 너도 그렇지?"

"난 아직 아니거든요."

"술김에 하는 말인데. 네 아빠가 살아 있었으면 지금 날 보면서 아까워 죽으려고 했을 것 같지 않냐?"

"에?"

"그렇잖아. 만날 촐싹거리고 시끄럽다고 구박당했는데. 아, '생각 좀 하고 살아라.' 그 말도 무지 했지."

"아빠가 복을 찼죠."

"그치. 맞아. 나 같은 여자가 어디 있다고. 네 엄마 사진도 안 치우고 살게 하고."

"못됐어. 한영성 씨."

"못됐지. 보고 싶다."

눈물이 흘러넘치지 않아도 와인 병 목을 들고 나발을 불면서 웃어 대도 나도 이유미 씨도 슬프다.

"하다못해 지연이라도 내 속으로 낳은 딸년이면 내가 칼 들고 춤이라도 춰서 계모 딱지 붙이고 너희들을 갈라놓을 텐데 그것도 아니고. 그냥 이럴 때 내가 어떻게 해야 할지 모르겠어."

대답할 말이 없었다. 나는 그저 와인만 한 모금 마실 뿐.

"너희들 엄마가 아니라서 그런지 지랄이 안 된다. 그래도 모른 척, 무심한 척 넘어가기에는 너희들은 엮인 게 너무 많아."

엑스
피아세

뭔가 해서 이 여사의 얼굴을 봤다.

내가 모르는 뭔가가 있는 것 같은 기분이 들었다. 내 얼굴을 외면하는 이 여사의 얼굴을 타고 눈물이 흘러내렸다.

"갱년기인가 왜 자꾸 눈물이 나오고 이러지. 오줌 마려워. 나 화장실 좀."

이 여사가 사라지고 베란다에 남은 나는 남은 와인을 몽땅 마셔 버렸다.

취하지도 않았고, 머리가 무겁지도 않았다.

난간에 잠깐 기대 뜨거운 숨을 식히다 그에게 전화를 했다.

연결 음이 들리고 한참 만에 그가 전화를 받았다.

— 응.

"응은 무슨."

— 다 끝났어?

"대충이오. 어디야?"

— 집.

"난 아줌마네 집."

— 아직도야?

"원장님은?"

— 사우나 가셨어.

"보고 싶어요."

나는 그가 보고 싶었다.

지금 나는 그가 보고 싶고, 또 보고 싶고, 자꾸만 보고 싶었다. 이 여사가 말하지 않은 일들이 무엇이든 간에 지금 나는 그가 보고 싶다.

눈을 떴는데도 천장이 돌고 있었다.

아직 어둑한 하늘을 보니 본격적인 아침은 아닌 것 같은데 내 머릿속은 아직도 한밤중이다. 깨질 것 같은 머리를 두 손으로 잡고 눈을 떠 보니 어둑한 주변 사물들이 들어왔다.

아, 여긴 내 방이 아니라 그의 방이었다.

주말도 아니고 화요일 아침에 남자 방에서 술이 덜 깨서 눈을 뜨다니. 나도 다 산 거 같다.

그의 침대인데 나 혼자 자고 있었다. 어제 그가 나를 데리러 온 것도 기억나는데 그의 집에 들어온 기억은 전혀 나지 않는다.

전화를 끊고 냉장고에서 백세주를 한 병 꺼내서 물 컵에 따라 마신 것도 떠오르는 걸 보면 필름이 완전히 끊긴 건 아닌데 가위로 자른 것처럼 기억이 나지 않는다.

입도 텁텁하고, 속도 울렁거리고. 이런 상태로 눈을 떴던 기억이 나지 않는 걸 보면 어제의 나는 좀 막 나가고 싶은 마음이 있었던 거 같다.

자꾸 주저앉고 싶어지는 몸을 일으켜 문을 여니 주방에 불이 켜져 있었다. 개가 문 여자처럼 발꿈치를 들고 엉거주춤 가 보니 그가 어울리지 않게 국을 끓이고 있었다.

"나 술국 끓여 주는 거예요?"

국자를 들고 화들짝하면서 그가 뒤돌아봤다.

"놀랐잖아."

"빨리 좀 끓여 봐요. 속 쓰리니까."

"어찌나 당당하신지."

엑스
피앙세

"비굴할 일은 없다고 봐요. 근데 그거 즉석 국이죠?"
"코는 또 개코예요."
"미원 냄새 좀 나거든요. 다 됐어요? 얼른 먹어야 되는데."
"너 그렇게 아프면 병원을 가야 하는 거 아니야?"
"아니, 그게 아니라 집에 갔다 출근하려면 밥 먹을 시간도 없는데 속이 울렁거려서."
"집에는 왜 가?"
"옷 갈아입고 가야죠. 이러고 어딜 가요."

파란색 파자마는 그가 어제 입힌 듯하다. 몸에 착 감기는 게 개념 없이 돈 쓰시고 사신 게 티가 난다.

"그거 다 명품이거든."
"파자마 명품이라 자랑하려고 사서 입었어요?"
"집에 갈 필요 없어. 어제 너 데리러 갔더니 이 여사님이 출근할 준비 싹 해서 주시더라. 너 신발만 어제 신은 거 신고 가면 돼."
"용의주도하시기는 한데 이 여사님 패션이 좀 화려하신지라."
"걱정 마. 상갓집 가실 때 입는 걸로 골랐다던데."
"진짜? 진짜 용의주도하시네."
"뭐야? 우동집 나갈 때는 너 머리 깎아 지하실 같은 데 가둘 것 같더니만."
"그게 이유미 씨거든요. 예측이 안 돼요."
"근데 어제 너는 좀 창피했어."
"내가 왜?"
"기억 안 나는 거니? 아니면 쪽팔려서 쌩 까는 거니?"

"뭐가?"
"내가 너 들고 나오는데 내 목 잡고 줄곧 외치더라?"
"설마."
"원래 절대로 믿으면 안 되는 게 설마야. 너 내가 좋아 죽겠다면서. 그거 다 아는데 대놓고 그러니까 민망하더라. 그리고 넌 너무 애가 쉬워."
"국 엎어요."
기억이 스멀스멀 나기는 한다.
내가 국그릇에 머리를 처박고 먹는 동안 그는 내내 앞에 앉아서 히죽거렸다.
"얄밉거든요. 저리 좀 가죠?"
"내가 그렇게 좋아?"
"아. 쫌."
"내가 원래 촐싹 맞고, 방정맞고, 가정교육도 제대로 못 받아서 이런 거 그냥 못 넘어가거든. 아, 그리고 기억력도 대따 좋아. 이런 건 좀 강해서 한 50년은 갈 거 같은데."
할 말이 없다. 내 무덤을 내가 팠는데 입을 다물 수밖에.

"같이 출근하니까 부부 같지 않냐?"
"맞벌이를 원하십니까?"
"좋지. 돈 많이 벌어서 나 사업 또 하게 뒷바라지 좀 해 주라."
"기부를 할래요."
이 여사님은 상갓집 갈 때도 옆트임이 버거운 스커트에 망사 스타킹을 신으시나 보다

엑스
피앙세

좁은 스커트 자락을 잡고 그의 차에 올라타다 문을 잡고 있던 그가 미끄러지는 내 팔을 잡았다.
 "안 하던 짓 하지 말고 저리로 가 줘요. 그게 매너인 거 같아요. 이따위 치마 입은 날에는요."
 "한정연 씨."
 "왜요?"
 차 문을 닫지도 않고 그가 나를 빤히 봤다.
 "늦어요. 안 가요?"
 "우리도 하자."
 "뭘 하자는 건데?"
 "우리도 맞벌이하자."
 "기부한다고 했잖아요."
 "결혼해서 나랑 맞벌이하자고."
 "돈 궁해요?"
 머릿속이 복잡해지면서 나는 맹한 척을 하며 저런 소리를 해 버렸다.
 "너 앙큼 떨지 마. 결혼하자니까."
 그가 소리를 버럭 질렀다.
 입을 벌리고 쳐다본 그의 얼굴은 벌겋게 달아올라 있었다.
 그리고 나는 내 얼굴도 그 못지않다는 것도 안다.
 아직 숙취가 풀리지 않아 머리도 어질어질한데 출근이 급한 수요일 아침에 나는 고세훈 씨한테 이렇게 청혼을 받았다.

정연이를 데리러 갔을 때 생각 많은 이 여사님 눈을 보고 나는 직감했다.

곧 저 무서운 여인이 날 보러 오실 거라는 걸 말이다.

하지만 생각보다 좀 늦게, 그래서 나의 경계와 긴장이 좀 누그러졌을 무렵에 전화가 왔다.

인사 생략, 안부 생략, 서론 생략, 용건만 아주 간단하게 만날 장소와 시간을 정하고 끊겨 버린 전화에 나는 공황 상태였다.

손바닥에 땀이 차고, 모니터에 도끼눈을 뜬 이 여사님으로 꽉 찬 거 같고 심지어 토할 것 같아서 화장실에서 입덧하는 여자처럼 헛구역질도 했다.

양치질을 하고, 세수를 다시 하고, 머리도 빗다 거울을 보니 얼굴이 벌겋게 달아올라 용을 쓰는 내가 보였다.

미치면 뭘 못하나 싶기는 한데 나는 미친 데다 자존심도 없다.

무조건 그분께 잘 보이고 싶었다.

여자들 꼬이는 건 잘하는데 그 대상이 좀 버겁다. 내 전공은 나 중학교 다닐 때 유치원 다니던 애들이지 이모들이 아닌 관계로 그분에게 어떻게 해야 잘 보이는지 그걸 모르겠다.

대개의 지각 있으시고 사람 보는 눈 있으신 이모들은 날 경계하고, 한심해하고, 어이없어하는데, 얽히고설킨 사연이 구구절절한 이유미 여사가 날 어떻게 볼 거라는 건 불을 보듯 뻔한 일이지 않는가 말이다. 이건 지고 들어가는 게임이고, 맨땅에 헤딩하는 거다.

애꿎은 손만 또 씻다 보니 손에서 허옇게 각질이 일어난다. 매도 먼저 맞는 게 낫지. 어서 저녁 6시가 오길 미친놈처럼 기다렸다.

"그러니까 장기적으로 보고 흑심 품고 떡밥 뿌린 건 절대 아니라 이거죠?"

"네. 제가 그렇게 머리가 좋은 놈이 못 됩니다."

지나가는 웨이터에게 물을 한 잔 더 청해 꿀꺽꿀꺽 마셨다.

"오줌소태 걸려요. 그만 마셔."

그 말을 들으니 마렵지 않던 오줌도 마려운 것 같다. 결국 나는 아래도 꿉꿉하고 위도 심란한, 아주 불편한 신체 상태로 4년 만에 이렇게 이 여인과 마주 앉았다.

"내가 의심이 많아요."

"의심 없는 분도 의심 갖게 되실 상황인 거죠. 압니다."

"그때 고세훈 씨 아니었으면 정말 힘들었을 거예요. 어떻게든 고맙다고 말을 했어야 했는데 내가 먼저 연락하기도 그랬고. 인사가 참 늦었네."

아무 말도 안 해 줬으면, 그랬으면 좋을 텐데 말이다.

"정연이는 그 일 모르는 거 같은데."

"여사님이 말 안 하셨으면 모를 겁니다."

"그 돈 받고 이걸 어쩌나 하는 고민도 안 했어. 그냥 바로 빚잔치 하고 끝냈지. 정연이가 의심할까 봐 걱정했는데 걔 아버지가 나한테 해 줬던 건물 처분했다고 둘러댔어요. 그리고 이상하게 생각했어도 그쪽에서 나온 돈일 거라고는 정연이는 상상 못했을 거야."

나는 그때 아주 작은 호의라고 약간은 으스대는 마음이 있었더랬다. 얼굴이 화끈 달아올랐다. 내 마음속의 소리에 나는 쪽팔렸다.

그 무렵에 나는 두 번째 약혼을 장렬하게 박살내고 거듭된 집안 망신으로 아버지와 있는 대로 각을 세웠다. 하지만 정연이 때와는 달랐던 게 있었다.

돈의 힘은 정말 무서운 거여서 나는 잘나가는 벤처 사업가로서 아버지와 붙었고, 또 전혀 기죽지 않고 상관 말라고 건방을 떨었다. 정연이와 약혼할 때처럼 일방적으로 끌려다니는 것이 아니어서 아버지는 더 열받아했고 난 더 기고만장해서 까불었다.

회사는 겁날 정도로 잘나가고 있었고 그만큼 나의 교만은 하늘을 찔렀다.

뻥인지 아닌지도 궁금하지 않은, 아버지의 혈압 터졌다는 말에 꿈쩍도 않고 있다가 결국은 삼촌이 노발대발해서 회사로 불려 갔던 날이었다.

로비에 있는 커피 집에서 딱 봐도 사채업자로 보이는 남자들한테 험한 욕을 먹고 있는 한정연을 보았다. 정연이를 협박하는 무리들 속에 비릿하게 웃으면서 담배를 피우는, 덩치 좋고 나이 많은 남자를 알고 있다. 아버지 밑에서 일하다 독립했던 양 군이라는 사람으로, 주먹도 쓰고 똘마니들도 몇 거느리고 아버지 뒤 닦아 주는 일을 했던 기억이 났다.

어떻게 저런 식으로 엮였는지 모르지만 정연이네의 몰락에 아버지의 지대한 공헌이 있었다는 걸 모른 척할 수 없었다.

아버지 죄에 대한 죄책감이었는지, 험악한 남자들에게 닦달당하는 정연이의 핼쑥한 얼굴 때문이었는지, 아니면 나는 아버지와는 다른 사람이라고 나 자신에게 말하고 싶은 내 허영 때문이었는지 모르지만 아무튼 나는 이 여사님을 기어이 찾아내어 돈 봉투를 내밀었다.

벌써 오래전 일이다.

"고세훈 씨."

"네."

"잘 몰라요, 고세훈 씨는."

목이 긴 유리잔에 맑은 얼음이 다섯 개가 들어 있다. 이 여사는 달그락 소리가 나는 유리잔을 집어 들고 단숨에 들이켰다. 나도 목이 타들어 갔는데, 내 눈앞에도 똑같은 유리잔이 놓여 있는데도 나는 손도 대지 못했다.

"어디까지 아냐고 물으면 어디까지라고 할래요?"

어떤 답을 해야 할지 모를 질문이었다. 그냥 아무 생각이 없어서가 아니라 너무 많은 생각과 준비를 해야 할 질문이었는데 나는 너무 무서웠다.

사실 나는 아는 게 별로 없다. 그저 미루어 짐작했을 뿐.

"정연이 아버지. 자살한 거 맞아요."

정연이는 절대로 아니라고 했다. 늘 그렇듯이 세상 사람들은 자기가 믿고 싶은 대로 사실을 만들어 내는 것이라고, 그걸 알기 때문에 자기가 살 수 있었다고 그랬다.

이 여사가 나와 눈도 안 마주치고 밖의 풍경을 보면서 담담하게 말하는 걸 듣자 손바닥에 진땀이 났다.

"내 개인 금고에 그 양반이 공증해서 보낸 유서가 있어요. 그거 정연이가 다시 고세훈 씨하고 안 엮였으면 나 죽을 때 같이 태워지고 아무도 몰랐을 거야. 그거 아는 사람은 나하고 유모 할머니, 둘밖에 없어. 근데 할머니는 돌아가셨고 남은 건 나 하나지."

믿기 힘든 이야기가 아니었다. 원래 다들 알고 뒤에서 쉬쉬하는 이야기였다. 나에게는 결코 믿고 싶지 않은 이야기였다.

지금 당장 단두대 칼날이 내려와 내 목을 친다 해도 나는 저 말보다 두렵지 않을 것 같았다.

정연이를 사랑하면서 나는 간절함이 세상에서 가장 큰 힘이라는 생각을 했다. 그래서 내 마음의 간절함이 아버지도 움직이고, 이 여사도 움직일 수 있을 거라고 자신했다.

그런데 지금 내 마음의 간절함은 갑자기 갈 길을 잃어버린 것 같았고 이유미 여사 눈 속의 간절함은 나를 밟고 내려다보고 있다.

"내가 정연이를 본 게 그 계집애 중학교 때였거든. 쌀쌀맞고, 예의 바르고 허튼짓 한 번을 안 했어. 근데 난 걔가 그렇게 안쓰럽더라. 부잣집 딸내미인 거 세상에 모르는 사람이 없는데도 어린애가 기를 쓰고 애쓰는 게 너무 불쌍했어. 근데 그건 내 생각일 뿐이었지. 정연이는 언제나 세상에 머리 꼿꼿하게 세우고 당당했어. 고등학교 졸업식 때 내가 갔거든. 알잖아, 나 튀는 거. 애들이 물었는데 눈 하나 깜짝 안 하고 그러더라. '우리 아빠 애인'이라고. 내가 그때 걔한테 반했잖아. 그 전까지만 해도 난 애들 앞에서 좀 비굴했거든. 근데 정연이가 나랑 팔짱끼고 사진 찍으며 그렇게 말해 줘서 나도 세상에 고개 뻣뻣하게 세울 수 있더라고."

"걔들 아버지 그렇게 가고 나서 삼우제도 못 치르고 길바닥에 나 앉았어. 그거 다 고 회장이 한 건 알죠?"

"네."

나중에 그 사실을 알았을 때 나는 정연이가 날 차 버린 것 때문에 아버지가 열받아서 그런 거라고 생각했다.

생각해 보면 이상한 게 한두 가지가 아니었는데 그걸 나는 그냥 지나쳐 버렸다.

"걔들 아빠가 죽던 날 아침에 등기가 왔더라고. 그게 바로 그 유서였어. 돈 될 건 하나도 없는 처지라 애들을 부탁하더라고. 그 사람이랑 헤어질 때 나 아주 과하게 위로금을 받았거든. 이렇게 될 걸 알고 그렇게 후했나 잠깐 싸가지 없는 생각도 했는데 그건 아니었고. 유모 할머니한테도 비슷하게 보냈어. 애들은 좀 있다가 찾으라고 하더라고. 왜 그런가 했는데 좀 있으니까 채권자들이 나한테 달려들더라고. 그래서 알았어. 그 남자가 좀 용의주도하거든. 그렇게 쫄딱 망한 게 이상할 만큼. 그런데 더 용의주도하고 더 독한 사람이 고 회장이야, 그런 사람을 그렇게 말아먹게 만든 거 보면. 난 자세한 거 몰라요. 사업 이야기는 고철종 씨한테 들어. 내가 아는 건 여기까지야."

긴 터널을 빠져나가는 기분이 들었다.

이 여사님의 말 한 마디 한 마디가 흩어지지 않고 남는다.

"상대가 다른 사람이었으면 하고 내가 얼마나 빌었는지 몰라. 고세훈이면 어떻고 아니면 어때. 중요한 건 정연이 마음이니까 그냥 모른 척을 할까도 했지. 근데 난 도저히 그렇게 못 하겠더라. 결정은 둘이 하는 거겠지만 알고도 모른 척을 못 하겠어서 온 거예요. 그 남자가 자기가 끔찍하게 아끼던 딸들을 나같이 헐렁한 년한테 맡기고 간 게 이런 거 정리하라는 뜻인지도 모르겠다 싶어. 내가 언제까지 그 애들 옆에 있을지 몰라. 그래도 아마 나 죽을 때까지는 그럴 거야. 나이 먹을 만큼 먹은 사람들을 내가 어쩌겠어요. 그래도 알아야 할 건 알아야지. 그런데 정연이한테는 말 못 하겠어요. 미안해요. 이제 공은 고세훈 씨 거예요. 다만……."

폭탄을 그렇게 터뜨리고 이 여사는 물을 또 마신다. 그리고 그녀가 마신 물은 이내 눈물이 되어서 줄줄 흘러내린다. 동백꽃처럼 웃기만 할 것 같은 사람이 흘리는 눈물은 피눈물 같아서 무섭기까지 하다.

"정말 내가 미안한데. 다른 건 몰라도 애들이 자기 아버지가 스스로 세상 버렸다는 건 몰랐으면 좋겠어. 내가 아주 못돼 처먹어서 그런데……. 걔들이 믿고 있는 대로 그건 그냥 사고였던 걸로 평생 갔으면 좋겠어. 그러니까 고세훈 씨가 아버지 죗값 대신 치른다고 생각하고 정리해 줘요. 미안해. 이렇게 어려운 거 부탁해서."

엑스
피앙세

결국 모든 공은 내게로 넘어왔다.
그런데 이제 뭘 어떻게 하란 말인가.
나는 길을 잃어버렸다.

아직은 지루하게 남은 시간들이 끝이 안 보이는 터널 같았는데, 그냥 대충 살다 말면 될 것 같았는데 이젠 아니다.

아버지한테 배운 것이 별로 없다는 건 내가 알고, 아버지가 알고, 세상이 아는 일이다.

싸우기 바쁘고, 욕먹기 바쁘고, 비아냥거리고 이기죽거리기 바쁜 관계이다 보니 나는 아버지에게서 뭔가 긍정적인 걸 배운다는 것은 생각도 해 본 적이 없었다.

뭔가를 간절히 바라고 이루어지게 하려고 용을 쓰려면 기가 막힌 잔머리와 타이밍, 무엇보다 앞뒤 상관관계를 알아야 한다고, 아버지가 값을 후려쳐 땅을 사거나 다른 사람 재산 빼앗고 신이 났을 때 날 붙들고 자랑하던 것이 생각이 났다. 그리고 그 기억이 엉클어져 있던 내 머릿속을 하나씩 정리하게 만들었다.

어쩌면 정연이와 나는 8년 동안 내내 엉켜 있는 실타래의 끝을 한쪽씩 잡고 있었는지도 모르겠다.

엉킨 실타래를 풀어야 할 사람이 나라면 싫어도, 알은척하고 싶지 않아도 해야겠지.

"까먹은 돈은 언제 다 채워 놓을 거야?"
"방 빼서 나간 지 얼마나 됐다고 벌써 이러시는 건데요?"
"내가 널 몰라? 넌 자꾸 쪼아 주고, 지져 주고, 갈궈 줘야 일을 하고 돈을 벌 거잖아. 내 말이 틀려?"

"네, 네 맞네요. 근데 적당히 좀 하세요. 그러다 제가 스트레스에 확 돌아서 머리털 다 빠지고 미쳐서 날아 버리면 어쩌려고 그러냐고요."

"너 나 몰라? 내 돈 떼먹고 나르면 죽을 때까지, 세상 끝까지 가서 조진다. 모르냐?"

"인생관이 참. 왜 삼촌이랑 아버지는 사는 게 그렇게 살벌해요?"

"네가 알 수가 없지. 우리가 어떻게 살았는지."

"들어서 알거든요. 개고생했다고."

"듣는 거랑 직접 구른 건 달라."

아버지와는 달리 삼촌은 대학도 나왔고, 숙대를 나오신 엘리트에 교양을 가진 숙모와 자식이 없어도 30년 가까이 해로하고 있으면서도 세상과 인간에 삐뚤어진 시선과 돈에 대한 집착은 아버지랑 똑같다.

"매출 올릴 때까지는 나한테 들러붙지 말라고 했잖아. 왜 왔어?"

이제 나는 질문을 하고, 대답을 듣고, 내가 내밀어야 할 카드를 선택해야 할 첫 번째 문에 서 있다.

"저 연애해요."

"네가 언젠 안 했냐?"

"이번엔 달라요."

"어쩌려고. 뭐 그래서 청첩장이라도 박아 왔어?"

"한정연이에요."

손톱 옆에 붙은 굳은살을 앞니로 뜯어내던 삼촌의 눈썹이 치켜세워졌다.

"아, 아, 그렇게 쌍심지 켜지 마요. 난 얘기 시작도 안 했으니까."

"뭔 헛소리야?"

"비서실에 전화해서 오늘 별 약속 없다는 거 확인했어요."

"네가 왜?"

"문 걸어 잠그고 우리 긴 얘기를 좀 하죠."

"지랄하네."

"삼촌은 다 알죠?"

다 아는 얼굴이다. 몰라도 아는 얼굴로 느물거리는 게 삼촌 특기지만, 태어나면서부터 아버지보다 더 많이 만난 게 삼촌이고, 그러다 보니 진짜로 아는 게 있을 때의 얼굴은 어렴풋이 구별할 수 있다.

나도 삼촌도 시간을 보내고 있었다.

나는 삼촌이 내게 해 줄 말을 기다리는 시간이었고, 삼촌은 아마 내게 해 줄 말의 수위를 고르는 시간이었을 것이다. 나는 삼촌이 단 한마디의 희망만을 이야기해도 그걸 잡고 늘어져 정연이를 놓지 않을 생각이다. 딱 하나면 됐다. 그러니까 삼촌이 하는 말이 진실이건 아니건 그런 것은 상관이 없었다.

한참을 손톱만 정리하던 고철종 사장님은 무릎에 하얗게 내려앉은 손톱 끄트머리를 후후 불고 툭툭 쳐 버리더니 나를 뚫어져라 쳐다봤다.

왠지 눈을 피하거나 먼저 말을 하면 지는 것만 같아서 나는 오기에 또 삼촌의 눈을 다 받아 냈다.
"술 먹자."
"맨 정신에 들으면 안 되는 거예요?"
"상관은 없는데 여기 말고 딴 데로 가자고."
왜 그럴까.
누가 들어올 것도, 또 문고리에 귀 붙이고 앉아서 엿들을 일도 없는데 삼촌은 굳이 회사를 피해 나가자고 한다.
그냥 덮어야 할 상자였는지도 모른다.
하지만 모두가 알고, 어쩌면 정연이도 알고 있을지도 모르지만, 나만 모르는 일들을 가지고 아무런 준비도 하지 않은 채로 맞설 수는 없다.
나는 늘 아버지에게 고분고분하지 않은, 어려운 자식이라고 생각한 적도 있었다. 하지만 사실은 그렇지 않다는 것을 이제는 안다.
단지 정연이 때문이 아니다.
내가 지금까지 살면서 이렇게 내 인생에 진지한 적이 있었나 싶어진다. 내가 지금 찾고 있는 사실이 실증되지 않는 허상이길 바라면서 나는 아이러니하게 이렇게 진지하다.

"한 회장이 무리를 하기는 했어. 원래 사람이 망하려고 하면 다른 사람 눈에 다 보이는 무리수를 두는 거거든."
"삼촌하고 한 회장님 관계는 도대체 뭐예요?"
정연이와 약혼을 주선한 사람도, 또 길거리에 나 앉은 정연이를 낙하산부대로 채용한 것도 삼촌이었다.

"그걸 알아서 뭐하려고."

"막 달리다 보니까요. 뭔가가 이리저리 엉망으로 뒤엉켰라고요. 근데 시작이 아무래도 삼촌이랑 한 회장님부터인 거 같아서요."

술을 한 번에 들이켜고는 삼촌은 탁자를 톡톡 두드렸다.

"머리가 아주 나쁘지는 않구나."

"머리는 좋다니까요. 공부를 안 해서 그렇지."

"늙어서 공부할 일 없다고 개뼁을 치고 있네. 어디까지 알고 싶은 건데. 단계별로 있는데."

"쭉 풀어 보세요. 알아듣는 건 제가 할 테니까요."

"긴데?"

"그래서 해도 안 졌는데 술집에 방 잡고 앉으신 거잖아요."

"또 좀 독할지도 몰라."

"언젠 순했나, 뭐. 준비됐어요. 하세요."

"우선 정연이 아버지랑 내 관계를 말하자면, 세상 기준으로 보면 그 양반이 내 은인인 거지. 암만 날 잘 봤다고 해도 기껏해야 야간 대학 다니는 경리부서 말단이었는데 그런 날 티 안 나게 많이 챙겼어. 복막염 걸려서 죽을 뻔한 거 살려 주고, 처음에 사업 시작한다고 했을 때 이자 없이 돈 빌려주고, 그런 거 내색 안 하고 나 잘된 거 축하해 주고. 아주 젠틀했지."

"그런 거 말고요."

"한 회장네가 현금이 좀 안 돈다는 소문이 났어. 여기저기 묶인 돈들이 안 풀리면 멀쩡한 회사가 픽픽 쓰러지고 그러잖아."

아주 잘 안다. 내 회사도 그렇게 넘어졌다.

"근데 네 아버지가 뜬금없이 한 회장네랑 줄을 대 보라 하더라고. 정연이가 괜찮다 하는데 나더러 네 짝으로 어떻겠냐고. 나야 뭐, 옳다구나 했지. 너 같은 놈한테 좀 아까워도 여러모로 두루두루 그만한 자리가 없었거든. 아마 네 아버지가 선심 쓰듯이 돈 도는 거 뚫어 준다는 말에 한 회장이 넘어간 거 같아. 나도 네 아버지 농간에 놀아난 꼴이고. 그거 아니었으면 네 아버지 소문이 그렇게 악랄하게 났는데 그 집안에서 오케이를 할 턱이 없지."

아주 간단한 건데, 새삼스러운 것도 아닌데 술이 입안에서 삼켜지지가 않는다.

"그게 다예요?"

삼촌은 나와 눈을 마주치지 않는다. 뭐가 더 있다는 말이다.

"넌 어디까지 아는데?"

"지금까지 말해 주신 건 증권 지라시에도 나오는 얘기예요."

삼촌이 술을 삼키고 한 잔을 따라 또 마신다.

"그래. 네 짐작대로야. 적어도 세상이 혀는 찰지언정 욕 처먹을 일들은 없는, 아주 매끈한 표면적인 이유지."

"그럼 진짜는 욕 처먹을 짓들이 난무한 거네요."

"칼 맞고 죽어도 할 말 없어."

"도대체 무슨 짓들을 한 거예요?"

"독하다고 했잖아. 그 모든 일들은 더 독하고, 치사하고, 더럽지."

"아버지는 그렇다 쳐도 삼촌은 은인이라는 분을 왜 그렇게 구경만 했어요?"

"그러라고 배웠거든. 네 아버지도, 또 한 회장도."

"아버지는 어디부터 개입된 건데요?"

"처음부터."

"그 처음이 언제인 거예요?"

"한 회장한테 증권사 하나 인수하라고 떡밥을 던진 건 나였어. 돈줄을 연결해 주겠다고 하면서."

"삼촌 역할은 뭐였던 거예요?"

"처음에는 아무것도 모르고 은혜 좀 갚아 보려고 들어선 멍청한 바람잡이였고, 다음에는 공범자였고 그다음은 진행 중인 거지."

"왜 그런 건데요?"

"우리 집 태생이 바닥이거든. 그래서 누가 밟으면 꼬투리 하나 기억해서 뒤통수를 까지. 은혜를 베풀어도 그걸 은혜인 줄 몰라. 날 깔보고 먹다 남은 떡 던져 준, 개 같은 부자 놈이라고 할지언정. 우리 집 인간들이 그래. 배은망덕이 핏속에 흐르는 거지."

"삼촌은 왜 그런 건데요?"

"난 네 아버지를 알아. 갈아엎어 버리는 데 안 거들면 나까지 갈아 버릴 거거든. 그리고 어느 정도는 콩고물에 관심도 있었겠지."

삼촌에게 거는 기대가 있었다. 피도 눈물도 없을 것 같아도, 그래도 아버지와는 다를 거라는…….

그런데 나는 내 피붙이들에 대한 모든 것들이 와르르 부서졌다.

"아버지가 한 회장한테 왜 그런 앙심을 품은 건데요?"

"우리 소싯적에 한 회장 밑에서 빌빌거렸거든. 그 사람이 품위도 있고 인품도 좋았지만 기본적으로 철저하게 부잣집 도련님 출신이거든. 그러니 의도했던 하지 않았던 우리 뒤를 봐주면서 형님 비위를 좀 상하게 한 거지. 네 아버지가 그런 걸 잊을 사람이 아니잖아. 양아치 소리 듣는 거 제일 싫어하잖아? 예전에 상계동 철거할 때 네 아버지가 거기서 철거민들 청소해 주면서 돈을 좀 벌었거든. 그때 한 회장이 천하에 상양아치 짓을 했다고 노발대발했어. 다시는 얼씬도 하지 말라고. 근데 그게 자격지심이 되어 버린 거지."

"양아치 짓 맞잖아요."

"맞지. 그런데 너 아냐? 양아치들은 자기들이 양아치인 거 몰라. 건달쯤 되는 줄 알지."

"그게 그거지 뭘."

"가슴에 한 있는 사람들한테는 그게 포한 지는 말이거든. 너랑 정연이 약혼도 원래 한 회장한테 연막 치려고 건 수작이었고. 처음부터 파혼하려고 다 각본이 쓰여 있었지."

"어떻게 삼촌은 그걸 다 알면서 거들 수가 있었어요?"

"그땐 몰랐어. 나랑 정연이가 엮이면 나름 우리도 급이 올라갈 거라고 혼자 뿌듯해하느라 형님 속을 못 봤지. 나중에 알았어. 한 회장 어음을 좀 막아 주려고 했는데 그때 형님이 그러더라고. 다된 밥에 코 빠뜨리면 같이 죽여 버리겠다고."

모르는 편이 더 좋았을 것 같다.

"죽을까 봐 모른 척하신 거예요?"

"하나밖에 없는 형 손에 박살 나고 싶지 않았어."

"그럼 한 회장님 돌아가신 뒤에 아버지가 굽굽절 부자로 뻥 튄 게 우연이 절대로 아니란 거죠?"

아버지는 정연이네 회사를 하나씩 인수해서 갈기갈기 찢어 웃돈 붙여서 팔아넘겼다. 겉으로는 그냥 그런 파이낸스 회사지만 현금이 얼마나 많은지 아버지 본인밖에 모른다는 말도 있었다. 정연이네를 갈아엎은 후에 아버지는 그 잔해 위에서 더 고약한 냄새가 나는 부자가 되었다.

"땅, 회사, 그런 거 뒷말 안 나오게 귀신같이 낚아채서 삼켰어. 나중에는 살던 집까지 몽땅. 채권자들 뒤에서 속닥이고 그런 거 네 아버지 전공이잖아."

머리를 탁자에 쿵쿵 박아 봤다. 한 번, 두 번, 세 번. 젠장 아프지도 않다.

"그런다고 죽겠냐?"

차라리 아주 오래전에 죽었으면 좋았겠다 싶다.

고개를 들어 본 삼촌의 눈빛이 아득했다.

우리 삼촌 고철종 씨가 저런 얼굴도 할 수 있나 싶을 정도였다.

"널 개 옆에 데려다 놓고 내심 욕심을 내긴 했지. 나도 네 숙모도 후회를 많이 했어. 그때 너희들을 그렇게 엮어 주는 게 아니었는데 하면서. 너 내가 정말 무서운 게 뭔 줄 아니?"

"무서운 거나 있어요?"

"소문이 진짜일까 봐. 그게 제일 무서워. 진짜로 자기 손으로 세상 버린 게 맞을까 봐."

 만약 이 여사가 말한 일들을 모두 털어놓을 수 있는 상대가 있다면 그건 삼촌뿐이라고 생각했다. 그래서 나는 이런저런 이유를 나 자신에게 들이대면서 삼촌을 찾아왔을지도 모른다. 그런데 모두 사실이라고 정연이 아버지는 내 아버지가 파 놓은 함정에 빠져서 자살한 거라고 말할 수가 없었다.

 내 입 밖으로 나오는 순간 그 모든 것이 현실이 되어 버릴까 봐 나는 정말 두려웠다.

 손바닥에 얼굴을 박고 마른세수를 하고 나는 자리에서 일어섰다.

 "이제 그만하세요. 여기까지만 하세요. 더는 못 듣겠어요."

 술집 룸에서 나오면서 나는 매고 있던 넥타이를 풀어서 주머니에 넣었다.

 밖은 아직도 햇빛이 희미하게 남아 있었다.

 공기는 차가웠지만 답답했고 목은 자꾸 갑갑하기만 했다.

 어디로 가야 할지 몰라서 한참을 서 있었다. 지금 내가 가야 할 곳이 어디인지 나는 알 수가 없었다.

 높게 서 있는 건물들 사이로 사람들을 가르면서 바람이 세차게 불었다.

 나는 택시를 잡았다.

 정연이의 아파트에 불이 들어왔다.

 커피를 사러 갈 때까지도 집은 깜깜했는데 그사이에 들어왔는지 불이 환했다.

엑스
피아세

커피를 마시고 일어섰다.

머뭇거릴 수가 없었다. 그러다가는 더 주저할 거 같았고, 주저하다가는 분명 나는 도망칠 것이다.

나는 자꾸 고개를 드는 불안감에 무릎이 꺾였다.

내 손을 잡아 줄 사람이 없어도 쓰러지면 안 되는 거다. 다시는 그렇게 살지 않겠다고 얼마나 다짐하고 다짐했는지 나는 그 마음을 잊지 않았다.

이제 나는 앞으로 뚜벅뚜벅, 뒤돌아보지 말고 걸어가야 한다. 뒤돌아보면 안 된다.

"나야."

문 저쪽에서 잠깐 머뭇거리는 낌새가 느껴졌고 이내 문이 열리고 화장을 지우고 말갛게 세수를 한 후 추리닝에 티셔츠를 입은 정연이가 얼굴을 내밀었다.

"뭐예요? 이 시간에 연락도 없이."

눈꼬리에 웃음이 묻었다. 나도 마주 웃으려고 했는데 얼굴에 경련이 나고 일그러졌다.

정연이의 얼굴도 이내 굳었다.

"들어가도 되니?"

정연이는 아주 잠깐 머뭇거리더니 이내 들어오라는 듯이 비켜섰다

"밥 먹었어요?"

식탁에 앉아서 촌놈처럼 집을 두리번거리는 내게 그녀가 물

었다.

"아니."

"만두 있는데 국 끓여 줄까요?"

"배 안 고파."

"꿀물 줄까요?"

"술 냄새 나니?"

"안 나는 줄 알았어요. 비싼 양주 마셨나 봐. 돈 냄새가 확 나네."

"응."

"많이 마셨어요?"

"별로. 근데 좀 빨리 마시기는 했어."

"연세도 있으신데 자중하시지. 꿀물 줄게요. 잠깐만요."

일어서는 그녀의 손을 잡고 나는 그냥 안아 버렸다.

"왜 그래요?"

"그냥."

"무슨 일 있었어요?"

"아니."

"있었네. 뭔데? 돈 못 벌어 온다고 사장님한테 또 욕먹었구나."

"아니야."

자꾸 고개를 들려고 하는 그녀의 머리를 꼭 끌어안았다.

"왜 그래요?"

"정연아."

내 귀에는 떨리는 내 목소리만 크게 울렸다.

"미안해."

그녀의 어깨에 힘이 들어갔다.

"말을 해 줘요. 뭐가 미안한지."

"그냥 다 몽땅 다 미안해."

아무 말 없이 가만히 있는 정연이의 어깨에서 힘이 빠져나가는 게 느껴졌다.

힘을 빼고 나를 안고 있는 정연이에게 기대어 나는 눈을 감았다.

감은 눈 앞에 별처럼 빛이 부서졌다.

슬픈 영화의 주인공은 싫어

그가 변했다.

여전히 낄낄거리고, 허둥대고, 온통 빈틈밖에 없는 사람으로 보이지만 나에게는 완전히 달라진 그가 보였다. 그에게 어떤 변화가 있는지 구체적으로 알 수는 없다.

어떤 일들이 일어나고 어떤 말들이 오가고 있는지는 모르지만, 고세훈 씨는 정말 생각이 많은 얼굴로 나를 보고 세상을 본다.

그의 눈은 너무 까매서 도저히 속을 읽을 수가 없다.

얼마 전까지의 그는 좋고 싫고를 숨기지 못하는 맑은 사람이었는데 지금은 깊고 깊은 굴 속에 들어가 벽을 보고 앉아 버린 사람 같다.

나는 그를 기다린다.

그의 대답을 기다리고, 다시 예전의 그처럼 실없이 잘 웃고, 농담이 생활이고, 느물거리는, 과거에 한참 잘 놀던 날라리 고세훈으로 돌아오기를 기다린다.

"그러니까 네가 원하는 게 뭔데?"
"회사 돌아가는 거. 알아야 할 거, 몰라도 될 거 몽땅 다. 우리 회사에 네가 최고잖아. 그러니까 말해 봐."
"카테고리를 정해서 물어봐. 너 네이버 검색도 대놓고 하면 개미지옥이거든. 검색 지시어 하나 때려. 그럼 쫙 훑어 줄 테니까."
"IDS에 무슨 일 있니?"
"그걸 나한테 왜 물어? 네 서방한테 물어."
"말을 안 하니까 너한테 묻잖아."
이 징글맞은 인간이 얼굴을 턱밑에 디밀고 나를 빤히 본다.
"왜 이래?"
"맛이 갔구먼."
"뭐가?"
"너 한정연이가 남자한테 맛이 갔다고. 서방이라고 해도 지랄도 안 하고, 쪽팔릴 텐데 얼굴색 하나 안 변하고, 나한테 정보를 구걸하고."
"구걸 같은 소리 하네."
"나도 몰라."
"아무것도 없는 거야?"
"그건 또 아닌 거 같아."

"무슨 소리야?"

"뭔가 있는 거 같기는 한데 그게 고 부장 개인의 일인 거지. 조직에는 전혀 파동이 없거든. 이런 건 나같이 예민하고 촉이 살아 숨 쉬는 센시티브한 사람만이 느끼는 건데. 뭔가 있기는 해."

"네가 알면 세상이 다 아는 거 아직도 모르니?"

"너 몰래 여자 만나는 거 아닐까?"

"꼭 너 같은 생각만 한다."

"그냥 한번 떠본 거야. 그런 것 같지는 않아. 그럼 뭐지?"

정말 뭘까?

나는 내가 느끼는 이 불안의 근원이 뭔지 알 수가 없다.

어쩌면 나는 영영 모르고 살지도 모른다. 그냥 그렇게 지나가는 바람 같은 거였으면 좋겠다. 모든 걸 알 필요는 없는 거다.

"바빠."

― 그건 내가 하던 말인데.

"이젠 내가 너보다 훨씬 바쁘거든. 그러니까."

― 앵앵거리지 말라고?

"그래."

― 그럼 멋져 보이는 줄 알아요?

"난 안 그래도 멋진 거 알거든."

― 자뻑도 어지간히 해야지.

"넌 일 안 하냐?"

― 할 거 다한 거지. 일 남겨 두고 놀자고 하겠어요?

"유능하네. 일이 적은 것도 아닐 텐데."

― 새삼 유능은 무슨.

"오늘은 오지 마. 사무실에서 밤새울 거야."

― 오라고 해도 안 가요. 세상 일 혼자 하나 봐. 일 열심히 해요. 다시 사장 하려면 피고름을 짜낼 만큼 해야지.

"피똥을 싸라고 하지 왜?"

― 그러셔도 좋고.

정연이가 정말 정말 보고 싶다.

미치게 보고 싶은데 나는 자꾸 뒷걸음을 치고 또 친다.

그녀가 쪼르르 뛰어와 나를 덮쳐도 좋겠다고 생각했다. 나는 아무것도 모르니까, 그러니까 아무런 일도 없었던 것처럼 다시 잔잔하고, 평화롭고, 따뜻한 사랑으로 충만한 우리의 연애를 죽을 때까지 하고 싶다.

머릿속은 점점 차가워지는데, 정말 그러고 싶지는 않는데 내 마음속의 구멍은 깊이를 알 수 없게 점점 더 어둡고 추워져 간다.

※

"자기도 늙는구나."

"저도 나이 먹어요."

"원래 남의 돈 먹는 게 독한 일이야. 인하 씨 처음 입사했을 때는 진짜 예뻐서 여직원끼리 아이돌 하지 취직은 왜 했냐고 그랬는데."

"아이돌 하기에는 늙었고요. 일이 피곤하기는 해요. 고 부장님 은근 저력 있어요. 우리 팀 사람들, 집에 이틀에 한 번씩 가요."

"안됐네, 꽃 같은 청춘이."

"청춘 하기에는 연식이 좀 되죠."

"난 어떡하라고 자기가 그러니?"

"고목에 꽃피우시면서 뭘 그렇게 빼세요?"

"싹은 난 거 같은데 꽃까지는 모르겠어."

"싹 났으면 다된 거지, 뭘 그러세요. 내 가슴에 대못을 치고서."

"대못씩이나?"

"그건 좀 그러네요. 압정 정도로 하죠. 나도 자존심이 있는데."

서인하가 우리 관계를 알아 버린 건 납골당에 다녀오고 얼마 뒤였다.

눈치 빠른 서인하는 나의 연애 냄새를 귀신같이 맡았고 슬슬 던지는 낚시에 눈치 없으신 고세훈 씨가 홀라당 낚여서 몽땅 불어 버렸다.

굳이 말 안 해도 되는 파혼까지 줄줄이 불어서는 소문이 날까 봐 쫄아 내게 서인하 입을 막으라고 공을 던졌다.

우리 둘 다 약속한 것처럼 숨어서 바퀴벌레처럼 연애를 했다. 그렇다고 속이 상한다거나 하는 것도 없었고 그저 그게 편해서였다.

멀리서 오는 폭풍이 덮칠 것을 알면서도 기다리는 것처럼 나는 어떤 것도 알은척하지 않고 기다린다.

어떤 일들이 올지, 또 그로 인해 어떤 결과가 야기될지 모르지만, 길게 심호흡을 하고 내 속에서 단단히 날 버티게 해 줄 만한 내공이 생기길 바라며 나는 그의 침묵 뒤에서 기다린다.

"너도 말해 봐."
"또 뭘?"
"난 남자의 자존심을 버리고 너와의 우정을 택한 사람이야. 너도 나만큼은 아니어도 반은 해야 하지 않냐?"
"거창하긴. 너의 자존심이 어디 있었는데? 난 본 적 없어."
"가은이가 바람나서 헤어진 거 난 너밖에 말 안 했어. 내가 까였다는 거, 그게 내 자존심에 칼 맞은 거잖아."
"그래서 어쩌라고."
"너도 너의 그 피곤한 연애에 대해서 팁을 좀 줘 봐."
"그거 가져다 뭐에 써먹으려고 그걸 달래."
"궁금해서"
"별거 없는데."
"너는 이러고 있고 그 작자는 저러고 있고. 그게 다냐?"
"응."
"나이가 어리면 어려서 그런 거니 귀엽기라도 하지. 네 나이도 버거운데, 그 양반은 관 짤 나무 알아볼 나이거든. 근데 회사에서 나도 안 하는 키스까지 하면서 난리를 치더니 결론이 뭐 그러냐?"
"결론은 무슨. 진행형에 무슨 결론을 내라는 건데."
"그럼? 고 회장 피해서 몰래 접선하고 그러는 거야?"
"아니. 그냥 기다리는 거야."

엑스
피앙세

"너 어디 아프냐?"

"아니."

"그 인간이 좀 잘 놀았어? 너 제비 말 믿고 신세 조진 애들이 얼마인데. 멀리 볼 거 없어. 이가은이 봐. 나 버리고 어린놈이랑 바람나더니 지금 고생하잖아."

"가은이 고생 안 하거든. 면회 가면서 알콩달콩 신 났더라."

"야, 나이 서른에 이등병 면회 다니는 게 정상이냐? 미친 거지."

"그 사람한테는 너한테 없는 순정이 있다고 하잖아."

"그 나이에는 나도 그거 있었어."

"너 없었어. 내가 알아."

"지나고 나니까 순정이었어. 나도 이번에 알았어."

종이컵을 잘근잘근 씹으면서 민규가 무심하게 말했다. 가슴이 철렁했다.

"그립냐?"

"그립지."

"뭐가 제일 그리운데?"

"약속 늦으면 인상 쓰고 보던 책을 덮어 버리던 것도 그립고, 아침에 자고 일어나서 침 자국 말라붙어 있던 것도 그립고. 다 그리워."

"10년을 부부처럼 살더니만."

"그랬지. 부부처럼 살았지. 난 가은이 몸에 점이 몇 개 있는지도 안다."

"변태냐? 그거 몇 갠가 세고 있게."

"점 빼고 싶다고 해서 견적 받으려고 세 봤지. 생일 선물 해 주려고. 이번 생일에 해 주려고 했는데 인내심이 부족한 거지, 이가은이가. 욕정을 참고 있었으면 평생 숙원을 이 오래 묵은 서방이 해결해 줬을 텐데 말이지."

"미친것들."

"부끄러워하지 마. 10년 묵은 남녀 관계는 이런 거야. 신선한 거 없지. 당연히. 눈깔 맑은 고등어 사는 것도 아니고 신선도를 왜 따져. 그럼에도 가은이랑 내가 남남이 된 거 보면 세상에 믿을 건 없는 거지. 근데 난 정말 믿었거든. 나 늙어서 구박하고 밥 챙겨 줄 마누라는 가은이밖에 없을 거라고. 다 지나간 일이지만 말이야."

오민규가 나한테 슬리퍼로 맞고 욕을 진탕 먹고 서로 염병 본 것처럼 피해 다닌 지 한참이 지나서야 가은이가 연락을 해왔다. 나는 당연하게 그들의 이별이 민규 탓이라고 생각했는데, 이런 것도 무슨 반전이라고 가은이를 길에서 보고 홀딱 반해서 졸졸 쫓아다닌 여섯 살 어린 대학생한테 민규가 밀린 거였다.

일주일을 고민하다가 나는 민규에게 다시 말을 걸고 화해주를 마셨다.

바람 많이 부는 날 포장마차에서 소주를 마시다 민규는 아주 조금 울었다.

그리고 다 털어 냈으니까 이제 됐다고 싱긋 웃었고 그리고 내가 엉엉 울었다.

난 저들의 연애에 너무 많은 믿음을 주었는지도 모른다. 그리고 믿고 싶었다. 흔들리지 않는 남자와 여자의 관계를 말이다.

"울지 마. 네가 왜 울어. 다 지난 일이야. 지나간 일인데 울지 마."

그렇게 말하는 마음이 어떤 건지 굳이 물어볼 필요는 없었지만 그게 진심이 아닌 걸 안다.

지난 일이라고 달라지는 건 없다. 잊히지도 않는다.

어쩌면 예기치 않은 인생 모퉁이에서 나처럼 지난 과거를 맞닥뜨리는 수도 있다.

사람이 사는 건 정말 빤한 거 같으면서도 도무지 알 수가 없다.

앞을 보고 또박또박 열심히 걸어가는데 어디서 누가 어떻게 발을 걸어올지 모른다는 걸 알 만큼 나도 민규도 나이를 먹어 버렸다.

어쩌면 사람 사는 데 가장 큰 배신은 자기 스스로가 하는 게 아닐까.

가은이는 민규의 어설픈 한눈팔기를 다 용서하고, 너그럽고 속 좋은 부처님 같았는데, 스스로도 그렇다고 해 놓고도 한순간에 10년 세월에 등을 돌렸다

나 역시 가장 힘들었던 시기에 가장 어처구니없이 매정했던 고 회장의 아들에게 목을 맨다. 아무리 자존심을 세우고 초연한 척하려고 해도 내가 고세훈 씨에게 옴팡 빠져 있다는 걸 부인할 수는 없다.

그렇다면 이제 내가 할 일은 이 뻔뻔한 감정에 대한 합리화만이 남은 건 아닐까 싶다.

사람 머리는 언제나 자기 편하고 자기한테 유리한 쪽으로

귀신같이 돌아가는 거니까 그다지 어려울 일은 아닐 거다.

나는 그의 미묘한 변화를 알면서도 모르는 척한다.

어떤 변화일지 모르지만 불안하지가 않다.

어쩌면 이것도 내 멋대로의 자기 합리화일지 모르지만.

"고목에 피는 꽃이 너무 붉은 거지, 당신들은. 이제 그만 오픈하고 확 지르시지? 힘들고 달릴 텐데 매도 먼저 맞는 게 낫다며."

"민규야."

"왜?"

"사랑 말고 다른 말이 있었으면 좋겠어. 네가 말한 모든 걸 다 포함해서, 그리고 그 느끼한 표현들을 다 아우르면서도 날 덤덤하고 평온하게 만드는 걸로. 흔들리지도 않고 날뛰지도 않고. 그런걸 뭐라고 해야 하지?"

"사랑 말고 남자 여자 사이에 다른 표현이 뭐가 있겠냐? 의리밖에 더 있겠냐고. 근데 그것도 믿을 거 못 되거든. 나 봐. 10년 사랑에 대한 의리를 단방에 날렸고. 우리 삼촌도 26년을 살고 춤바람 한 번에 그냥 이혼당했거든. 그러니까 남자 여자 사이에는 다 쓸데없는 것만 있어. 시간이 날리고 돈이 뻥 차고. 그런 거야."

"세상이 그렇게 푸석거리는 걸까?"

"놀고 있네. 뭘 그렇게 심각하게 생각해?"

"그럼 네가 보기에 내 상태는 뭐로 보이는데?"

"미친 거지. 다른 게 미친 거냐? 네가 미친 거지. 네가 남자한테 미친 거야. 타인이 타인의 모든 걸 덮어 줄 수 있다고 보냐? 그게 있다고 생각하는 게 미친 거지. 아직 너희 연애는 신선도가 좀 좋아서 그래. 그때는 미칠 수밖에 없고 미치는 게 당연한 거고."

"그거밖에 없다면 또 말고."

유치하고 진부하지만 그것밖에 없다면 사랑이라고 부르지, 뭐. 지난 인생 내내 고상하고, 덤덤하고, 또 나름 시크했으니 이 정도는 유치찬란해도 되는 것 아닌가.

※

날씨는 변덕을 부리는 건데 올해는 점잖기 이를 데가 없다. 가을이 깊어지면서 너무너무 줄기차게 화창하고 빛나는, 공활한 하늘에 높고 구름 없는 찬란한 나날이 계속되니까 좀 지겨웠다. 곧 내려앉을 것 같이 짙은 비 냄새를 머금은 잿빛 하늘이 그립고 억수같이 쏟아지는 거센 가을비도 보고 싶어진다.

여전히 빛나고 맑은 날 일에 미쳐 나를 홀라당 까 잡수신 고세훈 씨가 놀러 가자고 아침 댓바람부터 집으로 쳐들어왔다.

전자 키 누르는 소리에 뜨악해서 칫솔질하다 나가 보니 작정하고 놀러 가려고 편하게 옷을 입은 그가 거품 물고 서 있는 나를 딱하다는 듯이 쳐다보고 있었다.

"나머지 다 하고 와. 너도 노는 날은 푹 퍼져 살기도 하는구나."

나는 사람 아닌가.

꼼꼼히 양치를 하고, 세수까지 뽀드득 윤나게 하고 거실로 나오니 그가 샌드위치와 커피로 아침을 차리고 있었다.

"왜 이래요? 불안하게. 뭐 잘못한 거 있어요?"

"한 번엔 하나씩만 물어."

"몸 둘 바를 모르겠네, 망극해서."

"너 말에 가시가 있다?"

"나 같은 건 애초에 다 까 잡수고 일에 인생을 건 줄 알았더니만."

"사나이 하는 일을 모두 알고 있다고 생각하지 말고. 밥이나 먹어."

순하게 말 잘 듣는 아이처럼 나는 식탁에 얌전히 앉아서 그가 사 온 샌드위치와 막 뽑은 커피를 먹었다.

"맛있네."

"당근이지. 청담동에서 샌드위치를 젤 잘하는 집 건데. 그거 노는 날 아침에 먹으려면 전날 예약해야 하는 거야."

"황송해라. 근데 그 집 머리 잘 쓴다. 도도한 척하면 더 매달리잖아, 사람들이."

"넌 너무 순수성을 잃었어. 있는 그대로 좋게 좋게 받아들여 봐."

"그런다고 세상이 변하나. 그저 순간순간 놀아나는 거지. 약은 인간들에게 덜 약은 인간들이."

"밥이나 먹어."

"근데 웬일이에요, 진짜? 나 준다고 이 호사를 다 준비하고."

"내 바람기가 이제 어느 정도 정점을 찍은 거지. 머리를 안 굴려도 본능적으로 나와, 여자를 기쁘게 하는 방법 이런 걸로. 아주 사소한 게 효과는 또 죽이거든."

엑스
피앙세

"그걸 나한테 말하고 싶나, 이 아침에?"
내가 투덜거려도 그는 넉넉하게 웃으면서 또 그걸 다 받아 준다.
"빨리 먹고 옷 입어. 나가자."
"어딜?"
"맛있는 것도 먹고. 여기저기 막 다녀 보자."
"진짜 데이트 같네."
"그럼 그동안은 내내 아니었나?"
"그다지 일반적이지는 않았지. 집하고 회사만 왔다 갔다 하고."
"그러니까 오늘 다 풀어."
"얼마 동안 가는 약발인가 궁금해지네."
내가 살살 긁어도 그는 웃기만 한다.

새 신을 신고 나면 뛰어 봐야 할 텐데 도저히 뛸 수가 없다.
내가 돈에 전혀 구애받지 않고 살았던 시절에도 나는 킬힐을 살 생각은 하지 않았다. 정말 원조 청담동 며느리처럼 하고 다녔으니까.
아직도 자기가 잘나가는 벤처 사장인 줄 아는지 명품관 가서 내 월급을 웃도는, 엄청난 높이의 빨간 굽을 가진, 반짝이는 검은 킬힐을 그는 기어이 사 신겼다.
"신발에 올라탄 거 같아."
"내가 부축해 주잖아. 적응되면 낮은 세상에서는 못 살걸."
"그전에 다리가 부러지지 않을까?"

"노력해. 비싼 신발 신고 폼 나게 살아야지."

"신발만 멋지면 사는 게 폼이 날까. 월급 받아 근근이 사는 주제에."

"그럼 가방이랑 옷도 사 줄까?"

기분이 이상했다.

그는 웃으면서 더없이 다정한데, 심지어 구둣가게 점원은 날 물주 잘 잡아 팔자 늘어지는 여자로 보고 있는데, 그다지 기쁘지도 뿌듯하지도 않다.

"나 어디다 버리고 올 거예요?"

"널 어디다 버려? 쓸 데도 없는데."

"고아원에 애 버릴 때 엄마들이 새 옷에 새 신 신겨서 버린다며. 꼭 그거 같아."

"어디다 버린다고 네가 못 찾아 올 위인이냐? 너 불어도 하고, 영어도 하고, 일어도 하잖아. 어딜 가도 집 찾아와서 나 잡아서 경찰에 처넣을걸."

눈을 마주 보며 웃어도 나는 가슴에 쥐가 나는 것처럼 저렸다.

7센티 힐을 신고도 잘 못 걷는 나는 정말 벽돌 위에 올라탄 것처럼 어색해서는 걷지를 못했다. 남들이 보기에는 팔짱을 끼고 걷는 거지만 사실은 그가 날 극진히 부축해 주면서 백화점 명품관을 돌았다.

"여기선 회사 사람들 안 만나겠지. 그건 좋네."

"예전에 알던 사람들은 이런 데만 다녀요."

"당신. 내가 부끄럽나?"

"자랑스러울 거라고 생각해요?"

"간지 나잖아. 누가 보는 거 하나도 안 무서워."
"대담하신데요?"
"난 무서울 게 없는 사람이야."
"아닌 거 같은데."
"뭐?"
"무서운 게 많은 사람 같아."
"내가 떨고 있냐?"
"아뇨."
"그럼 선무당 놀이 그만해. 밥 먹으러 가자."

 그는 여전히 웃고, 여전히 유쾌하고, 다정하다. 발가락들을 전부 하나로 모아서 철사로 칭칭 감아 놓은 거 같은 기분이지만, 나는 새 신을 신고 용감한 애인의 부축을 받으며 오늘 줄리아 로버츠처럼, 로데오는 아니지만 백화점을 누빈다.

 웃으면서.

"네가 곰이냐?"
"졸려서 자면 다 곰인가."
"너 어제 왔다면서."
"벌써 어제예요?"
"가지가지 한다. 나 들어오는 소리 못 들었어? 변기 붙잡고 토하고 그랬는데. 정신 들었으면 일어나 나와. 해장국 사 왔어."
"나 술 안 먹었는데."
"그럼 그냥 국으로 먹어. 난 술 마셨어."

 금요일 저녁에 느긋하게 집에서 저녁 해 먹고 영화 보자 해 놓고 그는 나를 바람 맞혔다. 시장 잔뜩 봐서 냉장고에 넣어 놓고, 지지고 볶아서 음식까지 해 놨는데 그는 일에 치여 돌아오지 않았다. 나는 같이 보기로 했던 DVD를 혼자 보다 잠이 들었는데 저 배신자는 사무실 직원들이랑 술을 마셨단다.

"난 여기서 밥해 놓고 기다리는데 술을 마셔요?"
"2시에 일 끝났는데 다들 한잔 하고 싶어 하잖아."
"일 마무리했어요?"
"응. 끝났어. 이젠 공 던졌으니까 받는 사람이 알아서 할 일이야."

칼로 두부 잘라 놓은 것처럼 모양이 완벽한 얼음을 잔뜩 넣고 냉수를 부어 마시면서 그가 웃었다. 까칠하고 지친 얼굴이었지만 후련한 얼굴이기도 했다.

나도 지지부진하던 일들이 마무리되면 피부가 뒤집어지고 생리가 오락가락할 만큼 개판이 됐어도 웃었으니까 그가 나를 버리고 벌였던 어제의 술자리를 축복하기로 했다.

"공은 잘 던진 건가?"
"일단은. 고 사장이 오케이하고, 그다음은 임원들이 오케이 해야겠지만 일단 내 손에서는 떠났어."

더 묻고 싶었지만 그러지 않기로 했다.

"축배를 들어야 하는 건가. 해장술 어때요?"
"살려 줘. 아직도 침 삼킬 때도 술이 들어가는 기분이니까."
"약하시긴."
"혼자 뭐 했어?"
"영화 보고 뒹굴거리다 잤어요."

엑스
피아세

"코도 골더라."

"비염 있다니까."

"누가 뭐래?"

"은근 까다로운 거 알죠?"

"넌 나더러 자다가 방귀 뀐다고 뭐라고 했잖아."

"그게 같아요?"

"코로 나오고 뒤로 나오고. 똑같지 뭐."

말로 하면 난 좀 밀린다.

"밥 놓고 그만하시죠. 고 부장님."

"그러시게나, 한 대리."

"아. 할 말 있다."

"뭐?"

"한 과장이라고 해 줘요. 승진했어."

"언제?"

"어제."

"근데 왜 이렇게 조용해? 인사 발표 나면 시끄러울 텐데."

"월요일에 발표 나요. 인사팀 친구가 귀띔해 줘서 이틀 먼저 안 건데, 뭐."

"안 좋냐?"

"좋아요."

"양에 안 차? 두 계급 특진 그런 거 바랐냐? 왜 그렇게 심드렁해."

"될 때 돼서 된 건데 뭘 길길이 뛰고 그래, 촌스럽게. 그리고 연봉이 어떻게 되는가가 중요하지, 직급이야 뭐."

"돈독 올랐어."

"원래 알았잖아요, 나 돈독 오른 거. 지연이 생활비도 좀 보내야 하고. 돈 많이 받으면 좋지."

"이 여사님이 스폰서 한다며."

"내 동생이거든요. 나도 할 건 해야지."

"한지연이 그거 거기서 펑펑 놀다 오겠네. 스폰서 많아서."

"건전한 스폰서인지라 적극 권장 받아 마땅한 거라고 생각해요."

"넌 스폰서 없냐?"

"내 복에 무슨. 아버지 살아생전에 받은 걸로 퉁 칠래요."

"뭘 그렇게 많이 받았는데."

"엄청난 재벌은 아니어도 준재벌쯤은 됐잖아요. 그런 집안 딸로 20년 넘게 살았으니 그걸로 된 거 아닌가 하려고요."

"세상에 젤 쓸데없는 게 초년 복에 베팅하는 건데. 사람은 말년이 좋아야 해."

"노인네 같아."

"늙어서 그래. 진짜로 나이가 많잖아, 내가."

"늙으면 어떤 게 달라요? 난 아직 덜 늙어서 잘 모르겠는데."

"글쎄……."

"체력은 당연히 떨어질 거고."

"인내심이랄까 그런 것도 좀 바닥이 보이지."

"원래 나이 먹고 그러면 푸근해지고 그러지 않나. 여유로워지고."

"그건 젊은 것들의 착각이야. 푸근에 여유는 무슨. 안 될 거 같으니까 웃어넘기는 거고, 어림없는 거 아니까 포기하는 거고. 그게 여유로 포장되는 거지."

"오늘 좀 많이 삐딱하시네."

"내가 원래 바른 생활을 하는 사람은 아니잖아. 너한테 맞추느라고 좀 지친 거지."

"나도 그다지 바른 생활은 아닌데."

"너만큼만 해도 숨 막혀. 그러니까 쉬엄쉬엄해."

할 말이 있다는 느낌이 들었다.

나는 30센티쯤 공중에 떠서 종알거리고 그는 30센티쯤 땅을 파고 들어앉아 나를 본다.

불안한 만큼 나는 말을 한다. 열흘치 대화를 한꺼번에 하는 것처럼 숨이 차고 힘들었다.

그리고 나는 그가 무슨 말을 할지 알고 싶지 않았다. 무서운 것 같기도 하다.

"배도 부른데 나 그만 갈래요. 빈 그릇 기계에 넣고 한숨 자요."

"손으로 해야 하는 거라며?"

"기계 녹슬면 그것도 골치 아파. 가끔 돌려 줘야지."

"일어나. 데려다 줄게."

"됐네요. 그냥 혼자 갈래."

"자고 가도 되는데."

"어제도 여기서 잤어요. 외박 잦으면 동네 소문나요."

"평판에 신경 쓰니?"

"사회적인 인간인지라 무시하고는 못 살겠네요. 쉬어요. 덕분에 대박 맞은 기분으로 하루 잘 놀았어요."

"이상한 소리 한다."
이상한 건 내가 아니라 당신이라고 말하고 싶었다.
스웨터를 입는데 벨이 울렸다.
이 시간이 아니더라도 그를 찾아오는 사람은 나 말고 찾기 어려운데 하는 생각을 하다가 겁이 덜컥 났다.
그리고 그 예감은 틀리질 않았다.
예기치 않은 방문자는 고 회장이었다.

여자 사고가 잦아서, 또 그 뒤끝이 지저분해서 맞아 봤고, 탈선한 상류층 유학생 기사에 눈만 검정 칠 한 사진이 대문짝만 하게 나와 개망신을 당하고 삼촌에게 끌려와 아버지에게 개처럼 맞아 보기도 했지만, 나는 세상에게도 나 자신에게도 그렇게 쪽팔리다는 생각은 하지 않았다.
재수가 없었다거나 하면서 그냥 넘겼다.
그런데 정연이가 보는 앞에서 그녀와 먹던 따뜻한 밥상이 뒤엎어지고, 아버지의 막말과 독설이 내가 아닌 정연이에게로 쏟아지던 그 시간은 정말 살고 싶은 생각이 들지 않았다.
길길이 뛰면서 정연이와 내게 온갖 욕설을 퍼부어 대는 아버지를 끌고 밖으로 나가면서 나는 정연이의 얼굴을 쳐다볼 수가 없었다.
너무 쪽팔려서 벽에 머리를 짓이기고 싶었다.
"미친 새끼. 똥을 밟아도 그런 개똥을 밟아?"

"좀 그만 좀 해요."

"야, 입다 버린 빤스도 아니고 그 계집애를 왜 다시 만나. 왜 집에 들여서 뒹굴다 아침밥을 같이 처먹냐고, 이 개자식아."

차가 한강을 건너 구기동으로 갈 때까지 나는 벅벅거리는 아버지의 욕설과 퍼부어지는 주먹세례를 잠자코 받아 냈다.

집에서 점점 멀어질수록 나는 안도감이 몰려왔고 산으로 둘러싸인 적막한 요새 같은 동네가 보이면서 팔다리에 맥이 확 풀렸다.

언제부터인가 아버지도 지쳤는지 말도, 뭇매도 다 끝나 있어서 나는 손으로 마른세수를 했다.

"너 이 개자식. 어디까지 왔다는 거야?"

아버지는 다시 충전이 됐는지 휴대폰에 대고 고래고래 소리를 질러 댔고 나는 그 상대가 삼촌이라는 걸 직감했다.

오늘 삼촌과 나는 살면서 가장 피곤한 하루를 보낼 것이다.

아득하고, 어디서부터 엉긴 건지 도통 답이 보이지 않지만 오늘 삼촌을 부른 건 아버지의 실수다.

삼촌은 내 편이었으니까.

욕을 하고 주먹질을 해도 삼촌은 언제나 내 편이었다.

단지 아버지의 하수인 정도로만 생각했던 시간들도 있었다. 그런데 이제는 그게 아니라는 걸 안다. 삼촌이 있어서 나는 더 이상 나빠지지 못했다.

정연이가 지금 어떤 생각으로 어디에 있는지 미친 듯이 궁금했지만 나는 아버지의 그 악다구니 속에서 이내 차분해지던 서늘한 눈을 떠올렸다.

정연이는 흔들리지 않을 것이다.
나는 안다.
그래서 나는 더 두렵다.
끝을 내야 하는 사람은 아버지가 아니라 나였다.
너무 달콤하고 행복해서 너무 따뜻하고 놓치기 싫은 시간이어서 나는 머뭇거렸고 결국 일이 여기까지 왔다.
아무것도 할 수 없었던 것이 아니라 나는 아무것도 하고 싶지가 않아서 하지 않은 거였다.
더 이상 뒷걸음칠 수도, 모른 척할 수도 없는 사악한 진실이 내 무릎을 꺾는다.

이 여사님이 오시기 전에 나는 뒤집어져 있는 가구들을 제자리에 놓고 그의 아버지가 뒤엎은 밥상을 치웠다.
바닥에 널려 있던 콩나물 해장국의 건더기들과 반찬들을 쓸어 담고 걸레질을 하다가 손등이 따끔하다는 느낌이 들었다.
박살 나서 굴러다니던 그릇 파편이 피 한 방울 안 나올 만큼 정교하게 손등에 박혀 있었다.
하얀색 사기 조각을 뽑고 나니 기다렸다는 듯이 피가 쏟아졌다. 상처를 씻고, 소독을 하고, 연고를 바르는데도 피는 멈추지 않고 약과 엉겼다.
잘 막아 두었던 물줄기가 퐁 소리까지 내면서 터지듯이 눈물이 쏟아졌다.

집 밖의 골목에서 희미한 소음들이 자꾸 귀에서 멀어지고 소파에 누워서 잠깐만 쉬겠다는 생각이 이내 깊은 잠으로 변했다.

까무룩 잠이 들었는데 쿵쿵거리는 소리가 멀리서 들렸다.

일어나야 하는데 어쩌고 하면서 잠꼬대를 한 것도 기억나고 고개를 들었던 것도 기억나는데 그 이후는 기억이 나지 않았다.

한참을 더 잔 것 같아서 화들짝 일어나 보니까 부엌에 불이 켜져 있었다.

달그락거리는 소리도 들리고, 냉장고 문이 열려 있어서 나는 그가 돌아왔다고 생각했다.

냉장고 문이 닫히고, 내 눈앞에는 생뚱맞게 이유미 여사가 배추를 들고 서 있었다.

"아줌마 뭐 해요?"

"오라면서? 일어나서 문도 열어 줘 놓고 무슨 헛소리야?"

"내가?"

"공 치러 가는 사람 불러다 놓고 이게 헛소리야. 야, 오란 소리에 놀라서 용인 가다 차 돌려 왔더니만."

"원장님은?"

"공 치고 동창들이랑 놀다 온다고 늦을 거래."

"캔슬돼서 어떡해요?"

"하루 이틀 치는 공도 아니고 요즘 자꾸 더블 보기에 더블 파에 죽을 쒀서 필드 싫어."

"돈을 자꾸 거니까 그런 거죠. 스포츠에 왜 자꾸 돈을 걸어."

"얘가 또 속 모르는 소리하네. 소렌스탐이건 박세리건 다 걸린 돈 받으려고 골프 치는 거야. 뭐. 우리야 내가 걸고 내가 받아 가는 거긴 하지만."

"뭐 먹을 거 없어요?"

"앉아. 얘기는 밥 먹고 하자. 길 거 같으니까."

어디서부터 어떻게 말을 해야 할까.

아무 일도 없었던 것처럼, 심지어 우리가 마주 앉아 밥을 먹는 이 집과 식탁이 고세훈 씨의 집이 아닌 것처럼 미국에서 엉덩이에 종기가 나도록 앉아서 공부한다는 지연이 이야기와 이혼한다고 난리 치다 괌으로 튀어 버린 원장님 둘째딸 이야기를 두런두런 했다.

"너 근데 손등에 그거 뭐야?"

아, 그랬지. 생각 없이 있을 때는 몰랐는데 묻는 소리를 들으니까 갑자기 욱신거리고 아파 왔다.

"뭐가 박혔나 봐. 피가 좀 났어."

"어쩌다 그런 건데? 약 안 발랐지."

"약 바르고 할 거 다 했어요. 붕대도 잘 감아 뒀잖아."

"병원 가자."

"그 정도는 아니고요. 연고 바르면 돼요."

"먹다 체할 거 같아서 내가 입 다물고 있었는데 도저히 못 참겠어. 어떻게 된 건지 말해."

"뭘?"

"뭐든. 이 집 주인 놈은 도대체 어디로 가 버리고 너 혼자 넋 빠진 년처럼 앉아서 자다 말고 나와서 울었는지도 말하고, 그 손등에 그건 뭔지도 말하라고."

나는 잘 울지 않는다.

그런데 몽유병처럼 자다가 울었던 시절이 있었다. 할머니가 살아 계셨을 때 나는 나도 모르게 그렇게 울었다. 한동안 그런 짓은 안 했는데 마음이 들끓으니 또 그 버릇이 나왔나 보다.

"별건 아니고 고경철 회장님이 들이닥치신 거죠. 좀 시끄러웠어요."

팔짱을 끼고 앉아 있던 이 여사는 깊게 숨을 내뿜었다. 내가 피곤해서인지 주름 없이 팽팽하기만 하던 이유미 여사의 얼굴이 피로해 보이고 나이가 보이는 것 같았다.

"그 노인네 와서 독 뿜디?"

"응. 막 뿜던데. 기운 좋으시더라."

"망할 놈의 인간. 독두꺼비를 삶아 먹었나. 그놈의 독살은 늙어도 쨍쨍해."

"본 적 있어요? 독 뿜는 거?"

"봤지. 네 아버지 회사 날름 삼킨 거 알고 쫓아가서 해 댔는데. 야, 나 무식하게 달려들면 세상에 무서운 거 없는 거 알지? 근데 그건 댈 게 아니더라. 무슨 인간이 저승사자도 아니고. 아들이 고세훈인 게 이상하고, 동생이 고철종인 게 신기하지. 아니다. 제일 신기한 건 그 마누라지. 그런 인간이랑 살 섞고 자식도 없이 사는 거. 정 붙일 데가 뭐 있어야지. 돈에 환장을 했어도 그렇지. 하긴 그 여편네도 독하긴 하더라만."

"불쌍해라."

"누가? 고세훈이?"

"응. 명색이 애인인데 그렇게 험한 데서 살아남았는지 몰랐어?"

이 여사는 담배를 물더니 이내 벌떡 일어나 창문을 열어젖혔다.

"냄새난다고 지랄하면 내가 고세훈이 죽이려다 없어서 못 죽이고 열 받아서 지랄하다가 한 대 피운 거라고 해."

나는 그냥 웃었다. 어이없게도 나는 저렇게 기운 쓰고 슬픈 얼굴을 해 주는 내 편이 있다는 게 나는 끝도 없이 마냥 서러웠다. 이 서러움이 뭔지, 왜 이런 감정에 서럽다는 말을 써야 하는지 모르지만 나는 목이 막막해지는 게 서럽다는 말 말고는 생각이 나지 않았다.

"고세훈이는 자기 아버지하고 좀 다르지?"

"응. 많이 달라요."

"그러다 아니면?"

"많이 달라. 그런 사람 아니야."

"그랬으면 좋겠구먼. 그놈이 그런 놈 아니란 거 나 알거든. 근데 왜 이렇게 불안한지 몰라. 나도 늙나 봐."

그가 아버지에게 끌려 나가고 나는 넋 빠진 게 뭐라는 걸 확실히 느꼈다. 손 하나 까딱할 수 없는 상태에 숨만 쉬는, 아무것도 할 수 없는 그런 게 아닐까.

"웃어. 무시하고 웃고 다녀. 설사 고세훈이가 자기 아버지한테 꺾여서 널 버려도 네가 뻥 차 버린 거처럼 웃어."

"미쳤다고 그러겠네."

"나도 웃고 다녀. 나같이 자식 하나 못 낳아 보고 다 늙어서 의리 하나로 남자랑 사는 년도 웃고 다닌다고. 넌 아직 서른밖에 안 됐잖아."

"언젠 나이만 차고 넘쳐서 곯는다더니."

"부러워서 갈구는 것도 모르니? 어려도 지연이는 걱정이 안 되는데 넌 왜 이렇게 아린지 모르겠다."

물기를 먹은 눈으로 이 여사는 가만히 내 머리를 쓰다듬었다.

이런 기억이 또 있었나. 엄마도 아버지도 내 머리를 이렇게 애잔하게 쓰다듬어 준 기억이 없었다.

"네 아버지랑 살기 시작하고 2년쯤 됐으려나. 술 많이 먹고 들어와서 축 처져서는 네 방문 앞에서 서 있던 게 기억나. 너한테 미안하기도 하고, 고맙기도 하고 그랬겠지. 사춘기도 수월하게 넘어가 주고 나 같은 여자 이상하게 안 보고 받아 주고. 그게 안쓰러웠나 봐."

아버지도, 엄마도, 이 여사님도 살아왔던 시간들은 뼈가 시리게 신산했다. 그들은 같이 있으면서도 외롭다는 걸 감추지 못했다.

그때의 나는 겁이 났다. 나도 그럴까 봐, 그렇게 서러움이 몸에 박힌 어른이 될까 봐 무서워서 자꾸 초연한 척 상처 같은 거 별로 안 받는 척, 그렇게 앙큼을 떨었다. 그런데 아버지도 아줌마도 모두 알고 있었다.

지난 시간들은 아주 길고 어두운 터널처럼 느껴진다.

이 여사님은 결국 눈물을 쏟아 내면서 울었다.

휴지를 건네면서도 나는 울지 않았다.

울지 말자고 한 것도 아닌데 나는 눈물 한 방울 나오지 않았다. 내 눈물은 차곡차곡 내 몸속에 쌓여서 다시 숨어 버렸다.

　이 여사님이 부른 모범택시를 타러 현관문을 닫고 나올 때도, 그리고 일주일이 지나도록 그는 연락이 없었다.

※

"피가 섞여서 형 동생이지, 사실 네 아버지하고 나는 어쩔 때는 남보다 못하지. 너도 알잖아. 나이 차이 많은 형이면 동생 먹는 거, 공부하는 거 살필 줄 알았는데, 어디 그런 게 있어야지. 내가 상고 나와서 처음 들어간 회사가 정연이네 아버지 밑이었어."

　그건 몰랐던 일이다.

"전 처음 듣는데요."

"뭐 얼마 안 다녔거든. 상고 졸업하고 2년 다녔나. 그땐 한 회장도 경영 수업 받을 때라 경리과에서 빡세게 돌렸는데, 날 아주 잘 봤어. 그 양반이 미국 가서 MBA를 따 왔어도 실무는 어려울 때였는데. 전산이 어디 있어. 다 장부에다 수기할 때지. 연말에 마감하느라고 2, 3시까지 일하고 목욕탕 가서 씻고 다시 출근하던 때였는데 내가 배 아픈 거 참고 일하다가 마감 끝나자마자 졸도했거든."

"그 복막염이오?"

　삼촌은 배 한가운데 커다란 수술 자국이 있다. 어릴 때 목욕탕에 갈 때면 늘 그 수술 자국을 가리키며 자기가 얼마나 독한 인간인지 자랑하면서 맹장 참아 복막염 됐다는 말을 월남전 참

전 용사처럼 했다.

"그때 병원 가서 수술시켜 주고 입원까지 봐 준 게 한 회장이었어. 사람이 젠틀했거든. 말수가 없었어도 덕이 있었고. 네 아버지는 그때만 해도 동대문 시장에서 포목 떼다가 군복 만들어서 남미에 수출하는 거 할 때라 한 번을 안 와 봤거든. 그때는 나도 어려서 좀 서럽더라고. 근데 한 회장이 퇴근길마다 들러서 먹을 거 사 놓고 가고. 내가 거기에 혹했지. 인간적으로 매력 있었어. 그러다 내 사정 알고 대학을 가라고 하더라고. 조건 없이 뒤를 봐주겠다고. 그때 알았지 오너 아들이었다는 거."

"그런 게 무슨 소용 있어요. 삼촌도 결국은 그분 모른 척했잖아요."

"돈이 그래서 무서운 거야. 네 아버지가 날 갈아먹는다고 했어도 설마 죽이기야 했겠냐? 재산 물려줄 자식도 없으면서 난 내거 한 귀퉁이라도 허물어질까 봐 무서워서 눈에 뵈는 게 없더라. 지금도 후회해."

어쩌면 삼촌이 손을 내밀었다면 정연이 아버지는 그렇게 세상을 버리지 않았을지도 모른다. 이미 돌이킬 수 없는 일들인데 나는 자꾸만 미련을 들이밀며 과거를 왜곡하고 싶어진다.

"난 돈으로 여자한테 공을 들여 봤어도 이렇게 마음으로 공 들여 본 적은 없어요. 그런데 그러면 절대로 안 되는 게 돼 버렸어."

"두 가지지. 그걸 못 해 봤거나 그 가치보다 더 우선인 것이 있거나. 근데 너 그거 아냐? 꼭 무너지는 건 공든 탑이란 사실."

"악담해요?"

"경고하는 거다. 탑 쌓느라고 탑만 보다가는 그 탑이 모래밭에 있는지, 뻘에 있는지 보지를 못하거든. 그래서 도루묵이 되는 거야."

"삼촌, 요즘 절 다시 다녀요?"

"티 나냐?"

"나요. 그리고 안 어울려요."

"어울리라고 다니냐?"

"꼭 남 못살게 굴고, 괴롭히고, 돈 욕심 많은 사람들이 신한테 가서 빌더라."

"고 회장 빼고. 우리 못돼 처먹은 형아는 돈 아까워서 그거 못 하시지. 시주해야 하거든. 교회는 헌금 내고."

낄낄거리는 경망스러운 삼촌의 웃음소리가 내 어깨를 두드려 주는 것 같았다.

숙모가 잘라다 준 얇은 소고기를 얼굴에 붙이고 바닥에 드러누워 있자니 앞이 깜깜해지는 것 같았다.

"어떻게 될까요?"

"그걸 왜 나한테 묻냐?"

맞다. 그건 삼촌에게 물을 말이 아니다. 모든 건 내가 풀어야 할 문제였다. 시간이 좀 흐른 후에 내가 좀 더 단단해지고 준비를 다 했을 때 일이 터졌으면 나는 아버지의 맹공에 좀 더 여유롭게 대처할 수 있었을까?

이 모든 사실을 정연이에게 말할 용기가 없다. 그래서 나는 멈추는 것이 정답인 이 달콤한 연애를 끝내질 못한다.

멈추어야 하는데 지금의 나는 도저히 그럴 수가 없다.

엑스
피앙세

가을도 다 가고 바람은 바삭거리기 시작했다.

"여긴 웬일이래?"

이 여사는 회사로는 잘 오지 않는다. 돈 버느라고 고생하는 면상들을 보면 우울해진다고 나를 자신의 세계로 부르면 불렀지 회사 로비에서 날 불러내는 일은 없다.

그것도 점심시간도 아닌 오전 11시에 말이다.

"밥 먹자고."

"나 괜찮아요."

"내가 안 괜찮아. 갱년기래."

걱정스럽게 괜찮냐고 위로 비슷한 걸 해야 하는데 나는 웃어 버렸다.

"경사 났냐? 웃음이 나오게?"

"빨리 온 건가?"

"몰라. 짜증 나. 너 낮술 먹으면 안 되지?"

"밤에 오지. 날 새우고 마시게."

"가자. 오지게 비싼 걸로 먹자. 난 돈지랄로 갱년기를 극복할 거니까. 근데 너 입술은 왜 그래?"

어찌나 심하게 깨물었는지 며칠이 지났는데도 내 입술은 아직도 부어 있었고 피딱지가 내려앉았다.

"일을 너무 했나 봐. 순직하겠어."

"남 돈 벌어 주는 거에 왜 그렇게 기를 써. 그것도 고씨네 돈 벌어 주면서. 속도 없어, 암튼."

소식 한 장 없는 고세훈 씨 때문이라고 말하지 못했다. 아무 것도 모르시는 이 여사님의 타박에 울컥했지만 그냥 웃었다.
 회사에서 한 블록이나 떨어진 호텔에서 혀 꼬이는 프랑스 요리를 먹으면서 이 여사는 끝없이 떠들었다.
 "너도 한잔 마셔. 내가 네 술배를 아는데 술 한잔 마셨다고 일 못 하겠니?"
 "그럴까?"
 "이거 비싼 거야. 남기면 아깝잖아."
 "킵해 놓으면 되잖아요."
 "나 여기 별로야. 남으면 네 이름으로 해 놓을게 그 자식이랑 먹든지 아님 딴 놈을 불러다가 마시든지 해."
 "왜 이래. 별 다섯 개잖아요. 그리고 여기 안주 비싸거든요. 맹물에 술만 마시고 갈 수도 없고. 그거 별론데."
 "별이 오만 개면 뭐하니? 이렇게 비즈니스하라고 해 놓은 호텔 난 별로야. 난 금칠 은칠 해서 으리으리 번쩍 한 데가 좋아."
 "엘 에이 스타일?"
 "응. 엘 에이. 졸부 스타일 돈은 그런데 가서 쓰는 거야."
 "갱년기가 뭔데, 비극에 나오는 주인공처럼 그래요?"
 "다 끝났다, 그런 거. 넌 모를걸. 아니다. 벌써 알면 안 되지."
 "주인공 좋아하잖아. 이참에 주인공 놀이 좀 해 봐요. 누가 알아? 그러다 갱년기가 한 방에 혹 가 버릴 수도 있잖아."
 술 한 잔을 한 번에 쭉 들이켜고는 너무 요염하게 웃어 주신다. 저 매력에 김 원장님도, 우리 아버지도 넘어간 걸까.
 "나이 먹으니까 생각이 달라지더라."

"뭐가 어떻게 달라지는데."
"주인공은 안 하는 게 좋아."
"주인공 말고는 다 들러리라며."
"50년을 살다 보니까 어느 한순간에 딱 알아지는 게 있더라."
"쉰 좀 남았잖아."
"아무튼."
"뭔데?"
"대부분의 주인공들이 팔자가 사나워."
"사나워야 주인공을 하지. 아무 일 없어 봐. 심심해서 누가 봐 주나."
"그러니까 아무도 안 봐 주는 심심한 인생이 좋은 거더라고."

아무도 눈여겨보지 않고, 사람들 입에 오르내리지 않고, 있는 듯 없는 듯 살아 내는 일이 소원이었던 적이 있었다.

사람들이 아버지 죽음에 대해 무관심해 주기를 바랐고, 그와의 약혼만 성사됐더라면 우리 집이 그렇게 길바닥에 나앉지는 않았을 거라고 수군거리지 않기를 바랐다.

나는 그 모든 말들과 사람들로부터 도망가고 싶었다.

"피곤하신가 봐. 이 여사님. 그런 말도 하구."
"그럴지도 모르지. 그래서 나 다음 주에 지연이한테 갈 거야."
"치사해서 안 간다더니? 공부한다고 오지 말라고 했다면서."
"혼자 안 가. 남편이랑 갈 거야."
"암튼 시집 진짜 잘 가셨어. 갱년기 와이프랑 여행도 가고."
"그 남자는 나 갱년기인 거 몰라. 자기 딸 보러 가는 거지. 그리고 말 안 할 거야."

"왜요?"

"여자로 끝났다는 걸 왜 말하니? 난 여든 돼서도 여자 할 거야."

느닷없는 갱년기가 이 여사를 슬프게 했지만, 달콤한 술에 푸아그라를 곁들인 레몬 소스 안심 스테이크로 상심한 위장을 달래고 나온 세상은 반짝반짝 빛이 났다.

대낮에 대리 불러 떠나는 이 여사의 눈부시게 새파란 아우디를 웃으면서 배웅하고 3,000원짜리 테이크아웃 아이스 라테를 마시면서 걷자니 머릿속에 있던 답답한 생각들이 햇빛 아래서 군내를 날리고 눅눅한 기운이 마르는 것 같았다.

이래서 사람에게는 사치가 필요한 거다. 내 돈 내고 부리는 사치가 아니면 더 좋은 거고.

회사에 들어가기 정말 싫었다.

어차피 점심시간도 훌쩍 넘겼고, 이 차장한테 좀 늦을지 모른다고 말도 해 놨고, 나는 좀 걷기로 했다.

우울할 때 기분 전환한다고 신는 7센티 힐이 위로가 됐으면 좋았을걸. 나는 아직도 바닥을 친 기분을 끌어 올리지 못하고 있었다.

약도 좀 올랐다.

옆에서 갖은 애교와 썰렁한 농담으로 날 위로해 줘도 모자를 마당에 고세훈 씨는 말 잘 듣는 아들처럼 그날 이후로 문자 메시지만 오고 소식이 없다.

테헤란로를 사이에 두고 높이 솟은 건물들 사이를 건들거리면서 유유자적하게 걷는다는 게, 더구나 오후 2시를 바라보는 이 시간에 내게 있을 수 있는 일이던가.

삼성역까지 걸어야겠다고 생각하면서 회사 정문을 후다닥 피해서 지났을 때 내 앞에는 아주 오랜만에 만나는 사람이 있었다.

아무 일도 없었다는 듯이 이기죽거리는 웃음을 삐딱하게 짓고 입을 삐쭉거리는 고세훈 씨를 보자니 머리가 점점 하얗게 변하는 거 같았다.

"땡땡이가 심하네. 너 그래서 월급 제대로 받겠냐?"

"나만큼만 열심히 살라고들 해요."

"과장되더니 간만 부어서."

"낙하산 부장보다 일은 더 하거든요."

"왜 이렇게 삐딱해?"

"바보네. 그걸 나한테 물어."

"화났냐?"

"글쎄, 화난 것도 아니고. 이건 뭐지? 이게 뭐라고 해야 하는 거야?"

"넌 어휘력이 좀 달려. 뭐긴? 거지 개떡 같은 거지."

"신수는 참 훤하시네요."

"너도 나빠 보이지는 않는데. 일 좀 적당히 하지. 나 없는 외로움을 또 일로 승화했냐?"

한숨이 나오지만 뭘 어떻게 말하겠는가. 유구무언이 이런 때도 쓰인다.

"그동안 잘 살았어요?"

"뭐, 나름 바빴지."

"그럼 다행이고요."

"너 애인이 소식도 없이 열흘 넘게 있다 나타났는데 그게 네가 할 마땅한 도리라고 생각하나?"

"불도그 같은 아버지한테 끌려 나가서 소식 끊고 살다 보름 만에 나타나서 그렇게 뻔뻔하게 굴어도 된다고 생각해요?"

"불도그, 그건 좀 약하지."

"혹자는 독두꺼비라고도 합디다."

"그건 좀 어울리네. 그 양반도 예전에는 제법 괜찮았는데 돈독이 너무 올라 그렇게 된 거야. 젊었을 때 사진 보면 나름 괜찮다니까. 삼촌이랑 닮았어."

"그러거나 말거나."

나는 자꾸 삐딱해진다.

"화내지 마. 야, 얼굴에 피멍 들고 머리통에 반창고 붙이고 내가 어떻게 나타나나?"

저 남자가 무안하고 민망해하고 많이 미안해한다는 걸 알면서도 내 입에서는 좋은 말, 바른말, 예쁜 말이 나오질 않는다.

한참을 정말 뿔이 제대로 난, 철딱서니 없는 여자 친구처럼 팩해서 걸었다.

"땡땡이 확실히 칠래?"

"벌어먹고 살 일이 구만리인지라 사양하지요."

"어쩌냐? 내가 다 손써 놓고 나왔는데."

"무슨 개뼈다귀 같은 말이에요?"

그는 말없이 내 핸드백을 살살 눈앞에서 흔들었다.

"그걸 왜 들고 나와요?"

엑스
피아세

"너랑 어디 좀 가야겠다고, 찾지 말라고 했어."
"누구한테요?"
"이 차장한테"
"도대체 왜요?"
그는 세 걸음을 뚜벅, 뚜벅, 뚜벅 걸어 내 눈앞에 섰다.
그러고는 내 뒤통수를 잡고는 느닷없이 꼭 끌어안았다.
"이러려고."
미쳤나 봐. 여기 회사 앞인데. 보는 눈들이 득실거릴 텐데.
겨울이 코앞인데 너무 강한 햇볕이 거리를 내리쬔다. 머릿속이 아득해졌다.

회사까지 땡땡이 쳐 가면서 나왔는데 더구나 호기롭게 고속도로를 내쳐 달려 2시간이 훨씬 지났는데도 그는 별말이 없다.
평상시처럼 시답지 않은 말을 해서 어이없어하는 내게 끝까지 뻔뻔하게 잘난 척을 하고 들이대거나 툴툴거리면서 애처럼 어리광을 부려야 하는 사람이 입을 꼭 다물고 앞만 보고 운전만 한다.
곁눈질로 보이는 그의 단단한 옆모습에 나는 또 철렁 마음이 내려앉는다.
그날 아침, 불 맞은 멧돼지처럼 달려들던 그의 아버지를 맞닥뜨렸을 때보다 나는 더 무섭다.
"어디까지 갈 건데요?"
"어디까지 갈까?"
"절벽에서 같이 뛰어들고 싶은 사람 같아."

"무섭니?"
"별로."
"센 척하긴."
그의 말이 맞다. 나는 정말 센 척한 거였다.
절벽으로 떨어지겠다는, 확실한 목표가 있다면 차라리 나았을 텐데, 그는 아무런 말도 하지 않고 뭔가에 짓눌린 얼굴을 하고 내 옆에 이렇게 있다.

"엿 같은 세상인 거지."
"좀 그렇긴 하네요."
"말이 되냐? 자기 마음대로 안 된다고 아들이랑 동생을 한 방에 날리겠다는 그 정신 상태가?"
"세상에 말 안 되는 일이 한두 개예요? 아마 우리가 이러고 있는 것도 말도 안 된다고 하는 사람들이 더 많을 걸요."
"그 모든 걸 극복한 사랑을 내가, 이 개망나니가 하겠다는데 제일 좋아해야 할 사람이 우리 아버지잖아. 근데 그걸 왜 못하게 하는 건데."
"왜 그러시는지를 몰라요?"
"뭔데?"
"상대가 나잖아. 이유는 간단해요."
말문이 막힌다.
"근데 왜 이렇게 추운 거야?"

엑스
피앙세

"겨울이니까요. 겨울인데 더우면 이상하잖아."

아마 한정연은 이런 짓을 해 본 적이 없을 거다. 고등학교 때 자율학습 한 번 빼먹고 나온 적 없다고 했고, 대학교 때도 강의 빼먹고 놀아 본 기억이 없다고 했으니 멀쩡한 평일 오후에 나한테 낚여서 회사를 빼먹고 나와 시골길을 돌아다녀 본 적은 더더욱 없었을 거다.

"너 남자 잘 만난 줄 알아."

"할 말 없으면 그냥 좀 있지 그래요. 말도 안 되는 말 그만하고. 입 안 아파요?"

"너처럼 입 다물고 그냥 앉아만 있으면 입안에 곰팡이 핀다. 그리고 너 남자 잘 만난 거 맞거든. 나나 되니까 애인 손 붙잡고 회사 날리고, 이렇게 도망도 쳐 주고 그러는 거지. 서인하 같은 샌님 만나 봐라. 아마 인생이 답답할 거다."

"상황으로 봐서는 지금도 충분히 답답하거든요."

그렇게 말하면서도 정연이는 웃고 있었다.

나는 너무 미안해서 자꾸 떠벌리고 있는데 정연이는 웃기만 한다. 조곤조곤 말대답을 하지만 맺힌 거 없이 조용히 웃는다. 그럴수록 나는 자꾸만 더 미안해진다.

"그만 웃어."

"별게 다 시비야."

"그만 웃으라고. 네가 너무 아무렇지도 않게 구니까 더 미안해지잖아."

"미안할 거 없어요. 그럴 거 없다고요."

"아마 내가 말한 거보다 아버지가 더 세게 나올지도 몰라."

아버지가 회사를 날릴지, 아니면 정연이를 날릴지 나는 알 수가 없다. 그날 이후 아버지는 내내 침묵 중이었고 삼촌 역시 별말이 없었다.

뭔가 대단히 크고 위험한 뭔가가 밀려오는데 손 놓고 기다리는, 엿 같은 기분이었고 그건 내내 밤마다 꾸는 악몽이 되었다.

"어떻게 되겠죠. 설마 킬러 같은 거 구해서 죽이기야 하겠어요?"

"너 영화 너무 본다."

"나 영화 잘 안 봐요. 미국 드라마를 보지."

"너도 밤새우고 어둠의 경로로 다운받아서 보고 그러냐? 눈 벌게져서."

"그건 오빵이 하는 짓이요. 지연이가 영어 공부를 미드로 했거든. 따라 앉아서 봤지요. 관용어구 같은 거 지연이가 어렵다고 해서."

"너 심지어 영어도 잘하냐?"

"잘해요. 거기 가서 먹고살 만큼은 해요. 어학연수도 갔고, 방학 때마다 쉬지 않고 보스턴 사는 외가에 갔어요. 누구처럼 10년씩 살면서 연애질하느라고 영어 몇 마디 안 쓰고 끌려 들어오지는 않았거든요."

"너 그거 내 이야기냐?"

"그럼 내 거겠어요?"

"넌 어째 모르는 게 없냐?"

"새삼스럽긴."

얼굴에 붓기가 빠지고 시커멓던 멍이 내려갈 동안 나는 오만 생각을 하고 또 하고 또 했다.

나중에는 머릿속 모든 것들이 엉키고 엉켜서 정신 분열이 올까 봐 걱정도 됐지만, 결국 나는 내가 어떤 길을 선택을 하든 모두에게 최선이 될 수 없다는 걸 알았다.

나는 이 여자와 헤어질 수가 없었다.

내 인생의 최고의 에이스였다. 아버지의 악행을 숨길까도 생각했지만 그건 평생을 지옥에서 살겠다는 것과 별반 다름이 없다. 어제 나는 이유미 여사에게 도움을 청했고 매달렸다.

나는 정공법을 택했다.

정연이가 어떤 선택을 하는지 나는 알 수가 없다.

뿌옇던 흙탕물이 가라앉아 맑아지는 기분이 들었다. 더 이상은 어떤 게 상처가 덜 날지 계산만 하고 있을 수는 없다.

통창을 내서 탁 트인 전망까지는 좋았는데 추웠다.

"인간이나 집이나 멋 부리다 골로 가는 거야. 이게 뭐냐? 이 넓고 우아한 30만 원짜리 펜션에서 이불 쓰고 앉아 있고."

"불이 들어오는 데 시간 걸린다잖아요. 좀 기다려 봐요."

"몰라 몰라. 난 성질 급해서 이런 거 못 참아."

"제발 좀. 촐싹거리지 말라고요. 난 좋은데."

"뭐가?"

"이불 쓰고 같이 이러고 있는 거."

"마흔이 목을 조르고 있어 봐. 내 몸 내가 안 아끼면 너랑 길게 못 살아."

슬픈 영화의 주인공은 싫어

소리 없이 환하게 웃고, 정연이는 내 어깨에 기대고 눈을 감았다.

살짝 튀어나온 앞짱구인 한정연 씨는 이마에 힘 줄 때가 제일 무서웠다. 이마에 힘주고 눈에 힘 빼고 조곤조곤 따지면 일당 백이어서 이 부장도 오뺑도 정연이가 이마에 내 천 자 그리면 일단 접어준다고 했다.

지금의 정연이는 내 천 자도 없고, 눈은 감았고, 내 어깨에 닿은 몸은 뼈밖에 없는……. 힘없고 약해 보이기만 했다.

"정연아."

"응."

대답에 졸음이 묻어왔다.

"너는 나를 얼마큼 기다려 줄 수 있니?"

"글쎄."

"야. 그렇게 말하면 어떡하니? 영원이오. 그래야지."

"워낙에 거짓말은 잘 안 하는, 강직한 성품인지라."

"이게 오뺑이랑 다니더니 뺑만 늘어서."

눈도 안 뜨고 킥킥 웃는다.

"군대 가요? 너무 늙어서 안 받아 줄 텐데."

"나 미국 있다 끌려와서 군대 갔거든."

"근데 뭘 기다리라는 건데?"

보라색이 바랜 이불을 여며 줬다.

뭐라고 말해야 할까.

"뭔데요?"

"내가 모든 걸 다 정리할 때까지."

엑스
피아세

"뭘 정리할 건데?"

"뭐든지 다 할 거야. 우리가 같이 늙어 죽을 수 있게."

정연이는 아무 말도 없이 가만히 있었다.

"자냐?"

김샌다.

별로 영양가 있는 표현은 아니지만 그래도 잠들어 버리다니.

마음이 서늘해졌다.

"기다릴게요."

느닷없이 정연이의 대답이 들려왔다.

이번에는 내가 꿀 먹은 벙어리가 돼 버렸다.

"그런데 너무 힘들면 그만둬도 돼요. 미련하게 부여잡지는 말라고요."

"그건 또 무슨 말인데?"

"우리 아버지는 엄마랑 무슨 절절한 사이었는지 나는 잘 몰라요. 근데 엄마 돌아가실 때 약속을 했대요. 평생 잊지 않고 기억할 거라고. 그리고 절대로 재혼 안 한다고."

이유미 여사의 비극이 거기에 있는 거다.

"근데 그건 나도, 지연이도, 아버지도, 이 여사도, 아무도 행복하게 만들지 못하는 순애보였어요. 그러니까 당신도 우리가 같이한다는 의미가 뭔지 모르게 될 만큼 힘들어지면 그냥 손을 놔도 된다고요. 우리 마음까지 지쳐서 말라 버리기 전에요."

갑자기 서글퍼졌다.

눈이 뻐근해진다 싶었는데 정연이의 단정한 얼굴이 눈앞에 있었다.
"우리 같이 막 울어 버릴까요?"
눈은 웃고 있었지만 정연이의 눈은 물기가 그렁그렁했다.
"초상났냐?"
"초상나야 우나 뭐. 난 부모 초상 때도 안 울었다고요."
"그럼 나랑 같이 울어 주는 게 큰 은덕인 거네."
"선택받은 거죠."
나는 두 손으로 그녀의 얼굴을 감싸 쥐고 입을 맞췄다.
입술을 나누는 소리가 세상의 모든 소음을 다 막아 버렸다.
눈물이 섞이면서 짠맛이 났지만 키스는 생채기에 피 흘리는 우리를 따뜻하게 위로해 줬다.
정연이의 옷을 벗기면서 나는 잠깐, 깊은 산에 이런 펜션을 짓고 숨어서 정연이랑 살아 버릴까 하는 딴생각을 했다
"정연아."
"응?"
"우리 산속에 집 짓고 위성 접시 하나 달고 숨어 살까?"
"왜?"
달뜬 목소리로 정연이가 묻는다.
정연이 가슴에 얼굴을 묻으면서 나는 웃었다.
"좋잖아."
"그러게. 그것도 괜찮은데. 뭐든 다 좋을 거 같아."
그래. 뭐든 지금은 다 안타깝고, 안쓰럽고, 좋고 그랬다. 어떤 폭풍이 문 앞에서 기다릴지 몰라도 이 부실한 펜션 안에서 우리는 행복했다.

엑스
피앙세

아버지와 세상을 보는 눈이 다르다는 게 감사했다. 아버지가 나를 통해서 뭘 바라는지, 돈 말고 또 뭐가 있는지는 모르지만 나는 처음으로 내가 아버지에게서 완전히 독립했다는 걸 알았다.

그러니 이제는 혼자 힘으로 일어나 뚜벅뚜벅 걷는 일만 남았다.

넘어져도 하는 수 없지만 다시 일어나면 되는 거니까. 그러면 되는 거니까.

망각

아침부터 좀 이상하기는 했다. 그냥 기분일 거라고 생각했다.

어제 고세훈 씨랑 나누어 먹고 남은 호박죽을 데우다 전자레인지 안에서 그릇이 폭발하는 사고가 났고, 덕분에 그거 치우느라 입사하고 거의 해 본 적이 없는 지각을 했다.

다들 내가 연애하는 걸 알고 있기 때문에 내가 뭘 해도 한 가닥 접고 보는데 지각까지 했으니. 그럼 그렇지 하는 눈총이 등짝에 박히는 것 같다.

유부남도 아니고 애인 있는 남자도 아닌데 나는 세상의 눈치를 보면서 그를 사랑한다.

입술을 나도 모르게 앙다물고 침을 삼키지만 그래도 조금은, 아니, 참 많이 억울하다는 생각이 든다.

언제 어떻게 어떤 폭탄이 터질까 조마조마한 마음도 억울하고, 사귀는 남자가 고세훈이라는 거 말고는 그 어떤 변화가 없는데도 내 뒤에서 두런거리는 시선들이 억울하다.

"인생의 반전에 대한 값을 치른다고 생각해."

"반전?"

"쫄딱 망해 들어온 낙하산에서 오너 조카를 꿰찬 능력자로의 인생 반전."

"11시까지 일하다 3,000원짜리 우동 먹고 헤어졌거든. 그게 인생 반전이니?"

"가난해서 먹은 거 아니잖아. 그 시간에 스테이크 파는 데가 없어서 먹은 거 아냐? 그런 건 억울해할 필요가 없는 거야."

색안경 안 끼고 나의 연애를 자신의 일상에 자연스럽게 받아 주는 건 오민규뿐이었다.

사람 오래 살고 보는 거라고, 마치 계약서의 갑과 을이 바뀐 것처럼 요즘 민규와 나는 역할이 완전히 바뀌었다.

"오래 살 거 같아. 사방에서 욕을 배 터지게 처먹어서."

자꾸 말이 격해진다.

"욕먹는다고 오래 살면, 살아서 끔찍한 인간들이 너무 많아지잖아. 그런 개떡 같은 말은 집어치워."

"하긴 욕먹는 걸로 말하자면 내가 널 어떻게 따라가겠니? 내가 한 욕만 해도 10년은 더 살 텐데."

"고민 많이 하냐?"

"글쎄. 늘 생각을 하는 거 같기도 한데. 가만히 보면 아무 생각도 안 하는 거 같아."

"늙어 보여."

"끝이 안 좋아, 너하고는."

오뺑과 너무 말을 오래 섞었다.

"점심 사 먹여, 거기다 커피까지 밥값 넘치는 걸로 사 줬더니 이게 끝이 안 좋다네."

이러다 점심시간 지나서 사무실에 가겠다 싶어서 좀 빨리 걷는데 앞서 가던 민규가 갑자기 걸음을 멈췄다. 그 덕에 커피가 캐멀색 재킷에 좀 쏟아졌다.

"뭐야, 너."

성질을 확 내려는데 민규가 심각한 눈으로 내 얼굴을 봤다.

느낌이라는 건 정말 무서운 거다. 나한테도 어쩌면 저 멀리서 신이 내리고 있을지도 모른다.

"고 부장한테 전화할까?"

기도 안 차는 광경이었다.

아무것도 없던 안내 데스크 앞에 떡하니 휴게실 1인용 소파가 놓여 있고, 거기에 온통 하얀 머리만 빼 놓고는 전혀 늙은 기색이 없는 고 회장이 앉아 있었다.

뭐라고 하지 않았지만 그 눈만 봐도 여기 이렇게 볼썽사납게 앉아 기다리는 대상이 나라는 건 눈먼 사람만 아니면 다 알 것 같았다.

"야, 너 이리로 와 봐."

언젠가 이런 만남이 있을 거라는 건 어렴풋이 알고 있었다. 내게 경고를 한 거였으니까. 하지만 내 직장에서, 모두가 보고 있는 이곳에서 이럴 거라고는 생각 못했다.

나는 잠시 망설였다.

하지만 지금 나는 후퇴할 수가 없다. 그가 마음이 변해서 날 떠날 수도 있을 거고, 또 내 마음이 식어 버릴지도 모르지만 지금은 아니니까.

나는 오직 지금, 현재만을 사는 사람처럼 기를 쓰고 살아 내야 하니까.

이 연애의 끝이 어떤 것이든 지금은 저 노인네를 상대해야 한다.

한 걸음 내딛는 나를 민규가 막았다.

"너 미쳤어?"

"가야지. 오라시잖니. 걱정 마. 그리고 너 쓸데없는 짓 하지 마."

내 팔을 잡는 민규의 손을 잡아 내리고 나는 앞을 향해 걸었다. 내 구두 굽에서 나는 소리가 또각또각 아주 크게 들렸다.

등에 서늘한 바람이 들어오는 것 같았다.

"배라먹을 년"

세상에 돌아다니는 온갖 잡년은 고 회장의 입에서 다 나오는 것 같았다.

"너, 너. 내가 네년 속을 모를까 봐. 너 나는 어떻게 안 되니까 모자라다고 네가 차 버린, 내 병신 같은 아들놈 상투를 쥐고 흔드는 거지, 이 나쁜 년아."

상투란다. 고세훈 씨는 남자치고는 좀 긴 듯해도 올려 묶어 상투까지 틀 만큼 긴 머리는 없는데 말이다.

나는 입을 벌리지 않기로 했다.

그런데 베토벤 같은 허연 깍두기 머리를 한 노인네는 너무 기세등등하고 다양한 어휘를 구사하시는 관계로 전혀 불쌍해 보이지 않았고, 내가 귀머거리 벙어리 흉내를 얼마만큼 내야 살길이 보일지도 전혀 감이 오지 않았다.

"우리 집에 들어와서 다 들어먹으려고 작정했지? 이 독한 년."

이런 질문은 어떻게 대답해야 할까.

"그런 생각 안 했습니다."

"그럼. 그럼 너 왜 세훈이한테 들러붙은 건데? 네가 기생충이냐?"

"회장님."

그냥 멍하니 있기로 했는데 내 머릿속은 자꾸 차가워지고 정리가 된다. 이런 것도 병이다.

나는 잘 참는데, 잘 견디는데, 이럴 걸 다 알고 온 건데, 이 순간 그게 안 된다.

"뭐가 그렇게 겁이 나세요?"

뜨악한 얼굴의 고 회장을 보니 자제가 안 된다.

"어떤 작정을 했다면 좋은 기회일 수도 있겠네요. 고세훈 씨 이용해서 우리 아버지 복수를 하는 거. 꽤 괜찮겠어요."

나한테 그런 마음이 한 번도 없었다고는 나는 자신 있게 말할 수가 없다. 지금 알았다. 아주 미약하게나마 그런 마음을 먹었던, 나도 몰랐던 깊은 속내가 있었던 건지도 모른다는 걸.

"그런데 저 그거 안 하고요. 왜인 줄 아세요?"

"너 나 가지고 노냐?"

"회장님이랑 똑같아지기 싫어요."

"이년이, 너 죽어 볼래?"

여기까지 왔는데, 이렇게까지 끝을 보는데도 내가 그를 붙잡을 수 있을까.

나는 그를 놓치지 않으려고 이 자리에 순순히 앉은 거였다. 그런데 이젠 그럴 수가 없다.

"아버지는 실패한 경영인이었어요. 저 그거 잘 알아요. 회장님이 그렇게 안 하셨어도 누군가에게 더 비참하게 당하셨을 수도 있을 거예요. 그래도 아버지는 세상에 비겁하지 않으셨어요."

"웃기시네. 그런 인간이 다 내팽개치고 벽에 차 들이박고 죽어?"

이 말은 내게 해서는 안 되는 거였다. 적어도 다른 사람들은 다 해도 고 회장은 그러면 안 되는 거였다.

"약혼 깨면서 발행했던 어음 일시에 돌리셨던 거 회장님이란 거 알아요. 아버지가 채권 은행단에서 지급 유예받고 투자자들한테 투자금 약정받고 돌아오시다 사고 난 거 저 알거든요. 그렇게 해 놓고 왜 아버지가 자살하시겠어요. 그 소문이 어디서 나왔는지 굳이 알아보고 싶지는 않아요."

"그럼 내가 죽였다고 우겨 보지 그러냐?"

"그건 사고였어요. 그래서 나는 아닌 거 다 아니까 괜찮았다고요. 좋은 아버지는 아니었지만 비겁한 아버지가 아닌 것만으로 난 충분했어요."

그가 저 사람의 아들이라는 게 정말 싫었다.

뼈가 시리게, 머리카락이 주뼛거릴 정도로 싫었다.

"제가 고세훈 씨 이용해서 뭐 좀 해 보려고 하면요. 전 회장님이랑 다를 게 하나도 없어져요. 그럼 안 되는 거잖아요. 사람 진심이란 걸 그렇게 버리면 안 되는 거더라고요. 회장님처럼요. 너무…… 너무 불쌍해요."

고 회장이 불쌍했다. 그것도 내 진심이었다.

그의 모든 것이 다 신기루처럼 보였다. 내가 뭘 믿고 이렇게 까부는 건지 모르겠지만 나는 내 앞에서 갖은 패악을 떠는 저 노인네가 너무 안돼 보였다.

뭔가 소리가 난 거 같아서 그래서 나는 신기루처럼 위태로운 고 회장의 현실을 똑바로 보았다. 섬뜩했다. 뭔가 일이 있는 거 같았는데.

고 회장을 보니 얼굴이 벌겋다 못해 터질 것 같은 자주색이었고 내 앞에는 그가 목 탄다고 계속 들어 올리던 유리잔이 조각이 나서 널려 있었다.

종아리가 뜨끔해서 보니까 작은 유리 조각이 박혀서 반짝거렸다.

결국은 여기까지 온 거였다.

어른 말씀하시는데 딴짓하다 피까지 봐 가며 벌을 받는다.

"독하고 못된 년."

저건 늘 듣던 말이니 새삼 서러울 것도 없다. 그런데 유리컵이 박살 나면서 몽땅 내 가슴에 박힌 것처럼 답답했다.

문이 열리고 누군가 들어왔다. 고 사장 방에서 이 난리를 치고 있으니 고 사장이려니 했는데…….

아니었다.

오민규 입이 그렇게 쉽게 막을 수 있는 게 아니었다. 그 인간이 가만있을 리가 없었다.

세상의 모든 게 멈춰 버렸다는 말이 뭔지 나는 이제는 알 것 같다.

나도, 그도, 또 고 회장도 아무것도 들리지 않는 세상을 사는 사람들처럼 그렇게 입을 다물었다. 조금 전까지만 해도 오가던 고성과 욕설이 모두 먼지처럼 날아가 버렸다.

괜찮다고 아무렇지도 않게 일어나려고 했는데 다리가 훅 꺾였다.

손가락만 한 유리 조각이 정강이에 박혀 있었다.

회색 스타킹에 박힌 투명한 유리 조각은 너무 현실감이 없었다. 스타킹 위로 검게 배어 나오는 피는 더 현실과는 멀어 보였다.

고세훈 씨가 조심스럽게 유리 조각을 뺐다. 아픈 걸 보니 현실이다.

상처를 체크무늬 손수건으로 꽉 묶으면서도 그는 아무런 말도 하지 않았다.

나도 그에게 어떤 말도 하지 않았고, 얼굴도 쳐다보지 않았다.

서러운 거 같기도 하고 슬픈 거 같기도 하고. 뭐라고 할 수 없는 감정 속에 한 가지는 분명했다.

나는 무서웠다.

내 손을 잡고 일으켜 세우고 내 허리를 잡았다.

그리고 우리는 아무 말도 안 하고 난장판이 된 고 사장의 사무실을 나와서 고 사장의 전용 엘리베이터를 탔다.

18층에서 내려가는데 끝이 느껴지지 않았다.

아주 깊이 깊이 침잠하는 내 마음처럼 세상도, 그도 자꾸 깊이 가라앉았다.

"작년에 네 생일 파티 했던 거 기억나니?"
"그게 파티였나?"
"시작은 네 생일 파티였지. 오민규랑 내가 싸워 물을 흐려서 그렇지."
"새삼스럽지도 않아."
"그때 나랑 오뻥이랑 술 마시고 뻗었을 때 너 혼자 사부작사부작 오뻥 오피스텔 치웠던 거 기억나니?"
"그랬던가."
"그것도 뭐 한두 번 있는 일이 아니었지만."
김이 올라오는 생강차를 건네주면서 가은이가 낮게 웃었다.
가은이와 민규가 연애를 했던 시간만큼 나 역시 그들과 함께 한 시간들이 있었다. 언제부터였는지 명확하지는 않지만 이 여사만큼이나 오랜 시간 동안 충실한 내 친구들이었다. 두 사람이 등을 돌리고 서로 다른 인생을 살기로 했다고 해도 변질될 수는 없는 인연들이다.
병원에서 치료를 받고 가은이네 집으로 오면서 그는 아주 필요한 말 말고는 입을 열지 않았다. 그건 나도 마찬가지였다.
화가 난 것도 아니었고 내 감정을 그에게 어필하려고 한 것도 아니었다. 그냥 할 말이 없었다. 절뚝거리면서 들어온 나를 가은이는 기도 안 찬다는 얼굴로 받아 주었고 그는 처방 받아 온 약을 주고는 이내 가 버렸다.

지금 그는 어디에 있을까.

어떤 경우의 수를 가져다 놓아도 긍정적인 결과는 오지 않았다.

"술을 너무 먹어서 몸이 축축 늘어지는데 네가 베개 가져다 내 머리 받쳐 주고, 이불 덮어 주고 그랬잖아. 근데 나 그때 많이 울었어."

"왜? 눈물 나게 고맙디?"

"아니. 네 등이 너무 쓸쓸해 보여서. 이불 쓰고 널 보는데 그냥 마음이 아프더라고. 그러다 설거지하는 네 등짝 보다가 혼자 그랬어. 이쯤이었으면 좋겠다. 그렇게."

"뭐가 이쯤이야?"

"이쯤이면 누군가 한정연이 옆에 있어 줘도 되지 않을까. 그랬어. 솔직히 그전까지는 너 사는 게 하도 치열해서 곁에 누가 있어 봤지 걸리적거리기만 하겠다 했거든. 민섭 씨도 그랬잖아. 그래서 그 사람이랑 헤어지고 그래도 난 네 연애가 파토 난 게 별로 안쓰럽다 생각 안 했거든. 좀 홀가분해 보였던 거 같기도 해. 그런데 이상하게 그날은 이젠 누가 있어도 네가 곁을 줄 수 있겠구나 했어. 설마가 사람 잡는다고 설마 그 고세훈한테 곁을 줄 거라고는 생각도 안 했지만."

"그건 나도 몰랐어."

"망할 계집애. 너 지난번에 약혼한다고 했을 때 들러리 하려고 나 30만 원 주고 청담동 가서 머리했는데 그걸 깻박치더니만."

"그랬어? 너 돈 많이 썼다, 짠순이가."

"그런데 있잖아. 이건 아닌 거 같다. 그 남자 아버지한테 불려 갔다가 종아리 꿰매고 오는 건 너무 거지 개떡 같은 경우 아니냐고."

"안 꿰매도 될 거 같았는데……."

"웃기시네. 그 피 칠갑을 해서는 후시딘 바르면 다 된다고 그러냐? 막장이야, 막장."

웃었다.

"등신. 무슨 연애를 피를 봐 가면서 하니?"

"고의는 아니었으니까."

"부처님 반토막 같은 소리하고 자빠졌네."

맥주가 가은이 목구멍을 타고 넘어가는 소리가 들린다. 나도 저거 한 캔 먹고 싶은데 의사가 지혈 안 된다고 술 먹지 말라고 했기 때문에 뜨거운 생강차를 마시지 않고 들고 있었다.

"번호 불러."

"무슨 번호?"

"장난해? 그럼 내가 미국 가 있는 지연이 번호 따려고 이러겠어? 이 여사 아줌마 불러서 뭐든 푸닥거리라도 해야 하잖아."

"그러지 마. 귀찮아."

"그 연애를 귀찮아해라. 그리고 엎어."

"그럴 순 없지."

"오기 나냐? 피도 봤는데 끝을 보자 그런 거."

"아니거든."

"너 설마. 그 재수 없는 열녀 노릇 하려고 그러는 거야?"

"그렇다면 네가 열녀비 세워 줄래?"

"땅에 파묻고 비석으로 눌러는 줄게."

독이 올라서 나도, 고 회장도 모두 눈에 아무것도 보이지 않던 그때, 전투력이 확 사라는 그런 순간이 있었다. 그가 들어와 아무런 말도 하지 않고, 지혈을 하고, 나를 데리고 나가는 순간 고 회장의 얼굴을 봤을 때였다. 속도 없다고 욕을 먹을지 모르지만, 또 어떤 일들로 발을 걸지 모르지만, 나는 그 독한 노인네가 완전히 무장해제당한 얼굴을 본 거 같았고 이내 고 회장이 딱해졌다.

어쩌면 고 사장은 이 순간의 감정을 알고 더 이상 아무런 말도 없이 우리가 가는 걸 내버려 뒀는지도 모른다.

"나 한 모금만 주라."

"이게 미쳤나. 항생제 먹는 주제에 술을 왜 달래?"

"그러게. 근데 술이 막 마시고 싶네."

가만히 나를 보던 가은이는 마시던 맥주 캔을 내밀었다.

"감질나니까 딱 세 모금만 마셔."

차가운 맥주가 목구멍을 타고 내려가면서 머릿속이 맑아지는 거 같았다.

"진짜 맛있다."

"완전히 미치지는 않았구나."

"뭐가?"

"술이라도 마셔야 할 만큼의 머리는 돌고 있다고, 이 등신아."

가은이는 이내 울었다.

"미안해."

"이제 좀 편하게 살아. 너 그만큼 했으면 네 아버지도 나중에 너한테 뭐라고 하실 수 없을 거야. 쉬운 남자 만나서 쉽게 쉽게 편하게 살라고."

"고세훈 씨 쉬운 남자야."

"내가 자기 쉬운 남자 말하는 거니?"

"끝이 안 좋을 수도 있겠지. 병신 짓한 걸지도 모르고. 근데 그 사람을 볼 때마다 드는 생각이 있어."

"뭐? 저 인간을 내가 구해 줘야지 하는, 돼먹지 않은 자비심 같은 거?"

"내가 뭐라고 그런 맘을 갖겠냐. 그게 아니라 그냥 내가 먼저 등 돌리지는 말자. 내 등을 보이지는 말아야지 하는 거."

"네가 캔디냐? 아치가 스잔나 년한테 가도 웃으며 보내 준다 하더니만, 너 캔디 꼴값 흉내 내냐?"

그럴지도 모른다. 주제에 맞지 않는 캔디의 순정일지도 모른다.

깊이 생각하기도 뭐한 일이다. 나는 그저 고세훈 씨 마음에 내가 상처가 되고 싶지 않을 뿐이니까. 모든 얽히고설킨 그 모든 것들의 시작은 언제나 단순한 거니까.

"기어이 그래야겠냐?"

"네."

"너야 뭐 자식이니까 그렇다 쳐도 정연이가 다 감당할 수 있겠냐 이거지."

"걜 믿는다 어쩐다 그런 말 안 해요. 내 마음도 이제 간신히 알았는데 걔 마음을 어떻게 알겠어요. 내가 정신 줄 놓고 있었던 거보다 더 오래 걸릴지도 모르지만. 비밀로 덮고 모른 척 살다가 결국 아버지한테 더 폭탄 맞게 하고 싶지는 않아요."

"결론을 그렇게 냈다면야······."

"우선 회사에서 손을 뗄 게요. 제가 회사를 나간다고 아버지가 아무 짓도 안 할 거라곤 장담 못해도, 그래도 저랑 거리를 두는 게 회사나 삼촌한테 더 나을 거 같아서."

"지랄도 풍작이라더니. 꼴값을 떠네."

"아, 좀······. 내가 모처럼 비장하게 말하는데······."

"말하면 뭐, 어쩌라고? 너 같은 놈이 나가서 뭘 할 건데. 다시 뭘 시작한다고 해도 그걸 그냥 놔둘 위인이냐, 네 아버지가?"

"그럼 어쩌라고요."

"어쩌긴. 너랑 나랑 같이 버티는 거지."

"삼촌 왜 그래요? 아버지 몰라요?"

"너 나는 모르냐?"

삼촌이 이렇게 나올 줄은 몰랐다.

"나는 뭐 맥없이 형아 뒤따라 다니다 회사 만들고 돈 번 줄 아냐고? 매는 좀 맞겠지만 그렇다고 한 방에 나가떨어질 만큼 무능하진 않아."

"직원들도 피해를 볼 거잖아요."

"살아남는 놈들은 살아남게 돼 있어. 이번에 IDS 섞어 녹이면서 체질도 좀 바꿨고, 버틸 수 있을 거야. 쌍코피에 피똥은 좀 지리겠지만."

엑스피앙세

갑자기 나타난 비빌 언덕은 어색하다. 돈이 무서운 삼촌이 아버지와 맞서서 날 품어 주겠다는 게 좀 당황스러웠고 그리고 쪽팔렸다.

누군가의 보호 안에서 안온을 느낄 수밖에 없다는 게 쪽팔리고 내 힘으로 정연이를 지킬 수 없다는 게 속상했다.

"피할 수 있는 우산이 있으면 밑으로 들어가는 거야. 무슨 개뼈다귀 같은 강짜로 버텨? 머리 나쁜 것들이나 개폼 잡다 똥통에 코 박는 거지."

내 마음을 다 읽는 것처럼 삼촌이 심드렁하게 말한다.

삼촌과 아버지가 유난히 닮은 점이 있다.

얼굴은 웃고 있어도 눈은 웃지 않는다. 안면 근육이 어떻게 되면 저러나 싶지만 아무튼 저 두 형제는 똑같은 눈을 가지고 세상을 향해서도, 사람을 보고서도 웃은 적이 없었다.

그런데 삼촌이 살짝 반달눈을 한다.

나를 보고 갑자기 인자한 얼굴로 웃는다.

왈칵 울음이 났다.

내가 우는 이유가 자존심인지, 안도감인지, 아니면 절망감인지 나도 모르겠다.

이렇게 시간들이 지나고 일들을 하나씩 겪고 나면 나는 다른 세상을 만날 수 있을까.

정연이와 잡은 손을 놓지 않을 수 있을까?

아버지가 알았으면 좋겠다는 생각이 들었다.

세상에 아버지는 모르는, 사람들 사이의 관계가 있고, 마음이 있고, 어떤 계산기로도 계산할 수 없는 아버지에 대한 내 마음이 있다는 걸 말이다.
 오랫동안 나는 아버지가 나를 바라봐 주길 바랬다.
 눈이 올 때 눈사람을 만들어 주고, 목욕 가서 등을 밀어 주면서 사춘기 몽정에 대해서 미리 살뜰하게 말해 주고, 면도하는 법을 가르쳐 주는 그런 아버지이기를 바랐다.
 내가 원했던 삶이 뭐였는지 나는 모른다.
 막연한 것도 없었다.
 그런데 이젠 그런 것들이 생겼다.
 아무리 아버지라고 해도, 어떤 모든 것들로도 포기할 수 없는 내 꿈이 생긴 거였다.
 사소한 만족을 아버지가 알았으면 했다.
 너무 사소해서 사람들이 일상이라고 부르는 그걸 나는 정연이와 갖고 싶었다. 그리고 그런 일상을 아버지와도 나누고 싶었다.
 시작을 했으니 끝도 봐야겠지.
 피를 흘리고 팔다리가 떨어져 나가도 나는 이젠 흔들리지 않는다.
 지난 시간 내내 흔들리고, 망설이고, 도망갔던 내 비겁에 대해 나는 책임을 질 때가 온 거다.

 마주 보고 밥을 먹다가도 나는 헛발질을 해서 낭떠러지로 곤두박질치는 기분이 든다.
 아무 일도 없었다는 듯이 생선살을 발라서 내 밥그릇에 올려 주고 빈 물 컵에 보리차를 따라 주고. 도대체 이 여자의 머릿속에 뭐가 들어 있는지 알 수가 없다.

"냉이가 아직은 좀 이른가 봐. 향이 별로네."

"공갈 냉이인 거지."

"하우스 냉이치고는 괜찮다 싶다가도 좀 심심하네. 안 그래요?"

"온 세상이 공갈과 개뻥으로 가득 찼는데 냉이가 뭐 잘났다고 혼자 냄새 빵빵 풍겨 가면서 진실을 말하겠냐?"

"왜 이렇게 배배 꼬여서 그래요?"

"내가? 뭘?"

"밥 더 먹을 거예요?"

묻는 말에 알맞은 대답을 해야 하는 건데 정연이는 지금 그럴 생각이 없는 것 같다. 내 질문 역시 육하원칙에 맞는 어떤 답을 기대하는 것이 아니니까.

지금의 우리는 서로에게 상당히 무성의하다.

"고세훈 씨?"

"응."

"밥 더 안 먹어도 되는 거죠?"

"응."

그녀는 조용히 일어나 반찬 그릇을 치우고 빈 그릇을 개수대에 넣었다. 찻물을 올리고는 빈 그릇을 개수대에 넣고 한참을 물이 끓기를 기다리면서 내게 등을 보이고 서 있다.

나는 벌을 받는 기분이었다.

요즘의 나는 내가 아는 모든 사람들에게 벌을 받는다. 날 죽이겠다고 펄펄 뛰는 아버지에게도 벌을 받고, 그 저주에서 날 보호해 주려고 막아선 삼촌도 내게는 형벌이다.
 그리고 할 말 많은 등을 내게 보이는 정연이도 내 마음을 무겁게 짓누르는 벌이다.
 물이 끓는 소리가 나고 정연이는 풀 냄새가 나는 허브티를 맑은 유리잔에 담아 내 앞에 놓아 주었다.
 "로즈메리."
 "알아."
 "향이 좋아서."
 "그러네. 졸릴 거 같기도 하고. 목욕탕에서 나는 냄새 같기도 하고"
 "그런가? 하긴. 바디 젤 향이 로즈메리였네. 진정 효과가 좋대요. 긴장도 풀어 주고."
 그럴 거 같다는 생각도 들었다.
 "나 요즘 시를 많이 읽어요."
 "시? 너 한가하냐? 시집 보고 그럴 시간이 있어?"
 "오다가다 그냥 봐요. 늙나 봐, 난. 시가 자꾸 좋아지네."
 "나는 아는 시가 딱 하나야."
 "뭔데요?"
 "≪가지 않은 길≫이던가?"
 "프로스트?"
 "그 인간은 또 누구냐?"
 "그 시를 지은 시인이에요. 아는 시가 그거 하나라면서 시인이 누군지도 몰라요?"
 "나는 그 시만 좋아. 마지막 구절 빼고."

엑스
피앙세

"어떤 점이?"

"할까 말까 망설이다 못한 거에 대해서 그렇게 대놓고 징징거리기가 쉽냐? 마지막에 ≪미래 소년 코난≫ 같은 희망 설정이 맘에 안 들지만."

어이없다고 웃는다.

"정연아."

"응."

"한정연."

"왜요?"

어쩌면 날 보고 웃는 저 여자가 내가 가지 않고 두고두고 생각했을 그 길일 수도 있었다.

지금은 너무 많이 와 버린 길이지만 나는 후회하지 않는다.

"아마 세상이 시끄러울 거야."

"걘 늘 시끄러웠어요."

"네가 상상 못했을 일들이 일어나도 놀라지 마."

"뭐 또 나 모르는 지난 연애가 말썽을 피우나. 설마 모르고 살던 자식이 나타난 거 아니겠지?"

"잠 안 온다고 일드, 미드, 온갖 드라마를 다 보더니만 머릿속이 막장 드라마야."

"드라마는 오히려 단순한 거잖아. 우리가 사는 거에 비하면요."

침묵이었다.

얼마나 오래였는지 모르지만 좀 길었다.

나도 정연이도 많은 생각을 했다.

머릿속이 터질 것 같다가 가라앉으면서 나는 냉정해졌다.

망각 387

"지난 일들에 대해서 너는 어디까지 알고 있니?"

나는 고개를 들고 담담히 그녀에게 물었다.

최대한 담담해지지 않으면 나는 문을 열고 뛰쳐나가 미쳐 날뛸지도 모른다.

"어디까지 알아야 하는 건데요?"

"네가 원하는 것까지 말할게."

다시 침묵이다.

"우리 아빠 이야기가 나와야 하는 건가요?"

어쩌면 정연이는 모든 것을 알고 있을 수도 있다. 알면서도 모른 척 그렇게 덮어 버리기를 바랄지도 모를 일이다.

"응."

나는 목이 자꾸 가라앉았다.

"어디까지인 건데요?"

"글쎄, 어디까지인지 나도 잘 모르겠다. 다 끝난 이야기가 아닌 게 돼 버렸어. 너랑 나랑 이렇게 되면서 한 회장님의 마지막 1년하고 지금까지 너에게 일어났던 많은 일들이 다 걸쳐져 있어."

천천히, 아주 천천히 정연이 눈 속의 반짝임이 어두워지고 있었다.

어쩌면 내가 시시콜콜하게 말하지 않아도 정연이는 다 알아 버렸을지도 모른다.

"확실한 거예요?"

뜨거웠던 로즈메리가 찬 기운이 돌 때쯤 정연이가 고개를 들고 내게 물었다.

나보다 더 복잡했을 머릿속을 정리했는지 정연이는 더 이상 아무것도 물을 생각이 없다는 표정으로 내 얼굴을 보고 있다.
"응."
"무서운 이야기겠네."
"응."
"다 들어야겠죠?"
"힘들어도 그게 나을지도 몰라."
가만히 고개를 끄덕인다.
"준비됐어요. 시작하세요."
나는 목이 메었다.
이 모든 일들을 덮고 피하고 싶었는데 결국은 내 손으로 열고 만다. 정연이가 어떤 결론을 낸다고 해도 지금 이 순간은 이게 옳은 거다.
나는 어긋난 순간들을 하나씩 하나씩 맞추는 기분으로 입을 열었다.

지옥에는 불바다와 악마들만이 있는 것이 아니다.
나는 똑바로 서 있을 수도 없었고, 누울 수도 없었다. 내게 시간을 주겠다는 그에게 나는 악다구니를 치고 미쳐 날뛸 수도 없었다.
아무렇지도 않게 회사를 가고, 일을 하고, 사람들을 만났지만 나는 머릿속에 전쟁터를 넣고 다녔다.

내가 하는 말이 저 멀리서 들리는 다른 사람의 목소리처럼 낯설게 느껴지고 자꾸만 주저앉아 버리고 싶어지던 순간 나는 인정해 버렸다.

 내가 이렇게 괴로운 건, 내 마음이 이렇게 지옥 불에서 헤매는 것은 몰랐던 사실을 알아서가 아니라는 걸 말이다.

 나는 그 모든 걸 알고 있었고, 각오했고, 그리고 아닌 걸로 하기 위해 발버둥 쳤던 거였는데 그게 모두 헛짓이 되어 버렸다.

 "보여 줄까?"
 "뭘요?"
 "아버지가 나한테 보낸 편지."
 "싫어."
 "생각이나 좀 해 보고 말하지. 뭘 그렇게 재깍 나와, 대답이."

 나는 죽을 때까지 절대로 그 편지를 읽고 싶지 않았다. 지난 8년간 이 여사가 나와 지연이를 위해 해 주었던 모든 것들이 아마 그 편지에 기인했을 것이므로 나는 굳이 그것을 확인하고 싶지 않았다.

 "어쩌고 싶은 건지 정했어?"
 "어떻게 할까?"
 "사지선다형으로 불러 줘?"
 "선택할 답안이 그렇게 많나?"
 "모르지. 그냥 해 본 말이니까."
 "다들 던지기만 해. 답들도 없으면서. 그리고 내가 답인데 왜 다들 자기들이 답인 척해."

엑스
피•세

"어려운 말 하지 마. 듣다가 신경질 나."

귀여운 우리 이유미 씨.

"난 아줌마가 좋아."

"난 너 싫어. 계집애야."

"지연이만큼은 아니라도 나도 좀 예뻐해 줘요."

이 여사 눈가에 눈물이 보였다.

"감격했어요? 왜 울어?"

"미친 계집애. 내가 왜 우니? 자기가 우는구만."

"내가? 진짜?"

나는 목구멍에서 이상한 소리까지 내면서 울었다. 그 이상한 소리가 내 것이란 걸 알면서도 멈출 수가 없었다.

"정연아. 너 그냥 도망가라."

"어디로?"

"한국말도 안 쓰고, 미국 말도 안 쓰는 동네로 튀어. 그 자식이랑 둘이 도망가 버려. 너한테 뭐라는 인간도 없겠지만 그런 인간 있으면 내가 아주 입을 찢어 버릴게. 그러니까 다 묻고 토껴."

그럴 수 있을까?

나는 모든 걸 다 묻고, 잊고 도망가서 모른 척 그렇게, 그와 잘 살 수 있을까?

이 모든 흙탕물이 가라앉기를 기다린다.

그래야 앞이 보일 것이고 무엇을 해야 할지가 보일 것이다.

뭐가 뭔지 모를 지금, 나는 그의 얼굴도 똑바로 볼 수가 없다. 그 역시 내 주변에 다섯 걸음쯤 떨어져서 묵묵히 지켜보고 기다릴 뿐 아무것도 못하고 있다.

악다구니를 하고 그와의 관계를 깻박치던, 아니면 고 회장을 피해 그와 밤도망을 가건 나는 우선 이를 악물고 버텨야 한다.

내가 다시 일어서려면 시간이 필요한 것이다.

세상일은 내 마음대로, 내 계획대로 굴러가지 않는다.

생각지도 못했던 곳에서 일이 터졌다.

고 회장은 그의 모든 지저분한 일을 처리했던 부하 직원이 검찰에 던진 투서에 세상 앞으로 끌려 나왔고, 굴비 두름 밀려 나오듯 그도, 나도 그리고 아버지도 세상으로 던져졌다.

처음에는 그가 저지른 일이 아니었을까 하고 생각했지만 고세훈 씨도 나 못지않게 당황해했고 이리저리 바쁘게 사실을 알기 위해 뛰어다녔다.

그가 던진 폭탄을 어떻게 해 보지도 못한 채 우리는 또 다른 폭탄을 맞았고, 지난 일들을 어떻게 하네 마네 하는 일은 생각할 여유도 없이 그와 나는 모든 일들의 한복판으로 끌려 나왔다.

고철종 사장이 막으려고 했지만 일은 너무 커져 버렸다. 봄이 봄인지도 모르게 사방이 전쟁터였고, 그 한가운데에 고세훈 씨는 던져졌다.

나는 어떤 고민도 한가하게 할 여유가 없이 그만 바라보고 그만 생각한다. 내가 무엇을 할 수 있을까.

그 혼란 속에서 나는 내 마음을 읽었다.

엑스
피아세

세상이 시끄러웠다.

갑자기 텔레비전 뉴스에 고 회장이 나오고 대진 ENG가 나오고, 곱게 늙지 못한 얼굴을 한 정치인들과 공무원들이 우르르 나오면서 세상의 모든 관심은 고 회장의 그 리스트의 존재 여부로 들끓었다.

누군가의 투서로 시작됐다는, 이 모든 사단의 중심에 고 회장의 개망나니 아들이 있다는 루머가 돌았고 진실과 상관없이 점점 그건 진실이 되어 갔다.

사람들은 돈 때문에 동생과 아들이 짜고 형이면서 아버지인 고 회장을 밀고했다고 수군거렸다. 고 사장은 묵묵히 받아들이고 겪어야 하는 일이라고 그와 나를 다독였다.

이 모든 일이 집안싸움에서 비롯된 밀고가 원인이라면서 희생양을 찾았다.

사회면에 대문짝만 하게 나고 인터넷에는 그의 과거사가 사실과 루머가 범벅이 되어, 조금만 더 있으면 그는 마약도 먹고 사람도 죽인 미친놈이 될 판이었다.

그의 이야기를 듣고 나는 온몸의 기운이 내 발가락 끝으로 다 빠져나가는 기분이 들었다.

예상 못했던 건 아니다. 믿기 싫었을 뿐이지.

나는 아빠가 스스로 세상을 버렸다는 알고 있었다.

그날 집을 나서는 아버지의 눈을 기억하고 있었고, 말없이 웃으면서 아주 잠깐 내 손끝을 살짝 잡아 주시면서 지연이 시험이 언제냐고 물으시던 그 목소리를 기억한다.

나는 사람들이 모르길 바랐다.

그래서 아빠의 자살을 직감했으면서도 그 누구에게도 입 밖으로 내뱉지 못했다. 그런데 허망하게도 아빠는 유서도 썼고 공증까지 해서 이 여사에게 맡기고 우리를 부탁까지 했다.
나 혼자의 비밀은 없었다.
모두가 알면서 아닌 것처럼 8년을 살았다.
그런데 이젠 세상도 안다.
세상은 아버지의 죽음이 자살이라는 증거도 손에 넣지 못했으면서 거의 확실하다는 듯이 쑥덕거렸다.
고 회장은 돈에 미쳐 사람을 벼랑에서 밀어내 버린 악당에서 동생과 아들에게 배신당한, 인생 잘못 산 초라한 노인네가 되어 하루는 욕을 먹고 다음 날은 동정을 샀다.
이 정신 사나운 회오리 속에서 그는 정면으로 모든 걸 다 상대하고 있었다. 나는 그 등 뒤에 숨어서 가십에 조심스럽게 한 모 씨로 오르내리고 있었고 이 여사는 아빠의 유서를 가졌을지도 모를 중요 참고인이 되어서 검찰에 출두 명령까지 받았다.
일이 터지고 사람들이 등 뒤에서 수군거리기 시작할 무렵에 나는 휴직 처리가 되었고 집을 나와 김 원장이 사 둔, 수목원 방갈로에 숨었다.
나를 데려다 주고 그는 딱 하룻밤만 자고 갔다. 나는 그가 가지 않기를 바랐다. 가지 말고 여기에 숨어 버렸으면 했다.
나는 자꾸 주저앉아 버렸고 그는 묵묵히 나를 부축해서 두 발로 서 있게 만들었다.
모든 게 혼란스러운 시간이다.
"당신이 한 거 아니죠?"

엑스
피아세

"아냐."

"진짜죠?"

"너까지 왜 그러니? 나도 삼촌도 아니야. 그냥 전 상무하고 아버지 사이가 틀어진 거야. 당연히 돈 문제겠지만. 아마 너희 집 일도 나올 거야. 너희 집 회사 손쓴 사람이 전 상무야. 그러니 어쩌겠어. 다 까발릴 거 같기도 하고. 많이 시끄러울 거야."

그는 당황해하고 있었지만 나보다는 더 침착했다.

나는 그와 관계를 어쩌겠다는 결정도 하기 전에 상황에 밀려서 그의 손을 잡았고 그가 없이는 서 있을 수도 없었다.

"우리 어떻게 될까요?"

"네가 어쩌고 싶은지는 아니?"

"답이 없는 건가?"

"답이 어디 있겠니? 그냥 살다 보면 그게 답이 되겠지."

"고세훈 씨 같지가 않아. 어려워."

"아, 씨. 나 점점 똑똑해지나 봐. 미치겠어."

웃었다. 실없이 나는 낄낄거렸고 그는 피식 웃었다.

"그냥 아줌마 말대로 내뺄걸. 그럼 이 꼴 저 꼴 안 겪고 구경만 했을 텐데."

"우리 팔자가 편하게 굴러갈 것이 아닌 거지."

나는 그의 손을 잡았다.

"황송해라."

"왜?"

"줄리엣이 로미오 손잡아 줬을 때 로미오 자식의 마음을 알 거 같다."

"걔들은 어려서 자기들밖에 모르거든요."
"토 좀 달지 마."
나는 그의 손을 잡았지만 그는 나를 꼭 안았다.
"시끄러울 거야."
"알아요."
"미안한데. 나는 너 못 놓겠다."
그건 내 마음인지도 모른다.
"그냥 같이 가자. 우리 좀 고단하게 살면서 다 끌어안고 같이 가자."
나란 인간은 돌다리도 두드리고, 물어보고, 알아보고 건너는 인간이다. 언제나 외줄을 타는 것처럼 모든 게 조심스러웠다.
생각하고, 또 생각했다.
그러니까 딱 한 번만 지옥인지 아닌지 생각 안 하고 뛰어내려도 되지 않을까.
내 편이 아무도 없다고 해도 나는 저 남자 손을 놓고 싶지가 않다.

나는 미국 드라마 보느라 외면했던 몇 년씩 묵은 한국 드라마를 보면서 그를 기다렸다. 바보처럼 머리를 비우려고 나는 필사적으로 TV만 봤다.
그리고 하루에 한 번 늦은 밤에 걸려 오는 그의 전화를 기다렸다. 내가 느끼는 시간보다 세상의 시간은 빨라서, 꽃이 피고 봄비가 세차게 내려 그 꽃들을 다 보내 버렸지만 나는 여전히 추워서 밤에도 두터운 수면 양말을 신었다.

"정말 아무 일 없는 거예요?"
— 그럴 리가. 곧 더 시끄러워질 거야.
"어떻게 되어 가는 건지 물어봐도 되는 건가?"
— 묻지 마. 나도 모르거든. 어쩌면 이제 곧 나도 너도 이 개곤죽에 처박히게 될지도 몰라. 겁나지?
그건 상관이 없었다.
어차피 그의 손을 다시 잡았을 때 그건 다 각오한 거였다. 하지만 일은 내가 예상했던 것과는 다른 방향으로 더 크게 걷잡을 수 없게 번지고 있었다.
"그냥 묻어 버렸어도 나는 상관하지 않았을 거예요."
— 그랬을까?
"내가 떠안을 몫이니까 그건 내가 알아서 할 문제였다고요."
— 너 그랬으면 오래 못 살았을 거야. 나도 그렇고. 속에 무간지옥을 넣고 어떻게 너랑 나랑 웃으면서 애 낳고 그냥저냥 잘 살았겠냐? 너도 나도 그거 못 해. 어떻게든 끝이 났어야 할 일이니까.
"이렇게까지 크게 안 벌려도 됐다는 거예요."
고 회장 사건에 참고인들로 줄줄이 끌려갔던 고철종 사장과 고세훈 씨는 숨기는 거 없이 모든 걸 털어 내듯이 세상에 나섰고 그로 인해서 일은 걷잡을 수 없이 커졌다. 또 그만큼 뒷말도 무성했다. 인터넷은 지옥이었다.
— 삼촌이랑 많이 의논했어. 모든 걸 끝내려면 선수를 칠 수밖에 없는데, 근데 이렇게밖에는 방법이 없었어, 정연아.

나는 그에게는 미안한 것 같기도 했다. 하지만 고 회장의 이 난국에 대해서는 추호의 미안함도 없었다. 그는 정말 모든 면에서 성가신 사람일 뿐이었다.

— 아버지는 보통 사람이 아니니까 어떻게든 헤쳐 나가겠지. 나는 아버지가 알았으면 좋겠어. 이 모든 게 그저 미친놈이 저지른 미친 짓만이 아니란 걸 아버지도 알았으면 해서. 그래서 그랬어. 아버지가 어떤 사람이었던지 내 아버지였나 봐. 미안해.

"힘들지 않아요?"

잠깐 그는 아무런 말도 하지 않았다.

— 죽을 거 같아, 정연아.

여기까지 오는 동안의 그가 어떤 마음이었을지 나는 다 알지 못한다.

괴로워서, 힘들어서 죽을 것 같다는 그에게서 나는 불과 얼마 전의 내 마음을 보았다.

덮어 버리고 싶었던 모든 걸 알아야 하는 고통이 나를 짓눌렀지만 나는 나만 생각하기로 했다.

모든 것은 다 지나갈 것이라고 그렇게 믿기로 했다.

이번 일로 그는 평생을 후회하는 마음 자락을 가질지도 모른다.

그도 나도 바보 짓하는 걸로는 뒤처지는 일 없는 사람들이니 그렇게 기다리고 기대면서 살아가는 것도 나쁘지 않을 수도 있으니까.

나는 기다린다.

고 회장은 거듭되는 검찰 조사에도 불구하고 끝까지 버텼다.

그리고 우리의 예상대로 세상은 시끄러웠지만 그 많은 증거들에도 불구하고 시끄러웠던 것만큼의 결과가 없이 다시 거품처럼 가라앉았다.

우리는 패륜 드라마의 주인공이 되었다가 로미오와 줄리엣이 되었다가를 반복하면서 세간의 관심을 받았다.

그는 검찰에 소환되었고 이틀이 지나도록 돌아오지 않았다. 나는 서울에 돌아가 그와 이틀을 같이 지냈다. 그는 수목원으로 돌아가든가, 이 여사 집에 가 있으라고 했지만 그러고 싶지 않았다.

정말 수백 번도 더 고철종 사장에게 전화를 하고 싶었고 변호사를 찾아가고 싶었다.

"아무것도 보지도 말고, 듣지도 말고, 생각하지도 마. 그냥 멍청이처럼 그렇게 가만히 있어. 다 끝나면 올 거니까."

검찰에 출두하는 날 아침에 현관에서 안아 주면서 말했다.

그런데 정말 그 약속을 지키기가 너무 힘들었다.

나는 창문도 닫고, 텔레비전도 보지 않고, 인터넷도 하지 않고 오롯이 그가 돌아오기를 기다렸다.

찻물을 끓이고 있을 때 초인종이 울렸다.

그가 아닐 거라는 걸 알면서도 내 마음이 툭 떨어졌다.

나를 찾아온 사람은 고세훈 씨는 당연히 아니었고 내가 예상했던 이유미 여사도 가은이도 아니었다.

그의 새어머니였다.

"차 드세요."

꼬았던 다리의 방향을 바꾸면서 비릿하게 웃는다. 그런데 이전과는 달라 보였다.

내가 변했기 때문일까. 내가 저들에게 품었던 독기를 풀었기 때문에 그런 마음이 들지도 모르지.

"재미있니?"

"재미있으세요?"

"별로."

"저도 그래요."

"세훈이 놈에게 그런 배짱이 있는 줄은 몰랐네. 넌 알았니?"

"그 사람이 뒤에서 조종했다고 생각하세요?"

"그건 아니지. 전 씨 그 인간이 언젠가 영감 등에 칼 꽂을 거라고 그렇게 내가 말을 했는데, 결국 이렇게 된 거지. 걘 그러기엔 좀 착하지? 그럴 만큼 간이 크지는 않아."

"왜 그렇게 생각하세요? 고세훈 씨 바보 아닌데."

"처음엔 그랬지. 나쁘고 잘난 년이 온달 같은 놈 꼬였다고. 거기에 등신 같은 게 넘어갔구나 그랬지."

그럴 거라고 생각했다. 아마, 몇몇을 빼고는 다들 그렇게 생각할 거였다.

"그렇다고 해도 하는 수 없죠."

"센 척도 할 줄 알고. 너도 좀 변했네."

저 사람은 나에 대해서 얼마만큼 알까?

왜 저렇게 말을 하는 것일까.

"세훈이가 저렇게 나오는 데는 네가 이유일 수도 있겠지. 근데 그게 다가 아닌 건 나도 알고, 걔 아버지도 알아."

나는 저 사람들의 관계가 어떤 것일지 생각해 본 적이 있었다. 그럴 때마다 그에게 자꾸 짙은 연민만 생겼다.

나도 외로웠지만 적어도 나는 가족이라는 사람들에게 존중을 받았다. 살 부대끼고 사는 사람들에게 위로를 받았지, 그처럼 경멸을 받으며 살지는 않았다.

"그 두 부자가 닮은 구석이 없다고 생각했어. 참 지독한 아비에 지독하게 말 안 들어먹는 자식 놈이다 그랬지."

말없이 차를 마시는 얼굴이 지쳐 보였다.

"자기 아버지 검찰 들어가기 전날 집에 왔더라. 오늘 아들 죽이겠구나 했는데 이상하게 조용했어. 서재 들어가서 한참을 있다 나왔으니 둘이 무슨 말을 했는지는 나도 몰라. 그 집안이 원래 그래. 옆에 있는 사람이 죽어 나가도 알은척 안 하는 집안이니까. 둘 다 지쳤을지도 모르지. 30년을 넘게 그렇게 싸우고 살았는데. 사이좋은 사람들보다 박 터지게 싸운 사람들이 서로를 더 아는 법이거든."

이 사람이 참 힘들구나라는 생각이 들었다. 시작은 달라도 지금의 우리는 같은 마음일지도 모른다.

"아버지를 버린 게 아니에요."

"그럴지도 모르지. 근데 이 방법이 최선이었다고 할 수 있을까, 이런 방법밖에 없을까 싶어서 그래서 그런 거지."

나는 그녀의 물음에 대답할 수가 없다. 나는 고 회장에 관해서는 죽을 때까지 알은척하고 싶지 않다.

"전 할 말이 없어요."

"그러겠지. 나도 별말 못 했는데 네 주제에 뭘 주절거리겠니. 가야겠다. 쇼핑이나 하러 가야지 하고 나왔는데 별로더라고. 차 잘 마셨어."

웃지도 않고 덤덤하게 그녀는 갔다.

베란다에 쭈그리고 앉아서 벤자민 잎을 닦았다.

자잘한 이파리가 많아서 시간 보내는 데는 더할 나위가 없다.

무심하게 들이치는 햇빛이 낯설었다. 조금 있으면 어두워질 거고 그럼 또 하루가 가는 거다.

시간을 무심히 보내는 일은 사람을 지치게 했다.

우리 모두 벌을 받는 시간이라는 생각이 들었다.

뒤돌아보지 않는다

지난주 내내 날이 추웠다.

봄이라고 난리들이었는데 바람이 거셌고 기온은 차가웠다.

그러더니만 거짓말처럼 오늘은 걷다 말고도 졸음이 쏟아질 정도로 햇빛이 좋았다. 정연이가 하라는 대로 베란다 난간에 이불들을 털어서 말렸고 정연이는 머슴 들여 놓고 암팡지게 부려먹는 마님처럼 이거 해라 저거 해라 하면서 일을 시켰다.

하는 족족 떨어뜨리고, 넘어뜨리고, 부수고 하는 나를 보고 혀를 차 대면서도 그녀는 쉬지 않고 집 안 곳곳을 치우고 닦았다.

"그만 좀 해. 더러운 데도 없는데 뭘 그렇게 난리야."

"늙나 봐요. 예전에 할머니가 이맘때면 꼭 집을 뒤집었거든. 지연이 고3 때도 그건 예외 없이 일했어. 근데 이젠 내가 그러네."

"재미있냐?"

"설마."
"그런데도 한다 이거지?"
"봄이잖아."
"야. 우리 그러지 말고 아예 결혼을 하자."

멋쩍어서 말도 못하고 있다가 돌 던지듯이 무심하게 운을 뗐다. 시크하게…….

검찰 조사를 받고 나오다 어두운 복도에서 나는 정연이와 결혼을 해야겠다고 생각했다. 그리고 내내 때를 기다렸다.

"왜?"

잠시 나는 저 질문에 어떻게 대답해야 할지 아무런 생각이 들지 않았다.

"지금 너랑 나랑 사는 게 결혼이랑 다를 게 뭐가 있어?"
"그럼 그냥 이렇게 살지 뭘 새삼스럽게. 더구나 백수 주제에."
"말은 바로 해라. 백수는 너지. 난 다음 주부터 아니야."
"괜찮겠어요?"

정말 심각하게 우리는 야반도주를 생각했다. 밤 비행기를 타고 멀리멀리 가자고 몇 번을 말했다. 그런데 그럴 수가 없었다.

나는 이곳에서 다시 시작하고 싶었다.

내 선택이 다시 도망자라면 나는 다시는 어디에서든지 땅에 발을 붙이고 서 있을 수 없을 것 같았다. 예전에는 나 혼자였지만 이제는 혼자가 아니다.

최악의 선택이 될지도 모른다는 불안감은 아직도 있다.

아버지의 구속으로 일은 대충 봉합된 것 같지만 아직도 분을 못 참고 이를 가는 노인네의 성정을 봐서는 또 언제 무슨 일을 벌일지 모를 일이다.

나의 선택을 정연이는 받아들여 줬다.

미안했지만 나는 이곳에 남고 싶었다.

"야, 오빠가 그러자 하면 좀 네 하고 그래 봐라."

"오빠는 무슨. 그 많은 여동생들은 어쩌고 나한테까지 오빠래?"

"내가 무슨 여동생이 있어?"

"근 20년을 전 세계에 여동생을 두고 사신 걸 내가 모를까 봐."

"걔들하고 같냐?"

"같건 다르건 사무실로도 오빠 찾는 전화 꽤 왔거든요. 고세훈 씨."

나의 정리 안 된 과거는 이렇게 발목을 잡는다.

"날 오빠라고 부르는 애들은 많아도 내가 결혼하자고 한 애는 너 하나야."

"약혼이나 한 번 더 할까?"

"너 뒤끝 강하다."

"그걸 아직도 몰랐나."

"그 숱한 애들을 저버리고 너한테 정착하겠다 이거지, 이 멋진 오빠가."

"아. 욕 나와. 그놈의 오빠는 남자들한테 로망쯤 되나. 민규도 바람피울 때는 꼭 오빠라고 그러던데."

"오뺑 같은 하수를 나한테 대냐?"

베란다 마루에 걸터앉은 내 옆에 앉으면서 정연이가 속을 알 수 없는 웃음을 짓는다.

수능 시험보다 더 어렵다.

"당분간 이렇게 지내요. 나는 지금이 좋아. 우리가 사는 시간들이 언제 어떻게 무너지고 공격받을지 모를 만큼 위태로운 것도 알기는 한데, 꼭 어떤 변화가 있어야 확실해지고 단단해지는 건 아니잖아."

나는 아직 불안하다. 피곤에 절어 엎어져 자는 쪽잠 속 꿈에 나타나는 건 짐 싸 들고 문을 닫고 나가 버리는 정연이의 뒷모습이었던 적이 여러 번이었다.

"불안해요?"

"어? 응."

"그러지 마요. 나는 당신과 달라서 심지가 아주 굳거든."

내 등을 조용히 두드리는 작은 손이 따뜻하게 내게 말한다.

"내 마음 때문이라면 불안해할 필요가 없다고요. 나는 아주 단단해져서 얼마든지 기다리고 버틸 수 있어요. 그러니까 무리하지 말고 조금만 천천히 가자고요."

이렇게 또 나는 한정연에게 까이고 만다.

정연이의 손을 끌어서 꼭 잡았다. 이런 마음은 어떤 걸까.

미안한 것 같기도 하고, 슬픈 것 같기도 하고, 또 억울한 뭔가가 있는 것 같기도 하다.

아버지의 뇌물 공여와 탈세에 대한 재판은 이제 막 시작됐다.

언제 끝날지 모를 긴 시간들이 흘러야 할 것이다.

검찰에 가기 전날 찾아간 아버지는 의외로 담담했다. 그래서 나는 어쩌면 아버지가 변했을지도 모른다는 생각을 했다.

내 아버지도 어쩌면 다……시 다른 삶을 살 수 있지 않을까 하는.

"내가 좀 독해요."

"그걸 모를까 봐?"

배시시 웃는다, 바보처럼.

"난 그냥 살아진 건데 사람들이 나한테 독하다고 그러는 줄 알았어요……. 그게 그냥 살아 낸 거라고 생각했거든요. 근데 아니더라고요. 난 기를 쓰고, 용을 쓰고, 그렇게 살았어요. 죽고 싶다는 게 뭔지도 모를 만큼 힘들게."

"미안해."

"미안하다고 하지 마요."

"왜?"

"나라고 당신한테 미안한 짓 안 했겠어요? 그러니까 어딜 가서든 누구한테든 미안하다고 사과하지 말아요. 우리 집이 그렇게 된 건 아버지가 무리하게 일을 벌여 놓은 게 한 번에 뻥 터진 거예요. 고 회장님은……."

나는 내내 아버지에 대해서 화를 냈다. 염치가 없어서 앞뒤 안 가리고 화를 내고 미워했다.

그리고 나는 궁금했다.

정연이가 우리 아버지 고 회장에게 갖는 마음이 어떤 건지 정말 궁금했다.

"아마 그분은 한 번도 그런 일들이 잘못된 거라고 생각 안 하셨을 거야. 어쩌면 좀 미안한 마음이 있을지도 모르죠. 하지만 난 고 회장님을 좋아할 수는 없을 거예요."

"나도 울 아버지 별로 안 좋아해."

"뻥치시네."
"뻥 아닌 거 알면서 그런다."
"그럼 그렇게 믿어 드리지요. 우리 이렇게 살아요. 좋잖아."
멋쩍게 웃었다. 정연이도 따라 웃었다.
정말 좋게 생각한다. 그건 아닌데 말이다.
"난 기다릴게요. 당신하고 이렇게 된 거 난 한 번도 계획한 적도 없고, 생각해 본 적도 없어요. 그런데 난 다 걸 거예요. 부담 엄청 가지고 살아남아요. 내가 그 시간을 살아남은 것처럼. 절벽에 서 있으면요. 죽는 거보다 사는 게 훨씬 더 무서워요. 모르고 막 지나쳐야지 살아남는 거라고요. 그러니까 살아남아서 약속 지키고, 그때 밤톨만 한 반지 다시 사서 말해 줘요. 나 그 반지 사실은 진짜 마음에 들었거든. 가끔 꿈에서 껴 볼 때도 있어."

기억도 안 나는 커다란 알이 박힌 반지는 새어머니의 목걸이가 되어서 아직도 번쩍거린다. 이 여사님이 돌려준 예물들은 모두 새어머니의 컬렉션이 되어서 곳곳에서 아직도 빛난다.

"너 그 반지 무지 비싼 거야. 알값만 해도 눈 튀어나올걸. 그거 반만 한 거라도 오래 기다려야 할 텐데."
"그러니까 빡세게 일해서 돈 벌어요."
"그런데 말이야."
"또 뭐?"
"금값 많이 올랐어. 언제가 될지 몰라."
빵 웃는다. 웃어야지. 웃자.

"이게 뭐니?"

"팬 미팅 초대권이오."

"나 네 팬 아닌데."

씩 웃는다. 남자 얼굴 보고 눈부시게 잘생겼다고 하는 게 이런 건가 싶다.

진짜 잘생겼다.

지연이가 남자 얼굴을 따졌구나 싶어진다. 야구 모자를 깊게 눌러쓰고 내 앞에 앉아 있는 아이가 수학 문제 못 푼다고 지연이에게 달달 볶이던 그 건택이라는 게 믿기지가 않는다.

"화 많이 나신 거 알아요."

조용하고 자분자분하게, 스물두 살짜리 같지 않게 말한다. 저 나이의 남자아이들이 어떤지는 잘 모르겠지만.

"나 화 안 났어."

"회사 실장님이랑 다 그러시던데."

"아. 그날은 좀 화가 났지. 근데 다 지난 일이잖아. 너도 잘됐고 지연이도 자기가 원하던 학교에 좋은 조건으로 갔고."

"교환학생 신청한다고 했을 때 저 막 화냈거든요."

"그랬니? 난 너 모르게 간 줄 알았는데."

"그땐 잘 몰랐어요. 근데 지금은 그냥 좀 알 거 같아요. 지연이가 참 많이 힘들었겠다는 걸요."

수염도 안 보이게 투명한 얼굴로 아이같이 두서없이 말한다. 현실에 있는 사람 같지가 않다.

"전요 많이 불안했어요. 지연이가 저 차 버리고 가 버릴까 봐요. 그래서 막 집착하고, 매달리고 그랬는데 결국은 제가 지연이를 차 버린 게 되었어요."

저 아이들에게 어떤 일들이 있었는지 나는 모른다. 별말 없이 식어 가는 커피 잔을 잡고 있는, 여자 손보다 예쁜 건택이의 손을 보다 고세훈 씨가 보고 싶어졌다.

"저 지연이한테 꼭 보여 주고 싶었어요. 미안해서, 정말 미안해서 미쳐 버릴 거 같았는데요. 그래서 진짜 열심히 했어요. 누나가 꼭 오셔서 보시고 지연이한테 말해 주세요. 저 바보 멍청이이기는 해도 열심히 살았다고. 진짜로 미안하다고요."

저 아이가 하고 싶은 말이 뭔지 막연하게 알 것만 같았다. 어떻게 정리를 해서 지연이에게 말해 줘야 할지 모르겠지만 모자를 푹 눌러쓰고 사람들 사이로 사라지는 건택이의 뒷모습을 보이지 않을 때까지 지켜봤다.

뿌옇게 보이지 않는 길을 살아가는 건 고세훈 씨나, 건택이나, 우리 자매들 모두가 다 마찬가지라는 생각이 들자 좀 슬퍼졌다.

아버지 장례를 치르고 그 북새통에 남겨진 내가 처음 한 생각은 내가 살아갈 시간이 너무 지루할 정도로 많이 남았다는 거였다.

그 순간부터 나는 내내 지루했다.

세상을 다 살아 버린 것처럼 아무런 목표도 없으면서 아득바득 살기는 했지만 도대체 앞이 보이지 않았던, 끝없는 터널 같던 시간들을 살아 내면서 나는 세상을 이해하지도 못했고 세상에게 이해받지도 못했다.

　지금도 여전히 나도 그도 모두에게 이해받기 어려운 싸움을 하고 있지만 내 스물세 살만큼 막막하지는 않다.

　늙어 철든다고, 나도 그도 이제야 철이 들고 어른이 되는 걸지도 모른다.

　후텁지근한 바람이 비를 몰고 이 창밖 거리를 휘감는 게 보인다.

　여름이다.

　규모는 좀 작아도 새로운 일자리는 정말 알차게 일에 치여 살기 딱 좋았다.

　다시 말해서 할 일이 무지 많았다. 내 전임자가 회사 기밀을 여기저기 쪼개서 팔아먹고 중국으로 도망갔다는 걸 나는 입사 첫날 점심시간에 알았다.

　재무제표며 상반기 기획안만 봐도 독하게 말아먹고 튄 흔적이 역력했는데도 사장도 전무도 이사도 몰랐다고 했다.

　회사에서 10원 한 장이 어떻게 돌아가는지 알고 있는 고철종 사장이 처음으로 존경스러웠고, 처음으로 그 회사 그만둔 게 후회스러웠다.

　시스템이 온전한 회사라는 게 얼마나 든든한지 정말 몰랐다.

"지금이라도 올래?"
　햄버거 하나 먹을 시간밖에 없어서 맥도날드에 앉아 궁상을 떨면서 그가 거들먹거리며 은전을 베풀 듯이 말했다. 고소해

죽겠다는 얼굴로 깐죽거린다.
"회사가 그렇다는 거지 다시 돌아가고 싶다는 건 아니에요."
"우리도 일 빡세게 시켜 줄 수 있는데."
"그쪽은 좀 식상한지라."
"너 모르는구나. 고 회장 심술 때문에 아주 버라이어티하다. 감옥에서도 막 심술 피운다. 죽여줘. 아마 새로운 아수라장을 보게 될 거야. 아버지 심술에 은행도 돈줄 막고. 삼촌이 그동안 알토란처럼 안 살았으면 애초에 박살 났겠어."
"그것도 각오 안 했어요?"
눈을 마주치지 않고 창밖을 보면서 그는 무심히 말한다. 그의 마음은 어떤 것일까?
"삼촌도, 나도 있는 거 다 팔아서 쏟아부었으니까. 어쩌면 손 털고 거지가 될 수도 있겠지."
"그 정도로 나빠요?"
"근데 또 결정적으로 우리가 바보들은 아니잖아? 아버지 계열사 두 개 부도설 있어."
"설마."
"당연히 고의 부도지. 원래 이 바닥이 그런 건데 내가 잠깐 까먹었어. 고의라기보다는 도마뱀 꼬리 자르듯이 잘라 내는 거지."
"그럼 앞으로는 어떻게 되는 건데?"
"잘되겠지. 나도 아버지도 아마 독두꺼비 같은 삼촌도 피를 철철 흘리겠지. 후시딘 바르고 딱지 앉기를 기다려."
지금의 그는 피를 흘린다는 이야기다.

엑스
피아세

"원래 애들이 제 발로 일어나 뚜벅뚜벅 걸어 다니려면 만 번은 넘어져야 한대. 뭐, 만 번까지야 넘어지겠냐? 좀 넘어지고 무릎도 깨지고 마빡도 깨지는 거지. 내가 좀 늦되잖아. 그걸 마흔을 코앞에 두고 하는 거지."

"아직 좀 남았잖아요. 자꾸 마흔 마흔 해요?"

"그래. 그러지 말아야지. 징그럽다."

그를 다시 만났을 때 나는 참 난감했다. 다시 안 보고 살아도 될 사람인데 이렇게 다시 만난다는 게 뭐하자는 건가 싶어서 짜증도 많이 났는데 지금은 이 남자를 안 보고 내가 살 수 있을까 싶어진다.

손가락으로 톡톡 탁자를 건드리는 그의 표정 많은 손을 가만히 잡았다.

왜 그러냐고 멋쩍게 웃지도 않고 그는 나를 편안한 눈으로 바라본다.

이젠 말하고 싶어졌다. 때가 된 거다.

"내가 좀 많이 똑똑해요."

"새삼스럽게 그걸 자랑하고 싶냐?"

"그래서 말인데요. 드레스 입고 이런 거 예전에 대충 해 봤으니까 우선은 혼인신고 먼저 해요."

세상이 멎어 버린 것처럼 그는 굳었다.

나는 똑똑한 데다 독하고 고지식하니 그냥 내가 할 말을 해 버리기로 했다.

"싫다더니?"

"누가 채 가는 것도 불안하고, 또 워낙 과거가 화려하시니

법으로 좀 묶어 놔야겠어요. 어때요?"

"뭐가?"

"나의 강렬한 선빵이?"

나는 세상을 다 가진 얼굴로 웃었다.

10초, 20초, 30초쯤 후에 그도 나처럼 웃었다.

바보처럼 말없이 히죽거리는 그를 보면서 나도 같이 미친 애처럼 히죽히죽 웃었다.

"지연이가 하지 말래?"

"뭐, 딱 그렇지만도 않아요."

"뭐야. 답이 뭐 그래?"

"우린 원래 그래요. 알아서 하는 거지 뭘 주저리주저리 해라 마라 하냐고요. 근데 아마 지연이는 내가 혼인신고만 하고 살 거라는 거보다 건택이 팬 미팅 다녀온 게 더 궁금한 거 같던데."

"거기 가서 너랑 나랑 뻘쭘하니 무슨 학부형처럼 앉아 있다 왔다고 해 주지."

"아줌마들도 많았는데 뭐."

"아저씨들은 없었어."

"같이 갔다니까 지연이가 미친 애처럼 웃던데. 알아서 들었다는 거겠지."

"구청엔 언제 갈 거야?"

"시간 좀 내 봐요. 아, 진짜 바빠서 시집도 못 가겠네."

"너 정말 후회 없겠어?"

"뭐가?"

"드레스 입고 너 좋아하는 왕따시만 한 다이아 끼고 꽃 가루 뿌리면서 결혼하는 거 여자들 로망이잖아."
"그간 지나쳤던 많은 여인들의 로망이었나 보지. 난 그 로망 스물세 살에 버렸는데."
"그건 네가 겉늙은 거구."
책상에 쌓여 있는 일거리를 보니 결혼식을 한다고 했으면 어쩔 뻔했나 싶어졌다.
바빠서 죽을 시간도 없다더니 시집가기가 참 힘들다.

"미친년."
"너무하시네. 고운 말 바른말."
"그런 결혼을 왜 하니?"
"내가 하자고 했는데?"
"네가 돈 거지. 그 집 재산이 얼만데 혼인신고만 하고, 그것도 그놈 집이 아니라 네 집에서 살 거라고?"
"아줌마 집이지, 난 세입자고."
"빚쟁이들이 뜯어 갈까 봐 천안 댁이 내 앞으로 돌린 거지 그게 왜 내 집이야. 너희들 거야, 그거."
"꿀꺽해도 뭐랄 사람 없는데."
"나도 수준이 있지. 강남도 아니고, 심지어 분당도 아닌데 그깟 아파트 그걸 들어먹어? 수준 떨어지게?"
땅콩을 오도독오도독 깨물어 먹으면서 이 여사가 툴툴거린다.
"혼인신고 할 때 증인 필요하대요. 증인 좀 서 주지."
"별걸 다 시킨다. 이 망할 계집애야."

열렬히는 아니지만 이 여사도, 가은이도, 오뺑도, 우리의 간편한 결혼을 잘근잘근 씹으면서 나름의 방법으로 받아들였다.
서인하만 빼고.

"멋져요."
"진짜?"
"네. 아, 나도 나중에 그렇게 해야지."
"생각 잘해라. 너 한정연이 같은 여자 좋아하다 나처럼 늙는다."
"좋으면서 왜 그러세요? 티 다 나거든요. 이사님."
"이사라니까 더 늙은 거 같아. 느끼하기까지 해."
"임원이 결혼하는 걸 다 보네요. 쟤가."
"막도장 하나 파 주면 된다니까 여기까지 왜 쫓아오는 거야?"
혼인신고 증인으로 도장만 찍어 달라니까 서인하는 기어이 구청까지 쫓아와서 도장을 찍고 심지어 사진을 찍어 줬다.
"여기가 뉴욕이냐?"
"서울도 나름 패셔너블해요. 두 분 결혼도 트렌드처럼 됐으면 좋겠어요. 너무 좋은데요."
"쟤 은근 이상하다. 정연이 너 그거 모르지?"
"댁만 하실까."

준비한 서류를 구비하고 신고서 양식을 꼼꼼히 기입하다 그냥 갑자기 아버지 생각이 났다.

정말 잘하고 있는 걸까 하는 생각이 한 1, 2초 한 거 같은데. 그 생각보다는 부모 인적 사항에 사망이라고 적으면서 나는 숨이 탁 막혔다.

뭐라고 설명할 수 없는 먹먹한 기분이었는데 나는 부모 인적 사항을 적으면서 울음을 삼켰다.

"괜찮니?"

"좋아요."

접수대로 걸어가면서 뒤돌아보았을 때 서인하가 웃으면서 엄지를 치켜세웠다.

결혼하면서, 나름 이건 우리 결혼식인데 나는 드레스가 없고 하객이 없어서가 아니라, 내가 고아라는 게 아주 잠깐 서러웠다.

뒤돌아보지 않고 나는 고세훈 씨의 손을 잡고 주례 앞에 서는 심정으로 구청 혼인신고 부스 공무원 앞에 섰다.

"무엇을 도와 드릴까요?"

마흔이 좀 넘었을, 넉넉한 인상의 여직원이 웃으면서 물었다.

고세훈 씨가 말했다.

"결혼하려고요."

에필로그

　주말에도 신들린 듯이 일을 해 대던 정연이가 모처럼 노는 주말에 여행을 갈까 어쩔까 하다 피곤에 찌들어 현관문에 기대어 숨을 고르는 걸 보면서 다 포기했다.
　실컷 자고 배고프면 먹고 뒹굴뒹굴, 금요일 밤부터 일요일 점심까지 빈둥거리다 좀 움직이고 싶어져서 대공원에 왔다.
　"이 똥 냄새는 어디서 나는 거야?"
　"동물원 있잖아요. 저기."
　"어지간히 싸 대는가 보다, 여기까지 냄새가 나는 거 보면."
　"덩치 큰 애들은 싸는 것도 많겠지."
　"아직도 졸리니?"
　"졸린다기보다는 엉덩이 붙이고 머리 기댈 때만 있으면 자꾸 눈을 감고 싶어지네."

산책로 정자 구석에 앉아서 졸면서 중얼거린다. 요즘 더 마르고 까칠해져서 예민하게 굴더니 오늘은 고분고분 말도 잘 듣고 잘 웃어 준다.

나는 아주 비굴해져서 정연이가 날 보고 웃어 주면 등신처럼 헤벌쭉하고, 인상 쓰면 나 때문에 그런가 싶어서 철렁하다.

결혼하고 '찐따' 다 됐다.

"커피 사 올까?"

"시원한 걸로."

"기다려."

쌩 길을 내려가니 커피 파는 부스에 인간들이 득시글하다.

거기다 커피 만드는 아르바이트가 솜씨가 서툴러서 세월아 네월아다.

30분을 어기적거리고 아이스 라테 두 잔을 들고 부리나케 정자로 와 보니 정연이는 기둥에 머릴 기댄 채 기술적으로 자고 있었다.

이런 얼굴을 나한테 보여 주는 저 여자가 신기했다.

피곤해서 눈 밑은 시커멓고 폭 넓은 스커트 밑으로 나온 다리는 더 말랐다.

스물세 살에 처음 봤을 때처럼 날이 서 있지도 않고 다시 만났을 때처럼 속을 알 법도 한, 아주 편한 한정연이가 보인다.

일중독인 건 여전하고, 여전히 일정 부분에서는 오픈하는 거 없이 비밀 많은 고양이처럼 알 수 없는 얼굴을 하지만 정연이는 내 옆에서 평온하게 나이를 먹어 간다.

표정도 풍부해지고 종알종알 내게 말을 걸어오는 것도 일상이 되면서 나는 가끔 불안해진다. 이대로 그냥 죽을 때까지 이런 마음으로 이렇게 살았으면 좋겠다. 지금 우리가 누리는 이 평온한 삶을 행복이라고 말한다면 나는 넘치도록 행복하다.

그것이 담겨 있는 유리잔은 점점 더 튼튼해지고 점점 더 맑아져서 나를 지탱해 준다.

나는 정연이의 옆에 조용히 앉아서 커피 잔을 옆에 두고 그녀의 머리를 내 어깨에 두었다.

무거운 눈을 뜨는 정연이에게 더 자라고 입술로만 말하고 어깨에 팔을 둘렀다.

정연이의 어깨를 토닥거리면서 나는 속으로 인생에게 말을 걸었다.

지는 노을에 대고 주문을 외우듯이 나는 '고맙다'고 속삭였다.

_Story is over, but Love is forever.

작가 후기

특별히 하는 일은 없는데 하루하루 보내는 일이 숨이 찹니다.
눈뜬 지 얼마 안됐는데 벌써 밤이 되어 버린 걸 보면 말입니다.

이글을 시작할 때는 금방 마무리가 될 거라고 생각했었는데 역시 세상에 제 뜻대로 되는 일은 절대 없습니다.
참 오랫동안 잡고 있었던 글인데 이렇게 책이 되어 세상에 나오는군요.
너무 더워서 무섭기까지 했던 올 여름이 지나갑니다. 더위만큼이나 잊을 수 없는 일이 생겼네요.
많은 분들께 감사합니다.

오랫동안 저 같은 게으름뱅이를 기다려 준 지해 씨와 로크 미디어, 정말 고맙습니다.

아버지 정말 고맙습니다. 가족들, 친구들 모두 감사합니다.

엑스
피앙세